D1135442

Het bezoek van de lijfarts

Per Olov Enquist

HET BEZOEK VAN DE LIJFARTS

Roman

Uit het Zweeds vertaald door Cora Polet

Ambo|Amsterdam

De vertaler ontving voor deze vertaling een werkbeurs van de Stichting
Fonds voor de Letteren.

Eerste druk maart 2001
Vijfde druk oktober 2001

ISBN 90 263 1651 8
© 1999 by Per Olov Enquist
Voor de Nederlandse vertaling:
© 2001 by Ambo|Anthos *uitgevers*, Amsterdam / Cora Polet
Oorspronkelijke titel: *Livläkarens Besök*
Oorspronkelijke uitgever: Norstedts Förlag, Stockholm
Omslagontwerp: Marry van Baar
Omslagillustratie: Antoine Pesne

Verspreiding voor België:
Verkoopmaatschappij Bosch & Keuning, Antwerpen

Inhoud

'Verlichting is het zegevieren van de mens over zijn zelfverkozen onmondigheid. Onmondigheid is het gebrek aan vermogen zijn eigen verstand te gebruiken zonder andermans leiding. Deze onmondigheid is zelfverkozen als de oorzaak niet een gebrek aan verstand is, maar gebrek aan moed om het verstand te gebruiken. Voor Verlichting is niets anders vereist dan vrijheid, die vrijheid welke inhoudt dat men in elk opzicht openbaarlijk van zijn verstand gebruikmaakt. Want het is de roeping van ieder mens om zelf te denken.'

IMMANUEL KANT (1783)

'De Koning vertrouwde me toe dat er een vrouw was die op een geheime manier het Universum bestuurde. Evenzo, dat er een kring mannen bestond, die uitverkoren was om al het kwaad in de wereld te doen en dat er tussen hen zeven waren, van wie hij er een was, die daarvoor in het bijzonder waren aangewezen. Als hij vriendschap voor iemand opvatte, dan geschiedde dat omdat deze ook tot de uitverkoren kring behoorde.'

U.A. HOLSTEIN: MEMOIRER

Deel 1

DE VIER

1

Iemand die de wijnpers treedt

1

Op 5 april 1768 werd Johann Friedrich Struensee als lijfarts van de Deense koning Christian VII aangesteld en vier jaar later terechtgesteld.

Tien jaar daarna, op 21 september 1782, toen de uitdrukking 'de tijd van Struensee' al een begrip was geworden, bracht de Engelse gezant te Kopenhagen, Robert Murray Keith, verslag uit van een gebeurtenis waarvan hij getuige was geweest. Hij had het een onthutsende belevenis gevonden.

Hij had een opvoering in het Hoftheater in Kopenhagen bijgewoond. Onder het publiek hadden zich ook koning Christian VII bevonden en Ove Høeg-Guldberg, de feitelijke politieke machthebber in Denemarken, in de praktijk de alleenheerser.

Guldberg had de titel 'eerste minister' aangenomen.

Het verslag behelsde de ontmoeting van gezant Keith met de Koning.

Hij begint met zijn indrukken van de uiterlijke verschijning van de nog maar dertigjarige koning Christian VII weer te geven: 'Zo te zien is hij al een oud man, heel klein, vermagerd en met een ingevallen gezicht, waarin de brandende ogen getuigen van zijn ziekelijke geestestoestand.' De, zoals hij schrijft, 'geesteszieke' koning Christian had voordat de voorstelling begon, mompelend en met vreemde trekkingen van zijn gezicht, tussen het publiek rondgedwaald.

Guldberg had de hele tijd een wakend oogje in het zeil gehouden.

Het merkwaardige was echter hun onderlinge verhouding geweest. Die kon omschreven worden als die van een verpleger met zijn patiënt, of als die van twee broers, of van een vader, Guldberg, met een ongehoorzaam of ziek kind; maar Keith had de uitdrukking 'bijna liefde-vol' gebruikt.

Ook schrijft hij dat die twee op een 'bijna perverse' wijze met elkaar verbonden waren.

Het perverse had er niet in gelegen dat deze twee, die, naar hij wist, zo'n belangrijke rol tijdens de Deense revolutie hadden gespeeld, nu op deze manier afhankelijk van elkaar waren; het perverse was geweest dat de Koning zich als een bange maar gehoorzame hond had gedragen en Guldberg als zijn strenge maar liefdevolle meester.

De Majesteit had zich gedragen als was hij angstig onderdanig, bijna op een beschamende manier. Het hof had geen respect voor de Vorst betoond, het had hem veeleer genegeerd of was lachend uiteengeweken als hij eraan kwam alsof ze zijn pijnlijke aanwezigheid wilden mijden.

Als die van een lastig kind van wie ze langgeleden al genoeg hadden gekregen.

De enige die zich om de Koning bekommerde was Guldberg. De Koning had zich de hele tijd drie, vier meter achter Guldberg opgehouden en was hem onderdanig gevolgd, zo te zien bang om in de steek gelaten te worden. Soms had Guldberg, door middel van handgebaren of gelaatsuitdrukkingen, de Koning kleine tekens gegeven, als deze te luid mompelde, zich storend gedroeg, of zich te ver van Guldberg verwijderde.

Na zo'n teken was koning Christian haastig en gehoorzaam 'komen aantrippelen'.

Eén keer, toen het gemompel van de Koning bijzonder luid en storend was geworden, was Guldberg naar de Koning toe gegaan, had hem zachtjes bij de arm gepakt en iets gefluisterd. De Koning was toen gaan buigen, mechanisch, keer op keer, met schokkerige, bijna spastische bewegingen, alsof de Deense koning een hond was die zijn volledige onderwerping en genegenheid aan zijn geliefde meester wilde betonen. Hij was doorgegaan met buigen tot Guldberg met een nieuwe fluistering de vreemde koninklijke lichaamsbewegingen had doen ophouden.

Toen had Guldberg de Koning een vriendelijk klapje op zijn wang gegeven en was daarvoor beloond met een glimlach zo vol dankbaarheid en onderdanigheid dat de ogen van gezant Keith 'zich met tranen gevuld hadden'. De scène was, schrijft hij, zo doordrenkt van een wanhopige tragiek dat het bijna onverdraaglijk was. De vriendelijkheid van Guldberg was hem niet ontgaan en evenmin, zoals hij schrijft, 'dat deze de verantwoordelijkheid voor de kleine zieke Koning op zich nam' en dat de verachting en de spot waarvan het publiek blijk gaf niet de instemming van Guldberg hadden. Guldberg scheen de enige te zijn die zich om de Koning bekommerde.

Toch kwam één uitdrukking in het verslag terug: 'als een hond'. Men behandelde de Deense alleenheerser als een hond. Het verschil was dat Guldberg zich liefdevol verantwoordelijk toonde jegens deze hond.

'Ze samen te zien – beiden zijn fysiek klein en achtergebleven – was voor mij een schokkende en buitengewone belevenis, omdat alle macht in het land formeel en in de praktijk in handen van deze twee vreemde dwergen ligt.'

Het verslag beschreef echter in de eerste plaats wat zich tijdens en na deze toneelvoorstelling had afgespeeld.

Midden onder de voorstelling, een blijspel van de Franse schrijver Gresset, *Le méchant*, was koning Christian plotseling van zijn stoel op de eerste rij opgestaan, was het toneel op gestrompeld en had gedaan alsof hij een van de toneelspelers was. Hij had de houdingen van een toneelspeler aangenomen en iets gereciteerd wat een tekst had kunnen zijn; de woorden 'tracasserie' en 'anthropophagie' waren te horen geweest. Speciaal de laatste uitdrukking was Keith opgevallen, omdat hij wist dat die 'kannibalisme' betekende. De Koning was kennelijk geheel in het spel opgegaan en had gemeend een van de toneelspelers te zijn, maar Guldberg was kalm het toneel op gegaan en had de Koning vriendelijk bij de hand genomen. Deze had toen onmiddellijk gezwegen en zich weer naar zijn plaats laten leiden.

De toeschouwers, uitsluitend leden van het hof, schenen aan dit soort onderbrekingen gewend te zijn. Niemand had met ontsteltenis gereageerd. Hier en daar was wat gelach te horen geweest.

Na de voorstelling had men wijn geserveerd. Keith had zich op dat moment in de buurt van de Koning bevonden. Deze had zich tot Keith gewend, in wie hij blijkbaar de Engelse gezant herkend had, en stamelend geprobeerd de kwintessens van het stuk uit te leggen. 'Het spel, had de Koning tegen mij gezegd, had tot thema dat het kwaad zozeer bij deze mensen van het hof ingang had gevonden, dat ze op apen of duivels geleken; ze verheugden zich over andermans ongeluk en betreurden hun successen, dat noemde men in de tijd van de Druïden Kannibalisme, Antropofagie. Daarom bevonden we ons onder de Kannibalen.'

De hele 'uitbarsting' van de Koning was, afkomstig dus van een geesteszieke, uit taalkundig oogpunt merkwaardig goed geformuleerd.

Keith had alleen met een geïnteresseerd gezicht geknikt, alsof alles wat de Koning zei belangwekkend en verstandig was. Maar het was hem ook opgevallen dat Christian allerminst een geheel en al verkeerde analyse van de satirische inhoud van het stuk had gegeven.

De Koning had gefluisterd, alsof hij Keith een belangrijk geheim toevertrouwde. Guldberg had van enige meters afstand de hele tijd hun gesprek waakzaam of ongerust aanschouwd. Hij was langzaam naderbij gekomen.

Christian had het gezien en had geprobeerd een einde aan het gesprek te maken. Met een hoge stem, bijna als een provocatie, had hij uitgeroepen: 'Men liegt. Liegt! Brandt was een verstandige maar wilde man. Struensee was een edel mens. Niet ik heb hen vermoord. Dat begrijpt u toch wel?'

Keith had alleen zwijgend een buiging gemaakt. Christian had er toen aan toegevoegd: 'Maar hij leeft! Ze denken dat hij terechtgesteld is! Maar Struensee leeft, weet u dat?'

Inmiddels was Guldberg zo dichtbij gekomen dat hij de laatste woorden had verstaan. Hij had de arm van de Koning stevig beetgepakt en met een stijve maar geruststellende glimlach gezegd: 'Struensee is dood, Uwe Majesteit. Dat weten we toch, nietwaar? Of weten we dat soms niet? Daar waren we het toch over eens? Ja toch?'

De klank van zijn stem was vriendelijk maar berispend geweest. Christian was toen onmiddellijk met zijn vreemde, mechanische buigingen begonnen, maar was er daarna mee opgehouden en had gevraagd: 'Maar men heeft het toch over de tijd van Struensee? Nietwaar? Niet over de tijd van Guldberg. De tijd van Struensee!!! Wat vreemd!!!'

Guldberg had de Koning even zwijgend opgenomen alsof hij met de mond vol tanden stond, alsof hij niet geweten had wat hij moest zeggen. Keith had gezien dat Guldberg gespannen of verontwaardigd was, maar toen had deze zich vermand en heel rustig gezegd: 'Majesteit moet bedaren. En nu vinden wij dat Majesteit zijn bed moet opzoeken om te gaan slapen. Dat geloven we absoluut.' Daarop had hij een gebaar met zijn hand gemaakt en zich verwijderd. Christian had zijn manische buigingen weer hervat, was er toen mee gestopt, als in gedachten verzonken, had zich tot gezant Keith gewend en met een zeer rustige, geheel niet overspannen stem gezegd: 'Ik verkeer in gevaar. Daarom moet ik mijn weldoenster opzoeken, de Heerseres van het Universum.'

Een minuut later was hij verdwenen. Zo was in zijn totaliteit de gebeurtenis geweest die de Engelse gezant Keith aan zijn regering had gerapporteerd.

2

Er staan vandaag de dag in Denemarken geen monumenten van Struensee.

Tijdens zijn verblijf in Denemarken zijn er zeer veel portretten van hem gemaakt: etsen, potloodtekeningen en olieverfschilderijen. Omdat er na zijn dood geen enkel portret is vervaardigd, zijn de meeste geïdealiseerd en bestaan er geen infame portretten van hem. Dat ligt ook voor de hand; voor zijn bezoek bezat hij geen macht, er was toen geen reden hem te vereeuwigen, na zijn dood wilde niemand nog weten dat hij bestaan had.

Dus waarom zouden er monumenten voor hem opgericht worden? Een ruiterstandbeeld?

Van alle Deense heersers, die zo vaak te paard vereeuwigd zijn, was hij ongetwijfeld de beste ruiter en degene die het meest van paarden hield. Toen hij naar het schavot werd gebracht op Østre Fælled, was generaal Eichstedt, misschien als blijk van verachting of subtiele wreedheid tegenover de veroordeelde, op Margrethe, Struensees eigen paard, aan komen rijden, een schimmel die Struensee zelf deze, voor een paard ongewone, naam had gegeven. Maar als het de bedoeling was geweest het lijden van de veroordeelde nog te vergroten dan was dat mislukt; Struensee had geglunderd, was blijven staan, had zijn hand geheven alsof hij het paard een klopje op de neus wilde geven en over zijn gezicht was een zwak, bijna gelukkig glimlachje gegleden alsof hij gemeend had dat het paard was gekomen om afscheid van hem te nemen.

Hij had het paard een klopje op de neus willen geven, maar zo ver was het niet gekomen.

Maar waarom een ruiterstandbeeld? Alleen overwinnaars worden daarmee geëerd.

Je zou je een ruiterstandbeeld van Struensee op Fælled waar hij terechtgesteld werd voor kunnen stellen, uitgebeeld op zijn paard Margrethe waarvan hij zoveel hield, op het veld dat er ook vandaag de dag nog ligt en dat gebruikt wordt voor demonstraties en volksvermaken en wel naast het Sportpark, een terrein voor sport en feesten dat doet denken aan de koninklijke parken die Struensee ooit voor het hele volk had opengesteld, dat zich daar weinig dankbaar voor betoond had. Fælled bestaat nog altijd, een schitterend nog vrij liggend terrein, waar Niels Bohr en Heisenberg op een avond in oktober 1941 hun beroemde wandeling maakten en hun raadselachtige gesprek voerden dat ertoe leidde dat Hitler nooit zijn atoombom heeft gebouwd; een snijpunt in de geschiedenis. Het terrein ligt er nog altijd, ook al zijn de schavotten verdwenen, net als de herinnering aan Struensee. En ter herinnering aan een verliezer worden geen ruiterstandbeelden opgericht.

Guldberg heeft ook geen ruiterstandbeeld gekregen.

Hij was wél de zegevierder en degene die de Deense revolutie van de kaart veegde; maar voor een kleine parvenu die Høegh heette voordat hij de naam Guldberg aannam en die de zoon van een begrafenisondernemer uit Horsens was, richt men evenmin een ruiterstandbeeld op.

Trouwens, parvenu's waren ze alle twee, maar slechts weinigen zouden als zij zulke duidelijke sporen in de geschiedenis nalaten; ruiterstandbeelden, als je daarvan houdt, hadden ze beiden verdiend. 'Niemand heeft het over de tijd van Guldberg,' wat natuurlijk onrechtvaardig is. Guldberg had op de juiste manier gereageerd. En hij had gezegevierd. Het nageslacht zou het inderdaad over 'de tijd van Guldberg' hebben. Die duurde twaalf jaar.

Toen was ook die voorbij.

3

Guldberg had geleerd verachting kalm te aanvaarden.

Hij kende zijn vijanden. Ze hadden het over licht, maar verspreidden duisternis. Wat zijn vijanden bedoelden was waarschijnlijk dat er nooit een einde aan de tijd van Struensee zou komen. Dat dachten ze. Dat was hun karakteristieke eerloosheid, zonder enig verband met de werkelijkheid. Men *wenste* dat het zo zou zijn. Maar hij had zich altijd weten te beheersen, bijvoorbeeld wanneer er een Engelse gezant meeluisterde. Zoiets leerde je wel als je gering van uiterlijk was.

Guldberg was gering van uiterlijk. Zijn rol in de Deense revolutie en de tijd die daarop volgde was echter niet gering. Guldberg had altijd de wens gekoesterd dat een levensbeschrijving van hem zou beginnen met de woorden 'Een man heette Guldberg'. Zo luidde het in de IJslandse saga. Daarin werd de grootheid van een man niet aan zijn uiterlijk afgemeten. Guldberg was 1.48 meter lang, zijn huid was grauw en vroegtijdig verouderd en zat van jongs af aan vol kleine rimpels. Hij scheen vóór zijn tijd al een oude man te zijn; vanwege zijn onbeduidendheid werd hij eerst geminacht en miskend, daarna werd hij gevreesd.

Toen hij macht verwierf, leerde men zijn uiterlijke onaanzienlijkheid over het hoofd te zien. En toen hij de macht gegrepen had, liet hij zich met ijzeren kaken afbeelden. De beste afbeeldingen van hem zijn gemaakt toen hij aan de macht was. Ze geven zijn innerlijk weer, dat groot was en ijzeren kaken had. De afbeeldingen geven zijn schittering weer, zijn eruditie en hardheid; niet zijn uiterlijk. Zo hoorde het ook. Dat was de taak van de kunst, vond hij.

Zijn ogen waren koelgrijs als van een wolf, hij knipperde nooit met zijn ogen en keek onafgebroken naar degene die sprak. Voordat hij de Deense revolutie neersloeg noemde men hem 'de Hagedis'.

Daarna gebeurde dit niet meer.

Guldberg heette een man, gering van stuk, maar vol van een innerlijke grootheid; dat was de juiste toonzetting.

Zelf gebruikte hij de uitdrukking 'de Deense revolutie' nooit.

Op de portretten die er van hen bestaan, hebben ze allemaal heel grote ogen.

Omdat men meende dat de ogen de spiegels van de ziel waren werden de ogen heel groot afgebeeld, te groot, ze schijnen uit de gezichten naar voren te springen, ze zijn glanzend, verstandig; de ogen zijn prominent, bijna grotesk opdringerig. In hun ogen is hun innerlijk vastgelegd.

Het duiden van de ogen is vervolgens aan de kijker.

Guldberg zelf zou de gedachte aan een ruiterstandbeeld vol afschuw van de hand gewezen hebben. Hij haatte paarden en was er bang voor. Hij had zijn hele leven nooit op een paard gezeten.

Zijn boeken, zijn schrijverschap, alles wat hij voor zijn tijd als politicus en daarna geschapen had, was als monument toereikend. Op alle afbeeldingen van Guldberg wordt hij afgebeeld als sterk, blakend, absoluut niet als vroegtijdig verouderd. Louter door de macht te bezitten had hij die afbeeldingen zelf gedirigeerd; aanwijzingen over het karakter van zijn portretten hoefde hij nooit te geven. De kunstenaars pasten zich aan zonder dat hun iets gezegd werd, zoals immer.

Hij beschouwde kunstenaars en portretteurs als dienaren van de politiek. Ze moesten feiten weergeven en in dit geval waren die de innerlijke waarheid die door zijn uiterlijke geringheid werd verduisterd.

Van die geringheid had hij echter lange tijd een zeker profijt gehad. Ten tijde van de Deense revolutie was hij degene die door zijn onaanzienlijkheid beschermd werd. De aanzienlijken gingen ten onder en vernietigden elkaar. Over bleef Guldberg, onaanzienlijk, maar toch de grootste in het landschap van gevelde bomen dat hij overzag.

Het beeld van de grote, maar gevelde bomen vond hij een aantrekkelijk beeld. Hij schrijft in een brief over de relatieve kleinheid van de hoog groeiende bomen en over hun ondergang. Eeuwenlang had men in het koninkrijk Denemarken alle grote bomen geveld. Vooral de eikenbomen. Ze werden geveld om schepen te bouwen. Wat restte was een rijk zonder hoge eiken. Men zegt dat in dat verwoeste landschap Guldberg opgroeide als een struik die zich verhief boven de gevelde en overwonnen stronken van de hoge bomen. Hij schrijft het weliswaar niet, maar de boodschap is duidelijk. Op zo'n manier vloeit grootheid uit onaanzienlijkheid voort. Hij zag zichzelf als een kunstenaar die afstand van zijn kunstenaarschap had gedaan om voor het domein van de politiek te kiezen.

In zijn dissertatie over *Paradise Lost* van Milton, die in 1761 verscheen toen hij professor aan de Academie van Sorø was, geeft hij een analyse die zich distantieert van fictieve beschrijvingen van de hemel; fictief in die zin dat de dichtkunst zich vrijheden veroorlooft ten aanzien van de objectieve feiten die in de bijbel vastgelegd zijn. Milton, schrijft hij, was een schitterend dichter, maar moet als speculatief terechtgewezen worden. Hij veroorlooft zich vrijheden. De 'zogenaamde heilige poëzie' veroorlooft zich vrijheden. In het zestiende hoofdstuk verwerpt hij met scherpte de argumenten van de 'apostelen voor de ruimdenkendheid van de gedachte' die 'de werkelijkheid verdicht'. Ze scheppen onduidelijkheid, doen dijken bezwijken en de dichterlijke smerigheid bezoedelt alles.

Het dichtwerk mag de grondtekst niet aantasten. Het dichtwerk is een bezoedelaar van de grondtekst. Hij had het hier niet over de beeldende kunst.

Bij kunstenaars ziet men vaak dat ze zich vrijheden veroorloven. Deze vrijheden kunnen tot onrust, chaos en vuiligheid leiden. Daarom moeten ook de vrome dichters terechtgewezen worden. Maar voor Milton had hij bewondering, zij het met tegenzin. Die ziet hij als 'schitterend'.

Milton is een schitterende dichter, een die zich vrijheden veroorlooft.

Maar hij verachtte Holberg.

Het boek over Milton werd zijn geluk. De Koningin-weduwe die de messcherpe, vrome analyse waardeerde had er grote bewondering voor; om die reden liet ze Guldberg als privé-leraar van de Erfprins aanstellen, de halfbroer van koning Christian, die zwak van verstand was, of, met een woord dat ook vaak gebruikt werd, debiel.

Op deze manier begon zijn politieke carrière: door een analyse van de relatie tussen feiten, die de heldere uitspraken van de bijbel weergaven, en fictie, Miltons *Paradise Lost.*

4

Nee, geen ruiterstandbeeld.

Het paradijs van Guldberg was datgene wat hij op zijn weg van de begrafenisonderneming in Horsens naar Christianborg veroverde. Het had hem volhardend gemaakt en hem geleerd alle smerigheid te haten.

Guldberg had zijn eigen paradijs zelf veroverd. Niet geërfd. Veroverd.

Een aantal jaren had hem een kwaadwillend gerucht achtervolgd; men had een boosaardige verklaring voor zijn onaanzienlijke uiterlijk bedacht, het uiterlijk dat uiteindelijk, toen hij in 1772 zelf de macht overnam, dankzij kunstenaars gecorrigeerd werd en groeide. Het gerucht wilde dat hij, toen hij vier jaar was en zijn zangstem iedereen met verbazing en bewondering vervulde, door zijn liefdevolle maar arme ouders gecastreerd werd omdat die gehoord hadden dat er voor zulke zangers in Italië grote mogelijkheden lagen. Tot hun teleurstelling en gramschap weigerde hij echter na zijn vijftiende nog te zingen en stapte hij over op de politiek.

Niets van dit alles was waar.

Zijn vader was een arme begrafenisondernemer uit Horsens die nooit een opera had gezien en ook nooit gedroomd had van inkomsten door een gecastreerd kind. Hij was ervan overtuigd dat het gooien met vuil begonnen was door de Italiaanse operazangers aan het hof in Kopenhagen, die allemaal hoeren waren. Alle godslasteraars en aanhangers van de Verlichting en, in het bijzonder die uit Altona, de slangenkuil van de Verlichting, maakten gebruik van de diensten van de Italiaanse hoeren. Van hen was alle smerigheid afkomstig, ook dit voze gerucht.

Zijn merkwaardige, vroegtijdige veroudering, die echter alleen op zijn uiterlijk betrekking had, had al vroeg ingezet, op vijftienjarige leeftijd, en de artsen hadden er geen verklaring voor. Daarom verachtte hij ook de artsen. Struensee was arts.

Wat het gerucht over 'zijn operatie' betreft: dat verdween pas toen hem de macht gegeven werd en hij dus niet onbeduidend leek. Hij wist dat de bewering dat hij 'gelubd' was zijn omgeving een gevoel van onbehagen bezorgde. Hij had geleerd ermee te leven.

Hij beet zich evenwel in de inhoudelijkheid van het gerucht vast, ook al klopte dat niet. De waarheid was dat zijn vrome ouders hem de rol van begrafenisondernemer hadden toegedacht, maar dat hij die van de hand had gewezen.

Hij kende zichzelf de rol van politicus toe.

Het beeld dat de Engelse gezant in 1782 van de Koning en Guldberg schetst is daarom én verbluffend én wordt gekenmerkt door een wezenlijke waarheid.

De gezant schijnt zijn verbazing te willen uitdrukken over de 'liefde' van Guldberg voor de koning, wiens macht hij gestolen heeft en wiens aanzien hij heeft vernietigd. Maar hoe verbaasd was Guldberg zelf altijd niet over de uitingen van de liefde! Hoe moest je de liefde beschrijven? Hij had zich dat altijd afgevraagd. Die mooie, grote, lange mensen, de schitterenden, zij die verstand van de liefde hadden en toch zo verblind waren! De politiek was een mechaniek dat je kon analyseren en construeren; politiek was in zekere zin een machine. Maar deze sterke, vooraanstaande mensen, die verstand van de liefde hadden, hoe naïef lieten ze het glasheldere politieke spel niet door de hydra van de hartstocht verduisteren!

Dat voortdurend door elkaar haspelen van gevoel en verstand door die intellectuele aanhangers van de Verlichting! Guldberg wist dat dat de zachte, kwetsbare plek op de buik van het monster was. Op een keer had hij beseft dat hij bijna door deze zonde besmet was geworden. Die zonde kwam van 'de kleine Engelse hoer'. Hij had op zijn knieën voor het bed gemoeten.

Hij zou het nooit vergeten.

In dit verband heeft hij het dan over de reusachtige eikenwouden, over hoe de bomen gekapt werden en alleen de onaanzienlijke struik bleef staan, als zegevierder. Hij beschrijft dan wat er in het gekapte bos gebeurde en hoe hij, verminkt en onbeduidend, mocht groeien en heersen vanaf de plek waar hij het allemaal had zien gebeuren, tussen de rustende stammen in het gekapte bos.

En hij geloofde dat hij de enige was die zág.

5

Men moet Guldberg met respect bezien. Nog is hij bijna onzichtbaar. Weldra zal hij zich zichtbaar maken.

Hij zag en begreep al vroeg.

In de herfst van 1769 schrijft Guldberg in een nota dat de jonge Koningin hem 'een steeds groter raadsel' wordt.

Hij noemt haar 'de kleine Engelse hoer'. Met de smerigheid van het hof was hij bekend. Hij kende de geschiedenis. Frederik IV was vroom en had ontelbare maîtresses. Christian VI was een aanhanger van het piëtisme, maar leefde in losbandigheid. Frederik V bezocht 's nachts de bordelen van Kopenhagen, verdreef de tijd in dronkenschap, met spel en rauwe, liederlijke taal. Hij dronk zich dood. De hoeren zwermden om zijn bed. Overal in Europa was het hetzelfde. Het was in Parijs begonnen en had zich daarna als een ziekte over alle hoven verspreid. Overal smerigheid.

Wie verdedigde de reinheid?

Als kind had hij geleerd met lijken te leven. Zijn vader, wiens beroep het was die lijken te verzorgen, had hem bij het werk laten helpen. Hoeveel stijve, ijskoude ledematen had hij niet aangevat en gedragen! De doden waren rein. Zij wentelden zich niet door het vuil. Ze wachtten op het vuur van de grote reiniging dat hen zou verlossen of hen in aller eeuwigheid zou doen lijden.

Hij had smerigheid gezien. Maar nooit zo erg als aan het hof.

Toen de kleine Engelse hoer gearriveerd was en met de Koning in de echt verbonden, was mevrouw von Plessen eerste hofdame geworden. Mevrouw von Plessen was rein geweest. Dat was haar kwaliteit. Ze had het jonge meisje voor de smerigheid van het leven willen behoeden. Heel lang was ze daarin geslaagd.

In juni 1767 vond er een voorval plaats dat Guldberg zeer geschokt had. Het hield verband met het feit dat er tot die datum geen geslachtelijke gemeenschap tussen hunne koninklijke hoogheden had plaatsgevonden, hoewel ze al zeven maanden gehuwd waren.

Mevrouw von Plessen, de hofdame, had op de ochtend van 3 juni 1767 haar beklag bij Guldberg gedaan. Ze was, onaangekondigd, de kamer binnengekomen die hij voor zijn werkzaamheden als privéleraar gebruikte en was begonnen zich, zonder een blad voor de mond te nemen, over het gedrag van de Koningin te beklagen. Men zegt dat Guldberg mevrouw von Plessen als een door en door weerzinwekkend schepsel beschouwde, maar vanwege haar innerlijke reinheid als waardevol voor de Koningin. Mevrouw von Plessen stonk. Het was geen stallucht, geen lucht van zweet of enige andere afscheiding, maar de lucht van oude vrouw, als van schimmel.

Toch was ze nog maar eenenveertig.

De koningin, Caroline Mathilde, was op dat moment vijftien jaar. Zoals gewoonlijk was mevrouw von Plessen naar de slaapkamer van de Koningin gegaan om haar gezelschap te houden, of met haar te schaken of door haar aanwezigheid de eenzaamheid van de Koningin te lenigen. De Koningin had op haar bed gelegen, dat heel groot was, en had naar het plafond gestaard. Ze was volledig gekleed geweest. Mevrouw von Plessen had gevraagd waarom de Koningin niet tegen haar sprak. De Koningin had lange tijd gezwegen, had haar geheel geklede gestalte noch haar hoofd bewogen en had niet geantwoord.

Ten slotte had ze gezegd: 'Ik heb melancholia.'

Ze had daarop gevraagd wat de Koningin zo zwaar op het hart lag. De Koningin had ten slotte gezegd: 'Hij komt immers niet. Waarom komt hij niet?'

Het was koud in de kamer geweest. Mevrouw von Plessen had een ogenblik naar haar meesteres gekeken en toen gezegd: 'Het zal de Koning zeker behagen te komen. Tot dan kan Uwe Majesteit genieten dat ze gevrijwaard is van de hydra van de hartstocht. U moet niet treuren.'

'Wat bedoelt u?' had de Koningin gevraagd.

'De Koning,' had mevrouw von Plessen met de buitengewone dorheid die haar stem zo goed kon voortbrengen gezegd, 'de Koning zal zijn schuwheid zeker overwinnen. Tot dan kan de Koningin zich erin verheugen dat ze geen last van zijn hartstocht heeft.'

'Waarom verheugen?'

'Als u erdoor bezocht wordt, is het een kwelling!' had mevrouw von Plessen gezegd met een uitdrukking van plotselinge woede.

'Verdwijn,' had de Koningin na een korte stilte totaal onverwacht gezegd.

Mevrouw von Plessen had toen gekrenkt de kamer verlaten.

De indignatie van Guldberg kwam echter voort uit een gebeurtenis die later op diezelfde avond plaatsvond.

Guldberg zat in de gang tussen het linkervoorvertrek van de hofkanselarij en de bibliotheek van het secretariaat van de Koning en deed alsof hij las. Hij legt niet uit waarom hij schrijft 'deed alsof'. Toen verscheen de Koningin. Hij stond op en maakte een buiging. Zij maakte een gebaar met haar hand en beiden gingen zitten.

Ze droeg een lichtrode japon die haar schouders vrijliet.

'Meneer Guldberg,' had ze met zachte stem gezegd, 'mag ik u een zeer persoonlijke vraag stellen?'

Hij had geknikt, zonder haar te begrijpen.

'Men heeft mij verteld,' fluisterde ze, 'dat u in uw jeugd bevrijd bent van... van de kwelling der hartstocht. Ik zou u willen vragen of...'

Ze had niets meer gezegd. Hij had gezwegen, maar had een verschrikkelijke woede in zich voelen opkomen. Met de grootst mogelijke vastberadenheid had hij echter zijn kalmte weten te bewaren.

'Ik zou alleen graag willen weten...'

Hij had afgewacht. Ten slotte was de stilte ondraaglijk geworden en Guldberg had gezegd: 'Ja, Uwe Koninklijke Hoogheid?'

'Ik zou graag willen weten... of deze bevrijding van de hartstocht... of dat een grote rust met zich meebrengt? Of... dat het een grote leegte is?'

Hij had niet geantwoord.

'Meneer Guldberg,' had ze gefluisterd, 'is het een leegte? Of een kwelling?'

Ze had zich naar hem toe gebogen. De ronding van haar borsten was heel dicht bij hem geweest. Hij had een opwinding gevoeld 'buiten alle proporties'. Hij had haar onmiddellijk doorzien en daar zou hij tijdens de latere gebeurtenissen zeer veel profijt van hebben. Haar slechtheid was zonneklaar: haar naakte huid, de ronding van haar borsten, de gladheid van haar jonge huid, alles was dicht bij hem geweest. Het was niet de eerste keer dat hij begreep dat men aan het hof boosaardige geruchten over de oorzaak van zijn geringe gestalte verspreidde. Hij had er geen enkel verweer tegen! Hij kon er onmogelijk op wijzen dat castraten op vette ossen leken, gezwollen en opgeblazen, en dat ze zijn grauwe, scherpe, magere en bijna uitgedroogde lichamelijke kenmerken totaal misten!

Men sprak over hem en dat had het oor van de Koningin bereikt. De kleine hoer dacht dat hij ongevaarlijk was, iemand die men in vertrouwen kon nemen. En met alle intelligentie van haar jonge verdorvenheid boog ze zich nu dicht naar hem toe; hij kon haar borsten bijna in hun hele volheid zien. Ze scheen hem op de proef te stellen. Of er nog leven in hem zat, of haar borsten verleidelijk genoeg waren om wat er misschien nog aan menselijks in hem zat te voorschijn te kunnen lokken.

Ja, of dat dit misschien het restant van hem als man kon oproepen. Als mens. Of dat hij misschien slechts een dier was.

Zo zag ze hem. Als een dier. Ze ontblootte zich voor hem alsof ze wilde zeggen: ik weet het. Ze wist dat hij verminkt en verachtelijk was, niet langer een mens, niet langer ontvankelijk voor begeerte. En ze deed het heel bewust, met boze opzet.

Haar gezicht was bij dit voorval heel dicht bij dat van Guldberg gekomen en haar bijna blote borsten schreeuwden hem honend toe. Terwijl hij zijn bezinning probeerde te herkrijgen, dacht hij: moge God haar straffen, moge zij eeuwig in de hel branden. Moge een bestraffende staak in haar liederlijke schoot gestoken worden en haar boosaardige intimiteit met eeuwige pijn en lijden worden beloond.

Zijn emotie was zo sterk dat de tranen hem in de ogen sprongen. En hij was bang dat dit jonge losbandige wezentje dat zou opmerken.

Misschien had hij haar toch fout geduid. Hij beschrijft later namelijk dat ze snel, bijna vlinderachtig, zijn wang met haar hand beroerde en fluisterde: 'Neemt u me niet kwalijk. O, neemt u me niet kwalijk, meneer... Guldberg. Zo heb ik het niet bedoeld.'

De heer Guldberg was toen snel opgestaan en weggegaan.

Guldberg bezat als kind een zeer mooie zangstem. Tot zover klopte het. Hij haatte kunstenaars. Hij haatte ook onreinheid. De stijve lijken herinnerde hij zich als rein. Zij veroorzaakten nooit chaos.

God toonde zijn grootheid en almacht doordat hij ook de kleinen, geringen, misvormden en verachten als zijn werktuig verkoos. Dat was het wonder. Dat was Gods onbegrijpelijke mirakel. De Koning, de jonge Christian, leek klein, was misschien geestesziek, maar hij was uitverkoren.

Aan hem was alle macht gegeven. Deze macht, dit aangewezen zijn, kwam van God. Die macht was niet aan de mooien, sterken, schitterenden gegeven; dat waren de eigenlijke parvenu's. De geringste was uitverkoren. Dat was het mirakel Gods. Guldberg had dit begrepen. In zekere zin waren de Koning en Guldberg delen van hetzelfde mirakel.

Het vervulde hem met tevredenheid.

Hij had Struensee voor het eerst in 1766 in Altona gezien, op de dag dat de jonge Koningin daar aan land ging, op weg van Londen naar Kopenhagen voor haar huwelijk. Struensee had daar gestaan, verscholen in de menigte, omringd door zijn Verlichtingsvrienden.

Maar Guldberg had hem gezien: groot, knap en losbandig.

Guldberg zelf was ooit uit het niets opgedoken.

Wie onaanzienlijk is geweest, wie uit het niets is opgedoken, wie dat beleefd heeft weet dat zij die eens niets waren bondgenoten kunnen worden. Het was alleen maar een kwestie van organiseren. Politiek betekende organiseren, de anoniemen laten luisteren en vertellen.

Hij had altijd in gerechtigheid geloofd en geweten dat het kwade door een zeer kleine, miskende man met wie niemand serieus rekening hield, vernietigd moest worden. Dat was het wat hem dreef. God had hem uitverkoren en een muisgrijze dwerg van hem gemaakt, omdat Gods wegen ondoorgrondelijk zijn. Maar Gods daden zijn vol sluwheid.

God was de belangrijkste politicus.

Hij had al vroeg geleerd onreinheid te haten, en het kwade. Het kwaad dat waren de losbandigen, de godloochenaars, de verkwisters, de levensgenieters, de geilaards, de drinkebroers. Die waren allemaal aan het hof te vinden. Het hof was het kwaad. Hij had daarom altijd een vriendelijk, bijna onderdanig glimlachje getoond als hij naar het kwaad keek. Iedereen dacht dat hij met afgunst naar hun orgieën keek. Die kleine Guldberg zou graag meedoen, dachten ze, maar hij kan niet. Hij mist – het instrumentarium. Hij wil alleen maar toekijken.

Hun spottende glimlachjes.

Maar ze hadden naar zijn ogen moeten kijken.

Eens, placht hij te denken, breekt de tijd aan dat ik alles controleer, wanneer mijn verovering van de macht een feit is geworden. En dan zal een glimlach niet meer nodig zijn. Dan breekt de tijd van het snoeien aan, van de reinheid, dan zullen de onvruchtbare takken van de boom gesnoeid worden. Eindelijk zal dan het kwaad gecastreerd worden. En dan zal de tijd van de reinheid aanbreken.

En de tijd van de losbandige vrouwen zal voorbij zijn.

Maar wat hij met de losbandige vrouwen aan moest, wist hij echter niet. Ze konden immers niet gesnoeid worden. Misschien dat de losbandige vrouwen ineen zouden zijgen en oplossen in verrottenis, als een paddestoel in de herfst.

Hij vond dat een heel mooi beeld. De losbandige vrouwen zouden ineenzijgen en oplossen, als een paddestoel in de herfst.

Zijn droom was de reinheid.

De radicalen in Altona waren onrein. Zij verachtten de 'geknotten' en kleinen, maar droomden stiekem over de macht die ze zeiden te bestrijden. Hij had hen door. Ze spraken over licht. Een fakkel in de duisternis. Maar uit hun fakkels kwam alleen duisternis voort.

Hij was in Altona geweest. Het was veelzeggend dat die Struensee uit Altona kwam. Parijs was de slangenkuil van de encyclopedisten, maar Altona was erger. Het was alsof ze probeerden een hefboom onder het bouwwerk van de wereld te plaatsen: en de wereld beefde en onrust en kwalijke dampen stegen op. Maar de Almachtige God had een van zijn geringsten, meest verachten, hem, uitverkoren om het Kwade tegemoet te treden, de Koning te redden en de smerigheid van de door God uitverkorene weg te nemen. En zoals de profeet Jesaja heeft geschreven: *Wie is het, die van Edom komt, in helrode klederen van Bozra, die daar praalt in zijn gewaad, fier voortschrijdt in zijn grote kracht? Ik ben het, die in gerechtigheid spreekt, machtig om te verlossen.*

Waarom is dat rood aan uw gewaad, en zijn uw klederen als die van iemand die de wijnpers treedt? Ik heb de pers alleen getreden en van de volken was niemand bij Mij, Ik trad hen in mijn toorn en vertrad hen in mijn grimmigheid; toen spatte hun bloed op mijn klederen en Ik bezoedelde mijn ganse gewaad. Want een dag van wraak had Ik in den zin en het jaar van mijn verlossing was gekomen. En ik zag rond, maar er was geen helper; Ik ontzette Mij, maar niemand bood steun. Toen verschafte mijn arm Mij hulp en mijn grimmigheid ondersteunde Mij. En Ik vertrapte volken in mijn toorn, maakte hen dronken in mijn grimmigheid en deed hun bloed ter aarde stromen.

En de laatsten zullen de eersten zijn, zoals het in de Heilige Schrift stond geschreven.

Hij was de door God geroepene. Hij, de kleine Hagedis. En er zou een grote vrees over de wereld komen wanneer de Geringste en meest Verachte de teugels van de wraak in zijn handen had. En Gods toorn zou hen allen treffen.

Als het kwaad en de losbandigheid gesnoeid waren, zou hij de Koning schoonwassen. En ook als het kwaad de Koning schade had berokkend, zou hij opnieuw als een kind worden. Guldberg wist dat Christian diep in zijn hart altijd een kind was geweest. Hij was niet geestesziek. En als alles voorbij was en het door God uitverkoren kind was gered, zou de Koning hem weer volgen, als een schaduw, als een kind, nederig en rein. Hij zou weer een rein kind zijn en een van de laatsten zou opnieuw een van de eersten worden.

Hij zou de Koning verdedigen. Tegen hen. Want de Koning was ook een van de allerlaatsten, en de meest verachte.

Maar iemand die de wijnpers treedt, krijgt geen ruiterstandbeeld.

6

Guldberg was bij het sterfbed van koning Frederik, de vader van Christian, aanwezig geweest.

Hij stief op de ochtend van 14 januari 1766.

Koning Frederik was de laatste jaren al zwaarder van gemoed geworden; hij dronk constant, zijn handen trilden en zijn vlees was opgezwollen en deegachtig geworden, grauw, zijn gezicht had geleken op dat van een drenkeling, het leek wel of je de stukken vlees zo uit zijn gezicht kon scheppen; diep in dat vlees gingen zijn ogen schuil, die krachteloos waren en een geel water afscheidden, alsof het lijk al begonnen was vocht uit te scheiden.

De Koning was ook ten prooi geweest aan onrust en vrees en eiste voortdurend dat hoeren zijn bed zouden delen om zijn vrees te verminderen. Al naar gelang de tijd verstreek zaten er steeds meer geestelijken rond zijn bed die zich geschokt voelden. Wie aan zijn bed ontboden werden om de gebeden te lezen die de vrees van de Koning moesten bezweren, meldden zich daarom ziek. De Koning was, dankzij zijn lichamelijke slapte, niet langer in staat zijn vleselijke lusten te bevredigen; toch eiste hij dat de uit de stad gehaalde hoeren naakt zijn bed deelden. Maar toen waren de geestelijken van mening dat op deze manier de gebeden, in het bijzonder het ritueel van het Heilig Avondmaal, tot een blasfemie werden. De Koning spuugde het Heilig Lichaam van Christus uit, maar dronk met diepe teugen van Zijn bloed, terwijl de hoeren met slecht verborgen walging zijn lichaam streelden.

Wat erger was, was dat het gerucht over de toestand van de Koning zich onder het volk verspreid had en de geestelijken voelden zich door die praatjes bezoedeld.

De laatste week voor zijn dood was de Koning heel bang.

Hij gebruikte het eenvoudige woord, 'angst' in plaats van 'vrees' of 'onrust'. Zijn braakaanvallen volgden elkaar steeds sneller op. Op de dag dat hij stierf beval hij dat kroonprins Christian aan zijn ziekbed geroepen moest worden.

De bisschop van de stad eiste daarop dat alle hoeren weggestuurd werden.

De Koning had eerst lange tijd zwijgend naar zijn omgeving gekeken, die bestond uit zijn kamerdienaren, de bisschop en twee andere geestelijken, en had toen met een stem vervuld van een zo vreemde haat dat ze bijna teruggedeinsd waren, uitgeroepen dat de vrouwen eens met hem in de hemel zouden zijn, terwijl hij hoopte dat zij, die nu om hem heen groepten, en in het bijzonder de bisschop van Aarhus, aan de eeuwige kwellingen van de hel onderworpen zouden worden. De Koning had de situatie echter verkeerd geduid: de bisschop van Aarhus was de dag ervoor al naar zijn parochie teruggekeerd.

Daarna had hij overgegeven en toen zijn drinken met moeite voortgezet.

Na een uur was hij opnieuw onhandelbaar geworden en had om zijn zoon geroepen, die hij nu zijn zegen wenste te geven.

Om negen uur hadden ze Christian, de kroonprins, naar hem toe gebracht. Hij was in gezelschap van Reverdil gekomen, zijn Zwitserse privé-leraar. Christian was toen zestien jaar geweest. Hij had met ontzetting naar zijn vader gekeken.

De Koning had hem ten slotte gezien en hem naar zich toe gewenkt, maar Christian was als versteend blijven staan. Reverdil had hem bij de arm gepakt om hem naar het sterfbed van de Koning te leiden, maar Christian had zich aan zijn privé-leraar vastgeklampt en onhoorbaar een paar woorden gestameld; zijn lipbewegingen waren te zien geweest, hij had geprobeerd iets te zeggen, maar er was geen geluid uit zijn mond gekomen.

'Kom... hier... mijn geliefde... zoon...' had de Koning toen gemompeld en met een heftige beweging van zijn arm had hij de lege wijnkruik stukgeslagen.

Toen Christian het bevel niet opvolgde, begon de Koning te roepen, woest en klagend; en toen de geestelijken zich over hem ontfermden en vroegen of hij iets wilde, had de Koning herhaald: 'Ik wil... verdomme... deze kleine... deze kleine... klootzak mijn zegen geven!'

En na slechts een korte aarzeling was Christian toen, bijna zonder hevige dwang, naar het sterfbed van de Koning gebracht. De Koning had Christian bij zijn hoofd en nek gegrepen en geprobeerd hem dichter naar zich toe te trekken.

'Hoe... moet het nou... met jou, jij... klootzak...'

De Koning had daarna moeite gehad woorden te vinden, maar toen was zijn spraak teruggekeerd.

'Jij onderkruipseltje! Je moet hard... hard... HARD worden!!! Kleine... ben je hard? Ben je hard? Je moet je... onkwetsbaar maken!!! Anders...'

Christian had niet kunnen antwoorden omdat hij nog in een stevige greep bij de nek gehouden werd en tegen de naakte zij van de Koning aan gedrukt lag. Deze hijgde nu heftig, alsof hij geen lucht kon krijgen, maar had toen gesist: 'Christian! je moet je hard... hard... hard maken!!!, anders word je opgeslokt!!! anders eten... verpletteren...'

Daarna was hij weer in zijn kussen teruggevallen. Het was nu heel stil in het vertrek. Het enige geluid dat te horen was, was het luide gesnik van Christian.

En de Koning, nu met zijn ogen dicht en zijn hoofd op het kussen, had toen heel zacht en bijna zonder te lallen gezegd: 'Je bent niet hard genoeg, klootzakje. Ik geef je mijn zegen.'

Er was geel water uit zijn mond gelopen. Een paar minuten later was koning Frederik v dood.

Guldberg zag alles en herinnerde zich alles. Hij zag ook dat Reverdil, de Zwitserse privé-leraar, de jongen bij de hand nam alsof de nieuwe Koning nog een klein kind was, hem als een kind bij de hand leidde, wat iedereen versteld deed staan en waar naderhand nog lang over werd gepraat. Op die manier verlieten ze het vertrek, liepen door de gang, passeerden de erewacht die het geweer presenteerde en gingen het binnenhof van het paleis op. Het was nu twaalf uur 's middags, de zon stond laag en het had die nacht licht gesneeuwd. De jongen snikte nog steeds wanhopig en hield zijn Zwitserse leraar Reverdil krampachtig bij de hand vast.

Midden op het binnenhof bleven ze onverwachts staan. Velen keken naar hen. Waarom bleven ze staan? Waar gingen ze naartoe?

De jongen was tenger en klein van stuk. Het hof, dat het nieuws van het tragische en plotselinge overlijden van de Koning had vernomen, was op het binnenhof samengestroomd. Een honderdtal mensen stond daar zwijgend, verbaasd.

Guldberg stond tussen hen in, nog altijd de onaanzienlijkste. Hij had nog geen eigen karakter. Hij stond er alleen vanwege het recht dat zijn titel als leraar van de debiele erfprins Frederik hem schonk; zonder enig ander recht, zonder macht, maar met de zekerheid dat er grote bomen zouden vallen, dat hij de tijd had en kon wachten.

Christian en zijn leraar stonden stil, kennelijk in opperste verwarring en wachtten op niets. Ze stonden daar in de lage zon op het binnenhof van het paleis dat bedekt was met een dun laagje sneeuw, wachtend op niets, terwijl de jongen aan één stuk door bleef huilen.

Reverdil hield de jonge Koning stevig bij de hand. Wat was de nieuwe Deense Koning klein, als een kind. Guldberg voelde een grenzeloos verdriet toen hij naar hen keek. Iemand had de plaats aan de zijde van de Koning ingenomen die hem toekwam. Er stond hem nu een groot werk te wachten, het veroveren van deze plaats. Zijn verdriet was op dit moment nog grenzeloos. Toen vermande hij zich.

Zijn tijd zou komen.

Zo geschiedde toen Christian gezegend werd.

Diezelfde middag werd Christian vii uitgeroepen tot de nieuwe Koning van Denemarken.

2

De onkwetsbare

.

1

De Zwitserse privé-leraar was mager, had een hoge rug en koesterde een droom over de Verlichting als een stille, heel mooie dageraad; eerst was ze onmerkbaar, dan was ze er, en was de dag aangebroken.

Op deze manier dacht hij zich deze. Zacht, stil en zonder verzet op te roepen.

Hij heette François Reverdil. Dat was hij, daar op het binnenhof van het paleis.

Reverdil had Christian bij de hand genomen omdat hij de etiquette was vergeten en alleen verdriet om de tranen van de jongen had gevoeld.

Daarom stonden ze daar zo stilletjes, op het binnenhof, in de sneeuw, nadat Christian gezegend was.

Diezelfde middag werd Christian VII van het balkon van het paleis uitgeroepen tot Koning van Denemarken. Reverdil had schuin achter hem gestaan. Het had verontwaardiging gewekt dat de nieuwe Koning gewuifd en gelachen had.

Dat werd als onpassend beschouwd. Er werd geen verklaring voor het aanstootgevende gedrag van de Koning gegeven.

Toen de Zwitserse leraar, François Reverdil, in 1760 als privé-leraar van de elfjarige kroonprins Christian werd aangesteld, slaagde hij er lange tijd in om te verbergen dat hij van joodse afkomst was. Zijn beide andere voornamen – Élie Salomon – stonden niet in zijn aanstellings-contract.

Die voorzichtigheid was natuurlijk niet nodig geweest. In meer dan tien jaar hadden er geen pogroms in Kopenhagen plaatsgevonden.

Het feit dat Reverdil een man van de Verlichting was, werd evenmin vermeld. Hij vond dat overbodige informatie die hem schade kon toebrengen. Zijn politieke opvattingen waren een privé-aangelegenheid. Voorzichtigheid was zijn grondbeginsel.

Zijn eerste indruk van de jongen was zeer positief.

Christian was 'innemend'. Hij was tenger, klein van stuk, bijna meisjesachtig, maar had een uiterlijk en innerlijk die je voor hem innamen. Hij had een snel verstand, bewoog zich soepel en elegant en sprak vloeiend drie talen: Deens, Duits en Frans.

Al na enige weken werd het beeld gecompliceerder. De jongen leek zich snel aan Reverdil te hechten, voor wie hij al na een maand 'geen angst koesterde', zoals hij zei. Toen Reverdil zich verwonderde over het verbijsterende woord 'angst', meende hij te begrijpen dat angst de natuurlijke toestand van de jongen was.

En 'innemend' dekte naderhand niet het hele beeld van Christian.

Tijdens de verplichte wandelingen, die bedoeld waren om hem sterk te maken en waarbij geen anderen aanwezig waren, drukte de elfjarige gevoelens en waarden uit die Reverdil almaar angstaanjagender begon te vinden. Ze getuigden ook van een vreemde verbale habitus. Het manisch herhaalde verlangen van Christian om 'sterk' of 'hard' te worden, drukte zeker niet de wens naar een krachtige lichamelijke constitutie uit: hij bedoelde iets anders. Hij wilde 'vooruitgang' boeken, maar ook dit begrip was onmogelijk rationeel te duiden. Zijn taal scheen te bestaan uit een groot aantal woorden die volgens een geheime code waren opgebouwd die door een buitenstaander onmogelijk te kraken was. Tijdens gesprekken waar een derde bij was of in aanwezigheid van het hof, was deze gecodeerde taal geheel afwezig, maar onder vier ogen met Reverdil traden de codewoorden bijna dwangmatig vaak op.

Het bevreemdendst waren 'vlees', 'menseneter' en 'straf', die in onbegrijpelijke zin gebruikt werden. Enkele uitdrukkingen konden echter al snel geduid worden.

Als ze na hun wandelingen de lessen weer hernamen, kon de jongen zeggen dat ze nu naar 'een scherp examen', of 'een scherp verhoor' gingen. Deze uitdrukkingen betekenden in Deense, juridische termen hetzelfde als 'foltering', iets wat in die tijd in de rechtspraak was toegestaan en ook vlijtig werd toegepast. Reverdil had schertsend gevraagd of de jongen dacht dat hij door vuurtangen en knijptangen gepijnigd werd.

De jongen had verbaasd ja gezegd.

Vanzelfsprekend.

Pas na een tijdje had Reverdil begrepen dat deze uitdrukking geen codewoord was dat iets anders, iets heimelijks dekte, maar een zakelijke mededeling.

Hij werd gefolterd. Dat was normaal.

2

De taak van de privé-leraar bestond eruit zijn leerling te wennen aan de onbeperkte macht die de Deense alleenheerser bezat.

Maar hierin stond hij niet alleen.

Reverdil trad op de dag af honderd jaar na de omwenteling van 1660 in dienst; deze had een groot deel van de macht van de adel aan banden gelegd en de absolute macht aan de Koning teruggegeven. Reverdil prentte de jonge prins ook de draagwijdte van zijn positie in; dat de toekomst van het land in zijn handen lag. Hij liet echter uit discretie na de jonge prins over de achtergrond te informeren: dat het verval van de koninklijke macht onder eerdere koningen en hun degeneratie ertoe geleid hadden dat de totale macht in handen van die personen aan het hof was komen te liggen die nu zijn eigen opvoeding, opleiding en manier van denken controleerden.

'De jongen' (het woord is van Reverdil) schijnt voor zijn toekomstige rol van koning uitsluitend angst, afkeer en wanhoop gevoeld te hebben.

De Koning was alleenheerser, maar het ambtenarenkorps oefende alle macht uit. Iedereen vond dit normaal. In het geval van Christian was de pedagogiek er zelfs voor aangepast. De macht was de Koning door God gegeven. Deze, op zijn beurt, oefende haar niet uit, maar liet dat aan anderen over. Dat de Koning niet zelf de macht zou uitoefenen was geen vanzelfsprekendheid. De vereiste was dat hij geestesziek was, een zware alcoholicus of niet bereid te werken. Was dit niet het geval, dan moest zijn wil gebroken worden. De apathie en de ontaarding van de Koning waren dus óf aangeboren óf konden via de opvoeding aangekweekt worden.

De begaafdheid van Christian werd door zijn omgeving zó uitgelegd dat zijn willoosheid aangekweekt moest worden. Reverdil beschrijft de methoden die op 'de jongen' losgelaten werden als 'de systematische pedagogiek die gebruikt werd om machteloosheid en ontaarding te veroorzaken, met het oogmerk de invloed van de feitelijke machthebbers te handhaven'. Hij vermoedt al snel dat men aan het Deense hof ook bereid is de geestelijke gezondheid van de jonge prins op te offeren om het resultaat te bereiken dat men bij zijn koninklijke voorgangers had kunnen waarnemen.

Het doel was van dit kind 'een nieuwe Frederik' te maken. Ze wilden, schrijft hij later in zijn memoires, 'door de morele ontaarding van de koninklijke macht een machtsvacuüm creëren waarin zijzelf ongestraft de macht konden uitoefenen. Ze hadden er echter geen rekening mee gehouden dat in dit machtsvacuüm op een dag een lijfarts, Struensee geheten, op bezoek zou komen.' Het is Reverdil die de uitdrukking 'het bezoek van de lijfarts' gebruikt. Het is nauwelijks ironisch bedoeld. Het is eerder zo dat hij de ineenstorting van de jongen met een heldere blik en met grote woede ziet gebeuren.

Over het gezin waaruit Christian voortkwam wordt vermeld dat zijn moeder stierf toen hij twee jaar was en dat hij zijn vader alleen had gekend als een man van slechte reputatie en dat degene die zijn opvoeding uitstippelde en in handen had, graaf Ditlev Reventlow, de rechtschapenheid zelve was.

Reventlow was een sterke natuur.

Zijn opvatting van opvoeden was dat dit 'een dressuur was die de domste boer op zich kon nemen als hij maar een zweep in de hand had'. Daarom had graaf Reventlow een zweep in zijn hand. Er moest groot belang aan 'geestelijke onderwerping' en 'het breken van de zelfstandigheid' gehecht worden.

Hij aarzelde niet deze principes op de kleine Christian toe te passen. Voor die dagen bevatten zijn methoden nauwelijks ongewone elementen wat betreft de opvoeding van kinderen. Het unieke, en wat het resultaat ook voor die tijd zo opzienbarend maakte, was dat het hier niet om een opvoeding binnen de adel of de burgerij ging. Degene die gebroken moest worden, die door dressuur en geestelijke onderwerping en met de zweep in de hand iedere zelfstandigheid ontnomen diende te worden, was de door God uitverkoren alleenheerser over Denemarken.

Geheel geknakt, onderworpen en met een gebroken wil, zou alle macht dus aan de Heerser gegeven worden en dan zou deze haar aan zijn opvoeders afstaan.

Veel later, als de Deense revolutie al lang voorbij is, vraagt Reverdil zich in zijn memoires af waarom hij niet ingegrepen heeft.

Daar heeft hij geen antwoord op. Hij beschrijft zichzelf als een intellectueel en zijn analyse is helder.

Maar geen antwoord, uitgerekend niet over dit punt.

Reverdil was aangesteld als een ondergeschikte leraar in het Duits en het Frans. Als hij arriveert ziet hij de resultaten van de eerste tien jaar pedagogie.

Het is waar: hij was een ondergeschikte. Graaf Reventlow ging over de principes. Er waren immers geen ouders.

'Dus verliet ik gedurende vijf jaar iedere dag verdrietig het paleis; ik zag hoe men de geestelijke vermogens van mijn leerling onafgebroken kapot probeerde te maken, zodat hij niets leerde over dat wat deel uitmaakte van zijn levenstaak als heerser en over de bevoegdheden van zijn macht. Hij had geen onderricht in de burgerlijke wetten van zijn land ontvangen; hij wist niet hoe de werkzaamheden over de diverse regeringsbureaus opgesplitst waren of hoe het land meer in detail geregeerd werd, hij wist evenmin dat de macht uitging van de Kroon en zich naar de individuele rijksambtenaren vertakte. Men had hem nooit verteld in welke relatie hij tot de buurlanden kon komen te staan, hij was onwetend met betrekking tot de land- en zeestrijdkrachten van het land. De Grootmeester van de kroonprins die zijn opleiding leidde en iedere dag mijn onderwijs controleerde, was minister van Financiën geworden zonder zijn post als groottoezichthouder op te geven, maar wat hij naliet was zijn leerling te onderwijzen in wat ook maar een deel van zijn ambtelijke werkzaamheden uitmaakte. Degene die dit alles eens zou bestieren had geen enkele notie van 's lands financiële bijdragen aan de koninklijke macht, noch op welke manier ze aan de schatkist toegevoegd werden en waarvoor ze gebruikt moesten worden. Enkele jaren eerder had zijn vader, de Koning, hem een landgoed geschonken; maar daar had de prins niet eens een bewaker aangesteld, hij had er geen enkele dukaat aan uitgegeven of er ook maar een boom geplant. Grootmeester en minister van Financiën Reventlow bestuurde alles naar eigen inzicht en zei op goede gronden: "Mijn meloenen! Mijn vijgen!"'

De heer Reventlow, minister van Financiën, landjonker en graaf, speelde tijdens de opvoeding, zo constateert de leraar, een centrale rol. In zekere zin droeg dit ertoe bij dat Reverdil het raadsel kon oplossen waar de codetaal van de jongen hem voor stelde.

De lichamelijke eigenaardigheden van de Prins werden namelijk steeds opvallender. Er scheen een lichamelijke onrust in hem te huizen: hij staarde voortdurend naar zijn handen, pulkte met zijn vingers aan zijn buik, sloeg met zijn vingertoppen op zijn huid en mompelde dat hij binnenkort 'vooruitgang zou boeken'. Hij zou dan de 'volmaakte toestand' bereiken die hem in staat zou stellen 'net als de Italiaanse toneelspelers' te zijn.

De begrippen 'theater' en 'Passauer Kunst' weeft de jonge Christian dooreen. Er bestaat geen andere logica dan de logica die 'de scherpe verhoren' bij de jongen oproepen.

Tussen de vele vreemde ideeën die in die tijd aan de Europese hoven floreerden was het geloof aan bepaalde middelen die de mens onkwetsbaar konden maken. Deze mythe was tijdens de Dertigjarige Oorlog in Duitsland geboren; er was sprake van een droom over onkwetsbaarheid die vooral bij machthebbers een belangrijke rol zou gaan spelen. Het geloof in deze kunst – die de Passauer Kunst genoemd werd – werd door de vader en de grootvader van Christian aangehangen.

Het geloof aan de 'Passauer Kunst' was voor Christian een geheime schat die hij diep in zijn hart weggestopt had.

Voortdurend inspecteerde hij zijn handen en zijn buik om te zien of hij al voortgang inzake zijn onkwetsbaarheid had geboekt ('s'il avançait'). De kannibalen om hem heen waren vijanden die altijd op de loer lagen. Als hij 'sterk' werd en zijn lichaam 'onkwetsbaar' was geworden, zou hij ongevoelig voor de mishandelingen van de vijand kunnen worden.

Iedereen was een vijand, maar Reventlow, de alleenheerser, was dat in het bijzonder.

Dat Christian 'de Italiaanse toneelspelers' als goddelijke voorbeelden noemt, houdt verband met deze droom. De toneelspelers kwamen de jonge Koning als goddelijk voor. Goden waren hard en onkwetsbaar.

Ook deze goden speelden hun rol. Dit tilde hen boven de werkelijkheid uit.

Als vijfjarige had hij namelijk een gastspel van een Italiaanse toneelspelerstroep gezien. De imponerende lichaamshouding van de toneelspelers, hun lange gestaltes en hun schitterende kostuums hadden een zo sterke indruk op hem gemaakt, dat hij ze als wezens van een hogere orde was gaan beschouwen. Ze waren goddelijk. En als hij, van wie immers ook gezegd werd dat hij door God uitverkoren was, als hij vooruitgang boekte, kon hij zich met deze goden verenigen, toneelspeler worden en zich op deze manier bevrijden van 'de plaag van de koninklijke macht'.

Hij onderging zijn roeping voortdurend als een plaag.

Mettertijd ontstond ook het idee dat hij als kind verwisseld was. Hij was eigenlijk een boerenjongen. Dit was bij hem tot een dwangidee geworden. Zijn uitverkoring was een kwelling. De 'scherpe verhoren' waren een kwelling. Als hij verwisseld was, zou hij dan niet van deze kwelling bevrijd worden?

De uitverkorene Gods was geen gewoon mens. Daarom zocht hij almaar koortsachtiger naar bewijzen dat hij een mens was. Naar een teken! Het woord 'teken' keert voortdurend terug. Hij zoekt naar 'een teken'. Als hij het bewijs kon vinden dat hij een mens was en geen uitverkorene, dan zou hij bevrijd zijn van zijn koninklijke rol, van de kwelling, van de onzekerheid en de scherpe verhoren. Anderzijds, als hij zich net als de Italiaanse toneelspelers onkwetsbaar kon maken, kon hij misschien ook als uitverkorene overleven.

Zo interpreteerde Reverdil de gedachtegang van Christian. Maar hij was er niet zeker van. Waar hij wel zeker van was, was dat hij het vergruizelde beeld zag dat het kind van zichzelf had.

Christian werd steeds meer gestaafd in de gedachte dat het theater onwerkelijk was en daarom de enig werkelijke vorm van bestaan.

Zijn gedachtegang was, en Reverdil kon de jongen slechts met moeite volgen omdat diens logica niet helemaal duidelijk was, zijn gedachtegang was dat als alleen het theater werkelijk was, dat dan alles begrijpelijk werd. De mensen op het toneel bewogen zich als goden en herhaalden de woorden die ze ingestudeerd hadden, wat ook het natuurlijke was. De toneelspelers waren het echte. Zelf was hem de rol van Koning bij de gratie Gods toebedeeld. Dat had niets met de werkelijkheid te maken, dat was kunst. Daarom hoefde hij ook geen schaamte te voelen.

Schaamte was anders zijn natuurlijke toestand.

De heer Reverdil had tijdens een van de eerste lessen, die in het Frans gegeven werden, ontdekt dat zijn leerling het woord 'corvee' niet begreep. Toen hij probeerde dit te vertalen in de ervaringen van de jongen, had hij het element van theater in het leven van de jongen zelf beschreven. 'Ik moest hem toen leren dat zijn reizen op een militaire mobilisatie leken, dat men naar alle regio's inspecteurs uitgezonden had om de boeren te sommeren acte de présence te geven, sommigen met hun paarden, anderen alleen met kleine wagens; en dat deze boeren uren en dagen langs wegen en halteplaatsen moesten wachten, dat ze veel tijd verknoeiden voor iets wat geen enkel nut had, dat degenen die hij passeerde opgecommandeerd waren en dat niets van wat hij zag dus echt was.'

Grootmeester en minister van Financiën Reventlow had, toen hij van dit onderdeel in het onderricht hoorde, een woedeaanval gekregen en gebruld dat dit geen nut diende. Graaf Ditlev Reventlow brulde vaak. Zijn optreden als toezichthouder op de opvoeding van de Prins had de Zwitserse, joodse leraar überhaupt verbaasd, maar om voor de hand liggende redenen durfde hij zich niet tegen de principes van de minister van Financiën te verzetten.

Er was sprake van geen enkele samenhang. Het toneelstuk was het natuurlijke. Je moest de woorden van buiten leren, maar niet begrijpen. Hij was Gods uitverkorene. Hij stond boven iedereen en was tegelijk de armzaligste. Het enige dat terugkeerde was dat hij altijd een pak slaag kreeg.

De heer Reventlow had de reputatie 'rechtschapen te zijn'. Omdat hij leren belangrijker vond dan begrijpen, legde hij er sterk de nadruk op dat de Prins zinnen en beweringen vanbuiten moest leren, net als in een toneelstuk. Wat echter niet van belang was, was dat de Prins het geleerde begreep. Het onderwijs had in de eerste plaats als doel, met het theater als voorbeeld, het uit het hoofd leren van teksten. Ondanks zijn harde en rechtschapen karakter schafte de heer Reventlow voor de troonopvolger speciaal voor dit doel in Parijs vervaardigde kleding aan. Als de jongen zich dan vertoonde en uit het hoofd zijn tekst kon opzeggen, was de minister van Financiën tevreden; voor ieder optreden van de troonopvolger kon hij uitroepen:

'Kijk! Nu gaat mijn pop getoond worden!'

Vaak, schrijft Reverdil, waren deze vertoningen een kwelling voor Christian. Toen hij op een dag zijn vaardigheid in het dansen moest laten zien, werd hem opzettelijk niet verteld wat hem te wachten stond. 'Het werd een moeilijke dag voor de Prins. Hij werd uitgescholden, kreeg een pak ransel en huilde tot het moment voor het ballet was aangebroken. In zijn geest verbond zich de aanstaande gebeurtenis met dwangvoorstellingen: hij beeldde zich in dat hij naar de gevangenis werd gebracht. Het militaire eerbetoon dat hem bij de poort bewezen werd, het tromgeroffel, de wachten die zijn wagen begeleidden, versterkten hem daarin nog en boezemden hem grote angst in. Al zijn ideeën werden op hun kop gezet, vele nachten lag hij aan één stuk door te huilen.'

De heer Reventlow greep 'constant' in het onderricht in, met name als het instuderen werd versoepeld tot wat hij 'gesprekken' noemde.

'Als hij merkte dat het onderricht "ontaardde" in gesprekken, als het rustig en zonder herrie verliep en mijn leerling interesseerde, klonk van de andere kant van het vertrek een bulderende stem in het Duits: "Uwe Koninklijke Hoogheid, als ik niet alles controleer, gebeurt er ook nooit iets!" Dan kwam hij op ons toe, liet de Prins opnieuw aan zijn les beginnen, waar hij zijn eigen commentaren aan toevoegde, kneep hem stevig, balde zijn handen en diende hem harde vuistslagen toe. De jongen raakte daardoor in de war, werd bang en bracht het er nog slechter af. De verwijten stapelden zich dan op en de mishandeling nam nog verder toe, of omdat hij de dingen te letterlijk herhaalde, of te vrij, of omdat hij een detail vergat, of omdat hij het juiste antwoord gaf, daar zijn kwelgeest vaak niet wist wat het juiste antwoord was. De Grootmeester werd dan steeds kwader en het eind van het liedje was dat hij door het vertrek om de 'stok' riep, die hij op het kind liet neerdalen, iets waar hij heel lang mee doorging. Iedereen was van dit afschuwelijke optreden op de hoogte, want de kreten waren te horen op het binnenhof van het paleis waar het Hof verzameld was. De menigte die daar bijeen was gebracht om De Opgaande Zon te eren, dus het kind dat nu getuchtigd werd en het uitschreeuwde en dat ik als een knap en beminnelijk kind had leren kennen, stond te luisteren naar wat zich afspeelde, terwijl het kind met opengesperde ogen vol tranen van het gezicht van de tiran probeerde af te lezen wat deze wenste en welke woorden er van hem verlangd werden. Onder de maaltijd ging de Mentor door met de aandacht op te eisen en vragen aan de jongen te stellen en de antwoorden op grove manier te weerleggen. Op die manier werd het kind voor zijn eigen dienaren belachelijk gemaakt en raakte hij vertrouwd met schaamte.

De zondag was al evenmin een rustdag; twee keer voerde de heer Reventlow zijn pupil ter kerke, herhaalde met bulderende stem de belangrijkste sluitredes van de predikant in het oor van de prins, kneep hem en stootte hem keer op keer aan om de bijzondere betekenis van afzonderlijke zinnen te benadrukken. Naderhand moest de prins herhalen wat hij gehoord had en als hij iets vergeten was of verkeerd begrepen had, werd hij zo hevig mishandeld als elk afzonderlijk onderwerp dat vereiste.'

Dat was het 'scherpe verhoor'. Reverdil merkt op dat Reventlow de Kroonprins vaak zo lang mishandelde dat 'het schuim op de lippen van de Graaf stond'. Zonder bemiddelaar zou later alle macht door God, die hem had uitverkoren, aan de jongen overgedragen worden.

Christian daarentegen zoekt een 'weldoener'. Tot dan toe heeft hij nog geen weldoener gevonden.

Hun wandelingen vormden voor Reverdil de enige gelegenheid om iets zonder supervisie uit te leggen. De jongen leek evenwel al onzekerder en verwarder te worden.

Niets scheen met iets samen te hangen. Tijdens deze wandelingen, die ze soms alleen maakten, soms 'op een afstand van dertig el' gevolgd door kamerheren, kwam de verwarring van de jongen steeds duidelijker aan het licht.

Men kan zeggen: zijn taal begon te decoderen. Reverdil merkte ook op dat alles wat 'rechtschapen' was in het talige bewustzijn van de jongen geassocieerd werd met mishandeling en met de liederlijkheid van het hof.

Christian verklaarde, in zijn koppige pogingen om alles met alles te doen samenhangen, dat hij begrepen had dat het hof theater was, dat hij zijn tekst moest instuderen en gestraft zou worden als hij die niet precies kende.

Maar bestond hij uit één enkel mens, of uit twee?

De door hem bewonderde Italiaanse toneelspelers hadden een rol in een toneelstuk plus een rol 'daarbuiten', waar het stuk ophield. Maar, meende de jongen, zijn eigen rol hield toch nooit op? Wanneer bevond hij zich 'daarbuiten'? Moest hij er de hele tijd naar streven 'hard' te worden en 'vooruitgang' te boeken en zich 'daarbinnen' te bevinden? Indien alles alleen maar uit tekst bestond die hij moest instuderen, en had Reverdil niet gezegd dat alles geregisseerd was, dat zijn leven alleen maar ingestudeerd moest worden en 'opgevoerd', hoe kon hij dan hopen ooit buiten dit toneelspel te staan?

De toneelspelers, de Italiaanse die hij gezien had, bestonden toch uit twee wezens: een op het toneel, een daarbuiten. Maar wat was hij?

Er zat geen logica in zijn redenering, maar die was wel op een andere manier te begrijpen. Hij had Reverdil gevraagd wat een mens was. Was hij, in zo'n geval, een mens? God had zijn eniggeboren zoon in de wereld gestuurd, maar God had ook hem, Christian, uitverkoren tot alleenheerser. Had God ook deze teksten die hij nu instudeerde geschreven? Was het Gods wil dat deze boeren die tijdens zijn reizen opgetrommeld werden zijn medespelers zouden zijn? Of wat was zijn rol? Was hij de zoon van God? Wie was zijn vader Frederik dan geweest?

Had God ook zijn vader uitverkoren en hem bijna zo 'rechtschapen' gemaakt als de heer Reventlow? Was er misschien behalve God een Weldoener van het Universum, die zich over hem kon ontfermen in tijden van uiterste nood?

De heer Reverdil had hem streng toegevoegd dat hij niet Gods gezalfde was en ook niet Jezus Christus, dat Reverdil zelf het geloof in Jezus Christus uiteraard niet was toegedaan omdat hij een jood was; en dat hij er onder geen enkele omstandigheid op mocht zinspelen dat hij de zoon van God was.

Dat was godslastering.

Maar de Troonopvolger had er toen tegen ingebracht dat de Koningin-weduwe, die een vrome hernhutter was, gezegd had dat de ware christen zich in het bloed van het Lam Gods baadde, dat diens wonden grotten waren waarin de zondaar kon schuilen en dat dit zijn verlossing was. Hoe hing dit dan samen?

Reverdil had hem onmiddellijk gevraagd deze gedachten uit zijn hoofd te zetten.

Christian zei dat hij bang was gestraft te worden omdat zijn schuld zo groot was; primo, omdat hij zijn teksten niet kende en secundo, omdat hij beweerde Koning bij de gratie Gods te zijn terwijl hij eigenlijk een verwisselde boerenjongen was. En dan verschenen de spasmen weer, het gepulk van zijn hand aan zijn buik, de bewegingen van zijn benen en zijn hand die naar boven wees en dan een uitgestoten woord, herhaald, als een noodkreet of een bede.

Ja, misschien was dit de manier waarop hij bad: het woord dat terugkeerde, net als de hand die naar boven wees, naar iets of iemand in het universum, het universum dat de jongen zo in de war en beangstigend voorkwam en zo zonder enige samenhang leek.

'Een teken!!! Een teken!!!'

Christian zette zijn monologen koppig voort. Hij leek te weigeren ze op te geven. Werd je, als je gestraft was, vrij van schuld? Bestond er een Weldoener? Omdat hij ingezien had dat zijn schaamte zo groot was en zijn fouten zo talrijk, hoe zat het dan met de verhouding tussen schuld en straf? Op welke wijze moest hij gestraft worden? Maakten dan alle mensen om hem heen, allen die hoereerden en dronken en rechtschapen waren, maakten ook zij allemaal deel uit van Gods toneelstuk? Jezus was immers in een stal geboren. Waarom was het dan onbestaanbaar dat hij een verwisseld kind was dat misschien een ander leven had kunnen leiden met liefdevolle ouders, tussen de boeren en de dieren?

Jezus was de zoon van een timmerman. Wie was Christian dan? De heer Reverdil was steeds banger geworden, maar spande zich in om kalm en verstandig te antwoorden. Hij had echter de indruk dat de verwarring van de jongen toenam en steeds zorgwekkender werd.

Had Jezus niet, vroeg Christian tijdens een van hun wandelingen, de tollenaars uit de tempel verdreven? Zij die overspel pleegden en zondigden? Hij had hen verdreven, de rechtschapenen dus en wie was dan Jezus?

Een revolutionair, had de heer Reverdil geantwoord.

Was het dan de taak van Christian, had hij koppig doorgevraagd, zijn taak als Gods uitverkoren alleenheerser, om in dit hof, waar men hoereerde, dronk en zondigde, om hier alles kapot te slaan en te vernietigen? En de rechtschapenen te verdrijven, en te vernietigen... te verdelgen? Reventlow was toch rechtschapen? Kon een weldoener, die misschien de heerser over het hele universum was, zich over hem ontfermen en de tijd voor hem nemen? De rechtschapenen verdelgen? Kon Reverdil hem misschien helpen een Weldoener te vinden die alles kon verdelgen.

'Waarom wil je dat?' had Reverdil gevraagd.

Toen was de jongen gaan huilen.

'Om reinheid te bereiken,' had hij ten slotte geantwoord.

Ze waren een hele tijd zwijgend voortgelopen.

'Nee,' had de heer Reverdil ten slotte geantwoord, 'het is jouw taak niet om te verdelgen.'

Maar hij wist dat hij geen antwoord had gegeven.

3

De jonge Christian had het steeds vaker over schuld en straf.

De kleine straf kende hij immers. Dat was 'de stok' die de Grootmeester gebruikte. De kleine straf bestond ook uit de schaamte en het lachen van de pages en 'de favorieten' als hij gefaald had. De grote straf moest voor de grotere zondaars zijn.

De ontwikkeling van de jongen ging een onrustbarende kant op naar aanleiding van de foltering en terechtstelling van sergeant Mörl.

Wat er geschiedde was dit.

Een sergeant, Mörl geheten, die met een afschuwelijke trouweloosheid zijn weldoener had vermoord in wiens huis hij woonde, en wel om de regimentskas te kunnen stelen, werd volgens een koninklijke verordening en met de handtekening van koning Frederik eronder veroordeeld om op gruwelijke wijze terechtgesteld te worden, met alles wat alleen bij moorden van een bijzondere aard gebruikt werd.

Vele mensen vonden dit een uiting van onmenselijke barbarij. Het vonnis was een bijzonder en huiveringwekkend document; men had er kroonprins Christian van verteld en hij had een merkwaardige interesse voor deze gebeurtenis aan de dag gelegd. Dit vond in het laatste regeringsjaar van koning Frederik plaats. Christian was toen vijftien jaar. Hij had tegen Reverdil gezegd dat hij de terechtstelling wilde bijwonen. Reverdil had zich ernstige zorgen gemaakt en zijn pupil bezworen dat niet te doen.

De jongen – hij noemt hem nog de jongen – had het vonnis echter gelezen en er was een eigenaardige aantrekkingskracht voor hem van uitgegaan. Daar komt bij dat sergeant Mörl voor zijn terechtstelling drie maanden in de gevangenis had doorgebracht en dat er toen tijd was geweest om hem in de godsdienst te onderrichten.

Hij had het geluk dat hij in handen van een dominee was gevallen die het geloof van graaf Zinzendorf deelde, namelijk dat van de hernhutters waartoe ook de Koningin-weduwe behoorde. Ze had in gesprekken met Christian – zulke gesprekken vonden plaats, maar waren van een door en door vroom karakter – enerzijds het vonnis en de op handen zijnde wijze van terechtstelling diepgaand bediscussieerd, anderzijds verteld dat de gevangene hernhutter was geworden. De gevangene Mörl was gaan geloven dat juist de huiveringwekkende martelingen hem, voordat zijn leven uit hem zou wegvloeien, op een speciale manier met de wonden van Jezus zouden verenigen; ja, dat hij juist door het folteren, de pijn en de wonden in een totale omvaming door Jezus zou worden opgenomen, in de wonden van Jezus ondergedompeld zou worden en door zijn bloed verwarmd.

Het bloed, de wonden – dat alles had in de beschrijving van de Koningin-weduwe een vorm aangenomen die Christian als 'lustvol' ervoer en zijn nachtelijke dromen waren ervan vervuld.

De beulskar zou een triomfwagen worden. De gloeiende tangen die in zijn vlees zouden knijpen, de zwepen, de naalden en ten slotte het wiel, dat alles zou het kruis worden waarop hij met het bloed van Jezus verenigd werd. Mörl had in de gevangenis ook gezangen geschreven die gedrukt en vermenigvuldigd werden ter stichting van het volk.

In die maanden waren de Koningin-weduwe en de jongen op een voor Reverdil weerzinwekkende manier in hun belangstelling voor deze terechtstelling met elkaar verbonden geraakt.

Hij kon Christian niet verhinderen er in het geheim getuige van te zijn.

De uitdrukking 'in het geheim' heeft hier een bijzondere, juridische betekenis. Het gebruik wilde dat als de Koning of de Kroonprins op de een of andere manier langs de plaats van een terechtstelling kwam, dit tot gevolg had dat de gevangene begenadigd moest worden.

Christian was echter in een overdekt huurrijtuig bij de terechtstelling aanwezig geweest. Niemand had hem gezien.

Sergeant Mörl had psalmen gezongen en met luide stem getuigd van zijn brandende geloof en vurige verlangen in Jezus' wonden te verdrinken; maar toen de langdurige foltering op het schavot begon, had hij die niet kunnen verdragen; hij was in een wanhopig geschreeuw losgebarsten, vooral toen de naalden 'die delen van zijn lichaam en onderlijf welke het centrum van de grootste lust waren en die de hevigste pijn konden veroorzaken' doorboorden. Zijn vertwijfeling was toen zo uitzinnig en zo zonder enige vroomheid geweest dat de psalmen en gebeden van de toeschouwers verstomd waren; ja, de vrome lust om het verscheiden van de martelaar te zien was hun vergaan en menigeen had rennend de plek verlaten.

Christian was echter de hele tijd in het rijtuig blijven zitten, totdat sergeant Mörl de geest had gegeven. Daarna was hij naar het paleis teruggekeerd, was naar Reverdil gegaan, voor hem op de knieën gevallen, had zijn handen gevouwen en in wanhoop en vol verwarring, maar zwijgend, naar het gezicht van zijn leermeester gekeken.

Er werd die middag niets gezegd.

Daar komt nog bij wat er de volgende avond plaatsvond.

Reverdil was naar de vertrekken van Christian in het paleis gegaan om een verandering in het lesrooster voor de volgende dag mee te delen. Hij bleef in de deuropening staan en was getuige van een scène die hem, zoals hij het uitdrukt, 'verlamde'. Christian had op de grond gelegen, uitgestrekt op iets wat een rad moest voorstellen. Twee van zijn pages waren doende 'zijn ledematen te breken' – zij voltrokken deze radbraking met behulp van rollen papier, terwijl de misdadiger op het rad smeekte en kreunde en huilde.

Reverdil had als versteend gestaan, maar was toen de kamer binnengegaan en had tegen de pages gezegd dat ze moesten ophouden. Christian was daarop weggerend en had naderhand niet over het voorval willen praten.

Een maand later, toen hij tegen Reverdil zei dat hij 's nachts niet kon slapen, had deze gevraagd hem de reden voor de martelingen te vertellen. Christian had toen onder tranen verteld dat hij van mening was dat 'hijzelf Mörl was, die aan de handen van de gerechtigheid was ontkomen en dat men per ongeluk een fantoom gemarteld en terechtgesteld had. Dit spelen met het lijken op iemand die geradbraakt en gemarteld was, vulde zijn hart met duistere ideeën en vergrootte zijn neiging tot zwaarmoedigheid.'

4

Reverdil komt steeds weer terug op zijn droom dat het licht van de Verlichting langzaam, sluipend naderbij kon komen: het beeld van een licht als van een dageraad, langzaam uit het water opstijgend.

Het was de droom over wat onvermijdelijk zou komen. Hij schijnt de overgang van donker naar licht lange tijd als onontkoombaar en als

soepel verlopend en zonder enig geweld gezien te hebben.
Later distantieert hij zich daarvan.

Heel voorzichtig had de heer Reverdil geprobeerd in het gemoed van de Troonopvolger iets van het zaad te zaaien, waarvan hij, als Verlichtingman, hoopte dat het vrucht zou dragen. Toen de jongen nieuwsgierig vroeg of de mogelijkheid bestond dat hij met enkelen van deze filosofen, die de grote Franse encyclopedie tot stand gebracht hadden, in briefwisseling kon treden, had Reverdil gezegd dat een zekere heer Voltaire, een Fransman, zich misschien voor de jonge Deense troonopvolger zou interesseren.

Christian had toen een brief aan de heer Voltaire geschreven. Hij had antwoord gekregen.

Op deze manier was de voor het nageslacht zo merkwaardige briefwisseling tussen Voltaire en de geesteszieke Deense koning Christian VII totstandgekomen; deze is vooral bekend geworden door het huldigingsgedicht dat Voltaire in 1771 voor Christian schreef, die daarin bezongen werd als de vorst van het licht en het vernuft van het Noorden. Een gedicht dat hem op een middag op Hirschholm bereikte, toen hij al verloren was; maar het had hem gelukkig gemaakt.

Bij een van zijn eerste brieven had de heer Voltaire een boek gevoegd dat hij zelf geschreven had. Tijdens de middagwandeling had Christian – Reverdil had hem aangemaand de correspondentie strikt geheim te houden – het boek dat hij onmiddellijk gelezen had aan Reverdil laten zien en er een passage uit geciteerd die hem bijzonder had aangesproken.

'Maar is het niet het toppunt van gekte dat men gelooft de mensen te kunnen veranderen en hun gedachtegoed tot onderwerping te kunnen dwingen door kwaad van hen te spreken, hen te vervolgen, hen naar de galeien te sturen en te proberen hun gedachten te vernietigen door hen naar de galg, het rad en de brandstapel te slepen.'

'Zo denkt de heer Voltaire,' had Christian triomfantelijk uitgeroepen, 'dat bedoelt hij! Hij heeft me een boek gestuurd! Mij!'

Reverdil had fluisterend tegen zijn leerling gezegd dat die zijn stem moest laten dalen, omdat de hovelingen die op dertig el achter hen liepen wantrouwend zouden kunnen worden. Christian had toen onmiddellijk het boek tegen zijn borst verborgen en fluisterend verteld dat de heer Voltaire in zijn brief verteld had dat hem een proces was aangedaan inzake de vrijheid van gedachte en dat hij toen hij dat gelezen had onmiddellijk de impuls had gekregen om duizend rijksdaalders als bijdrage aan het proces van de heer Voltaire voor de vrijheid van meningsuiting te sturen.

Hij vroeg zijn leraar nu of deze zijn opvatting deelde. Of hij dat geld moest sturen. De heer Reverdil had, toen hij zich weer in de hand had en zijn verbazing had onderdrukt, de Troonopvolger in deze gedachte gesteund.

Het geld werd later inderdaad verzonden.

Bij diezelfde gelegenheid had Reverdil aan Christian gevraagd waarom hij zich in deze strijd aan de zijde van de heer Voltaire wilde scharen, omdat dat niet zonder gevaren was. En omdat het verkeerd uitgelegd kon worden, niet alleen in Parijs.

'Waarom,' had hij gevraagd, 'wat is de reden?'

En toen had Christian heel eenvoudig en verbaasd geantwoord: 'Omwille van de reinheid! Waarom anders? Voor het reinigen van de tempel!!!'

De heer Reverdil schrijft dat dit antwoord hem met vreugde had vervuld, een vreugde die echter met angstige voorgevoelens gepaard ging.

Diezelfde avond leek zijn angst bewaarheid te worden. In zijn kamer hoorde hij een ongewoon kabaal op het binnenhof van het paleis, geluid als van brekend meubilair en geschreeuw. Plus het geluid van gebroken glas. Toen hij overeind schoot zag hij dat zich op het binnenhof een menigte begon te verzamelen. Hij rende daarop naar de vertrekken van de Prins en ontdekte dat Christian kennelijk in een aanval van geestverwarring meubilair kapotgeslagen had in de voorkamer links van zijn slaapvertrek en de stukken door het raam naar buiten had gegooid en dat er overal gebroken vensterglas lag, terwijl twee van de 'favorieten', zoals bepaalde hovelingen genoemd werden, vergeefs probeerden de Troonopvolger te kalmeren en hem met deze 'uitbarstingen' te doen ophouden.

Maar pas toen Reverdil hem met een krachtige, smekende stem toegesproken had, hield Christian op met het uit het raam gooien van het meubilair.

'Mijn kind,' had Reverdil gevraagd, 'mijn geliefde kind, waarom doe je dit?'

Christian had hem zwijgend aangekeken, alsof hij niet begreep hoe Reverdil deze vraag kon stellen. Dat lag toch voor de hand.

De vertrouweling van de Koningin-weduwe, een professor aan de Academie van Sorø, Guldberg geheten, die de leraar en verzorger van erfprins Frederik was, een man met eigenaardig ijsblauwe ogen, onaanzienlijk van gestalte, maar zonder andere bijzondere eigenschappen, was op dat moment het vertrek in komen rennen en Reverdil had de Prins nog net kunnen toefluisteren: 'Mijn geliefde kind, niet op deze manier! Niet op deze manier!!!'

De jongen was inmiddels gekalmeerd. Op het binnenhof begon men de uit het raam gegooide brokstukken te verzamelen.

Later had Guldberg Reverdil bij de arm genomen en hem te spreken gevraagd. Ze waren de gang in gelopen.

'Meneer Reverdil,' had Guldberg gezegd, 'Zijne Majesteit heeft een lijfarts nodig.'

'Waarom?'

'Een lijfarts. We moeten iemand zoeken die zijn vertrouwen kan winnen en zijn... uitbarstingen kan voorkomen.'

'Wie?' had Reverdil gevraagd.

'We moeten op zoek gaan,' had Guldberg gezegd, 'we moeten heel zorgvuldig naar de juiste persoon op zoek gaan. Geen jood.'

'Maar waarom?' had Reverdil gevraagd.

'Omdat Zijne Majesteit geestesziek is,' had Guldberg tegen hem gezegd.

En Reverdil had dit niet tegen kunnen spreken.

5

Op 18 januari 1765 deelde Bernstorff, lid van de Rijksraad, de jonge troonopvolger mee dat de regering in haar dinsdagberaad en na bijna twee jaar onderhandelen met de Engelse regering, besloten had hem te laten huwen met de dertienjarige Engelse prinses Caroline Mathilde, een zuster van de Engelse koning George III.

De bruiloft zou in november 1766 plaatsvinden.

Christian was bij het meedelen van de naam van zijn aanstaande gevlucht in zijn gebruikelijke lichaamsgebaren, had met zijn vingertoppen aan zijn vel gepulkt, had op zijn buik getrommeld en zijn voeten spastisch bewogen. Na het aanhoren van de mededeling had hij gevraagd: 'Moet ik voor dit doel speciale woorden of zinnen instuderen?'

Graaf Bernstorff had de draagwijdte van de vraag niet in haar volle omvang begrepen, maar vriendelijk glimlachend gezegd:

'Alleen die van de liefde, Koninklijke Hoogheid.'

Toen Frederik stierf na Christian gezegend te hebben, kwam er een einde aan diens strenge opvoeding en was de jonge Koning klaar. Hij was nu gereed om de absolute macht van een alleenheerser uit te oefenen.

Hij was klaar. Hij kon zijn nieuwe rol opnemen. Hij was zestien jaar.

Reverdil was hem naar het sterfbed van zijn vader gevolgd, was getuige geweest van het zegenen en was Christian de kamer uit gevolgd. Eenzaam hadden ze samen lang, hand in hand, in de lichte stuifsneeuw op het binnenhof van het paleis gestaan tot het huilen van de jongen bedaard was.

Diezelfde middag was Christian uitgeroepen tot koning Christian VII.

Reverdil had schuin achter hem op het balkon gestaan. Christian had ook toen zijn hand willen vasthouden, maar Reverdil had erop gewezen dat dit niet passend zou zijn en in strijd met het protocol. Maar toen ze het balkon betraden had Christian, die nu over zijn hele lichaam beefde, aan Reverdil gevraagd: 'Welk gevoel moet ik nu uitdrukken?'

'Verdriet,' had Reverdil geantwoord, 'en daarna vreugde vanwege de huldeblijken van het volk.'

Christian was echter in de war geraakt, was het verdriet en de wanhoop vergeten en had voortdurend een starre, stralende glimlach getoond en met zijn armen naar het volk gezwaaid.

Dat had veel mensen onaangenaam getroffen. De pasgekroonde Koning had niet zoals passend was verdriet getoond. Toen hem daar naderhand naar gevraagd werd was hij ontroostbaar geweest; hij zei dat hij zijn eerste repliek had vergeten.

3

Het Engelse kind

Christians uitverkoren Koningin heette Caroline Mathilde. Ze was op 22 juli 1751 in Leicester House in Londen geboren en bezat geen eigen karakter.

Zo werd er over haar gedacht. Toch zou ze een sleutelrol spelen in de komende gebeurtenissen, iets wat niemand had kunnen bevroeden en wat iedereen met stomheid sloeg, omdat men algemeen van mening was dat ze geen eigen karakter bezat.

Later was men het erover eens dat het een nadeel was dat ze wel een eigen karakter bezat. Als men van het begin af aan door had gehad dat ze een eigen karakter had, had de catastrofe afgewend kunnen worden.

Niemand had dit echter kunnen vermoeden.

Toen ze het land verlaten had, vond men op het raam van haar slaap-vertrek in Frederiksbergslot een ingekerfd devies dat ze er vermoede-lijk een van haar eerste dagen in Denemarken op geschreven had. Er stond: 'O, keep me innocent, make others great.'

Ze was op 8 november 1766 in Kopenhagen gearriveerd en was de jongste zuster van koning George III van Engeland, die in 1765, 1788 en 1801 aan hevige aanvallen van krankzinnigheid leed, maar zijn hele leven zijn echtgenote Charlotte van Mecklenburg-Strelitz onwankel-baar trouw was gebleven en wiens kleinkind de latere koningin Victo-ria werd.

De vader van Caroline Mathilde was twee maanden voor haar geboorte gestorven; ze was de jongste van negen broers en zusters en het enige spoor dat haar vader daarnaast nog in de geschiedenis nage-laten heeft is de typering die de Engelse koning George II van deze zoon gegeven heeft. 'Mijn geliefde eerstgeboren zoon is de grootste klootzak, de ergste leugenaar, de grootste schurk en de verschrikkelijkste bruut die er op deze wereld rondloopt en ik wens van ganser harte dat hij ervan verdwijnt.' Haar moeder had een hard, gesloten karakter en haar enige geliefde was daarom de leraar van haar oudste zoon, Lord Bute. Zij was zeer gelovig, ging op in haar religieuze plichten en hield haar negen kinderen bij zich thuis, dat als 'een klooster' werd aangeduid, streng afgezonderd van de wereld. Caroline Mathilde mocht maar hoogst zelden een voet buiten de deur zetten en dan alleen onder strenge bewaking.

Na de verloving rapporteerde de Deense ambassadeur die haar bezocht en toestemming had gekregen een paar minuten met haar te praten, dat ze verlegen leek, een heel mooie huid had, lang blond haar, mooie blauwe ogen, volle lippen, zij het een wat breed uitgevallen onderlip, en dat ze een melodieuze stem bezat.

Maar het grootste deel van de tijd had hij met haar moeder gesproken, die hij beschrijft als 'bitter'.

Reynolds, de Engelse hofschilder, die het portret van Caroline Mathilde voor haar vertrek schilderde, is verder de enige uit die tijd die iets over haar karakter vermeldt. Hij beschrijft zijn werk aan het portret als moeizaam, omdat ze de hele tijd huilde.

Dit zijn de enige negatieve trekken die in de tijd voor haar vertrek vastgesteld kunnen worden. Een enigszins volle onderlip en aan één stuk door huilen.

2

De mededeling van haar verloving deed Caroline Mathilde verlammen van schrik.

Haar enige rechtvaardiging, althans in haar eigen ogen, was dat ze de zuster van de Koning van Engeland was en daarom had ze het devies bedacht: 'O keep me innocent, make others great.'

Verder huilde ze meestal. Ze was iets, ze was een zuster, verder was ze niets. Tot aan haar vijftiende jaar had ze niet bestaan. Later deed ze ook geen mededelingen over deze eerste tijd, behalve dan dat de boodschap dat ze een liefdesrelatie met de jonge Deense Koning zou aangaan voor haar een schok was geweest. Ze was opgegroeid in een klooster. Zo hoorde het ook, had haar moeder beslist. Omdat ze uitverkoren was, was de gebruikelijke hoererij aan het hof niets voor haar. Uitverkoren voor iets groters of iets kleiners, dat had ze niet begrepen.

Wat ze wel heel goed besefte, was dat ze een fokdier was. Ze moest dat vreemde kleine land Denemarken van een Koning voorzien. Daarom moest ze gedekt worden. Het Engelse hof had zich ervan vergewist wie de Deense stier was. Daarna had men haar dat meegedeeld. Ze begreep dat de stier die haar zou dekken een tengere, kleine jongen was; ze had een portret van hem gezien. Hij zag er lief uit. Niet als een stier. Het probleem was, had men gezegd, dat hij met grote zekerheid gek was.

Als hij geen door God uitverkoren alleenheerser was geweest, zouden ze hem opgesloten hebben.

Dat Deense prinsen gek waren was welbekend. Ze had David Garrick in de rol van Hamlet in het Drury Lane-theater gezien. Maar dat dit juist haar moest overkomen deed haar wanhopig zijn. In de herfst van 1765 was mevrouw von Plessen, de Grootmeesteres, uit Denemarken gearriveerd om haar voor te bereiden. Volgens haar geloofsbrieven was ze rechtschapen. Mevrouw von Plessen had haar de stuipen op het lijf gejaagd door onmiddellijk, zonder dat erom gevraagd was, mee te delen dat alles wat er over de Deense troonopvolger gezegd werd leugens en laster was. De 'uitbarstingen' van de toekomstige vorst waren geroddel. Hij brak geen meubilair of ruiten. Zijn humeur was gelijkmatig en stabiel. Zijn temperament niet in het minst angstaanjagend. Omdat niemand om deze correctie had gevraagd en die informatie dus overbodig was, had ze het meisje uiteraard doodsbang gemaakt.

Heimelijk had ze zichzelf gezien als iemand met een eigen karakter.

Tijdens de overtocht naar Denemarken had ze voortdurend gehuild. Niet een van haar kameniersters mocht haar verder dan Altona begeleiden. Men meende dat ze de Deense aard en taal beter zou begrijpen als ze er meer direct mee geconfronteerd werd.

De prinses, de toekomstige Deense Koningin, dus het Engelse kind dat uitverkoren was, heette Caroline Mathilde. Ze was ten tijde van haar bruiloft nog maar vijftien jaar. Haar broer, de Engelse Koning, van wie ze hield en die ze bewonderde, tolereerde haar, maar kon zich haar naam niet herinneren. Hij vond haar innemend, verlegen, willoos en nagenoeg onzichtbaar.

Daarom had men besloten haar aan de Deense Koning uit te huwelijken, want Denemarken had immers na de 'Keizersoorlog' in de zeventiende eeuw toen het land door de constant dronken koning Christian IV werd geregeerd, zijn internationale betekenis verloren en trouwens ook het meeste van zijn grondgebied. Aan het Engelse hof werd van Christian IV beweerd dat hij, iedere keer als hij dacht dat zijn vrouw hem bedroog, melancholiek werd. Ze bedroog hem vaak en zijn melancholie nam almaar toe. Om zijn verdriet en rusteloosheid te bestrijden begon hij elke keer een oorlog, die hij dan met dezelfde regelmaat verloor.

Dat het land voortdurend kleiner was geworden, was dus het gevolg van de onverzadigbare seksuele begeerten van zijn vrouw. Dat was typerend voor het Deense rijk, dat men daarom als onbeduidend beschouwde.

Dit was haar verteld. Denemarken was door de steeds terugkerende melancholie van de Koning derhalve een zeer klein land geworden. Dat het land sindsdien op internationaal vlak nauwelijks meetelde, verklaarde het feit dat de Koningin die men zich verschafte onbelangrijk en zonder eigen karakter kon zijn.

Ze had dit begrepen. Ze was er langzamerhand ook achter gekomen dat haar toekomst in dat, als een gekkenhuis omschreven, Scandinavische land geen gemakkelijke zou zijn. Daarom huilde ze voortdurend. Haar huilen behoorde tot haar karakter. Dat joeg niemand schrik aan. Over haar intelligentie liepen de meningen uiteen. Maar in de eerste plaats huldigde men de opvatting dat ze totaal geen wil had. Misschien ook geen karakter. De rol die ze naderhand bij de gebeurtenissen zou spelen in verband met de Deense revolutie vervulde iedereen daarom met verbazing en ontsteltenis.

Ze was toen een ander geworden. Niemand had dat ooit verwacht. Nu, bij haar huwelijk, was ze echter nog de karakterloze en wilszwakke.

Ze schijnt toen ze jong was een droom over reinheid gehad te hebben. Onverwachts was ze daarna gegroeid.

Die droom was ook heel normaal voor een vrouw zonder eigen karakter, net zoals ze zelf ook een tegenstelling zag tussen onschuld en grootheid, maar voor het eerste koos. Wat iedereen met schrik sloeg, was dat ze later een ander werd, nadat men haar eenmaal als wilszwak en zonder eigen karakter had getypeerd.

O, keep me innocent, make others great.

3

Ze werd van Engeland naar Denemarken gebracht; na een moeizame zeereis van zes dagen arriveerde ze in Rotterdam en bereikte 18 oktober Altona, waar haar gehele Engelse gevolg afscheid van haar nam.

In Altona nam de Deense delegatie de bewaking van de prinses over. Ze werd in een koets door Sleeswijk en Fünen gereden, 'overal met stormachtige geestdrift' door de opgecommandeerde bevolking begroet en kwam 3 november in Roskilde aan, waar ze voor het eerst de Deense koning Christian VII zou ontmoeten.

Men had voor die gelegenheid op het plein een glazen paviljoen gebouwd met twee deuren. De beide jonge geliefden zouden door deze deuren naar binnen gaan, naar het centrum lopen en elkaar in het midden ontmoeten, om elkaar dan voor de eerste keer te zien. In een koopmanshuis vlak naast 'het glazen paleis' (zoals het de weken dat het bestond oneigenlijk werd genoemd) waren de voorbereidingen voor de ontvangst van de toekomstige Koningin afgerond; die dienden de prinses te kalmeren. Grootmeesteres Louise von Plessen, die verantwoordelijk was voor de bewakingsdelegatie, had zich de moeite getroost de tranen van de kleine Engelse (de uitdrukking 'de kleine Engelse' werd nu algemeen aan het Deense hof gebruikt) te doen ophouden en haar bezworen deze angst niet publiekelijk te tonen.

Ze had geantwoord dat de angst die ze voelde niet het Deense hof betrof, of de Koning, maar de liefde. Bij navraag bleek dat ze niet voldoende onderscheid tussen deze drie begrippen kon maken, maar dat het Hof, de Koning en de Liefde, dat deze drie begrippen in haar voorstellingswereld samensmolten en zich samenbalden tot 'angst'.

Mevrouw von Plessen had zich uiteindelijk genoodzaakt gezien alle ceremoniële bewegingen van de prinses tot in detail met haar te repeteren alsof het instuderen van de details van de plechtigheid op zich het meisje zou kalmeren.

Ze had heel rustig met het tranen met tuiten huilende vijftienjarige meisje gesproken. Loop met langzame passen naar Zijne Majesteit toe, had ze aangeraden. Hou je ogen neergeslagen, tel vijftien passen, sla dan je ogen op, kijk naar hem en toon als het even kan een verlegen, maar gelukkig glimlachje, doe nog drie passen, blijf staan. Ik bevind me tien el achter je.

Het meisje had toen huilend geknikt en snikkend in het Frans herhaald: 'Vijftien passen. Gelukkig glimlachje.'

Koning Christian VII had bij zijn troonsbestijging in het begin van het jaar van zijn leraar Reverdil een hond ten geschenke gekregen, een schnauzer, waaraan hij na verloop van tijd zeer gehecht was geraakt. Zijn ontmoeting met de kleine Engelse zou plaatsvinden in Roskilde waar hij met groot gevolg per koets zou arriveren, rechtstreeks uit Kopenhagen.

In de calèche van de Koning zaten, behalve Christian, een voormalige professor aan de Academie van Sorø, Guldberg geheten, verder de leraar van de Koning, Reverdil, en een hoveling, Brandt, die een belangrijke rol in de latere gebeurtenissen zou spelen. Guldberg, die onder normale omstandigheden geen plaats zou hebben gekregen in de koets van de Koning, daar zijn positie aan het hof nog te onbeduidend was, was meegegaan om redenen die nog zullen blijken.

In de calèche bevond zich ook de hond, die de hele tijd op de knie van Christian zat.

Guldberg, die goed thuis was in de klassieke literatuur, had voor de ontmoeting een liefdesverklaring geschreven, die gedeeltelijk op een drama van Racine voortbouwde en had in de koets wat Reverdil in zijn memoires 'de laatste geruststellende instructies voor de liefdesontmoeting' noemde gegeven.

Begin krachtig, had Guldberg tegen de Majesteit gezegd, die haast totaal afwezig scheen en wanhopig zijn kleine hond in de armen knelde. De prinses moet de sterke hartstocht van Uwe Majesteit al direct

bij de eerste ontmoeting inzien. Het ritme! 'Ik buig mij voor de liefdesgod... ik BUIG mij voor de liefdesgod...' Het juiste ritme! Het juiste
ritme!

De stemming in de koets was bedrukt geweest en de tics en spastische bewegingen van de Koning waren bij tijd en wijle nog onbeheer-
ster dan anders. Bij hun aankomst had Guldberg te kennen gegeven dat
de hond niet naar de liefdesontmoeting van de twee koninklijke hoogheden mee mocht, maar in de koets moest blijven. Christian had eerst
geweigerd de hond los te laten, maar men had hem ertoe gedwongen.

De hond had gegromd en was later hevig blaffend achter de raam-
pjes van de koets te zien geweest. Reverdil schrijft dat dit 'een van de
angstigste momenten van zijn leven was geweest. De jongen scheen ten
slotte echter zo apathisch als bewoog hij zich in een droom.'

Het woord 'angst' komt herhaaldelijk terug. Uiteindelijk hadden prinses Caroline Mathilde en haar verloofde Christian VII alles bijna tot in
de perfectie volvoerd.

Naast het glazen paviljoen was een kamerorkest opgesteld. Het
avondlicht was heel mooi geweest. Op het plein om het paviljoen stonden duizenden mensen; ze werden door soldaten tegengehouden, die
in dubbele rijen de wacht vormden.

Op exact het juiste moment en begeleid door de muziek waren de
twee jonge koninklijke hoogheden door de deuren naar binnen
geschreden. Ze waren precies zoals het ceremonieel voorschreef op
elkaar toe gelopen. De muziek was, toen ze op drie el afstand van elkaar
stonden, opgehouden met spelen. De prinses had de hele tijd naar
Christian gekeken, maar met een blik zo levenloos alsof zij – ook zij –
zich in een droom voortbewoog.

Christian had het op een vel papier geschreven gedicht in zijn hand
gehad. Toen ze ten slotte stil voor elkaar stonden had hij gezegd: 'Ik wil
nu van mijn liefde getuigen, dierbare prinses.'

Hij had daarna op een woord van haar gewacht, maar ze had alleen
naar hem gekeken, heel stil. Zijn handen hadden getrild, maar hij was
er ten slotte in geslaagd zich te vermannen en had vervolgens de liefdesverklaring van Guldberg voorgelezen, die net als zijn literaire voorbeeld in het Frans gesteld was.

Ik buig me voor de liefdesgod waar ik ook ga
onder wiens heerschappij ik hulploos sta
Immers, woorden schieten voor uw schoonheid tekort.
Uw schone beeld staat immer mij voor ogen
Heeft mij zelfs diep in het dichtste woud bewogen.
In de stralende dag gelijk in de inktzwarte nacht
is mijn liefde voor u als een licht dat nooit dooft.
Dit is wat mijn leven een nieuwe glans belooft.

Toen had ze een gebaar met haar hand gemaakt, misschien per ongeluk, maar hij had het opgevat dat hij moest stoppen. Hij hield op met
lezen en keek haar vragend aan.

Na een tijdje had ze 'dank U' gezegd.

'Misschien is dit zo voldoende,' had hij gefluisterd.

'Ja, het is zo voldoende.'

'Met deze woorden wil ik u mijn hartstocht betuigen,' had hij
gezegd.

'Ik koester dezelfde hartstocht voor U, Uwe Majesteit,' had ze
gefluisterd met een bijna onmerkbaar bewegen van haar lippen. Haar
gezicht was zeer bleek geweest, de sporen van haar vergoten tranen
waren onder een laag poeder weggewerkt en haar gezicht leek wel wit-
gekalkt.

'Dank U.'

'Kunnen we deze plechtigheid dan nu afsluiten?' had ze gevraagd.

Hij had een buiging gemaakt. De muziek was, op een teken van de
ceremoniemeester weer ingezet, en de beide verloofden hadden zich
toen, doodsbang maar volmaakt beheerst, op weg begeven naar de
grotere plechtigheid, de huldigingen, de aankomst in Kopenhagen,
hun bruiloft, hun korte huwelijk en de Deense revolutie.

Op 8 november om 7.30 uur schreed het jonge paar de Slotskerk in
Kopenhagen binnen, waar hun plechtige huwelijksvoltrekking plaatsvond. Zes dagen lang werden de feestelijkheden voortgezet. 'Er zijn
hooggespannen verwachtingen met betrekking tot de innemende
Engelse Koningin,' schrijft de Engelse gezant in zijn verslag aan Londen.

Haar optreden werd als volmaakt beschouwd.
Geen kritiek op Christian. Geen uitvallen, geen fouten.
De hond ontbrak op de bruiloftsplechtigheid.

4

Christian had in zijn groeiende verwarring het hofleven als een theater opgevat; de voorstelling waaraan hij en het kleine Engelse meisje nu deelnamen was eveneens een zedenschildering. Het spel ging over onzedelijkheid, of 'rechtschapenheid' zoals Christian dat uitdrukte; maar was het de vroomheid die de losbandigheid opriep of was het de verveling?

De wellust die te vinden is in de eigentijdse schilderingen van de losbandigheid en de verveling aan dat hof! Deze benauwde wereld van hovelingen, maîtresses, hoeren, gekostumeerde bals, deze intriges ter verkrijging van titels en levensonderhoud zonder er iets voor te hoeven doen, deze eindeloos uitgerekte dans van onzinnige intriges die in elkaar haakten en die echter voor het nageslacht alleen hun neerslag vonden in officiële teksten: fatsoenlijke, beschaafde teksten, perfect vormgegeven brieven, in het Frans uiteraard, verzameld in mooie banden. Ze beschrijven hoe de acteurs van het gekkenhuis op een uiterst natuurlijke manier hun ongerijmdheden, die bestonden uit verveling en losbandigheid, vorm gaven.

Hoe natuurlijk lijken in de ogen van het nageslacht de uitbarstingen en bizarre handelingen van koning Christian niet te zijn ingepast in de het decor van dat gekkenhuis.

Hoezeer vormden de vroomheid, de losbandigheid en deze geknakte, gefnuikte mensen niet een eenheid.

Men maakte zich grote zorgen over het seksleven van Christian.

Regelmatig keert een zeer speciale verklaring uit die tijd terug voor Christians melancholie, zijn vreemde woede-uitbarstingen, zijn onverklaarbare aanvallen van wanhoop en ten slotte zijn dagenlange periodes van apathie. Als dertienjarige was hij door de favoriet Sperling, die daarna uit de geschiedenis verdwijnt, tot een zonde verleid die zijn wilskracht verlamde en zijn geestesziekte en toenemende lichamelijke zwakte veroorzaakte. Die zonde keert in alle getuigenissen uit die tijd terug. Hij wordt zelden in directe termen beschreven, maar enkele getuigenverklaringen wagen toch de sprong: deze zonde is onanie.

De manische manier van Christian om zijn melancholie met behulp van deze zonde te verlichten verzwakte geleidelijk aan zijn ruggengraat, hij tastte zijn hersenen aan en droeg bij aan het komende drama. Urenlang probeerde hij manisch een samenhang bijeen of zijn verwarring weg te onaneren. Maar het bleek niet voldoende te zijn. De komst van de kleine Engelse had alles eerder nog verergerd.

Er was nu iets kapotgegaan. Hij scheen zich geen raad meer te weten.

De aantekeningen van Reverdil drukken leedwezen uit, maar niet alleen dat. 'Ten langen leste kwam ik erachter dat wat ik "opvoeding" noemde in zijn voorstellingswereld bestond uit de "hardmakende" gebeurtenissen met behulp waarvan hij "vooruitgang" zou boeken. Ze waren voor het grootste deel een rebellie tegen alles wat zijn jeugd had uitgemaakt, misschien ook tegen het hof waarin hij verkeerde. Er waren geen dwalingen, geen uitspattingen, geen gewelddadigheden die hij daartoe niet als middel aanwendde. Hij vatte dat alles samen met de uitdrukking "gezond zijn", dat wil zeggen vrij van vooroordelen, waardigheid en pedanterie. Daarop bezwoer ik hem dat het zijn taak was dit rijk er weer bovenop te helpen. Het rijk dat hij geërfd had zuchtte na vijfentachtig jaar vrede zwaarder onder schulden en belastingen dan na een oorlog. Hij moest, bezwoer ik hem, proberen de schulden van het land te delgen en de lasten van het volk te verlichten, een doel dat hij kon bereiken door de vele volstrekt onnodige uitgaven van de hofhouding te schrappen, het leger te verkleinen, de boeren in Denemarken vrij te maken en door middel van een verstandige wetgeving de visserij, de mijnbouw en de bosbouw in Noorwegen te stimuleren.'

Het antwoord was dat hij naar zijn vertrekken ging om te onaneren. Hij wilde de Koningin niet bezoeken. Voor haar koesterde hij alleen maar angst.

Christian had vele gezichten. Een ervan straalde angst, wanhoop en haat uit. Een ander was ingekeerd, kalm en was gebogen over de brieven die hij aan de heer Voltaire schreef, die hem, volgens zijn eigen woorden, had leren denken.

Enevold Brandt had in de koninklijke calèche naar Roskilde gezeten.

Hij had tot de Altona-kring behoord, de kring van aanhangers van de Verlichting die zich in het begin van de jaren zestig van de achttiende eeuw om graaf Rantzau en de jonge Duitse arts Struensee hadden vergaard.

Nu bevond hij zich in Kopenhagen. Hij was nu een carrièrejager.

Hij was gedreven door een onbedwingbare lust de dames te behagen en tegelijk carrière aan het hof te maken en daarom was hij op zoek naar de beste titel die deze beide wensen in vervulling kon doen gaan. In een van zijn latere brieven aan Voltaire schrijft Reverdil dat het Deense hof als nergens elders door titeljagers werd bestuurd. 'In Frankrijk vraagt men: is hij een ontwikkeld man? In Duitsland: stamt hij uit een goede familie? In Holland: hoeveel kapitaal bezit hij? Maar in Denemarken: welke titel heeft hij? Hier wordt het leven totaal beheerst door deze titelhiërarchie. Als je van het ene vertrek naar het andere gaat, geschiedt dat volgens rangorde, zet men zich aan tafel, insgelijks, de lakeien wisselen de borden volgens rangorde; als je een begaafd en competent man ontmoet die als laatste door een deur gaat, in het kort geen titels heeft en je vraagt wie hij is, dan is het antwoord: hij is niets. Daar hoort bij dat degenen die iets zijn in hoog aanzien staan, een groot apanage krijgen en niets uitvoeren en op en top parasieten zijn die slechts hun rangorde bewaken.'

Enevold Brandt zag zichzelf echter als kunstenaar, hij was een levendig iemand, speelde fluit en hij slaagde erin de titel 'Theaterdirecteur' te veroveren, naderhand die van 'Maître de plaisir', minister van Cultuur dus, en Grootmeester van de Garderobe met het recht zich Excellentie te noemen.

Tot de rol van de minister van Cultuur behoorden praktische taken, macht dus, in tegenstelling tot andere rollen. Daartoe behoorde het uitnodigen van Franse theatergroepen en het organiseren van vermakelijkheden en gekostumeerde bals voor het hof. Men kreeg ook invloed op en toegang tot de dames van die theatergroepen, wat voor velen een dwingende reden was de theaterkunst te stimuleren.

'Maître de plaisir' was daarom de felst begeerde titel.

Brandt maakte zich ook zorgen over het seksleven van de Koning. Dat kwam omdat er vijf maanden na de huwelijksvoltrekking van Christian VII en Caroline Mathilde tussen de koninklijke hoogheden nog geen geslachtsgemeenschap had plaatsgevonden.

Dat was de angst.

Brandt had in die tijd een ruitertoernooi op het binnenhof van het paleis georganiseerd. Men had een houten platform opgetrokken waarop de genodigden van het hof volgens rangorde geplaatst werden. Ruiters op paarden in wapenrusting reden op elkaar in; men had verschillende soorten wedstrijden gearrangeerd.

In een van die wedstrijden moesten de lansiers op hoog opgehangen ringen toestormen die ze om hun lans moesten spietsen. De ringen hingen aan touwen en werden bewogen, wat de opdracht voor de deelnemers bemoeilijkte.

Een van de deelnemers faalde bij zijn eerste twee pogingen, maar slaagde er de derde keer in de ring te spietsen. Hij liet zijn paard triomfantelijk ronddraaien, liet het op zijn achterste benen staan en stak zijn lans schuin omhoog.

De Koningin zat naast koning Christian. Schuin achter haar zat Enevold Brandt. Achter de Koning Guldberg, de leraar, die gedurende de laatste maanden op een merkwaardige manier het centrum dichter genaderd was, maar nog volstrekt onbeduidend was.

Het koninklijk paar had met uitdrukkingsloze gezichten naar de wedijverenden zitten kijken. Christian, die zich onder andere omstandigheden zeker geamuseerd zou hebben bij de grappen, leek wel verlamd van verlegenheid en aversie door de intieme nabijheid van de Koningin; ze zat niet meer dan vijf duim bij hem vandaan. Brandt boog zich voorover en fluisterde de Koningin in het oor: 'Ik verheug me al op het moment dat de koninklijke lans net zo zegenrijk zal blijken.'

De Koningin was daarop met een ruk opgestaan en weggegaan.

Later had Guldberg Brandt uitgevraagd over wat hij gezegd had. Brandt had naar waarheid geantwoord. Guldberg had geen kritiek geuit, alleen gezegd: 'In zijn grote angst en verwarring heeft Zijne Majesteit steun en hulp nodig.'

Brandt had dit opgevat als een aanwijzing waarin misschien een raad besloten lag. Maar Guldberg was een onbeduidend man. Hoe kon dit als een raad opgevat worden en nog wel van een zo onbeduidend iemand?

Misschien had Brandt zijn ogen gezien.

De volgende dag had de Koningin op een stoel in de paleistuin gezeten.

Christian was haar langzaam lopend genaderd.

Toen hij haar zonder een woord passeerde, slechts met een lichte buiging, had ze met zachte stem gezegd: 'Christian?'

Hij had gedaan of hij het niet hoorde.

Ze had toen met luidere stem, bijna als een roep, herhaald: 'Christian!!!'

Hij had alleen zijn pas verhaast.

Dat was de angst. Maar niet alleen dat.

Mevrouw von Plessen had, tijdens haar Engelse bezoek, een lang gesprek met de moeder van Caroline Mathilde gehad. Ze waren tot de ontdekking gekomen dat ze er in velerlei opzichten dezelfde meningen op na hielden. Het hof was een pesthaard. Onzedelijkheid tierde welig. Reinheid moest beschermd worden.

Mevrouw von Plessen had, naarmate de maanden verstreken, een sterke, wellicht vurige, genegenheid voor het jonge meisje opgevat. Ze waren zich verbonden gaan voelen, iets wat nog versterkt werd door de kilheid van de Koning. Mevrouw von Plessen had niet om de kilte van de Koning gerouwd. Integendeel, ze had gezien dat de genegenheid van de Koningin voor haar, haar afhankelijkheid van haar, erdoor toenam en misschien te zijner tijd ook haar liefde.

Mevrouw von Plessen had voor de Koningin een strategie bedacht om de liefde van de Koning 'aan te wakkeren' om zo door de onverklaarbare muur van kilte heen te breken die nu tussen de echtgenoten opgetrokken scheen te zijn. De Koningin moest zich ontoegankelijk tonen en daarmee zijn liefde uitlokken. Een gebeurtenis vijf maanden na de aankomst van de Koningin in Denemarken was van beslissende betekenis.

Christian was, tot grote verrassing van iedereen, op een avond om tien uur naar de vertrekken van de Koningin gegaan en had gezegd dat hij de Koningin wilde ontmoeten voor ze naar bed ging.

De bedoeling was heel duidelijk geweest.

Mevrouw von Plessen had toen gezegd dat de Koningin van plan was nu een partijtje schaak met haar te spelen en dat Christian moest wachten.

Ze waren gaan schaken.

Christian had door het vertrek gedrenteld met een al geïrriteerder gezicht, wat de beide vrouwen zeer geamuseerd had. Om twaalf uur was het partijtje uit en de Koningin had toen, op de gefluisterde raad van mevrouw von Plessen en terwijl die twee samenzweerders raadselachtig met elkaar lachten, gezegd dat ze een revanche wenste.

Mevrouw von Plessen had dit tegen de Koning gezegd 'met een triomfantelijke glimlach', waarna deze woedend het vertrek had verlaten en de deur had dichtgegooid.

De Koning had veertien dagen lang geweigerd tegen de Koningin te praten. Hij keek de andere kant op als ze elkaar ontmoetten, hij zei niets. De Koningin was wanhopig geworden, maar ook heel kwaad op mevrouw von Plessen.

Wat Guldberg vertelt, had na die gebeurtenis plaatsgegrepen. De Koningin had apathisch op haar bed gelegen. Ze had gevraagd waarom Christian niet kwam. Ze had mevrouw von Plessen gevraagd te verdwijnen. En de Koningin had daarna dat onzalige gesprek met Guldberg gehad, waarin ze Guldberg om bevrijding van haar lijden, de rust en de leegte had gevraagd; en ze had zich zo uitdagend naar hem toe gebogen dat haar tot de helft bedekte borsten hem honend hadden toegeroepen, hem de losbandigheid van de kleine Engelse hoer hadden doen doorzien. Hoe gevaarlijk ze zou worden en dat hier de oorsprong van de besmettingshaard van de zonde lag.

Hij had het gezien. Hier lag de bron.

Zo was het gegaan.

Wie er ten slotte in slaagde Christian zijn angst te doen overwinnen was Reverdil.

Hij had Christian gevraagd zijn afkeer te overwinnen en zich hard te maken. Een enkele keer maar om de praatjes het zwijgen op te leggen en te bewijzen dat hij een man was. Later die dag had Reverdil Christian met zijn hond voor zich op de grond zien zitten, intens mompelend tegen de hond als om een belangrijk probleem uit te leggen en de hond had aandachtig naar het gezicht van zijn meester gekeken.

Christian had diezelfde avond het slaapvertrek van de Koningin opgezocht.

Hij had niets verklaard, maar ze had het begrepen.

Hij had de daad met stijf dichtgeknepen ogen volbracht.

De jonge Koningin had hulpeloos geprobeerd hem over zijn magere witte rug te strelen, maar desondanks had hij de dekking volbracht. Negen maanden later bracht ze een zoon ter wereld, Frederik.

Het was de enige keer dat hij haar zou opzoeken.

4

De Heerseres van het Universum

1

De portretten die er van hen uit deze tijd bestaan zijn in zekere zin mis-
leidend. De geschilderde portretten lijken volwassenen uit te beelden.
Maar zo was het niet.

Toen het conflict tussen de koninklijke echtelieden zich in het voorjaar van 1767 toespitste was Christian achttien jaar en Caroline Mathilde vijftien.

Men zou gemakkelijk vergeten dat het nog maar adolescenten
waren. Als de portretten eerlijk en waarachtig zouden zijn geweest dan
zouden ze angst, schrik, maar ook onzekerheid en zoeken uitgebeeld
hebben.

Er was nog niets definitief vastgelegd. Alsof alles nog mogelijk was.

Mevrouw von Plessen was een probleem.

Er was iets in haar overdreven bezorgdheid dat de Koningin ertoe
gebracht had haar woedend of weifelend te vragen te verdwijnen.
Maar mevrouw von Plessen was de enige die zich om haar bekomm-
merde. Wat was er voor alternatief voor haar? Behalve dan het zwijgen
of de retoriek van het hof, die slechts uitdrukten dat de Koningin een
ding was. Mevrouw von Plessen was degene die sprak, raad gaf, zich
om haar bekommerde, luisterde.

Mevrouw von Plessen was een probleem, maar ze was niettemin de
enige mens. Na hun tijdelijke conflict namen ze hun vertrouwelijke
omgang weer op.

Een schijnbaar onbeduidende gebeurtenis, een incident dat drie
weken na de geslachtelijke omgang van de Koning met de Koningin
plaatsvond, zou een crisis veroorzaken.

Wat er gebeurde was het volgende.

Christian was op een ochtend bij de Koningin binnengelopen toen ze zich aankleedde. De Koningin was – met assistentie van mevrouw von Plessen – bezig een zijden sjaal om haar hals te draperen. De Koning had die toen 'met zijn gezicht' weggeduwd en zijn lippen op haar hals gedrukt. Mevrouw von Plessen had zich afgewend met een gelaatsuitdrukking alsof dit een uiting van opperste ontucht was en had de Koningin een teken gegeven, die nu ook een woedend gezicht trok en opmerkte dat Christians handelen ongepast was en dat de zijden sjaal zou kreukelen.

Christian had zich vernederd gevoeld. De situatie had een kinderlijke en komische indruk gemaakt, weinig passend voor een vorst. Hij was als een kind terechtgewezen. Hij had het gebaar niet van tevoren beraamd, maar dit liefdesgebaar maakte wellicht een al te bedachte indruk om als natuurlijk over te komen.

Hij had zich belachelijk gemaakt en was als een kind terechtgewezen. Hij had geprobeerd haar hals te kussen. Het was pijnlijk geweest. Pijnlijk voor hem. Mevrouw von Plessen had gezegevierd. Het leed geen twijfel dat de beide vrouwen in onderlinge verstandhouding gehandeld hadden.

Christian was razend geworden over wat hij als hoon opvatte, had de sjaal gegrepen, of liever van de Koningin gerukt, hem in stukken gescheurd en was verbitterd weggegaan.

Dit was het allesbeslissende incident geweest. Nogmaals: ze waren achttien respectievelijk vijftien jaar oud.

De volgende dag vaardigde de Koning een bevel uit, waarin stond dat de Grootmeesteres, mevrouw von Plessen, in ongenade was gevallen, van het hof was verbannen en dat haar bevolen werd Kopenhagen onmiddellijk te verlaten. Er werd op toegezien dat ze geen afscheid van de Koningin kon nemen.

Ze zou in Celle haar intrek nemen.

De Koningin werd de dag na het overhaaste vertrek van de uitwijzing op de hoogte gebracht.

Ze was furieus geworden, naar de Koning gestormd en had haar gemaal razend van woede bedolven onder honende woorden. Christian was opnieuw ten prooi gevallen aan de nervositeit die zich in zijn schokkerige handbewegingen en tics uitte en had stotterend verklaard dat hij mevrouw von Plessen ervan verdacht een boos en pervers iemand te zijn die een onnatuurlijke liefde voor de Koningin koesterde. Die had daarop schreeuwend geantwoord dat dit een leugen was, dat ze zich er trouwens überhaupt niets van aantrok wat natuurlijk, onnatuurlijk of pervers bij haar vriendin was, zeker gezien de toestanden aan dit perverse hof en dat mevrouw von Plessen de enige was met wie ze kon praten. De enige die naar haar luisterde en de enige die tegen haar sprak alsof ze een levend mens was.

Het was een verschrikkelijke scène geweest. De Koningin had Christian woedend verlaten, hem tot op het laatst met schimpscheuten overladend. De volgende weken had ze hem met verachting en afkeer bejegend.

Ze had de daaropvolgende tijd veel gehuild. Ze wilde niet eten, huilde alleen maar. Ze had gezegd dat ze vooral zo wanhopig was omdat ze geen afscheid van haar vriendin had mogen nemen.

Toch zouden ze elkaar nog een keer ontmoeten, veel later, in Celle.

2

Daar kwam de gebeurtenis met Laarsjes-Caterine nog bij. Het begon allemaal op 4 mei 1767 laat in de middag.

Haar naam was Anna Catharine Beuthaken, haar stiefvader was laarzenmaker, vandaar haar bijnaam. Ze was een tijdje actrice geweest, maar 'van dit werk afgegleden op het pad der zonde'.

Ze was een prostituee.

Ze was meer dan gemiddeld lang, krachtig gebouwd, met zeer vrouwelijke vormen. Ze was toen Christian VII haar leerde kennen vierentwintig en 'de beruchtste persoon van Kopenhagen'.

Op afbeeldingen zie je een knap gezicht met vage negroïde trekken; men zei dat ze een moeder met Creools bloed had gehad. Ze was wilskrachtig en stond erom bekend dat ze, als ze beledigd werd, met verrassende kracht ook die mannen neersloeg en mishandelde aan wie geen andere vrouw zich durfde te wagen.

69

De crises tussen de koninklijke echtelieden was nu aan het hof het gesprek van de dag. De Koning leek op een onnatuurlijke manier de eenzaamheid te zoeken; hij zonk al dieper in zijn melancholie weg, zat eenzaam op een stoel en staarde mompelend naar de muur. Hij kreeg onbegrijpelijke woedeaanvallen, vaardigde grillige orders uit en was zeer wantrouwig, ook jegens zijn naasten.

Hij scheen steeds meer op te gaan in gesprekken met zijn hond. Tegen deze mompelde hij voortdurend over 'schuld' en 'straf'. Niemand had echter de vreemde straf kunnen bevroeden die hij zichzelf voor zijn schuld oplegde.

Het werd de meest geliefde persoon, Reverdil.

Toen de kilte tussen de beide jonge echtelieden na de verbanning van mevrouw von Plessen onhoudbaar was geworden, was Christian op een keer bij een toneelvoorstelling naar zijn vroegere Zwitserse leraar Reverdil toe gegaan, had hem omarmd, met tranen in zijn ogen verzekerd dat hij hem liefhad en hoogachtte, dat Reverdil de grootste plaats in zijn hart innam, had hem een brief overhandigd en hem gevraagd die later op de avond te lezen.

In de brief stond dat Reverdil niet langer de gunst van de Koning bezat, dat hij met onmiddellijke ingang het hof en de dienst van de Koning moest verlaten en zich niet in Denemarken mocht vestigen.

Het was onbegrijpelijk. Reverdil was onmiddellijk naar Zwitserland teruggekeerd.

De volgende dag had Christian Caroline Mathilde in haar vertrekken opgezocht en het haar verteld. Hij had op een stoel bij de deur gezeten met zijn handen tussen zijn knieën om zijn schokkerige en spastische bewegingen te verbergen en haar meegedeeld dat hij Reverdil verbannen had. Daarna had hij gezwegen en gewacht. De Koningin had het niet begrepen. Ze had alleen naar de reden gevraagd.

Waarom had hij dit Reverdil aangedaan?

Hij had geantwoord dat dit de straf was. De straf voor wat? had ze gevraagd.

Hij had alleen maar herhaald dat dit de straf was en dat de straf noodzakelijk was.

Ze had naar hem gekeken en gezegd dat hij gek was.

Zo hadden ze lange tijd gezeten en naar elkaar gestaard, elk op een stoel in de vertrekken van de Koningin. Na een zeer lange tijd was Christian opgestaan en weggegaan.

Het was volstrekt onbegrijpelijk geweest. Er was in hun verhouding niets veranderd. Wat het woord 'straf' betekende zou ze nooit begrijpen. De straf had echter niets veranderd.

3

Ze heette Anna Catharine Beuthaken en werd Laarsjes-Caterine genoemd. Ze was een prostituee. De onevenwichtigheid en melancholie van de Koning waren een feit. Enevold Brandt en een hoveling, Holck genaamd, bekend om zijn interesse voor het toneel en Italiaanse actrices, waren op het idee gekomen dat Laarsjes-Caterine wel eens een oplossing voor de melancholie van de Koning kon zijn.

Ze besloten haar geheel onverwachts en zonder van tevoren iets over haar persoon te zeggen bij de Koning te introduceren. Brandt had op een avond Laarsjes-Caterine naar de vertrekken van de Koning gebracht.

Ze had mannenkleren aan, haar haar was lang en hennarood en het eerste dat Christian had gezien was dat ze een hoofd langer was dan de twee hovelingen.

Hij had haar heel mooi gevonden, maar was in een angstig gemompel uitgebarsten.

Hij had onmiddellijk begrepen wat er ging gebeuren.

Zijn voorstelling van het woord 'onschuld' was zeer onduidelijk. Hij schijnt het door elkaar gehaald te hebben met nu eens 'reinheid', dan weer 'onkwetsbaarheid'.

Hij was van mening dat hij, afgezien van de ervaring die hij had opgedaan bij het dekken van de Koningin, destijds zijn onschuld nog bezat. Aan het hof werd veel over de onervarenheid van 'de jongen' gepraat; die was algemeen bekend. Op gemaskerde bals hadden de dames, de vele minnaressen en de voor die gelegenheid geïnviteerde coquettes, vaak met de Koning gesproken en hem zonder aarzelen laten merken dat ze tot zijn beschikking stonden.

De algemene indruk was dat hij vriendelijk, verlegen, maar bij de gedachte in de praktijk te moeten brengen wat ze voorstelden, ook angstig was. Vaak werd gezegd dat zijn zonde zijn krachten had doen afnemen, wat velen betreurden.

Nu bracht men Laarsjes-Caterine naar hem toe. Nu was het ernst.

Brandt had wijn in bekers meegebracht en probeerde schertsend de zeer gespannen sfeer wat lichter te maken. Niemand wist hoe de Koning zou reageren op de voorstellen die men nu ging doen.

Caterine was naar het bed gelopen, had het rustig geïnspecteerd en vriendelijk tegen de Koning gezegd: 'Kom nu, Uwe Majesteit.'

Ze was langzaam naar Christian toe gelopen en was zich gaan uit-kleden. Ze was met haar jasje begonnen en had het op de grond laten vallen, daarna had ze het ene na het andere kledingstuk uitgetrokken om ten slotte geheel naakt voor Zijne Majesteit te staan. Ook haar haren op haar lichaam waren rood; ze had dikke billen, grote borsten en ze had zich langzaam en zonder poespas uitgekleed en stond nu afwachtend voor Christian, die haar alleen maar aanstaarde.

'Christian?' had ze vriendelijk gezegd, 'wil je niet?'

De onverwachte intimiteit van haar woorden – ze had hem met je aangesproken – had iedereen gechoqueerd, maar niemand had iets gezegd. Christian had zich alleen maar omgedraaid, was eerst naar de deur gelopen, had er toen misschien aan gedacht dat er wachten voor stonden, had zich weer omgedraaid en was naar het raam gegaan, waarvoor de gordijnen dichtgetrokken waren; zijn gedwaal door het vertrek was totaal doelloos geweest. Zijn handen hadden weer die pul-kende, rusteloze bewegingen vertoond die zo typerend voor hem waren. Hij trommelde met zijn vingers op de ruit, maar zei niets.

Het was een hele tijd stil gebleven. Christian had koppig naar de gordijnen gekeken.

Holck had toen tegen Brandt gezegd: 'Doe het hem voor.'

Brandt, ten prooi aan onzekerheid, was met gekunstelde stem iets voor gaan dragen dat hij had voorbereid, maar dat nu in het nabijzijn van Caterine, misplaatst leek.

'Uwe Majesteit, als de Koningin wellicht op grond van haar jeugdi-ge leeftijd aarzelt voor het heilige sacrament waartoe het Koninklijk lid uitnodigt, dan zijn er in de geschiedenis verschillende episodes die we ons te binnen kunnen brengen. De grote Paracelsus schrijft al in zijn...'

'Wil hij niet?' had Caterine zakelijk gevraagd.

Brandt was daarop naar Caterine toe gegaan, had haar omarmd en was haar met een bijna schril gelach gaan strelen.

'Wat doe je daar verdomme?' had ze gevraagd.

Ze had de hele tijd naar Christian bij het raam gekeken. Christian had zich omgedraaid en naar Caterine gekeken met een gelaatsuitdrukking die geen van hen kon duiden.

'Ik zal Uwe Majesteit nu op dit object laten zien hoe de Koningin... als ze van angst voor het koninklijke lid bevangen wordt... moet...'

'Angst?' had Christian mechanisch herhaald alsof hij het niet begreep.

'Kont omhoog,' had Brandt tegen Caterine gezegd. 'Ik zal het hem voordoen.'

Maar Caterine was toen onverwachts en totaal onbegrijpelijk, in woede uitgebarsten, had zich losgerukt en bijna sissend tegen Brandt gezegd: 'Zie je dan niet dat hij bang is??? Laat hem met rust!'

'Hou je smoel,' had Brandt gebruld.

Hij had, ook al was hij dan een hoofd kleiner dan zij, geprobeerd haar op het bed te drukken en was begonnen zijn kleren uit te trekken, maar Caterine had zich toen furieus omgedraaid, haar knie krachtig geheven en Brandt zo precies en doeltreffend tussen zijn benen getroffen dat hij brullend op de grond gezonken was.

'Jij zal helemaal niks op een kolere-object,' had ze hem hatelijk toegebeten.

Brandt had ineengekrompen op de grond gelegen met een blik vol haat en had tastend naar steun gezocht om te kunnen opstaan; en toen hoorden ze allemaal hoe Christian luid begon te lachen, alsof hij gelukkig was. Na een korte, verbaasde aarzeling had Caterine met zijn gelach ingestemd.

Zij tweeën waren de enigen die lachten.

'Eruit!!!' had Christian vervolgens tegen de beide gunstelingen gezegd. 'Verdwijn!!!'

Zwijgend hadden ze het vertrek daarop verlaten.

Laarsjes-Caterine had geaarzeld, maar na een tijdje was ze zich aan gaan kleden. Toen haar bovenlichaam opnieuw bedekt was, maar ze nog naakt was daar waar haar rode haren het meest opvielen, was ze zwijgend blijven staan en had alleen maar naar Christian gekeken. En ten slotte had ze tegen de Koning gezegd, op een toon die plotseling heel verlegen en helemaal niet op de stem leek waarmee ze zojuist tegen Brandt had gesproken: 'Verdomme,' had ze gezegd. 'Je moet niet bang voor me zijn.'

Christian had toen, met een uitdrukking van verbazing in zijn stem gezegd: 'Je... hebt... hem... neergeslagen.'

'Ja.'

'De tempel gereinigd... de tempel.'

Ze had hem vragend aangekeken, was daarna naar hem toe gegaan, was dicht bij hem blijven staan en had met haar hand zijn wang beroerd.

'De tempel?' had ze gevraagd.

Hij had geen antwoord gegeven, geen uitleg. Hij had alleen maar naar haar gekeken, nog bevend over zijn hele lichaam. Toen had ze, heel zacht, tegen hem gezegd: 'Je moet deze stront niet nemen, Uwe Majesteit.'

Hij was niet gechoqueerd geweest dat ze zowel 'je' als 'Uwe Majesteit' had gezegd. Hij had haar alleen maar aangestaard, maar nu rustiger. Het trillen van zijn handen was langzaam gestopt en hij leek niet langer doodsbang te zijn.

'Je moet niet bang voor me zijn,' had ze gezegd. 'Voor die zwijnen moet je bang zijn. Het zijn zwijnen. Wat goed dat je tegen die klotezwijnen zei dat ze moesten verdwijnen. Sterk.'

'Sterk?'

Ze had zijn hand genomen en hem voorzichtig naar het bed geleid, waar ze beiden op waren gaan zitten.

'Je bent mooi,' had ze gezegd. 'Als een bloem.'

Hij had haar aangestaard als in onuitsprekelijke verbazing.

'Een... bloem???'

Hij was in snikken uitgebarsten, voorzichtig, alsof hij zich schaamde; maar daar had ze zich niets van aangetrokken en hem langzaam uitgekleed.

Hij had niet geprobeerd haar tegen te houden.

Ze had kledingstuk na kledingstuk uitgetrokken. Hij had haar niet tegengehouden. Zijn gestalte was zo klein, breekbaar en mager naast haar lichaam, maar hij had het laten gebeuren.

Ze waren op het bed gaan liggen. Ze had zijn lichaam heel lang in haar armen gehouden, het heel rustig gestreeld en ten slotte was hij opgehouden met snikken. Ze had hen beiden met een donzen dek bedekt. Hij was in slaap gevallen.

Tegen de ochtend had ze gevreeën, heel rustig, en toen ze wegging had hij liggen slapen als een gelukkig kind.

4

Hij had Caterine twee dagen later gezocht en gevonden.

Hij had een grijze jas aangetrokken en geloofd dat niemand hem herkende; dat hij op enige afstand ook nu door twee soldaten gevolgd werd, wilde hij niet zien.

Hij vond haar in Christianshavn.

Na zijn eerste nacht met Caterine was hij in de middag wakker geworden en was lang stil in bed blijven liggen.

Hij kon wat er gebeurd was niet plaatsen. Het leek niet mogelijk dit in te studeren. Deze tekst was nieuw voor hem.

Misschien was het wel geen tekst.

Hij leek alsof hij in warm water zwom, alsof hij een foetus in het vruchtwater was en hij wist dat het gevoel dat nog in hem natalmde van haar afkomstig was. Omdat hij zo verschrikkelijk bang geweest was, had de dekking van de Koningin het gevoel bij hem achtergelaten dat hij onrein was. Nu was hij niet langer 'onschuldig', maar tot zijn verbazing was dat niet iets wat hem met trots vervulde, nee, het was geen trots. Hij wist immers dat iedereen zijn onschuld kan verliezen. Maar wie kan zijn onschuld terugkrijgen? Hij had deze nacht zijn onschuld teruggekregen. Nu was hij een foetus. Hij kon dus opnieuw geboren worden, misschien als vogel, misschien als paard, misschien als mens en dan als een boer die over een akker dwaalt. Hij kon vrij van schulden geboren worden. Hij kon uit dit vruchtwater herrijzen. Het was het begin.

Hij had bij Caterine zijn bij de Koningin verloren onschuld terug-gekregen.

De momenten dat hij zich voorstelde dat het hof de wereld was en dat zich daar buiten niets bevond, die momenten hadden hem met angst vervuld.

Dan kwamen de dromen over sergeant Mörl.

Voordat hij zijn hond gekregen had, was iedere regelmatige slaap onmogelijk geweest; maar nadat hij de hond had gekregen ging het beter. De hond sliep in zijn bed en tegen de hond kon hij zijn tekst herhalen.

De hond sliep, hij herhaalde zijn tekst tot zijn angst verdwenen was.

In de wereld buiten het hof was de situatie voor hem erger. Hij was altijd bang voor Denemarken geweest. Denemarken was dat wat zich buiten de tekst bevond. Buiten waren geen teksten die hij moest herhalen en wat buiten was, hing niet samen met wat binnen was.

Buiten was het onvoorstelbaar smerig en ondoorzichtig.

Het was of iedereen werkte, bezig was en het protocol niet in acht nam; hij voelde een grote bewondering voor wat buiten was en droomde om erheen te vluchten. De heer Voltaire had in zijn brieven en geschriften verteld hoe het buiten zou moeten zijn. En buiten bevond ook iets wat goedheid genoemd kon worden. Buiten was de plek van de grootste goedheid en het grootste kwaad, zoals bij de terechtstelling van sergeant Mörl. Maar hoe dan ook, je kon het niet instuderen.

Wat hem lokte en vrees aanjoeg was het gebrek aan protocol.

Caterine was enkel en alleen goedheid geweest. Enkel en alleen, omdat er niets anders was en omdat deze goedheid hem omsloot en al het andere buitensloot.

Daarom zocht hij haar op. En daarom vond hij haar.

5

Toen hij kwam, had ze hem melk en koeken voorgezet. Dat was onverklaarbaar.

Hij had de melk gedronken en een koek gegeten.

Het was als een Avondmaal, had hij gedacht.

Nee, het hof was niet de hele wereld, maar hij meende het paradijs gevonden te hebben; het lag in een kamertje achter het bordeel in de Studiestræde 12.

Daar had hij haar gevonden.

Er was geen behang zoals aan het hof. Maar wel een bed en heel even, en dat deed een beetje pijn, had hem voor ogen gezweefd wat er in dat bed gebeurd was en wie het gebruikt hadden; dat was aan hem voorbijgeflitst als de tekeningen die Holck hem op een keer had laten zien en die hij geleend had en daarna gebruikte als hij aan zijn slechte gewoonte toegaf; de slechte gewoonte dat hij zijn lid beroerde als hij naar de tekening keek. Waarom had de Almachtige hem deze slechte gewoonte gegeven? Was dat een teken dat hij tot de Zeven behoorde? En hoe kon iemand die door God uitverkoren was een slechte gewoonte hebben die een grotere zonde was dan de ontucht die het hof pleegde? De beelden waren voorbijgeflitst toen hij haar bed zag, maar hij had zich onkwetsbaar gemaakt en toen waren ze verdwenen.

Hij gaf immers alleen aan zijn slechte gewoonte toe als hij onrustig werd en aan zijn blaam dacht. Door zijn slechte gewoonte werd hij rustig. Hij had zijn slechte gewoonte gezien als een manier van de Almachtige God om hem rust te schenken. Nu waren de beelden voorbijgeflitst en had hij ze van zich af geduwd.

Caterine maakte geen deel van deze beelden uit, die een zonde en een blaam waren.

Hij had haar bed gezien, de beelden waren opgedoken, hij had zich hard gemaakt, de beelden waren verdwenen. Caterine had hem een teken gegeven. De melk en de koeken waren een teken. Toen ze naar hem keek, was hij weer terug in het warme vruchtwater, geen beelden. Ze had niets gevraagd. Ze hadden zich uitgekleed.

Geen teksten om te vergeten.

Ze hadden gevreeën. Hij had zich om haar donker lichaam heen geslingerd als een smalle witte bloemstengel. Hij had zich immers dat onbegrijpelijke herinnerd wat ze tegen hem gezegd had, dat hij als een bloem was. Alleen Caterine kon zoiets zeggen zonder dat hij in lachen uitbarstte. Voor haar was alles rein. Ze had in hem, en in zichzelf! in zichzelf!!!, de tollenaars van de onreinheid uitgedreven.

Dus was ze een tempel.

Later, toen hij bezweet en leeg over haar heen had gelegen, had hij het fluisterend gevraagd. Was ik sterk? had hij gevraagd, Caterine je moet zeggen of ik sterk was, sterk??? Idioot, had ze eerst geantwoord, maar op een manier die hem gelukkig had gemaakt. Toen had hij het opnieuw gevraagd. Ja, liefste, had ze gezegd, stil nu, je moet leren niet te vragen, niet te praten, vragen jullie dat soort dingen op het paleis, stil, slaap nu. Weet je wie ik ben, had hij gevraagd, maar ze had alleen maar gelachen. Ik ben! ik ben! een boerenjongen die achttien jaar geleden in Hirshals uit arme ouders werd geboren, en ik ben een ander, een ander dan jij denkt. Ja, ja, had ze gefluisterd. Lijk ik niet op een boerenjongen, jij kent er toch zoveel?

Het was heel lang stil gebleven.

'Ja,' had ze ten slotte gezegd. 'Jij lijkt op een kleine boerenjongen die ik eens gekend heb.'

'Voordat...?'

'Voordat jij hier kwam.'

'Voordat?

'Voordat ik hier kwam.'

'Caterine, voordat...'

Het zweet was opgedroogd, maar hij lag nog over haar heen en toen hoorde hij haar fluisteren: 'Ik had hem nooit moeten verlaten. Nooit. Nooit.'

Hij begon te mompelen, eerst onverstaanbaar, maar daarna al duidelijker en woedender; niet op haar, maar vanwege dat verlaten of het weggegeven worden? Hoe zwaar het was om verwisseld te zijn. Hij had gemompeld. Dat hij verwisseld was, dat hij 's nachts niet kon slapen. En over zijn slechte gewoonte, en dat hij haar op een nacht in het donker op hem toe had zien komen met sergeant Mörl bij de hand en dat deze verlangde dat Christian de ultieme straf zou eisen.

Christian die verdwaald was.

'Weet je,' had hij gevraagd, juist voor hij in slaap viel, 'weet je of er iemand is die in het universum heerst en boven de straffende God staat?'

'Ja,' had ze gezegd.

'Wie is dat?' had hij gevraagd, slaapdronken.

'Dat ben ik,' had ze gezegd.

'Die mijn weldoener wil zijn? En die tijd heeft?'

'Ik heb tijd,' had ze fluisterend gezegd. 'Ik heb alle tijd van het hele universum.'

En hij had het begrepen. Zij was de Heerseres van het Universum. Zij had tijd. Ze was tijd.

Het was na middernacht toen er op de deur gebonsd werd. De koninklijke lijfwachten waren ongerust geworden.

Hij rolde van haar lichaam af. Het gebons hield aan. Ze stond op en sloeg een sjaal om zich heen.

Toen had ze tegen hem gezegd: 'Je wordt gezocht. Maak je nu hard, Christian.'

Ze kleedden zich beiden snel aan. Hij bleef voor de deur staan alsof de angst hem ingehaald en overweldigd had. Ze streelde hem over zijn wang. Daarna deed hij voorzichtig de deur open.

De beide in livrei geklede lijfwachten keken met onverholen nieuwsgierigheid naar het ongelijke paar, groetten hun Vorst eerbiedig, maar toen begon de ene plotseling te lachen.

De hand van Laarsjes-Caterine gleed bijna onmerkbaar in een van haar zakken en er lag een heel klein mes in haar hand, en met een snelheid die voor iedereen onverwachts kwam, streek ze, zacht als was het de vleugel van een vogel, met het mes over de wang van degene die had durven lachen.

De in livrei geklede lijfwacht tuimelde achterover, ging zitten. De snee was helderrood en het bloed stroomde fris en gelijkmatig uit de wond; hij brulde het uit van verbazing en woede en greep naar zijn degengevest. Koning Christian VII – zo dachten ze op dat moment alle vier aan hem, als de door God uitverkoren alleenheerser – was echter in lachen uitgebarsten.

En de degen kon daardoor niet gebruikt worden; niet als het de Koning behaagde op die manier te lachen.

'Kom, Christian,' had Laarsjes-Caterine kalm gezegd, 'nu gaan we de stad rood verven.'

Naderhand werd het gebeurde druk besproken. De wil van de Koning was ieders wet en Caterine was de koningin van de nacht geweest.

Ze had hem de hele weg naar huis vergezeld. Hij was gevallen, zat onder de modder en was stomdronken geweest. Zijn ene hand was bebloed.

Zij was nog altijd netjes gekleed. Bij de poort ontdekten de wachten dat het de Koning was die daar stond; ze kon hem daarom in veilige handen achterlaten en was weggegaan. Waar ze naartoe ging, dat interesseerde ze niet, maar Christian leek totaal wanhopig toen hij merkte dat ze weg was.

De wachten meenden hem te horen zeggen: 'Lieveling... lieveling,' maar daar waren ze later niet zeker van.

Ze droegen hem naar boven.

6

Hun relatie duurde bijna zeven maanden. Hij was ervan overtuigd dat er nooit een einde aan zou komen.

Toch zou dat gebeuren.

De omslag kwam tijdens een voorstelling van het Hoftheater van de komedie *De schitterende tuin* van Cerill. De Koning had Laarsjes-Caterine steeds vaker op hofmaskerades meegenomen, ze had in zijn loge gezeten, ze hadden 'Farao' gespeeld, een kaartspel, in het volle zicht van iedereen en daarna liepen ze rond te midden van de hovelingen. Dan deed ze haar masker af. De Koning sloeg zijn arm om het middel van Caterine en ze praatten en lachten vertrouwelijk.

Het hof was geshockeerd.

Niet vanwege de aanwezigheid van een coquette. Het begon echter tot het hof door te dringen dat deze vrouw, als ze werd geaccepteerd als de maîtresse van de Koning, geen genoegen zou nemen met alleen invloed in het bed van Zijne Majesteit, maar grotere en gevaarlijkere ambities had.

Ze had hun recht in het gezicht uitgelachen.

Die haat die hen zo bang maakte! Op wat voor wraak zon ze, welke krenkingen verborg ze al zwijgend en lachend, wat had ze meegemaakt dat deze haat rechtvaardigde! Het joeg iedereen de stuipen op het lijf. Wat straalde er uit haar ogen als ze te midden van hen rondliep, omstrengeld door de kleine koninklijke jongen?

Wat was het dat haar ogen beloofden?

Toen de Koningin-weduwe, Juliane Marie – de stiefmoeder van Christian, die vurig wenste dat haar eigen zoon Frederik de troon zou erven – gezien had wat deze ogen nog beloofden, had ze Ove Høegh-Guldberg voor overleg bij zich geroepen betreffende, zoals ze in haar boodschap schreef, een zeer spoedeisende aangelegenheid.

De ontmoeting vond plaats in de Slotskerk. De keuze van die plek had Guldberg verbaasd. Maar, zo schrijft hij, 'misschien wenste Hare Majesteit uiterste geheimhouding en die bestond alleen onder het wakend oog van God'. Toen Guldberg in de kerk arriveerde was deze leeg op een eenzame gestalte na die op de allervoorste bank zat.

Hij liep naar voren. Het was de Koningin-weduwe. Ze vroeg hem te gaan zitten.

Het probleem bleek Laarsjes-Caterine te zijn.

De Koningin-weduwe had meteen, met een verbazend ruige directheid en in een taal die hij nauwelijks verwacht had, zeker niet in deze kerk, het probleem ter tafel gebracht.

'Mijn informatie is zeer betrouwbaar. Hij is bijna iedere avond bij haar. Dat is wijd en zijd bekend in Kopenhagen. De Koning, en het hele koningshuis, ja het hele hof, zijn de algemene risee geworden.'

Guldberg had heel stil gezeten, had naar het crucifix met de lijdende Verlosser gekeken.

'Ik heb het ook gehoord,' had hij geantwoord. 'Uwe Genade, helaas schijnen Uw informanten correct geïnformeerd te zijn.'

'Ik vraag u te interveniëren. De jonge gemalin ontvangt geen deel van het koninklijke zaad.'

Hij had zijn oren niet geloofd, maar dat had ze gezegd en ze was doorgegaan: 'De situatie is ernstig. Hij stort zijn koninklijke zaad in de smerige schoot van Laarsjes-Caterine. Dat is op zich niet ongewoon, maar hij moet ook gedwongen worden de Koningin te dekken. Ze zeggen dat dat één keer gebeurd is, dat is niet voldoende. De troonopvolging van het land is in gevaar. De troonopvolging van het land.'

Hij had haar nu aangekeken en gezegd: 'Maar Uw eigen zoon... die kan toch opvolgen...'

Ze had geen woord gezegd.

Ze wisten immers beiden hoe onmogelijk dat was. Of wist ze het niet? Of wilde ze het niet weten? Haar enige zoon, de Erfprins, de halfbroer van de Koning, was lichamelijk gedeformeerd, hij had een conisch hoofd dat scheef stond; door welwillende lieden werd hij voor gemakkelijk manipuleerbaar gehouden, maar door anderen voor hopeloos debiel. De Engelse gezant had in een brief aan George III zijn uiterlijk beschreven. 'Zijn hoofd was vormloos, hij kwijlde onbeheersbaar en als hij sprak stootte hij vaak vreemde gromgeluidjes uit en op zijn gezicht lag constant de uitdrukking van een idioot.' Het was meedogenloos, maar waar. En beiden wisten dat. Guldberg was al zes jaar zijn leraar.

Hij kende ook haar grote liefde voor deze mismaakte zoon.

Hij had gezien hoe deze liefde alles verontschuldigde, maar hij had ook vaak haar tranen opgemerkt; dat deze mismaakte stakker, 'het monster' zoals hij soms door het hof genoemd werd, Koning van Denemarken zou kunnen worden, dat geloofde toch ook deze liefhebbende moeder niet?

Maar zeker weten deed hij het niet.

Maar dat andere dat ze nu gezegd had! Alles wat ze verder gezegd had was in feite zo merkwaardig dat hij niet in staat was geweest te antwoorden. Haar verontwaardiging over het verspilde koninklijke zaad was vreemd: koningin-weduwe Juliane Marie had een huwelijk met een koning gehad die zijn koninklijke zaad in bijna alle hoeren van Kopenhagen had uitgestort. Dat was haar bekend. Ze had het verdragen. Deze koning had men eveneens gedwongen haar te dekken en zij had zichzelf daartoe gedwongen. Ook dat had ze verdragen. En ze had een debiele zoon het leven geschonken, een arm kwijlend kind van wie ze hield.

Ze had niet alleen de mismaaktheid van haar zoon 'verdragen'. Ze hield van hem.

'Mijn zoon,' had ze ten slotte met haar metaalachtige heldere stem gezegd, 'zou zeker een betere vorst zijn dan deze... chaotische en liederlijke... mijn zoon zou... mijn geliefde zoon zou...'

Plotseling had ze niets meer gezegd. Ze was verstomd. Beiden hadden lang zwijgend zo gezeten. Toen had ze zich vermand en gezegd:

'Guldberg. Als u mijn steun wordt. En een steun voor... mijn zoon. Dan zal ik u rijkelijk belonen. Rijkelijk. Ik zie in uw scherpe intelligentie een verdedigingswapen voor het rijk. U hebt, net als mijn zoon, zo te zien een... onaanzienlijke... gestalte. Maar uw innerlijk...'

Ze was niet verdergegaan. Guldberg had gezwegen.

'U bent al zes jaar de leraar van de Erfprins,' had ze ten slotte gefluisterd. 'God heeft hem een onaanzienlijk uiterlijk gegeven. Veel mensen verachten hem daarom. Ik smeek u echter – zou het u mogelijk zijn hem evenveel lief te hebben als ik?'

De vraag was onverwachts gekomen en scheen veel te sentimenteel.

Na een poosje, toen hij niet geantwoord had, had ze herhaald: 'Dat u in het vervolg evenveel van mijn zoon houdt als ik? Dan zal niet alleen de almachtige en genadige Vader u belonen. Maar ook ik.'

En na een ogenblik gezwegen te hebben, had ze eraan toegevoegd: 'Wij drieën moeten dit arme rijk redden.'

Guldberg had geantwoord: 'Uwe Genade. Zolang ik leef zal dit zo zijn.'

Daarop had ze zijn hand gepakt en die gedrukt. Hij schrijft dat dit een groot moment in zijn leven was, waardoor dat voor altijd zou veranderen. 'Vanaf dat moment koesterde ik voor de ongelukkige erfprins Frederik een zo ongedeelde liefde dat niet alleen hij, maar ook Mevrouw zijn Moeder de Koningin-weduwe, een onvoorwaardelijk vertrouwen in mij had.'

Daarna was ze weer over Laarsjes-Caterine begonnen. En ten slotte had de Koningin-weduwe bijna sissend, maar met zo'n luide stem dat de echo nog lang in de Slotskerk was blijven hangen, gezegd: 'Ze moet verdwijnen. DOORTASTENDHEID!!!'

Op de avond voor Driekoningen, op 5 januari 1768, werd Caterine door vier agenten in haar woning in Christianshavn opgepakt. Het was laat op de avond en er viel een koude regen.

Ze kwamen om tien uur 's avonds, sleurden haar het huis uit en sleepten haar naar een dicht rijtuig. Soldaten zorgden ervoor dat nieuwsgierigen weggejaagd werden.

Eerst had ze gehuild, daarna woedend naar de agenten gespuugd; pas toen ze in het rijtuig zat, had ze Guldberg ontdekt die zelf toezicht op de arrestatie hield.

'Ik wist het!' had ze geschreeuwd, 'jij kleine, boosaardige rat, ik wist het!'

Guldberg was naar het rijtuig gegaan en had een zak met gouden munten op de vloer van de wagen gegooid.

'Jij mag Hamburg zien,' had hij met zachte stem gezegd. 'En niet alle hoeren worden zo goed betaald.'

Toen werd het portier dicht geworpen, de paarden zetten zich in beweging en Laarsjes-Caterine was aan haar buitenlandse reis begonnen.

7

De eerste dagen had Christian niet door dat ze weg was. Toen had hij zo zijn vermoedens gekregen. Hij was zenuwachtig geworden.

Tot verbazing van het hof had hij, zonder uitnodiging vooraf, graaf Bernstorff opgezocht en daar zonder nadere verklaring de lunch gebruikt. Hij had het de hele middag verward over kannibalen gehad. Men had dit uitgelegd als een uiting van zijn nervositeit. Iedereen kende immers de melancholie, nervositeit en gewelddadigheid van de Koning; hij had geen verklaring gegeven. De volgende dagen dwaalde hij 's nachts aan één stuk door door de straten van Kopenhagen en men wist dat hij naar Caterine zocht.

Na twee weken, toen de algemene onrust over het welbevinden van de Koning groot was geworden, had men de Koning er in een brief van op de hoogte gesteld dat Caterine zonder haar bestemming mee te delen een buitenlandse reis had ondernomen en dat ze had gevraagd hem de groeten over te brengen.

Drie dagen had de Koning zich in zijn vertrekken afgezonderd. Toen, op een ochtend, was hij verdwenen.

De hond was ook weg.

Er werden onmiddellijk naspeuringen op touw gezet. Al na een paar uur kwam de boodschap dat de Koning teruggevonden was; hij liep over het strand van de baai van Køge en werd op enige afstand door soldaten bewaakt. De Koningin-weduwe had daarop Guldberg naar de

Koning gestuurd om de inhoud van de brief uit te leggen en de Koning te bezweren naar het paleis terug te keren.

Hij zat op het strand.

Het was een zielig gezicht. Zijn hond zat naast hem en gromde tegen Guldberg.

Guldberg had als een vriend tegen de Koning gesproken.

Hij had tegen Christian gezegd dat deze zijn koninklijke rust moest hervinden, omwille van het land. Dat er geen reden voor wanhoop en neerslachtigheid was. Dat het hof en de Koningin-weduwe, ja, dat iedereen!, van mening was dat de welwillendheid van de Koning jegens Caterine een onrustfactor was geworden. Dat deze welwillendheid wellicht de, zonder twijfel, tedere gevoelens voor de jonge Koningin zouden kunnen doen verbleken en daarmee de toekomst van de troon in gevaar brengen. Ja, misschien dat juffrouw Beuthaken dat eveneens gedacht had! Misschien was dat de verklaring. Misschien was het wel zo dat haar onverwachte reis ingegeven was door de wens haar land te dienen, het Deense rijk, en dat ze gemeend had dat ze een hinderpaal vormde voor de wens van het hele rijk naar een erfgenaam die de troonopvolging zou verzekeren. Hij zei dat hij daar bijna zeker van was.

'Waar is ze?' had Christian gevraagd.

Misschien komt ze terug, had Guldberg gezegd, als de troonopvolging van het land verzekerd is. Ja, hij had gezegd dat hij er bijna zeker van was dat deze onrust zou gaan liggen door haar, door onbaatzuchtigheid ingegeven, bezorgdheid voor Denemarken, vandaar haar verrassende vlucht. En dat ze dan zou terugkomen en de diepe vriendschap met de Koning weer kon opnemen die...'

'Waar is ze,' had de Koning geschreeuwd, 'weet u dat men u uitlacht? Een zo klein, onbeduidend... en... weet u dat men u de Goudhagedis noemt?'

Toen had hij als door angst bevangen gezwegen en had Guldberg gevraagd: 'Moet ik nu gestraft worden?'

Op dat moment, schrijft Guldberg, was hij door een groot verdriet en een groot medelijden gegrepen.

Hij had naast Christian gezeten. En het was waar wat de Koning had gezegd: dat hij net als de Koning!, net als de Koning!!!, qua uiterlijk onbeduidend was, geminacht werd, dat de Koning schijnbaar de eerste was, maar in werkelijkheid een van de minsten. Als hij niet toegegeven had aan de koninklijke eis tot eerbied, als hij de regels van het protocol niet had gehoorzaamd, had hij deze jonge jongen willen vertellen dat hij, ook hij, een van de minsten was. Dat hij de onreinheid haatte, dat het onreine weggesneden moest worden, zoals je lichaamsdelen wegsnijdt die de mens in verleiding brengen, ja, dat er een tijd van snijden zou aanbreken wanneer dit liederlijke hof met al zijn parasieten uit de grote werken Gods weggesneden zou worden, wanneer de verkwisters, de godsloochenaars, de drinkebroers en de geilbokken aan het hof van Christian VII hun gerechte straf zouden ondergaan. De veiligheid van de staat zou gegarandeerd worden, de macht van de Koning versterkt en het vuur van de loutering zou door dit stinkende rijk varen. En de laatsten zouden de eersten worden.

En hij zou zich dan, samen met de door God uitverkorene, verheugen over het grote louteringswerk dat ze beiden tot stand gebracht hadden.

Maar hij had alleen gezegd: 'Ja, Uwe Majesteit, ik ben een klein en door en door onaanzienlijk mens. Maar wel een mens.'

De Koning had hem naar gekeken met een uitdrukking van verbazing op zijn gezicht. Daarna had hij opnieuw gevraagd: 'Waar is ze?'

'Misschien in Altona... Hamburg... Parijs... Londen. Ze is een grote, rijke persoonlijkheid, verscheurd tussen bezorgdheid voor het lot van Zijne Majesteit... en haar plichten jegens Denemarken... maar misschien komt ze terug als haar het bericht bereikt dat de troonopvolging van het land veilig is gesteld. Gered is.'

'Het continent?' had de Koning vertwijfeld gefluisterd. 'Het continent?'

'Parijs... Londen...'

De Koning had gevraagd: 'Moet ik haar op... het continent zoeken?'

De hond had gejankt. Een van waterdruppels verzadigde mist had zich over het water van de Sont gelegd, de Zweedse kust was niet meer te zien geweest. Gúldberg had de wachtende soldaten naar zich toe gewenkt. De Koning van Denemarken was uit de diepste nood en waan gered.

8

Geen veranderingen in de gemoedstoestand van de Koning. Maar in een onverwachte, extra bijeengeroepen ministerraadsvergadering gaf de Koning de wens te kennen een grote Europese reis te willen maken. Hij had een kaart van Europa op de tafel in de zaal van de ministerraad uitgespreid. In het vertrek waren drie staatsraden aanwezig plus Guldberg en een zekere graaf Rantzau; de Koning had voor zijn doen ongewoon gedecideerd en geconcentreerd zijn reisroute beschreven. Wat hij beschreef, zoveel was duidelijk, was een grote reis voor zijn algemene ontwikkeling. De enige die opvallend nadenkend leek te zijn was Guldberg, maar hij zei niets. De anderen werden het erover eens dat de vorsten van Europa de jonge Deense monarch stellig als een gelijke zouden verwelkomen.

De Koning had, toen hij bijval had gekregen, zijn vinger over de kaart laten glijden en gemompeld: 'Altona... Hamburg... Parijs... Europa...'

Nadat de Koning het vertrek had verlaten, waren Guldberg en graaf Rantzau blijven dralen. Rantzau had gevraagd waarom Guldberg zo nadenkend scheen te zijn.

'We kunnen zonder veiligheidsmaatregelen niet toestaan dat de Koning op reis gaat,' had Guldberg na een korte aarzeling geantwoord. 'Dat risico is te groot. Zijn nervositeit... zijn onverwachte woede-uitbarstingen... ze zouden ongewenste aandacht kunnen trekken.'

'We moeten een lijfarts aanstellen,' had graaf Rantzau toen gezegd. 'Die toezicht kan houden. En hem kan kalmeren.'

'Maar wie?'

'Ik ken een heel bekwame arts,' had Rantzau gezegd. 'Ontwikkeld. Met een praktijk in Altona. Specialist in pokkenvaccinatie. Een Duitser, zijn ouders zijn vrome piëtisten, zijn vader is theoloog. Hij heet Struensee. Heel bekwaam. Heel bekwaam.'

'Een vriend?' had Guldberg met een uitdrukkingsloos gezicht gevraagd. 'Een van uw protégés?'

'Inderdaad.'

'Is hij beïnvloed door uw... Verlichtingsdenkbeelden?'

'Totaal apolitiek,' had Rantzau geantwoord. 'Totaal apolitiek. Specialist in pokkenvaccinatie en de gezondheid van de ledematen. Over dat laatste heeft hij zijn proefschrift geschreven.'

'Geen jood, zoals Reverdil?'

'Nee.'

'Een knappe jongen... neem ik aan?'

Plotseling was Rantzau op zijn hoede geweest; omdat hij onzeker was over de betekenis van die vraag antwoordde hij ontwijkend, maar zo koeltjes dat dit aangaf dat hij geen insinuaties tolereerde: 'Specialist op het gebied van pokkenvaccinatie.'

'Kunt u voor hem instaan?'

'Erewoord!!!'

'Erewoorden plegen voor aanhangers van de Verlichting niet zo zwaar te wegen.'

Er was een ijskoude stilte gevallen. Ten slotte had Guldberg die verbroken en met een van zijn zeldzame glimlachjes gezegd: 'Een grapje. Uiteraard. Struensee... zei u?'

Op die manier was het begonnen.

Deel 2

DE LIJFARTS

5

De Stille uit Altona

Zijn vrienden noemden hem 'de Stille'. Hij was niet iemand die praatte, althans niet onnodig. Maar hij luisterde aandachtig.

Je zou kunnen onderstrepen dat hij zwijgzaam was. Of dat hij kon luisteren.

Hij heette Johann Friedrich Struensee.

In Holstein, enkele tientallen kilometers van Hamburg en een kleinere stad niet ver ervandaan, lag een landgoed dat Ascheberg heette. Het landgoed bezat tuinen die door heel Europa beroemd waren en het was in het bezit van de familie Rantzau.

De tuinen waren in de jaren dertig van de achttiende eeuw aangelegd en omvatten waterwegen, alleeën en kwadratische bosschages, volgens een rechtlijnig plan zo kenmerkend voor de vroege barok.

'Gut Ascheberg' was een indrukwekkend stuk landschapsarchitectuur.

Het park had zijn faam te danken aan het uitbuiten van de bijzondere, natuurlijke formaties van het terrein. De natuur verlevendigd met onnatuur. De baroktuin met zijn diepe centrale perspectief van alleeën en waterwegen zette zich tot aan het strand van het meer voort. Daarachter lag een heuvelrug die 'de Berg' genoemd werd; een zacht plooiende hoogte, afgewisseld met vreemde dalen die de kant van de berg doorsneden; dit terrein rees steil achter het vrij pretentieloze hoofdgebouw op met een natuurlijke woestheid die voor dit milde Deense landschap uitzonderlijk was.

'De Berg' was met bomen begroeid, het was een natuurlijke berg, tegelijk én kunstmatig gevormd, én in zijn natuurlijke toestand gelaten.

Zachte op ravijnen lijkende valleien. Terrassen. Bos. De volmaakte natuur, zowel beheerst als gecreëerd door de mens en vrijheid én woestheid uitdrukkend. Van de top van de Berg kon men ver kijken. Men zag dan wat de mens tot stand kon brengen: een natuurlijke kopie van de woeste natuur.

De Berg had een uitloper in de tuin. Het woeste in het gecultiveerde. Het was een civilisatorische droom over het in toom gehoudene en de vrijheid.

In een van de 'plooien' van de Berg, een inzinking, had men twee heel oude hutten gevonden. Misschien waren het woonplaatsen van boeren geweest of – wat men zich eigenlijk liever wilde voorstellen – herders.

Een van deze hutten was gerestaureerd en wel vanwege een heel bijzondere aanleiding.

In 1762 was Rousseau aan zijn landsvlucht begonnen, nadat het parlement van Parijs de beul had bevolen zijn *Émile* te verbranden.

Hij zocht op diverse plaatsen in Europa zijn toevlucht en de bezitter van Ascheberg, een graaf Rantzau, die toen heel oud was, maar zijn hele leven met radicale ideeën had gedweept, nodigde de opgejaagde man uit zich op Ascheberg te vestigen. Hij kon de hut op de Berg krijgen, daar kon hij wonen; vermoedelijk stelde men zich voor dat de grote filosoof onder deze primitieve omstandigheden zijn grote schrijverschap kon voortzetten, dicht bij de natuur die hij immers prees en waarnaar hij wenste terug te keren; zijn noodzakelijke levensbehoeften en zijn denken zouden op die manier op een gelukkige wijze samenvallen.

Voor dit doel werd naast de hut ook een 'koolveldje' aangelegd.

Hier zou hij zijn kool kweken, zijn tuin cultiveren. Of de aanplant van het koolveldje aan de bekende uitdrukking refereert: 'hij die in alle rust zijn kool kweekt en de politiek laat varen' is niet bekend. Maar het koolveldje was hoe dan ook aangelegd. En de graaf kende ongetwijfeld zijn *Nouvelle Héloïse* en de passage die luidde: 'De natuur schuwt druk bezochte plaatsen; het is op bergtoppen, in diepe dalen, op eenzame eilanden dat zij haar eigenlijke betovering uitoefent. Zij die de natuur beminnen en voor wie ze te ver weg ligt, moeten haar noodgedwongen schenden, haar naar zich toe halen, en dit alles kan slechts met een zekere mate van illusie geschieden.'

Gut Ascheberg behelsde de illusie over de natuurlijke toestand.

Rousseau kwam evenwel nooit naar Ascheberg, maar zijn naam werd op mythische wijze met Gut Ascheberg verbonden, gaf die naam bekendheid in Europa bij de natuur- en vrijheidsdwepers. Gut Ascheberg verwierf zijn plaats tussen beroemde 'sentimentele plaatsen' in Europa. Het 'boerenhuis' dat voor Rousseau bestemd was, werd een toevluchtsoord; de hut in de kom van de vallei en het in de loop van de tijd almeer verwaarloosde koolveldje waren een bezoek waard. Het ging hier immers niet zozeer om het huisje van een herder; het was eerder een cultplaats voor intellectuelen die onderweg waren van natuurdweperij naar Verlichting. Wanden, deuren en vensterbanken waren versierd met sierlijke Franse en Duitse citaten uit gedichten, verzen van tijdgenoten, maar ook van Juvenalis.

Ook de vader van Christian, Frederik v, had de tocht naar de hut van Rousseau ondernomen. De berg werd sindsdien de 'Koningsberg' genoemd.

De hut werd destijds een soort heilige plaats voor Deense en Duitse aanhangers van de Verlichting. Ze kwamen bijeen op het landgoed Ascheberg, trokken naar de hut van Rousseau en discussieerden daar over de grote ideeën van hun tijd. Ze heetten Ahlefeld en Berckentin, ze heetten Schack Carl Rantzau, von Falkenskjold, Claude Louis de Saint-Germain, Ulrich Adolph Holstein en Enevold Brandt. Ze beschouwden zich als aanhangers van de Verlichting.

Ook heette een van hen Struensee.

Hier, in deze hut, zou hij, veel later, voor de Koningin van Denemarken, Caroline Mathilde, een gedeelte uit Holbergs *Moralske Tanker* voorlezen.

Hij had haar in Altona gezien. Dat weet men. Struensee had Caroline Mathilde gezien toen ze in Altona aankwam, op weg naar haar huwelijk en hij had gezien dat haar ogen rood van het huilen waren.

Zij had Struensee echter niet gezien. Hij was er een uit een menigte. Bijna niemand schijnt hem in die tijd gezien te hebben, weinigen hebben hem beschreven. Hij was vriendelijk en zwijgzaam. Hij was meer dan middelmatig lang, blond, met een mooi gevormde mond en een gezond gebit. Het was zijn tijdgenoten opgevallen dat hij als een van de eersten tandpasta gebruikte.

Verder bijna niets. Reverdil, die hem al in de zomer van 1767 in Holstein had ontmoet, merkt alleen op dat de jonge Duitse arts Struensee tactvol optrad en zich niet opdrong.

Nog eenmaal: jong, zwijgzaam, luisterend.

2

Drie weken nadat koning Christian VII het besluit genomen had om een Europese reis te maken, bezocht graaf Rantzau in opdracht van de Deense regering in Altona de Duitse arts Johann Friedrich Struensee om hem aan te bieden de lijfarts van de Deense Koning te worden.

Ze kenden elkaar immers goed. Ze hadden heel wat weken op Ascheberg doorgebracht. Ze waren naar de hut van Rousseau getogen. Ze maakten deel uit van de Kring.

Rantzau was echter veel ouder. Struensee was nog jong.

Struensee woonde op dat moment in een klein appartement op de hoek van de Papagoyenstrasse en de Reichstrasse, maar op de dag van het aanbod was hij zoals gewoonlijk op ziekenbezoek. Na nogal wat moeite had Rantzau hem in een krot in de sloppenwijk van Altona gevonden, waar hij kinderen uit het district tegen de pokken inentte.

Rantzau was zonder omwegen ter zake gekomen en Struensee had onmiddellijk en zonder aarzeling bedankt.

Hij vond de opdracht niet interessant.

Hij was juist gereed met de inenting van een weduwe en haar drie kinderen. Hij scheen goedgehumeurd, maar was niet geïnteresseerd. Nee, had hij gezegd, daar ben ik niet in geïnteresseerd. Hij had toen zijn instrumenten verzameld, de kleine kinderen glimlachend een klapje op hun hoofd gegeven, de dankbetuigingen van de vrouw in ontvangst genomen en haar aanbod samen met de hoge gast in de keuken een glas witte wijn te drinken aangenomen.

De keuken had een lemen vloer en de kinderen werden het vertrek uitgestuurd.

Graaf Rantzau had geduldig gewacht.

'Je bent sentimenteel, mijn vriend,' had hij gezegd. 'De heilige Franciscus te midden van de armen van Altona. Maar bedenk ook dat je een Verlichtingsman bent. Je moet vooruitzien. Nu zie je alleen de mensen voor je, maar verhef je blik. Kijk over hen heen. Je bent een van de briljantste geesten die ik ontmoet heb, je hebt een grootse levenstaak voor je. Je kunt zo'n aanbod niet afslaan. Er is overal ziekte. Heel Kopenhagen is ziek.'

Struensee had niet geantwoord, alleen geglimlacht.

'Je zou jezelf grotere taken moeten stellen. Een lijfarts van een koning kan invloed uitoefenen. Je kunt je theorieën verwezenlijken... in de werkelijkheid. In de werkelijkheid.'

Geen antwoord.

'Waarom heb je anders zoveel geleerd?' was Rantzau verdergegaan, nu op een geërgerde toon. 'Al die gesprekken! Dat gestudeer! Waarom alleen theorieën? Waarom niet werkelijk iets doen? Iets... wezenlijks?'

Struensee had toen gereageerd en was na even gezwegen te hebben heel zacht maar duidelijk over zijn leven gaan praten.

Hij was vriendelijk geweest, maar er had een licht ironische ondertoon in zijn woorden doorgeklonken. 'Mijn vriend en gewaardeerde leermeester,' had hij gezegd, 'ik heb het idee dat ik iets – "doe". Ik heb mijn praktijk. Maar bovendien – bovendien! – "doe" ik ook andere dingen. Iets werkelijks. Ik houd statistieken bij over alle medische problemen in Altona. Ik bezoek de drie apotheken die deze stad van 18.000 mensen rijk is. Ik help de gewonden en degenen die een ongeluk hebben gekregen. Ik doe onderzoek naar de behandeling van geesteszieken. Ik ben aanwezig en assisteer bij de lijkschouwingen in het Theatro Anatomico. Ik kruip krottenwoningen in, afschuwelijke holen waar mensen in de stinkende lucht liggen en bezoek de machtelozen. Ik luister naar de verwachtingen van deze machtelozen en zieken. Ik zorg voor de zieken in de vrouwengevangenis, het lazaret, het tuchthuis, behandel zieke arrestanten die in hechtenis zitten en zich in het huis van de beul bevinden. Ook de terdoodveroordeelden zijn ziek, ik help de terdoodveroordeelden om draaglijk te overleven tot de bijl van de beul hen als een bevrijding treft. Ik behandel dagelijks acht tot tien armen die niet kunnen betalen, maar voor wie de armenkas zorgt. Ik behandel arme reizigers voor wie de armenkas niet zorgt. Ik behandel rondtrekkende landarbeiders die door Altona komen. Ik behandel patiënten met besmettelijke ziekten. Ik geef voordrachten in anatomie. Ik denk,' had hij zijn antwoord afgesloten, 'dat je kunt zeggen dat ik bepaalde, niet erg verlichte delen van de werkelijkheid in deze stad ken. Niet erg verlichte! Dit met betrekking tot de Verlichting.'

'Ben je nu uitgesproken?' had Rantzau glimlachend gevraagd.

'Ja, ik ben uitgesproken.'

'Ik ben onder de indruk,' had Rantzau toen gezegd.

Het was de langste speech die hij 'de Stille' ooit had horen houden. Maar hij had zijn overreding voortgezet. Kijk verder, had hij gezegd. Jij als arts zou ook Denemarken gezond kunnen maken. Denemarken is een gekkenhuis. Het hof is een gekkenhuis. De Koning is begaafd, maar misschien... gek. Een verstandige, verlichte man naast hem zou de bezem door het schijthuis Denemarken kunnen halen.

Er was een klein glimlachje om de lippen van Struensee verschenen, maar hij had alleen zwijgend zijn hoofd geschud.

'Vandaag de dag kun je goed doen in het klein. En dat doe je ook. Ik ben onder de indruk. Maar je kunt ook de wijdere wereld veranderen. Er niet alleen van dromen. Je kunt macht verwerven. Je kunt geen nee zeggen.'

Ze hadden lang zwijgend bijeengezeten.

'Mijn stille vriend,' had Rantzau ten slotte vriendelijk gezegd. 'Mijn stille vriend. Wat moet er van jou worden. Jij, met je vele edele dromen, maar met de angst om die te verwezenlijken. Je bent een intellectueel, net als ik, en ik begrijp je. We willen onze ideeën niet door de werkelijkheid laten bezoedelen.'

Struensee had toen naar graaf Rantzau gekeken met een uitdrukking van waakzaamheid op zijn gezicht of als na een zweepslag.

'De intellectuelen,' had hij gemompeld. 'De intellectuelen, ja. Maar ik zie mezelf niet als een intellectueel. Ik ben maar een arts.'

Later die avond had Struensee ja gezegd.

Een korte passage uit Struensees bekentenissen in de gevangenis werpt een vreemd licht op deze gebeurtenis.

Hij zegt 'door een toeval' lijfarts geworden te zijn en dat eigenlijk niet gewild te hebben. Hij had heel andere plannen. Hij stond op het punt Altona te verlaten om op reis te gaan, 'naar Malaga of Oost-Indië'. Geen uitleg. Alleen de wens om te vluchten, ergens heen.

3

Nee, hij beschouwde zichzelf niet als een intellectueel. Er waren anderen in de kring van Altona die deze naam meer verdienden.

Een van hen was zijn vriend en leermeester graaf Rantzau. Dat was een intellectueel.

Hij was de eigenaar van het landgoed Ascheberg, dat hij van zijn vader geërfd had. Het landgoed lag op een afstand van elf mijl van Altona, een stad die in die tijd Deens was. De economische basis van het landgoed was de lijfeigenschap, of de boerenslavernij, 'het gebonden zijn aan de grond'; maar de wreedheid was er minder erg, de principes humaner, zoals op veel landgoederen in Holstein.

Graaf Rantzau beschouwde zichzelf als een intellectueel en een Verlichtingsman.

De reden daarvoor was de volgende.

Op vijfenendertigjarige leeftijd, getrouwd en vader van een kind, was hij tot regimentschef in het Deense leger benoemd, nadat hij eerder militaire ervaring in het Franse leger onder maarschalk Loevendahl had opgedaan. Die ervaring, naar eigen zeggen, was moeilijk te staven. In vergelijking met deze ervaringen was het Deense leger echter een nog kalmere haven. Daar hoefde je als regimentschef niet bang te zijn voor oorlog. In een dergelijke werkkring waardeerde hij de rust. Toch was hij verliefd geworden op een Italiaanse zangeres, die zijn reputatie had vernietigd omdat hij haar niet alleen tot zijn minnares had gemaakt, maar haar reizende operettegezelschap ook door het zuiden van Europa volgde. Het gezelschap had een tournee gemaakt langs vele steden zonder dat hij bij zinnen was gekomen en zich in de kraag had gegrepen. Om zijn incognito te bewaren was hij voortdurend van gedaante veranderd; nu eens ging hij 'statig uitgedost', dan weer verkleed als priester, wat hoog nodig was omdat hij zich overal in de schulden stak.

In twee steden op Sicilië werd hij wegens oplichting aangeklaagd, doch tevergeefs, omdat hij zich toen alweer op het vasteland bevond, in Napels. In Genua gaf hij een wissel af op 'mijn vader, stadhouder van Noorwegen', maar hij kon niet vervolgd worden omdat hij zich, toen hij aangeklaagd werd, in Pisa bevond op weg naar Arles. Daarna was de politie er niet meer in geslaagd hem te vinden.

Hij had de Italiaanse zangeres na een jaloerse scène in Arles verlaten, waarop hij voor korte tijd naar zijn landgoed was teruggekeerd om zijn kas te spekken, wat mede mogelijk was gemaakt door een extra koninklijk apanage. Na zijn verblijf op Ascheberg, waar hij de kennismaking met zijn vrouw en dochter weer had aangeknoopt, was hij naar Rusland vertrokken. Daar had hij een bezoek aan de Russische keizerin Elisabeth gebracht, die toen voor dood lag. Zijn analyse was dat haar opvolger hem als deskundige op het gebied van Deense en Europese vraagstukken nodig had. De reden voor zijn Russische reis hing bovendien samen het gerucht dat er onder de opvolger van de keizerin weldra oorlog tussen Rusland en Denemarken zou uitbreken en dat hij deze opvolger dan door zijn grote kennis van de Deense en Franse legers zekere diensten kon aanbieden.

Ondanks dit voor Rusland zo gunstige voorstel had menigeen de Deense edelman met onwelwillende ogen bekeken. Zijn vele verbintenissen met vrouwen en het feit dat er geen oorlog uitbrak, werkten contraproductief en velen stonden wantrouwig tegenover 'de Deense spion'. Na een conflict met het Russische hof, dat terug te voeren was op een twist over de gunst van een hooggeplaatste dame, moest hij de wijk nemen en bereikte hij Dantzig, waar zijn reiskas leeg was.

Daar ontmoette hij een fabrikant.

Deze wilde zich in Denemarken vestigen om daar te investeren en zich onder de bescherming van een regering te stellen die welwillend tegenover buitenlandse, industriële investeringen stond. Graaf Rantzau verzekerde deze fabrikant dat hij hem door zijn contacten aan het hof de gewenste protectie kon verschaffen. Na een gedeelte van het kapitaal van de fabrikant opgesoupeerd te hebben, doch zonder de protectie van de Deense regering te hebben bewerkstelligd, gelukte het graaf Rantzau naar Denemarken terug te keren, het rijk dat hij nu niet langer meer aan de Russische keizerin wilde verraden. Door het hof werd hem toen, op grond van zijn naam en aanzien, een jaarlijks apanage verleend. Hij verklaarde dat hij alleen naar Rusland was gereisd als Deens spion en dat hij nu over geheimen beschikte waarvan Denemarken zou kunnen profiteren. Zijn vrouw en dochter had hij al die tijd in Ascheberg aan zijn landgoed gekluisterd gehouden. En nu was hij bezig een groep intellectuele aanhangers van de Verlichting om zich heen te verzamelen.

Een van hen was een jonge arts Struensee genaamd.

Zijn levensloop en zijn wijdverbreide internationale contacten, plus de invloed die hij nog aan het Deense hof bezat, vormden de reden waarom graaf Rantzau zichzelf als een intellectueel beschouwde.

Hij zal in de toekomst een centrale rol in de gebeurtenissen met betrekking tot de Deense revolutie spelen, een rol die in zijn veelzijdigheid alleen in het licht van bovenstaande levensbeschrijving begrepen kan worden.

De rol die hij speelt is die van intellectueel.

Zijn eerste bemoeienis inzake Denemarken was de Duitse arts J.F. Struensee als lijfarts voor koning Christian VII aan te bevelen.

4

Wat een merkwaardige stad was Altona toch.

De stad lag aan de monding van de Elbe, ze was een handelscentrum met 18.000 inwoners en had in het midden van de zeventiende eeuw stadsrechten gekregen. Altona werd uitgebouwd tot de eerste vrijhaven van het Noorden, maar was ook een vrijhaven voor diverse geloofsrichtingen gebleven.

Vrijzinnigheid was goed voor de handel.

Het was alsof het intellectuele klimaat ideeën en geld aantrok en Altona werd Denemarkens toegangspoort tot Europa, de op een na belangrijkste stad na Kopenhagen. Ze lag dicht bij de grote vrijstad Hamburg en ze had bij reactionairen de faam een slangenkuil van het radicale gedachtegoed te zijn.

Zo werd er algemeen over gedacht. Een slangenkuil. Maar omdat gebleken was dat het radicalisme economisch lonend was, mocht Altona haar intellectuele vrijheid behouden.

Struensee was arts. Hij was in 1737 geboren en had zich op vijftienjarige leeftijd aan de universiteit van Halle laten inschrijven als student in de medicijnen. Zijn vader was de theoloog Adam Struensee, die al vroeg in de ban geraakte van het piëtisme en later professor in de theologie aan de universiteit van Halle werd. Hij was vroom, geleerd, rechtschapen, zwaarmoedig en geneigd tot melancholie, terwijl Struensees moeder beschreven werd als lichter van gemoed. Het piëtisme was dat van Francke, met nadruk op het belang van het maatschappelijk nut, onder invloed van de verheerlijking van het verstand, dat in die tijd zo kenmerkend was voor de universiteit van Halle. Het ouderlijk huis was autoritair; deugd en zedelijkheid waren de richtsnoeren.

De jonge Struensee zou echter in opstand komen. Hij werd vrijzinnig en atheïst. Hij was van mening dat als de mens zich vrij kon ontwikkelen, hij met behulp van zijn verstand het goede zou kiezen. Hij schrijft later dat hij al vroeg de idee van de mens 'als een machine' omarmde, een uitdrukking die typerend was voor de droom uit die tijd over rationaliteit. Hij gebruikt deze uitdrukking werkelijk; en alleen het organisme van de mens schiep geest, gevoelens, goed en kwaad.

Hij schijnt hiermee bedoeld te hebben dat scherpzinnigheid en spiritualiteit de mens niet door een hoger wezen geschonken waren, maar dat ze door onze levenservaringen worden gevormd. Het was de plicht jegens de naaste, die zin aan alles verleende en die een innerlijke tevredenheid teweegbracht, die het leven zin gaf en de handelingen van de mens diende te bepalen.

Vandaar de misleidende uitdrukking 'machine', die ongetwijfeld als een poëtisch beeld beschouwd moest worden.

Hij promoveerde op het proefschrift *Over de gevaren van foute bewegingen der ledematen*.

De analyse was formalistisch, maar voorbeeldig. Het met de hand geschreven proefschrift bevat echter een merkwaardig element; in de marge heeft Struensee, met een ander soort inkt menselijke gezichten getekend. Hij tekent hier een ambivalent en onduidelijk beeld van zijn innerlijk. De gezichten van de mensen donkerden de grotere helderheid van zijn proefschrift wat bij.

Overigens staat er in het proefschrift dat preventieve gezondheidszorg belangrijk is, fysieke training noodzakelijk, maar dat bij ziekte of
letsel grote voorzichtigheid betracht moet worden.

Naar dit proefschrift te oordelen was hij een verdienstelijk tekenaar.
De menselijke gezichten zijn interessant.

De tekst minder.

Op twintigjarige leeftijd verhuist Struensee naar Altona om daar een
dokterspraktijk te beginnen. Hij wil altijd, ook later, als arts beschouwd worden.

Niet als tekenaar, niet als politicus, niet als intellectueel. Arts.

Maar zijn andere kant was die van publicist.

Als de Verlichting een rationeel en hard gezicht vertoont, zoals het
geloof in het verstand en de ervaring, in de geneeskunde, de wiskun-
de, de fysica en de astronomie, dan laat het ook een zacht gezicht zien:
het verspreiden van vrijheid van meningsuiting, tolerantie en vrijheid.

Men zou het aldus kunnen zeggen: in Altona had hij zich van de
harde kant van de Verlichting, die van de ontwikkeling van de weten-
schap naar rationalisme en empirie, bewogen naar haar zachte kant,
die van de noodzaak tot vrijheid.

In het eerste tijdschrift (*Monatsschrift zum Nutzen und Vergnügen*)
dat hij opricht, staat in het eerste nummer al een lange analyse over de
gevaren van de trek van de bevolking van het platteland naar de stad.
Een sociaal-medische analyse.

Hij geeft de arts daarin ook de rol van politicus.

De verstedelijking, schrijft hij, vormt een medische bedreiging
waaraan politieke oorzaken ten grondslag liggen. De belastingen, het
risico van krijgsdienst, de ellendige ziekenzorg, het alcoholisme, dit
alles met elkaar schept een stadsproletariaat, wat door een betere
gezondheidszorg onder de boeren voorkomen had kunnen worden.
Hij geeft een koel, maar in wezen verschrikkelijk sociologisch beeld
van de situatie in een Denemarken in verval; een dalend bevolkings-
aantal, voortdurende pokkenepidemieën. Hij schrijft dat 'het aantal
bedelaars onder de boeren nu meer dan 60.000 bedraagt'.

Andere artikelen hebben titels als 'Over de zielsverhuizing', 'Over
muggen', en 'Over zonnesteken'.

Een bot satirisch artikel met de titel 'Lofzang op honden en de hemelse werking van hondenpoep' brengt hem ten val. De tekst werd, met recht, opgevat als een persoonlijke aanval op een bekende arts in Altona die grof geld verdiende aan een twijfelachtig middel tegen verstopping, een extract uit hondenpoep.

Het tijdschrift wordt opgeheven.

Het jaar daarop begint hij echter met een nieuw tijdschrift. Hij geeft zich moeite niemands eer of goede naam aan te tasten en formuleringen te gebruiken die geen kritiek tegen de staat of de godsdienst bevatten, maar hij slaat de plank mis in een artikel over mond- en klauwzeer, waarvan met recht gezegd wordt dat het godsdienstkritiek uitstraalt.

Ook dat tijdschrift wordt vervolgens opgeheven.

In zijn allerlaatste geschrift, in de gevangenis geschreven en de dag voor zijn terechtstelling afgesloten, gaat Struensee op deze, om het zo maar uit te drukken, journalistieke periode van zijn leven in. 'Mijn morele opvattingen in die tijd ontwikkelden zich door het bestuderen van geschriften van Voltaire, Rousseau, Helvétius en Boulanger. Ik ben toen vrijdenker geworden en meende dat weliswaar een hoger principe wereld en mens geschapen heeft, maar dat er geen leven na dit leven bestond en dat handelingen slechts morele kracht bezaten als ze op een juiste manier de samenleving beïnvloedden. Ik vond dat geloven in een straf in een leven na dit leven ongerijmd was. De mens wordt al voldoende gestraft in dit leven. Deugdzaam was hij die het nuttige deed. De opvattingen van het christendom waren al te streng – en de daarin uitgedrukte waarheden waren ook te vinden in de geschriften van de filosofen. De dwalingen van de begeerte beschouwde ik als zeer vergeeflijke zwakheden, zolang ze maar geen schadelijke gevolgen voor iemand zelf of voor anderen met zich meebrachten.'

Zijn tegenstanders, in een al te korte samenvatting van zijn gedachtegoed, leggen dit uit alsof 'Struensee van mening was dat de mens alleen een machine was'.

Het boek *Moralske Tanker* van Ludwig Holberg zou voor hem echter het belangrijkste geschrift worden. Dat werd, in het Duits, na zijn dood in een beduimeld en gekreukeld exemplaar teruggevonden.

Een van de hoofdstukken uit dat boek zou zijn leven veranderen.

5

Op 6 mei 1768 nam de grote Europese reis van koning Christian vii een aanvang.

Zijn gevolg omvatte in totaal vijfenvijftig personen en het zou een 'Bildungsreise' zijn, een sentimentele reis in navolging van Laurence Sterne, (Christian beweerde later dat hij sterk onder de indruk was gekomen van *Tristram Shandy*, het zevende boek), maar ze moest ook, door de pracht die het koninklijke gezelschap uitstraalde, dienen om het buitenland een blijvende indruk van de rijkdom en de macht van Denemarken te geven.

In het begin had men aan meer personen gedacht, maar het gezelschap werd in feite al kleiner; een van degenen die weggestuurd werd was een koerier, Andreas Hjort genaamd. Hij werd naar de hoofdstad teruggezonden om vandaar naar Bornholm te worden verbannen, omdat hij 'in loslippigheid en dronkenschap' op een avond voor luisterende oren had verraden dat de Koning hem had opgedragen tijdens de reis naar Laarsjes-Caterine te zoeken.

Struensee had zich in Altona bij het gezelschap aangesloten.

Het was een merkwaardige ontmoeting geworden.

De Koning logeerde in de residentie van de burgemeester; toen hij 's avonds naar een koerier, Andreas Hjort genaamd, had gevraagd, werd hem meegedeeld dat deze teruggeroepen was. Er werd geen verklaring gegeven. Het optreden van de koerier was totaal onverklaarbaar, had men gezegd, maar kon veroorzaakt zijn door een ziektegeval in de familie.

Christian was toen weer in zijn eigenaardige spastische bewegingen teruggevallen en had daarna woedend de kamer vernield; hij had met stoelen gegooid, ruiten kapotgeslagen en op het prachtige zijden behang met een stukje steenkool van het open haardvuur Guldbergs naam geschreven, maar opzettelijk fout gespeld. In het tumult was de hand van de Koning gewond geraakt, hij bloedde en Struensee moest nu, als zijn eerste taak op deze reis, de Vorst verbinden.

Men had dus de nieuwe lijfarts geroepen.

Zijn eerste herinnering aan Christian was als volgt: een zeer tengere jongen die op een stoel zat, zijn hand bloedde en hij staarde recht voort zich uit.

Na een zeer lange tijd van stilzwijgen had Struensee vriendelijk gevraagd: 'Uwe Majesteit, kunt U deze plotselinge... woede verklaren? U hoeft dat niet, maar...'

'Nee, dat hoef ik niet.'

Na een poosje had hij daaraan toegevoegd: 'Ze hebben me bedrogen. Ze is nergens. En als ze ergens is, gaat de reis in ieder geval niet daarheen. En als hij daarheen gaat, brengen ze haar weg. Misschien is ze dood. Dat is dan mijn schuld. Ik moet gestraft worden.'

Struensee schrijft dat hij dit toen niet begrepen had (later dus wel) en dat hij alleen maar heel stil door was gegaan met het verbinden van de hand van de Koning.

'Bent u in Altona geboren?' had Christian toen gevraagd.

Struensee had gezegd: 'In Halle, maar ik ben spoedig naar Altona verhuisd.'

'Ze zeggen,' had Christian gezegd, 'dat er in Altona alleen maar aanhangers van de Verlichting en vrijdenkers wonen die de samenleving kapot willen maken.'

Struensee had alleen rustig geknikt.

'KAPOTMAKEN!!! Onze gevestigde samenleving.'

'Ja, Uwe Majesteit,' had Struensee geantwoord. 'Dat wordt gezegd. Anderen spreken over een Europees centrum van de Verlichting.'

'En wat zegt u, dokter Struensee?'

Het verband was nu aangelegd. Struensee lag op zijn knieën voor Christian.

'Ik ben een Verlichtingsman,' had hij gezegd, 'maar in de eerste plaats arts. Als Uwe Majesteit dit wenst kan ik onmiddellijk Uw dienst verlaten en mijn gewone taak als arts weer opnemen.'

Christian had toen met hernieuwde interesse naar Struensee gekeken, helemaal niet geërgerd of verontwaardigd over diens bijna provocatieve duidelijkheid.

'Dokter Struensee,' had hij heel zachtjes gevraagd, 'hebt u nooit de tempel willen reinigen van de ontuchtplegers?'

Daarop had hij geen antwoord gekregen. De Koning was toen verder gegaan: 'De tollenaars uit de tempel willen verdrijven? Alles kapot slaan? Zodat het weer uit de as kan herrijzen als... de Vogel Feniks?'

'Uwe Majesteit kent zijn bijbel,' had Struensee afwerend gezegd.

'Gelooft u niet dat het onmogelijk is vooruitgang te boeken? VOOR-UITGANG! als je je niet hard maakt en alles... kapotmaakt... zodat de tempel...'

Plotseling was hij door het vertrek, waar overal stoelen en glassplinters lagen, heen en weer gaan lopen. Hij had een bijna aangrijpende indruk op Struensee gemaakt, omdat zijn jongensgestalte zo tenger en onaanzienlijk was dat je je nauwelijks kon voorstellen dat hij deze verwoesting had kunnen aanrichten.

Daarna was hij heel dicht op Struensee toe gelopen en had gefluisterd: 'Ik heb een brief ontvangen. Van de heer Voltaire. Een geacht filosoof. Die ik geld voor een rechtszaak heb gestuurd. En hij heeft me in zijn brief geroemd. Als... als...'

Struensee had gewacht. Daarna was het gekomen, zachtjes, als een eerste geheime boodschap die hen zou verbinden. Ja, naderhand zou Struensee zich dit ogenblik herinneren, zoals hij in zijn aantekeningen in de gevangenis beschrijft, dit ogenblik van absolute nabijheid, toen deze waanzinnige, jonge jongen, deze Koning bij de gratie Gods, hem een geheim had toevertrouwd dat ongelooflijk was, en kostbaar, en dat hen voor altijd zou verenigen.

'... hij roemde mij... als Verlichtingsman.'

Het was heel stil in het vertrek geweest. En de Koning was op dezelfde fluisterende toon voortgegaan: 'In Parijs heb ik een afspraak met de heer Voltaire. Die ik ken. Door mijn briefwisseling. Kan ik u dan meenemen?'

Struensee, met een klein glimlachje: 'Gaarne, Uwe Majesteit.'

'Kan ik u vertrouwen?'

En Struensee had gezegd, eenvoudig en stil: 'Ja, Uwe Majesteit. Meer dan u vermoedt.'

6

Reisgezellen

1

Ze zouden voor lange tijd op reis gaan.

De tocht zou acht maanden duren en de vijfenvijftig personen zouden meer dan vierduizend kilometer te paard en per wagen afleggen, de koetsen zouden een ware ramp blijken te zijn, het zou zomer worden en daarna herfst en ten slotte winter, de koetsen konden niet worden verwarmd en bleken niet wind- en waterdicht en niemand begreep waar de reis eigenlijk toe diende: behalve dat die ondernomen werd en dat het volk en de boeren – er werd een onderscheid tussen volk en boeren gemaakt – daarom met open mond en juichend of zwijgend vol haat langs de route zouden staan.

De reis zou al verder en verder gaan, en ze moest natuurlijk een doel dienen.

Het doel was deze kleine alleenheerser door de vallende regen verder te voeren, deze steeds apathischer wordende kleine Koning die zijn rol haatte en zich in zijn koets verborg en over zijn spasmen waakte en van iets anders droomde, waarvan, dat begreep niemand. Hij zou in deze reusachtige cortège door Europa gevoerd worden, op jacht naar iets wat misschien eens een heimelijke droom over het terugvinden van de Heerseres van het Universum was geweest, zij die alles met elkaar zou doen samenhangen, een droom in zijn binnenste die nu verbleekte, werd uitgewist en alleen doorzeurde in een woede die hij niet vermocht te formuleren.

Ze bewogen zich door de Europese regen als een onheilspellend rupsenheir naar niets. De reis ging van Kopenhagen naar Kolding, Gottorp, Altona, Celle, Hanau, Frankfurt, Darmstadt, Straatsburg, Nancy, Metz, Verdun, Parijs, Cambrai, Lille, Calais, Dover, Londen,

Oxford, Newmarket, York, Leeds, Manchester, Derby, Rotterdam, Amsterdam, Antwerpen, Gent, Nijmegen – nee, langzamerhand liep alles voor hen door elkaar, kwam Nijmegen niet voor Mannheim, Amsterdam voor Metz?

Ja, zo was het.

Maar wat was de bedoeling van deze fantastische veldtocht in de aanhoudende Europese regen?

Ja, het klopte: Amsterdam kwam na Nijmegen. Dat was in het begin van de reis geweest. Struensee herinnerde het zich nog heel goed. Nijmegen was in het begin van deze onbegrijpelijke reis geweest en ergens voor Amsterdam. De Koning had in zijn koets op de weg naar Amsterdam in het diepste vertrouwen tegen Struensee gezegd dat 'hij van plan was zich nu los te maken uit de gevangenschap van de koninklijke waardigheid, van het protocol en de moraal. Hij zou nu de gedachte aan een vlucht, die hij ooit aan zijn leraar Reverdil had toevertrouwd, ten uitvoer brengen.'

En Struensee noteert: 'Hij stelde me, in alle ernst, voor met hem te vluchten. Hij wilde soldaat worden om in het vervolg aan geen ander dan aan zichzelf dank verschuldigd te zijn.'

Dat was op de toegangsweg tot Amsterdam. Struensee had geduldig geluisterd. Daarna had hij Christian overgehaald te wachten, een paar weken en in ieder geval tot na zijn ontmoeting met Voltaire en de encyclopedisten.

Christian had er gehoor aan gegeven als was het een zwakke lokroep geweest van iets wat ooit ontzettend belangrijk had geleken, maar nu oneindig ver weg lag.

Voltaire?

Zwijgend waren ze Amsterdam binnengereden. De Koning had futloos uit het raampje van de koets gekeken en veel gezichten gezien.

'Ze staren naar me', had hij tegen Struensee gezegd. 'Ik staar terug. Maar geen Caterine.'

De Koning was nooit meer op dit vluchtplan teruggekomen.

Maar juist dit werd niet aan het hof in Kopenhagen gerapporteerd.

Bijna al het andere wel. Er werden talloze depêches verzonden en die werden aandachtig gelezen.

Het was gewoonte dat de drie koninginnen drie keer in de week samen kaartten. Ze speelden tarot. De figuren waren suggestief; vooral de Gehangene. De spelers waren koningin Sophie Magdalena, de Koningin-weduwe van Christian vi, die Zijne Majesteit vierentwintig jaar overleefde, Juliane Marie, de weduwe van Frederik v en dan dus Caroline Mathilde.

Dat er drie koninginnen, van drie generaties, aan het hof verkeerden werd heel gewoon gevonden, omdat het voor het koningshuis normaal was dat de koningen zich dood zopen voordat ze weduwnaar konden worden en omdat er, als de koningin bijvoorbeeld in het kraambed stierf, regelmatig opnieuw getrouwd werd, waardoor er uiteindelijk toch een koningin-weduwe als een verlaten slakkenhuis in het zand achterbleef.

Het nageslacht sprak altijd over het piëtisme en de grote vroomheid van de koninginnen-weduwe. Maar dit stond hun taalgebruik niet in de weg. Vooral Juliane Marie legde qua taal een ongewone grimmigheid aan de dag, die zich vaak als ogenschijnlijke rauwheid uitte.

Misschien kon je het zo zeggen: de strenge godsdienstige eisen aan de waarheid, gevoegd bij haar eigen afschuwelijke beproevingen, hadden aan haar taal een merkwaardige directheid gegeven die menigeen kon choqueren.

Tijdens de tarotavondjes had ze volop gelegenheid de jonge koningin Caroline Mathilde informatie en raad te geven. Ze zag de jonge Koningin nog als zonder eigen karakter en willoos.

Later zou ze haar mening herzien.

'We hebben,' had ze op een avond meegedeeld, 'veel verontrustende dêpeches ontvangen over de reis. De lijfarts die in Altona is aangesteld, heeft de genegenheid van Zijne Majesteit gewonnen. Ze zitten voortdurend samen in de koets van de Koning. Men zegt dat deze Struensee een man van de Verlichting is. In dat geval is dit een nationale ramp. Het helpt nu niet dat Reverdil weggestuurd werd, wat een onverwacht geluk was. We hebben dus weer een nieuwe slang.'

Caroline Mathilde, die meende de reden voor de onbegrijpelijke verbanning van Reverdil te kennen, had dit niet tegengesproken.

'Struensee?' had Caroline Mathilde alleen gevraagd, 'is hij een Duitser?'

'Ik maak me zorgen,' had de Koningin-weduwe geantwoord. 'Hij wordt beschreven als een charmante versierder, intelligent en immoreel en hij komt uit Altona, wat altijd al een slangenkuil geweest is. Uit Altona kan nooit iets goeds komen.'

'Maar de dêpeches melden toch,' had de oudste Koningin-weduwe gezegd in een poging tot protest, 'dat de Koning rustig is en niet naar de hoeren gaat.'

'Wees blij,' had Juliane Marie toen tegen de Koningin gezegd, 'wees blij dat hij een jaar wegblijft. Mijn gemaal, Zijne Majesteit zaliger, moest iedere dag zijn zaadblaas ledigen om rust in zijn ziel te krijgen. Ik heb tegen hem gezegd: ledig die in hoeren, maar niet in mij! Ik ben geen goot! Geen afvalemmer! Leer hiervan, mijn jonge vriendin! Zedelijkheid en onschuld schep je zelf. Je herovert je onschuld door verzet.'

'Als hij een Verlichtingsman is,' had de oudste Koningin-weduwe toen gevraagd, 'betekent dat dan dat we een vergissing hebben begaan?'

'Wij niet,' had de Koningin-weduwe geantwoord. 'Een ander.'

'Guldberg?'

'Die begaat geen vergissingen.'

Maar de jonge Koningin had alleen, als een vraag, bij een naam die ze, naar ze zich later herinnerde destijds voor het eerst aan dat tarottafeltje had gehoord, gezegd: 'Wat een vreemde naam. Struensee...?'

2

Het was verschrikkelijk.

Europa was verschrikkelijk. Men staarde naar Christian. Hij werd moe. Hij voelde schaamte. Hij was ergens bang voor, maar wist niet voor wat, een straf? Tegelijk verlangde hij naar de straf om van zijn schaamte verlost te worden.

Hij had met deze reis een doel voor ogen gehad. Daarna hij had ingezien dat het doel niet bestond. Toen had hij zich vermand. Zich vermannen was een manier om je hard en onkwetsbaar te maken. Hij had naar een andere zin voor zijn reis gezocht. Een Europese reis kon uitspattingen of ontmoetingen met mensen betekenen. Maar dat was hier niet het geval, zijn uitspattingen waren niet als die van andere mensen. Zijn ontmoetingen boezemden hem vrees in.

Over bleef alleen de marteling.

Hij wist niet wat hij tegen de mensen die naar hem staarden moest zeggen. Reverdil had hem vele goede teksten geleerd om mee te schitteren. Korte aforismen die bijna altijd van pas kwamen. Nu begon hij zijn tekst te vergeten. Reverdil was weg.

Het was verschrikkelijk om in een stuk mee te spelen als je geen tekst had.

De jonge gravin Van Zuylen schrijft in een brief, dat ze de Deense koning Christian vii op zijn Europese reis bij een verblijf op kasteel Termeer had ontmoet.

Hij was klein en kinderlijk, 'bijna als een vijftienjarige'. Hij was smalletjes, mager en zijn gezicht was ziekelijk bleek, bijna alsof hij wit geschminkt was. Hij leek wel verlamd en kon geen gesprek voeren. Hij had een paar zinnen tegen de hovelingen afgevuurd die ingestudeerd leken, maar toen het applaus zweeg, had hij alleen nog maar recht naar de punten van zijn schoenen gestaard.

Ze had hem toen, om hem uit deze pijnlijke situatie te verlossen, op een korte wandeling door het park meegenomen.

Het had zachtjes geregend. Haar schoenen waren daarbij nat geworden, wat zijn redding bleek te zijn. 'Zijne Majesteit keek de hele tijd dat we samen in het park waren, ongeveer een half uur, voortdurend naar mijn schoenen die misschien nat zouden worden en sprak gedurende ons gehele samenzijn over niets anders.'

Vervolgens had ze hem naar de wachtende hovelingen teruggebracht.

Ten slotte wist hij bijna zeker dat hij een gevangene was die in een gigantische processie naar een strafvoltrekking werd gevoerd.

Het boezemde hem geen angst meer in. Maar er sloot zich een oneindige vermoeidheid om hem heen; hij scheen langzaam in zijn verdriet weg te zinken en het enige wat hem daar weer uit kon halen waren zijn regelmatige woede-uitbarstingen, wanneer hij stoelen tegen de grond kon slaan tot ze versplinterden.

De rapporten en dépeches waren veelzeggend. 'Er waren niet veel hotels tijdens de reis waar niet een zekere verwoesting te bespeuren viel en in Londen werd het meubilair in de vertrekken van de Koning bijna altijd vernield.'

Dit was een samenvatting.

Alleen samen met Struensee kon hij zich rustig voelen. Hij begreep niet waarom. Ergens vermeldt Christian dat hij, omdat hij 'ouderloos was geweest' – (zijn moeder stierf toen hij twee jaar was en met zijn vader had hij immers maar weinig contact gehad) – om die reden niet wist hoe ouders zich gedroegen en Struensee had door zijn kalmte en zwijgen aangegeven hoe een vader ('een vader in de hemel' schrijft hij merkwaardig genoeg) behoorde te zijn.

Op zeker moment had hij Struensee gevraagd of deze 'zijn weldoener' was. Struensee had glimlachend gevraagd wat dat voor iemand was en Christian had toen gezegd: 'Een weldoener heeft tijd.'

'De Stille', werd Struensee nu algemeen door het reisgezelschap genoemd.

Elke avond las hij de Koning in slaap. Gedurende de eerste helft van de reis had hij als lectuur *Histoire de Charles xii* van Voltaire gekozen.

'Hij is,' schreef Struensee later, 'een van de gevoeligste, begaafdste en sensitiefste mensen die ik ooit ontmoet heb, maar gedurende de reis leek hij langzaam in zwijgen en verdriet weg te zinken, slechts onderbroken door zijn onverklaarbare woede-uitbarstingen, die zich echter alleen tegen hemzelf richtten en het onschuldige meubilair dat aan zijn onbegrijpelijke woede ten prooi viel.'

Als Struensee uit *Histoire de Charles xii* voorlas, moest hij op een stoel naast het bed van de Koning zitten en met zijn linkerhand de hand van de Koning vasthouden, terwijl hij met zijn andere hand de bladzijden van het boek omsloeg. Wanneer de Koning in slaap was gevallen moest Struensee voorzichtig zijn hand losmaken en hem met zijn dromen alleen laten.

Langzaam begon Struensee te begrijpen.

3

In Londen was de Engelse koning George III de gastheer van Christian VII, George had zich dat jaar, 1768, hersteld van zijn eerste aanval van krankzinnigheid, maar was nu zwaarmoedig. Hij zou zestig jaar over het Britse imperium regeren, tot 1820; hij leed in die regeringsperiode aan terugkerende aanvallen van krankzinnigheid; vanaf 1805 was hij blind en na 1811 ontoerekeningsvatbaar.

Hij werd beschouwd als onbegaafd, zwaarmoedig, koppig en hij was zijn vrouw, die hem negen kinderen schonk, trouw.

Hij bereidde de gemaal van zijn zuster een koninklijke ontvangst. Het verblijf in Engeland zou twee maanden duren.

Langzaam ging het de richting uit van amok.

De onrust verspreidde zich over het hele koninklijke gevolg. Bij Zijne Majesteit hing niets meer echt samen, ook wat er voorviel. Naast de luister en de hysterie was er de vrees dat de ziekte van Christian in alle hevigheid zou uitbreken en de grote koninklijke veldtocht een regelrechte ramp zou worden, een vrees die almaar toenam.

Ziekte of normaal gedrag: niemand wist wat die dag zou domineren.

Het was in die tijd in Londen dat Struensee begon in te zien dat het allemaal niet *kon* samenhangen. Lange ochtenden kon de Koning als verlamd zitten, alleen maar voor zich uit starend, onbegrijpelijke formules mompelend en soms, als in nood, zich aan de benen van Struensee vastklampend. Maar dan weer veranderde hij; zoals die avond in het Italiaanse Operahuis, waar Christian een gemaskerd bal voor drieduizend personen gaf, die onthaald werden op een manier als lag het in zijn bedoeling om zich een populariteit te verschaffen die hem tot Koning van Engeland kon maken.

Zo was de sfeer! Deze onbegrijpelijk genereuze kleine Deense Koning! die een verwarde toespraak in het Deens hield (en dat was verbazingwekkend, plotseling leek hij uit zijn schulp te kruipen) om vervolgens gouden munten van het balkon naar het gepeupel op straat te gooien.

Het gemaskerde bal kostte 20.000 rijksdaalder en Struensee had, als hij deze som gekend had, een vergelijking kunnen maken met zijn eigen zeer genereuze jaarloon als lijfarts van de Koning dat vijfhonderd rijksdaalder bedroeg.

Er wordt gezegd dat Struensee de nacht na de orgie van de Italiaanse maskerade en nadat de Koning in slaap gevallen was, lang alleen in het donker zat om de situatie te overdenken.

Er was iets fundamenteel fout. Christian was ziek en werd al zieker. De Majesteit had weliswaar op een wonderlijke manier de uiterlijke schijn weten op te houden, maar zij die zijn zwakke momenten hadden gezien, hadden ook een scherpe tong. Er lag een toon van minachting in hun commentaar die Struensee vrees inboezemde. Horace Walpole had gezegd dat 'de Koning zo klein was dat het leek of hij uit de notendop van een sprookjesfee was gekomen'; men zei ook dat hij rondtrippelde als een marionet. Wat ze gezien hadden was het ingestudeerde; wat Struensee pijn deed was dat ze het andere, dat wat zich eronder bevond, niet hadden gezien.

Men had zijn spasmen opgemerkt, niet de onverwachts flitsende momenten. Maar over het geheel genomen: iedereen was verbijsterd. Samuel Johnson ging bij Christian op audiëntie, luisterde een half uur en vertrok.

In de deur had hij slechts zijn hoofd geschud.

Alleen bij de gewone man was Christian vii een succes. En wel omdat ieder huldigingskoor onder het koninklijk balkon van het koninklijk hotel met een handvol gouden munten werd beloond. Het hele financiële raamwerk scheen nu volkomen ineen te storten.

Het keerpunt kwam eind oktober.

4

David Garrick heette een toneelspeler, die tevens directeur van het Drury Lane-theater was; hij was een uitstekende Shakespeare-vertolker en zijn opvattingen hadden de Engelse Shakespeare-traditie vernieuwd. Hij werd als onvergelijkbaar beschouwd zowel in komische als tragische rollen, maar vooral zijn opvatting van *Hamlet*, waarin hij zelf de hoofdrol speelde, had sterk de aandacht getrokken.

Toen Christian VII zijn belangstelling voor het toneel kenbaar had gemaakt, werd er een reeks matinees en avondvoorstellingen voor hem gegeven. Het hoogtepunt zou een *Hamlet*-uitvoering met Garrick in de hoofdrol worden.

Struensee ontving de mededeling van de geplande voorstelling drie dagen van tevoren en zocht Garrick onmiddellijk op.

Het was geen gemakkelijk gesprek geweest.

Struensee had erop gewezen dat hij goed op de hoogte was met de handeling van het drama. Hamlet was een Deense kroonprins wiens vader vermoord was. Het oude verhaal van Saxo was algemeen bekend en was door Shakespeare op een geniale manier bewerkt, maar schiep een probleem. Het hoofdthema van het toneelstuk was of Hamlet wel of niet geestesziek was.

Daarop had hij Garrick gevraagd of ze het over deze schematische analyse van het drama eens waren. Garrick had alleen gevraagd waar Struensee heen wilde.

Het probleem, had Struensee gezegd, was het risico dat het Deense gezelschap dat hier te gast was zich, net als de andere toeschouwers, de vraag kon stellen in hoeverre de keuze van het toneelstuk een commentaar op de koninklijke gast behelsde.

Of, om er geen doekjes om te winden, velen waren van mening dat de Deense koning Christian VII geestesziek was. Was het in dat geval gepast om het stuk te spelen?

Hoe zouden de reacties van de toeschouwers zijn? En de reactie van Christian VII?

'Weet hij van zijn ziekte?' had Garrick gevraagd.

'Hij heeft geen weet van zijn ziekte, maar hij kent zichzelf en raakt erdoor in verwarring,' had Struensee gezegd. 'Zijn sensibiliteit is als een strak gespannen veer. Hij beleeft de werkelijkheid als een toneelstuk.'

'Wat interessant,' had Garrick gezegd.

'Mogelijk,' had Struensee geantwoord, 'maar hoe hij zal reageren valt niet te voorspellen. Misschien meent hij Hamlet te zijn.'

Er was een lange stilte gevolgd.

'Christian Amleth,' had Garrick ten slotte glimlachend gezegd.

Hij had echter onmiddellijk toegestemd het repertoire te veranderen.

Op 20 oktober 1768 had men voor de Deense Koning en zijn gevolg *Richard III* gespeeld.

Christian VII zou geen voorstelling van *Hamlet* te zien krijgen, maar Struensee zou zich altijd de opmerking van Garrick herinneren: Christian Amleth.

's Nachts, na de voorstelling, weigerde Christian in slaap te vallen.

Hij had niet naar het voorlezen uit *Histoire de Charles XII* willen luisteren. Hij had willen praten over iets wat hem kennelijk van streek had gemaakt. Hij had Struensee gevraagd waarom de geplande voorstelling van *Hamlet* door een ander stuk vervangen was.

Hij kende het toneelstuk *Hamlet* goed. En hij smeekte Struensee onder tranen oprecht te zijn. Beschouwde men hem als gek? Hij verzekerde hem dat hij zelf dacht dat hij niet gek was, dat was zijn vaste overtuiging en hoop en elke avond bad hij tot zijn Weldoener dat het niet waar mocht zijn.

Maar werd er geroddeld? Werd er over hem gesproken? Begreep men het niet?

Hij had zich in het geheel niet in de hand gehad. Hij was niet woedend geweest, niet koninklijk. Gedurende zijn uitbarsting had het hem aan koninklijke waardigheid ontbroken. Het ontbrak hem vaak aan waardigheid. Maar nu had hij, voor het eerst, zijn eigen achterdocht en zijn vermoeden dat hij ziek was ter sprake gebracht en dit had Struensee diep geraakt.

'Uwe Majesteit,' had Struensee gezegd, 'Uwe Majesteit is soms niet gemakkelijk te begrijpen.'

Toen had de Koning hem alleen maar met lege ogen aangestaard en was over het toneelstuk begonnen dat hij gezien had, *Richard III*. Wat een wreedheid, had hij gezegd. Een Koning bij de Gratie Gods, die van zo'n ongekende wreedheid blijk gaf. Dat was onverdraaglijk.

'Ja,' had Struensee gezegd. 'Dat is onverdraaglijk.'

'Maar als ik van die wreedheid getuige ben,' had Christian toen gezegd, 'beleef ik iets... huiveringwekkends. In mijn gemoed.'

Christian had opgekruld in bed gelegen, zijn gezicht in zijn laken verborgen, alsof hij zich wilde verstoppen.

'Uwe Majesteit,' had Struensee op een heel rustige, vriendelijke toon tegen hem gezegd, 'wat is dat huiveringwekkende dan?'

En de Koning had ten slotte geantwoord: 'De wellust,' had hij gezegd. 'Ik voelde wellust. Ben ik ziek, dokter Struensee? Zeg me dat ik niet ziek ben.'

Wat moest hij zeggen.

Die nacht had dokter Struensee voor het eerst in het bijzijn van de Koning gehuild. En Christian had hem toen getroost.

'We vertrekken,' had Christian gezegd. 'We vertrekken, mijn beste, morgen geef ik het bevel dat we aan onze reis naar Parijs beginnen. Parijs. We moeten het licht van de Verlichting zien. Voltaire. We moeten weg uit dit Engelse gekkenhuis. Anders worden we allemaal nog gek.'

'Ja,' had Struensee gezegd. 'We moeten hier weg. Dit is onverdraaglijk.'

5

Het bekorten van het verblijf in Engeland had iedereen overrompeld; men was snel vertrokken, als was het een vlucht.

Men weet niet wat Christian zich voor voorstelling van Parijs had gemaakt. Maar hij werd er als het ware onder de ceremonieën bedolven.

Op de tiende dag van zijn verblijf werd meegedeeld dat de Koning 'vanwege een verkoudheid niet gedisponeerd was'; de waarheid was dat hij, geheel gekleed, de dag in volslagen apathie in zijn kamer doorbracht en categorisch weigerde met iemand te praten. Aan Struensee, die nu geacht werd degene te zijn die, in ieder geval enigszins, invloed op de Koning had, werd gevraagd of er geen medicijn was om de melancholie van de Koning te verminderen. Toen het antwoord ontkennend was, begon men plannen voor een onmiddellijke thuisreis te maken. De volgende dag, toen de onverklaarbare zwartgalligheid van de Koning niet wilde wijken, ging Struensee naar Zijne Majesteit.

Een uur later kwam hij de kamer uit met de mededeling dat Zijne Majesteit besloten had de volgende dag de Franse filosofen te ontvangen die de grote encyclopedie gemaakt hadden.

Anders was een onmiddellijke thuisreis noodzakelijk.

Daar een dergelijke ontmoeting niet in de plannen was voorzien, ontstond er grote consternatie en velen kregen een angstig voorgevoel omdat de Franse aanhangers van de Verlichting niet op welwillendheid van het Franse hof konden rekenen, met uitzondering van Diderot, die toen al door madame de Pompadour, de maîtresse van Lodewijk xv, werd geprotegeerd, en die hij op deze manier dus met de Koning deelde.

De ontmoeting werd in aller ijl gearrangeerd. De indispositie van de Koning was plotseling verdwenen, hij scheen goedgehumeurd en van het meubilair werd niets vernield.

De ontmoeting vond plaats op 20 november 1768 bij de Deense gezant, baron Carl Heinrich Gleichen.

De hele redactie van de grote encyclopedie – achttien man sterk – was aanwezig. Ze werd aangevoerd door Matran, d'Alembert, Marmontel, La Condamine, Diderot, Helvétius, Condillac. Maar de gast die de Koning daar voor alles had willen ontmoeten, de heer Voltaire, ontbrak, hij bevond zich zoals altijd op Ferney.

Het was een merkwaardige groep mensen.

De kleine, misschien geesteszieke, Deense adolescent – hij was negentien – zat daar omringd door de kring Verlichtingsfilosofen die de Europese geschiedenis voor enkele eeuwen zou veranderen.

Eerst was hij doodsbang geweest. Daarna was hij, als door een wonder, kalm geworden, de angst was geweken en een gevoel van oprecht vertrouwen had hem vervuld. Toen Diderot diep buigend Zijne Majesteit had gegroet, had deze, bijna fluisterend, gezegd: 'Mijn wens is dat u uw vriend, de grote Voltaire, ook vertelt dat hij degene is die me heeft leren denken.'

Zijn stem had getrild vanwege zijn grote innerlijke ontroering. Dus niet van angst. Diderot hem had verrast en verbaasd aangekeken.

Na afloop was Christian gelukkig geweest.

Hij had het er heel goed afgebracht. Hij had, één voor één, met alle Franse filosofen gesproken, had met hen over hun werk gediscussieerd. Hij had zijn voortreffelijke Frans gesproken en had de warmte naar zich toe voelen stromen.

Het was misschien wel het grootste moment uit zijn leven geweest. De korte toespraak die Diderot als afsluiting tegen hem had gehouden, had hem eveneens met vreugde vervuld. Ik geloof, had Diderot gezegd, dat het licht van de Verlichting in het kleine land Denemarken ontstoken kan worden. Dat onder deze verlichte Vorst Denemarken een voorbeeld zal worden. Dat alle radicale hervormingen – de hervormingen die op vrijheid van meningsuiting, tolerantie, humanisme stoelen – onder leiding van de Deense Majesteit doorgevoerd zullen kunnen worden. Dat Christian vii van Denemarken daarmee voor altijd een hoofdstuk in de geschiedenis van Verlichting zal schrijven.

Christian was hierdoor zeer geroerd geweest en had niets kunnen zeggen. En de heer d'Alembert had er toen zachtjes aan toegevoegd: 'En we weten dat een vonk een prairiebrand kan veroorzaken.'

Terwijl de Koning voor een raam ten afscheid naar hen had gewuifd, had Struensee de gasten naar hun koetsen begeleid. Diderot had Struensee voor een kort gesprek terzijde genomen.

'De Koning vertrekt binnenkort dus weer naar Kopenhagen?' had hij gevraagd, al scheen hij daar niet erg in geïnteresseerd te zijn, want hij had iets anders op zijn lever.

'Er zijn nog geen vaste plannen gemaakt,' had Struensee gezegd. 'Het hangt in zekere zin van de Koning af. Van de gezondheid van de Koning.'

'En u bent zijn lijfarts? En komt uit Altona?'

Struensee had met een glimlachje gezegd: 'Uit Altona. U bent goed op de hoogte.'

'En, naar ik vernomen heb, bent u goed op de hoogte van de ideeën van de Franse aanhangers van de Verlichting?'

'Van hun ideeën, maar ook van die van Holberg, de grote Deense Verlichtingsfilosoof,' had Struensee met een glimlach gezegd, die de Franse gast onmogelijk had kunnen duiden.

'Men zegt,' was Diderot verder gegaan, 'dat de Koning... ziek is.'

Struensee had niet geantwoord.

'Labiel?'

'Een zeer begaafd, maar gevoelig jongmens.'

'Ja. Ik ben heel goed geïnformeerd. Een merkwaardige situatie. Maar u schijnt zijn volle vertrouwen te genieten.'

'Ik ben de arts van Zijne Majesteit.'

'Ja,' had de heer Diderot gezegd. 'Ik heb veel brieven uit Londen ontvangen waarin me geschreven werd dat u de arts van Zijne Majesteit bent.'

Een kort moment had er een vreemde spanning in de lucht gehangen. De paarden hadden ongeduldig aan hun tuig getrokken, er was een motregentje gevallen en de heer Diderot had iets willen zeggen, maar scheen te aarzelen het onderwerp ter sprake te brengen.

Maar ten slotte had hij het toch gedaan.

'De situatie is uniek,' had de heer Diderot zachtjes gezegd. 'Formeel ligt de macht bij een begaafde, zeer begaafde, maar psychisch labiele Koning. Er zijn mensen die beweren – ik zeg dit aarzelend – dat hij geestesziek is. U hebt zijn vertrouwen. Dat geeft u een grote verantwoordelijkheid. Het is hoogst zelden dat het voor een verlichte vorst, zoals in dit geval, mogelijk is om door het duister van de reactie heen te breken. We hebben Catharina in Rusland, maar Rusland is een oceaan van duisternis in het oosten. In Denemarken bestaat deze kans. Niet van onderaf door oproer van het gepeupel of van de massa, maar door de macht die hem door De Hoogste is geschonken.'

Struensee had toen geglimlacht en hem vragend aangekeken.

'De Hoogste? Ik dacht dat u het geloof aan De Hoogste niet zo warm omarmde?'

'De macht is aan koning Christian VII van Denemarken gegeven, dokter Struensee. Gegeven. Wie hem die ook gegeven heeft, nu bezit hij deze. Waar of niet?'

'Hij is niet geestesziek,' had Struensee na een korte stilte gezegd.

'Maar mocht het zo zijn. Maar mocht het toch zo zijn. Ik weet het niet. U weet het niet. Maar mocht het zo zijn... dan schept zijn ziekte een vacuüm in het centrum van de macht. Wie daar binnentreedt heeft fantastische mogelijkheden.'

Beiden zwegen.

'En wie,' vroeg Struensee ten slotte, 'zou daar dan wel binnengaan?'

'Altijd dezelfden. De ambtenaren. De adel. Zij die binnen plegen te gaan.'

'Ja, vanzelf.'

'Of iemand anders,' had de heer Diderot toen gezegd.

Hij had Struensee de hand geschud, was in de koets gestapt, had zich naar buiten gebogen en gezegd: 'Mijn vriend Voltaire pleegt te zeggen dat de geschiedenis soms toevallig een unieke kier naar de toekomst openzet.'

'Ja?'

'Dan mag je daardoor naar binnen dringen.'

6

Het was 20 november 1768.

Het was Christians grootste moment geweest, daarna gingen de huldigingen en ontvangsten door en langzaam zonk hij terug in het grijze, dat heel dicht naast het donkere lag.

Alles leek terug te keren. Eigenlijk was Parijs veel erger dan Londen. Maar zijn woede-uitbarstingen schenen nu wat minder heftig. Men dacht dat hij grote belangstelling voor het theater had en elke avond die niet aan ontvangsten besteed werd, werden er speciale toneelvoorstellingen gearrangeerd.

Meestal sliep hij dan.

Hij zou zijn reis aanvankelijk veel verder voortgezet hebben, naar Praag, Wenen en Sint-Petersburg, maar de situatie werd ten slotte onhoudbaar. Om een grotere catastrofe te voorkomen werd besloten de reis te bekorten.

Op 6 januari 1769 zette koning Christian vii weer voet op Deense bodem.

De laatste dagen van de reis mocht alleen Struensee bij hem in de koninklijke koets zitten.

Men begreep dat er iets gebeurd was. De jonge Duitse arts met het blonde haar, de snelle, afwachtende glimlach en de vriendelijke ogen was iemand geworden. En omdat hij geen titel had en niet in een strikte hiërarchie geplaatst kon worden, schiep dat onrust.

Men probeerde hem te duiden. Hij was niet gemakkelijk te duiden.

Hij was vriendelijk, discreet, maakte geen gebruik van zijn macht; of liever, dat wat ze voor macht hielden.

Men kon geen hoogte van hem krijgen.

De thuisreis was afschuwelijk geweest.

Een sneeuwstorm van een week, en gedurende de hele reis een snerpende kou. De koetsen waren ijskoud. Men wikkelde zich in dekens. Het deed aan een leger op de terugtocht denken na een veldtocht door de verlaten Russische vlakten; er was niets indrukwekkends of schitterends aan dit Deense hof op terugtocht. Aan de kosten van de expeditie werd niet eens meer gedacht; die gedachte zou te verschrikkelijk zijn, maar ach, er konden altijd belastingen geheven worden.

En belastingen zouden er geheven worden. Maar dat werd naar de toekomst verschoven. Men moest nu eerst naar huis.

Struensee was alleen met de slapende, zwijgende of jammerende jongen van wie gezegd werd dat hij een Koning was en hij had ampel tijd om na te denken.

Omdat hij niet aan het eeuwige leven geloofde, was hij altijd bang voor het risico geweest dat hij zijn enige leven zou verknoeien. In de geneeskunde had hij zijn levensdoel gevonden. Hij hield zich voor dat het met zijn roeping tot arts om een soort kerkdienst ging, dat dit het enig mogelijke sacrament van het heilige leven was. Het leven van de mens was immers het enig heilige, deze heiligheid onderscheidde de mens van de dieren, verder was er geen verschil; en zij die gezegd hadden dat zijn geloof inhield dat de mens een machine was, hadden het niet begrepen.

De heiligheid van het leven was zijn wereldlijke geloof. Hij had in Altona anatomie gedoceerd: zijn onderwijsobjecten waren de lichamen van terechtgestelden en zelfmoordenaars geweest. De terechtgestelden waren gemakkelijk te herkennen; vaak misten ze hun rechterhand en hoofd. Maar de zelfmoordenaars onderscheidden zich niet van de mensen die in het geloof gestorven waren, niet van hen die in gewijde aarde begraven mochten worden; in dat opzicht waren ze gelijk. De machine mens, die onder zijn ontleedmes lag, was dan echt een machine. Het heilige, het leven, was gevloden. Wat was dan dat *heilige?*

Dat was wat men deed terwijl het heilige er nog was.

Het heilige was wat het heilige deed. Tot die conclusie was hij gekomen. Iets ervan was bij Holberg terug te vinden, maar Holberg was in het 101ste epigram van *Moralske Tanker* tóch onduidelijk geweest; het waren de dieren die machines waren, luidde het bij Holberg, het was de heiligheid van de mens die de mens tot niet-dier maakte.

Hij had het als een mogelijke aanwijzing gelezen. Soms was hij van mening dat alles wat hij dacht de echo was van wat anderen hadden gedacht. Dan ging het erom te ziften, opdat hij niet alleen een echokamer werd; en soms meende hij een gedachte te hebben die alleen van hem was. Dan kon het hem duizelen als voor een afgrond en dacht hij: dit is het heilige.

Deze gedachte is misschien mijn eigen gedachte, is van niemand anders, en dan is dit het heilige dat mij onderscheidt van een dier.

Hij placht zich aan Holberg te toetsen. Het meeste was bij Holberg te vinden en Holberg moest dan op de proef gesteld worden, omdat het de roeping van ieder mens is zelfstandig te denken. Holberg had bijna altijd gelijk; maar soms kreeg hij een gedachte die alleen van hem was, die niet bij Holberg te vinden was, die alleen van hem was.

En dan duizelde het hem en dacht hij dat dit het heilige was.

Ik ben geen machine.

Bij Holberg was het bovendien zo dat je kon kiezen om te nemen wat je wilde: het een gebruiken en het andere uitsluiten. De soms verwarrende metafysische onderworpenheid van Holberg had hij uitgesloten en het essentiële behouden.

Ten slotte had het hem heel simpel en vanzelfsprekend geleken. Het heilige is wat het heilige doet. En dat betekende een grote verantwoordelijkheid.

Juist de verantwoordelijkheid was belangrijk.

Eigenlijk had hij het koninklijk gevolg op de terugweg in Altona zullen verlaten. Hij had al een beloning van duizend rijksdaalder ontvangen, waar hij lang van kon leven. Toch was hij meegegaan. Misschien was het – de verantwoordelijkheid. Hij was van deze krankzinnige, verstandige, verwarde jongen, die door God uitverkoren was, gaan houden, de jongen die nu weer aan de wolven van het hof overgeleverd zou worden, wat hem ongetwijfeld dieper zijn ziekte in zou drijven.

Misschien was dat onvermijdelijk. Misschien was de kleine tengere Christian, hij met de grote bange ogen, misschien was hij reddeloos verloren. Misschien moest hij opgesloten worden, een normaal koninklijk kadaver worden dat door de wolven werd misbruikt.

Maar hij hield van hem. In feite was het meer dan dat; hij had er het juiste woord niet voor, maar het was een gevoel dat hij niet kwijt kon raken.

Hij had immers zelf geen kinderen.

Hij had zich het eeuwige leven altijd voorgesteld als het hebben van een kind. Dan verkreeg je het eeuwige leven: verder leven door een kind. Maar het enige kind dat hij nu had was deze bibberende geesteszieke jongen die zo door en door prachtig had kunnen zijn als de wolven hem niet nagenoeg in stukken gescheurd hadden.

Hij haatte de wolven.

Rantzau had hem destijds overgehaald, negen maanden geleden; het leek wel een eeuwigheid. In Kopenhagen zijn ook ziekten, had hij gezegd. En dat mocht je wel zeggen. Maar zo eenvoudig was het niet. Hij was niet naïef. Als hij nu meeging naar Kopenhagen was dat niet om armendokter op Nørrebro te worden en de Deense armoedzaaiers te vaccineren.

Evenmin de kinderen aan het hof. Hij begreep wat het zou inhouden.

Dat hij de expeditie in Altona niet verliet. Niet naar Oost-Indië vluchtte. Het was een soort verantwoordelijkheid. En hij wist bijna zeker dat hij een foute beslissing had genomen.

Als het al een beslissing was.

Of was het misschien zo dat hijzelf niet de beslissing had genomen om in Altona in de koets te blijven zitten, niet besloten had uit te stappen en daardoor niet besloten had zijn oude leven weer op te pakken: maar doorgegaan was, een nieuw leven binnen. Alleen maar door was gegaan en eigenlijk nooit een besluit had genomen, alleen maar doorgegaan was.

Ze waren op Korsør aan land gegaan en hadden door de winterse storm hun weg naar Kopenhagen vervolgd.

De Koning en Struensee zaten alleen in de koets.

Christian sliep. Hij lag met zijn hoofd op de knie van Struensee, zonder pruik, met een deken om zich heen en terwijl ze langzaam door de Deense sneeuwstorm naar het noordoosten reden, zat Struensee heel stil en terwijl hij met zijn hand over het haar van Christian streek, dacht hij dat het heilige is wat het heilige doet. De Europese reis zou nu weldra ten einde zijn en er zou iets heel anders beginnen, iets waar hij niets van wist en niets van wilde weten.

Christian sliep. Hij jammerde zachtjes, maar het geluid kon niet geduid worden: het klonk alsof hij van iets aangenaams droomde, óf van iets verschrikkelijks; het was niet te duiden. Misschien over de hereniging van de geliefden.

Deel 3

DE GELIEFDEN

7

De rij-instructeur

1

Op 14 januari 1769 naderde de koninklijke aftocht eindelijk Kopenhagen.

Drie kilometer voor de stadspoorten hadden de versleten, modderige koetsen halt gehouden en waren vervangen; er hadden nieuwe koetsen gereed gestaan, met zijden plaids in plaats van dekens en daarna had de Koningin plaatsgenomen in de koets van haar gemaal, Christian VII.

Alleen zij tweeën. Ze hadden elkaar scherp opgenomen of er soms veranderingen hadden plaatsgevonden waar ze op hoopten of die ze vreesden.

Voordat de stoet zich in beweging had kunnen zetten was het al donker geweest, het was snerpend koud en de intocht vond door de Vesterport plaats. Men had honderd soldaten met fakkels in de hand geposteerd. De garde paradeerde, maar er was geen muziek.

De zestien koetsen reden onder de poort van het paleis door. Op het binnenhof stond de hofhouding opgesteld. De hovelingen hadden lang in het donker en de kou staan wachten en de stemming was gedrukt.

Bij de ontvangst had men vergeten Struensee aan de Koningin voor te stellen.

Bij het schijnsel van de fakkels, in de ijzige natte sneeuw, vond nu de begroetingsplechtigheid voor de Koning plaats. Toen de koetsen stilstonden had deze Struensee naar zich toe gewenkt, die nu schuin achter het koningspaar liep. Als laatste in de rij wachtenden, het ere-ontvangstcomité, had Guldberg gestaan. Hij had de Koning en diens lijfarts onafgebroken gefixeerd.

Er waren heel wat hovelingen die hetzelfde deden en die onderzoekend keken.

Op de trap had Struensee aan de Koning gevraagd: 'Wie was die kleine man die zo kwaadaardig keek?'

'Guldberg.'

'Wie is dat?'

De Koning had met zijn antwoord gewacht, was doorgelopen, had zich toen omgedraaid en met een geheel onverwachte haat in zijn stem gesist:

'Hij weet! WEET!!! waar Caterine is!'

Struensee had het niet begrepen.

'Kwaadaardig!' had hij op dezelfde hatelijke toon vervolgd. 'Kwaadaardig!!! en onbeduidend!!!'

'Zijn ogen,' had Struensee gezegd, 'waren in ieder geval niet onbeduidend.'

2

In de koets, alleen met de Koning, had de kleine Engelse geen woord gezegd.

Ze wist niet of ze de gedachte aan deze hereniging haatte of ernaar verlangde. Misschien was het niet Christian naar wie ze verlangde. Maar iets anders. Een verandering.

Ze had doorgekregen dat ze een lichaam had.

Daarvoor was haar lichaam iets geweest wat de hofdames met hun tactvol neergeslagen ogen hielpen bedekken en dat ze daarna in zijn bepantsering voor de ogen van het hof rondvoerde: als een klein oorlogsschip. Eerst had ze gedacht dat ze alleen uit het pantser bestond. Haar pantser als Koningin was haar karakter. Uitgedost voor deze rol was ze het kleine gepantserde schip, bekeken door deze verbazingwekkende Denen die haar taal zo belabberd spraken en wier persoonlijke hygiëne zo afstotend was. Ze waren allemaal stoffig, stonken naar slechte parfum en oude poeder.

Daarna had ze haar lichaam ontdekt.

Na de geboorte van het kind, wanneer haar hofdames 's avonds weggegaan waren, had ze de gewoonte aangenomen haar nachtgoed uit te trekken en schaamteloos naakt onder de ijskoude lakens te gaan liggen. Dan raakte ze haar lichaam aan, niet om losbandig te zijn, nee, het was geen losbandigheid, dacht ze, het was om langzaam de identiteit van dit lichaam, dat nu bevrijd was van hofkledij en poeder, vast te stellen en te verkennen.

Alleen haar huid.

Ze was van haar lichaam gaan houden. Het voelde steeds meer aan als het hare. Sinds het kind geboren was en haar borsten weer tot hun normale omvang gekrompen waren, was ze van haar lichaam gaan houden. Ze hield van haar huid. Ze hield van haar buik, haar dijen, ze kon urenlang liggen denken: dit is mijn lichaam.

Het is prettig om het aan te raken.

Ze was tijdens de Europese reis van de Koning molliger geworden en tegelijk meende ze in haar lichaam te groeien. Ze merkte nu dat men haar niet alleen bekeek als Koningin, maar ook nog als iets anders. Ze was immers niet naïef. Ze wist dat er uit de combinatie van haar naakte lichaam onder haar wapenrusting en haar titel iets ontstond wat een onzichtbaar stralingsveld van vrouwelijkheid, lust en dood om haar heen schiep.

De Koningin was immers verboden terrein én vrouw. Daarom wist ze instinctief dat de mannen recht door haar kleren heen keken en het lichaam zagen waarvan ze nu hield. Ze wist zeker dat ze in haar wilden dringen en dat het daarbij de dood was die lokte.

Het verbodene bevond zich daar. Het straalde regelrecht door het pantser heen. Zij was het ultieme verbodene en ze wist dat de seksuele zone om haar heen voor hen volstrekt onweerstaanbaar was.

Het was het ultieme verbodene, het was een naakte vrouw en het was de Koningin, maar daarmee was het tevens de dood.

Begeerde men de Koningin, dan beroerde men de dood. Ze was verboden en begeerlijk tegelijk en als men het ultieme verbodene beroerde moest men sterven. Het hitste hen op, ze wist het. Ze zag het aan hun blik. En toen ze zich daarvan bewust werd, was het alsof al die anderen ook gevangen raakten in een steeds sterker wordend, stil maar intens stralingsveld.

Ze dacht er vaak aan. Het vervulde haar met een vreemd gevoel van exaltatie; ze was De Heilige Graal en als deze heilige graal veroverd was, zou hun dat het hoogste genot schenken en de dood.

Ze zag het aan hen. Haar vrouwelijkheid zat de hele tijd in hun bewustzijn. Het was voor hen iets als jeuk. Het was een kwelling voor hen. Ze stelde zich voor dat ze voortdurend aan haar dachten wanneer ze met hun bijzitten en hoeren boeleerden, hoe ze hun ogen dichtknepen en zich indachten dat het niet de hoer of hun echtgenote was, maar het o zo verboden lichaam van de Koningin waar ze zich inboorden; het vervulde haar met een ongelooflijk gevoel van macht.

Zij zat in hun lichaam als een besef dat dat lichaam de dood was. En de Graal.

Ze was als jeuk in het lid van het hof. En ze konden haar niet aanraken. De vrouwelijkheid en de dood en de jeuk. En ze konden zich niet van deze bezetenheid bevrijden, hoezeer ze ook hun best deden zich eruit los te hoereren, hoezeer ze ook hun best deden hun jeuk in hun vrouwen uit te storten. Zij alleen was de enige die onbenaderbaar was en de enige om op deze wijze de hartstocht en de dood te verenigen.

Het was een soort – macht.

Maar soms dacht ze: ik houd van mijn lichaam. En ik weet dat ik een jeuk in het lid van het hof ben. Maar zou ook ik mijn lichaam niet in vrijheid mogen gebruiken en de absolute nabijheid van de dood in mijn vrouwelijkheid mogen voelen en er zelf van mogen genieten? En soms, 's nachts, als ze daar naakt lag, raakte ze zichzelf aan, haar geslacht en het genot trok als een hete golf door haar lichaam, het lichaam waar ze steeds meer van was gaan houden.

En tot haar verbazing voelde ze geen schaamte, voelde ze slechts dat ze een levend mens was.

3

Christian, de tengere echtgenoot die niet tegen haar sprak, wie was hij? Voelde hij de jeuk niet?

Hij was degene die er buiten stond. Ze probeerde te begrijpen wie hij was.

In april bezocht de Koningin in het Hoftheater een voorstelling van het toneelstuk *Zaïre* van de Fransman Voltaire.

De heer Voltaire had dit stuk met een persoonlijke groet aan de Koning gezonden en de Koning had zelf een van de rollen willen vervullen. Hij had de rol ook ingestudeerd.

In een bijgevoegde brief had de heer Voltaire erop gezinspeeld dat het stuk een geheime boodschap bevatte, een sleutel tot de werken die de Hooggeëerde Koning van Denemarken, het Licht van het Noorden en de Redder der Verdrukten, binnenkort ten uitvoer zou leggen.

Nadat hij het stuk vele malen gelezen had, had de Koning verklaard dat hij de rol van de Sultan wenste te spelen.

Hij was zeker geen slechte toneelspeler geweest.

Hij had zijn tekst langzaam uitgesproken met een opvallende dictie die een verrassende spanning aan de verzen verleende. Zijn verbluffende pauzes brachten spanning teweeg, het was alsof hij plotseling een draagwijdte begreep en dan even stilhield, als voor een stap die je zet. Nu ze hem op het toneel zag voelde ook Caroline Mathilde zich, hoe vreemd ook, tegen haar zin tot haar echtgenoot aangetrokken.

Op het toneel was hij een ander. Zijn tekst kwam meer levensecht over dan zijn conversatie. Het was alsof hij nu pas naar buiten trad.

Wat weet ik nu, wat heb ik anders geleerd,
dan dat leugen en waarheid zo aan elkaar gelijk zijn
als waren het twee druppels water,
Twijfel! Twijfel! ja, alles is twijfel!
en niets is waar dan als twijfel.

Op de een of andere manier had hij er komisch uitgezien in zijn kostuum. Die oriëntaalse vermomming! die tulband! en de gekromde sabel die veel te groot voor zijn kleine, tengere lichaam was! Maar toch: hij had zijn lange monologen met een merkwaardige overtuigingskracht gebracht alsof hij op dit toneel, voor dit hof, op dat moment zijn tekst maakte. Die werd op dat moment geboren. Ja, het was alsof deze krankzinnige, kleine jongen, die tot dus ver zijn leven met het opzeggen van de tekst van het hof in het theater van het hof had doorgebracht, nu voor het eerst van zijn manuscript afweek. Nu pas kwam het uit hemzelf.

Alsof hij zijn tekst juist op dit moment schiep, op het toneel schiep.

Ik heb een misdaad begaan
tegen mijn scepter
en mijn kracht heb ik verspild
toen ik probeerde hem te dragen.

Hij had zijn rol rustig, maar gepassioneerd gespeeld en het leek wel of de andere toneelspelers door zijn optreden verlamd werden; soms vergaten ze hun eigen tekst te zeggen en waren in hun houding bevroren, hadden slechts naar de Koning gestaard. Waar kwam deze beheerste woede van de Majesteit uit voort en deze overtuiging die niet die van het theater kon zijn?

Ik wil alleen zijn – in deze hel!
Ik zelf zal de schaamte in mijn bloed
wegwassen.
Dit is mijn altaar, een altaar van de wraak
en ik ben de opperpriester!

Naderhand had het applaus langdurig maar bijna angstig geklonken. Ze had gezien dat de Duitse lijfarts, dokter Struensee, al na korte tijd met zijn applaus gestopt was; misschien niet uit gebrek aan waardering, dacht ze, maar om een andere reden.

Hij had zich met een merkwaardige nieuwsgierigheid naar voren gebogen alsof had hij op het punt stond om naar de Koning toe te gaan, hij had naar Christian gekeken als met een vraag op zijn lippen.

Ze was er bijna zeker van dat deze nieuwe favoriet, dokter Struensee, haar gevaarlijkste vijand was. En dat hij onvoorwaardelijk vernietigd moest worden.

4

Het was alsof de stilte rond de Koningin sinds de komst van de nieuwe vijand langzaam gemagnetiseerd werd.

Ze wist het heel zeker. Er hing iets gevaarlijks in de lucht, er zou iets gaan gebeuren, er zou iets gaan veranderen. Daarvóór was de wereld alleen maar ondraaglijk vervelend geweest; een verveling alsof het leven aan het hof en in Kopenhagen en in Denemarken als een van die winterdagen was wanneer de mist uit de Sont dicht en roerloos boven het water lag en ze zich naar de kust liet rijden, op de stenen ging staan en de vogels in het zwarte, onbeweeglijke, kwikzilverachtige water zag uitrusten; en als een vlucht vogels opgestegen was en met de vleugeltoppen het wateroppervlak had geranseld en in de waterige mist verdwenen was dacht ze *dit water is de grote zee en aan de andere kant ligt Engeland en als ik een vogel was en vleugels had,* maar daarna hadden de kou en de verveling haar weer naar huis teruggedreven.

Het leven had dan stilgestaan en het had naar dood en zeewier geroken. Nu stond het leven stil, maar het rook naar dood of leven; het verschil was dat de rust haar gevaarlijker voorkwam en haar met een vreemde opwinding vervulde.

Wat was het? Was het de nieuwe vijand?

Dokter Struensee leek niet op de anderen en hij was haar vijand. Hij wilde haar vernietigen, daar was ze van overtuigd. Hij bevond zich altijd in de nabijheid van de Koning en bezat macht over hem. Iedereen had de macht van dokter Struensee opgemerkt. Maar wat iedereen in de war bracht, ook haar, was dat hij geen gebruik van deze macht leek te willen maken. Hij oefende macht uit, meer en meer, dat was duidelijk, maar met een soort kalme tegenzin.

Wat wilde hij eigenlijk?

Men vond hem een knappe man. Hij was nog jong. Hij was een hoofd groter dan de andere hovelingen, hij was heel vriendelijk en zwijgzaam en aan het hof noemden ze hem 'de Stille'.

Maar waar zweeg hij over?

Op een keer had ze met een haakwerkje in het Rosenpad gezeten voor het binnenhof; plotseling was ze door zo'n immens verdriet overweldigd dat ze zich niet had kunnen beheersen.

Het haakwerkje was op haar schoot gevallen, ze had haar hoofd gebogen, haar gezicht in haar handen verborgen en ze had zich geen raad geweten.

Het was niet voor het eerst dat ze in Kopenhagen huilde. Soms meende ze dat haar tijd in Denemarken één eindeloze tijd van tranen was geweest. Maar dit was de eerste keer dat ze buiten haar vertrekken had gehuild.

Eenzaam, met haar gezicht in haar handen verborgen, had ze Struensee niet zien aankomen. Opeens was hij er geweest. Hij was heel stil en rustig op haar toe gelopen, had een met kant afgezette zakdoek te voorschijn gehaald en haar die gegeven. Hij had dus laten merken dat hij haar tranen gezien had. Wat een onbeschaamdheid, wat een gebrek aan tact.

Ze had de zakdoek toch aangenomen en haar tranen gedroogd. Daarna hij had alleen een buiging gemaakt en een stap terug gedaan alsof hij weg wilde gaan. Ze had het toen absoluut noodzakelijk gevonden hem terecht te wijzen.

'Dokter Struensee,' had ze gezegd. 'Iedereen wil om de Koning heen zwermen. Maar binnenkort bent u nog maar de enige. Wat wilt u toch zo vurig? Waar zwermt u omheen?'

Er had alleen een snel, humoristisch glimlachje om zijn mond gespeeld, hij had zijn hoofd geschud, een buiging gemaakt en was zonder een woord weggegaan.

Zonder een woord!

Wat haar zo woedend maakte was zijn vriendelijke ontoegankelijkheid.

Hij scheen niet eens door haar kleren heen te kijken tot op haar verboden lichaam zoals de anderen. Als zij het meest verbodene was, de Heilige Graal, een jeuk in het lid van het hof, waarom was hij dan zo stil, vriendelijk en ongeïnteresseerd?

Soms dacht ze: wordt hij dan niet eens door de zuigkracht van de zwarte, kwikzilverachtige zee van de dood aangetrokken?

5

In april kwam de zomer.

Die was vroeg, het groen explodeerde snel en de wandelingen in het Bernstorffpark waren schitterend. De hofdames volgden met het kind in een wagentje. Ze wilde alleen lopen, tien meter voor haar gevolg uit.

Sinds mevrouw von Plessen haar ontnomen was, had ze niemand meer geduld die haar na stond. Dat was een principieel besluit geweest.

Op 12 mei had ze Struensee in het park ontmoet.

Hij was blijven staan, hij was alleen geweest en had een hoffelijke buiging gemaakt met het vriendelijke, misschien ironische glimlachje om zijn mond dat haar zo ergerde en verwarde.

Waarom was zij toen ook blijven staan? Omdat ze een boodschap had. Dat was de reden. Ze had een volkomen legitieme en acceptabele boodschap en om die reden was ze blijven staan om tegen hem te praten.

Om die reden was het heel normaal geweest dat ze was blijven staan.

'Dokter... Struensee,' had ze gezegd. 'Het is toch... Struensee... niet-waar?'

Hij deed alsof hij de lichte ironie niet hoorde, maar zei alleen: 'Ja, Uwe Majesteit?'

'Het gaat over het inenten van de Kroonprins. In Kopenhagen heerst pokken en men zegt dat u een deskundige bent, maar ik ben bang, ik weet niet of we het aandurven...'

Hij had ernstig naar haar gekeken.

'Er is niet verkeerds aan het hebben van angst.'

'Nee???'

De hofdames met het kind in zijn wagentje stonden op respectvolle afstand te wachten.

'Ik kan,' had hij toen gezegd, 'als Uwe Koninklijk Hoogheid dat wenst, de Kroonprins tegen de pokken inenten. Ik mag zeggen dat ik over een grote ervaring beschik. Ik heb in Altona jarenlang mensen ingeënt.'

'En u bent... wetenschapper... en weet alles van inentingen.'

'Ik heb,' had hij met een glimlach geantwoord, 'geen proefschrift over het inenten tegen de pokken geschreven. Ik heb het alleen in de praktijk gedaan. Bij een paar duizend kinderen. Mijn proefschrift ging daar niet over.'

'Waar dan wel over?'

'Over "De risico's van foutieve bewegingen van onze ledematen".'

Hij zweeg.

'En... welke ledematen lopen het meeste risico?'

Hij gaf geen antwoord. Wat een vreemde spanning in de lucht; ze wist dat hij onzeker was geworden, het gaf haar een soort triomf, nu kon ze doorgaan.

'De Koning geeft hoog van u op,' had ze gezegd.

Hij had een lichte buiging gemaakt.

'De keren dat de Koning tegen me spreekt, geeft hij hoog van u op,' had ze gepreciseerd en er ogenblikkelijk spijt van gehad; waarom had ze dat gezegd? 'De keren dat hij tegen me spreekt.' Hij begreep uiteraard wat ze bedoelde, maar het ging hem immers niets aan.

Geen antwoord.

'Maar ik ken u niet,' had ze er koeltjes aan toegevoegd.

'Nee. Dat doet niemand. Niet in Kopenhagen.'

'Niemand?'

'Niet hier.'

'Hebt u nog andere interesses dan... de gezondheid van de Koning?'

Hij leek nu nieuwsgieriger, alsof het ontoegankelijke een barst vertoonde en hij keek voor het eerst zeer aandachtig naar haar, als was hij ontwaakt en had hij haar gezien.

'De filosofie,' had hij gezegd.

'Aha. En wat nog meer?'

'Paardrijden.'

'Aaaah...' had ze gezegd. 'Ik kan niet rijden.'

'Paardrijden... is... te leren.'

'Is het moeilijk?'

'Ja,' had hij gezegd. 'Maar wel fantastisch.'

Nu, dacht ze, nu is dit korte gesprekje te snel al te intiem geworden. Ze wist dat hij het verbodene gezien had. Ze wist het heel zeker; plotseling was ze woedend op zichzelf, omdat zij dit zelf had moeten afdwingen. Hij had het uit eigener beweging moeten zien. Net als de anderen.

Ze begon weer te lopen. Toen bleef ze staan, draaide zich om en zei snel: 'U bent een vreemdeling aan het hof.'

Het was geen vraag. Het was een constatering. Het zou hem placeren.

En hij had toen, als een vanzelfsprekendheid, geheel natuurlijk en in precies de juiste bewoordingen gezegd: 'Ja. Evenals U, Uwe Majesteit.'

Toen had ze zich niet kunnen inhouden.

'In dat geval,' had ze snel en uitdrukkingsloos gezegd, 'moet u me leren paardrijden.'

6

Graaf Rantzau, die op een keer, nog maar een jaar geleden, tegen Guldberg het idee had geopperd dat de Duitse arts Struensee een geschikte lijfarts voor de Koning zou zijn, had geen idee hoe de situatie er op dat moment voor stond.

Ergens voelde hij dat deze aan enige controle was ontsnapt.

Of alles was prima gegaan, óf hij had zich in zijn vriend en leerling Struensee vergist. Deze was nu altijd in de nabijheid van de Koning, maar hij leek merkwaardig passief. Zo dicht bij de Majesteit en dan zo'n stilte om deze twee heen. Men zei dat Struensee nu de post voor de Koning opende, er het belangrijkste uithaalde en de decreten van de Koning voor hem in het klad schreef.

Wat was dit, als het geen teken van macht was? En niet alleen een teken.

Daarom had hij Struensee voorgesteld een wandeling door de stad te maken teneinde de situatie inzake 'het inentingsprobleem' af te tasten.

Aldus had hij zich uitgedrukt. Hij was van mening dat het inentingsprobleem het juiste aanknopingspunt was om de oude intimiteit met zijn vriend te herstellen.

De stille man uit Altona.

Ze hadden door Kopenhagen gelopen. Struensee had zich schijnbaar niets van het verval en het vuil aangetrokken, als was hij daar al te zeer vertrouwd mee, maar Rantzau was ontzet geweest.

'Een pokkenepidemie kan het hof bereiken,' had Rantzau gezegd. 'Bij ons binnendringen... ons weerloos maken...'

'Ondanks de Deense verdediging,' had Struensee gezegd. 'Ondanks de grote financiële bijdragen aan het leger.'

'De Kroonprins moet beschermd worden,' had Rantzau daarop koeltjes geantwoord, omdat hij dit geen onderwerp voor grapjes vond.

'Ik weet het,' had Struensee snel en ogenschijnlijk afwerend geantwoord. 'De Koningin heeft me er al om gevraagd. Ik zal het doen.'

Rantzau was bijna met stomheid geslagen, maar had zich vermand en op de juiste toon het juiste gezegd.

'De Koningin? Al? Uitstekend.'

'Ja, de Koningin.'

'Als de inenting een succes is, zal de Koning je voor de rest van je leven op handen dragen. Dat doet hij trouwens toch al. Is het niet geweldig? Hij heeft vertrouwen in je.'

Struensee had niet geantwoord.

'Hoe is de... toestand van de Koning eigenlijk?'

'Gecompliceerd,' had Struensee gezegd.

Meer had hij niet gezegd. Dit was ook precies wat hij dacht. Hij meende in de maanden na de terugkeer van de buitenlandse reis doorzien te hebben dat de toestand van de Koning precies dat was – gecompliceerd.

Het was een uitzonderlijk moment geweest toen Christian in Parijs met de Franse encyclopedisten had gesproken. En een paar weken lang had hij geloofd dat Christian weer tot een geheel genezen kon worden; dat deze kleine jongen weliswaar een vorstschade in zijn ziel had opgelopen, maar dat het nog niet te laat was. Het leek erop alsof Christian in die weken uit zijn halfslaap zou ontwaken. Hij had gezegd dat het zijn taak was het rijk van de rede te vestigen, dat het hof een gekkenhuis was, maar dat hij het volste vertrouwen in Struensee had.

Hij had het volste vertrouwen in hem. Het volste vertrouwen. Dat herhaalde hij voortdurend.

Maar het waren de beweegredenen achter deze genegenheid die zo raadselachtig waren, of dreigend. Struensee moest zijn 'stok' worden, had de Koning gezegd; alsof hij weer een kind geworden was, die de stok aan de afschuwelijke bewaker had ontwrongen en nu in handen van een nieuwe vazal had gelegd.

Struensee had gezegd dat hij geen 'stok' wilde zijn, niet eens een zwaard, geen wreker. Het rijk van de rede kon niet op wraak gevestigd worden. En samen hadden ze, keer op keer, als een liturgie, de brief gelezen die Voltaire aan hem en over hem geschreven had.

Het licht. De rede. Maar Struensee wist ook dat dit licht en deze rede in de handen van een jongen lagen die het duister als een geweldige zwarte fakkel in zich meedroeg.

Hoe kon daaruit licht geboren worden?

Toch was er iets in het beeld van 'de stok' waarvan Struensee tegen zijn zin in de aantrekkingskracht ondergaan had. Was 'de stok' noodzakelijk voor de verandering? Voltaire had iets geopperd dat zich in hem had vastgebeten; over de noodzaak – of had hij gezegd de plicht? – om door de kier die plotseling in de geschiedenis geschapen kon worden naar binnen te dringen. Hij had altijd gedroomd dat veranderingen tot de mogelijkheden behoorden, maar hij had gedacht dat hij, een onbeduidende Duitse arts uit Altona, niet meer dan een kleine handwerksman van het leven was, wiens taak eruit bestond met zijn mes het vuil van al deze mensen af te schrapen. Hij had niet 'scalpel' gedacht; dat was te scherp en te dreigend. Voor zijn gevoel was dat woord aan zijn lijkschouwingen gekoppeld, wanneer hij de zelfmoordenaars of de terechtgestelden opensneed. Nee, hij zag het als het eenvoudige mes van de handwerksman. Om de zuivere boom van het leven te voorschijn te snijden. Gelijk een handwerksman.

Schrapen, met het mes van de handwerksman. Het vuil van het leven wegschrapen. Zodat het oppervlak van de boom schoon werd, geaderd en levend.

Maar Diderots groet van Voltaire behelsde iets anders.

Diderot had het woord plicht niet gebruikt. Maar het wel bedoeld. En Struensee kon midden in de nacht in zijn kamer in dit ijskoude, verschrikkelijke paleis wakker worden en stil naar het plafond liggen staren om plotseling te denken: misschien ben ik het en *is dit het moment dat nooit terugkomt, maar als de macht mij in zijn greep krijgt ben ik verloren en tot de ondergang gedoemd en dat wil ik niet*, zijn ademhaling ging er sneller door, bijna angstig en hij dacht dat dit een verantwoordelijkheid was, dat dit een ongelooflijke verantwoordelijkheid was en dat dit moment nooit meer zou terugkomen. Dit moment dat Kopenhagen was.

En dat HIJ!!! het was.

Het was alsof hij de kier van de geschiedenis zag opengaan en hij wist dat het de kier van het leven was en dat alleen hij door deze kier naar binnen kon dringen. En dat dat misschien, misschien zijn plicht was.

En hij was verschrikkelijk bang geworden.

Hij had de toestand van de Koning niet voor Rantzau willen beschrijven. Plotseling had dat iets klefs gekregen. Rantzau was klef. Hij had dat vroeger niet gezien, niet op Gut Ascheberg, niet tijdens die fantastische zomeravonden in de hut van Rousseau, maar nu voelde hij dat kleffe heel duidelijk.

Hij wilde hem op een afstand houden.

'Gecompliceerd?' had Rantzau gevraagd.

'Hij droomt ervan een licht te scheppen,' had Struensee gezegd. 'En het rijk van de rede. En ik vrees dat ik hem zal kunnen helpen.'

'Vrees?'

'Ja, ik ben bang.'

'Heel goed,' had Rantzau gezegd met een vreemde klank in zijn stem. 'Het rijk van de rede. De rede. En de Koningin?'

'Een merkwaardige vrouw.'

'Als de rede maar niet door de hydra van de hartstocht gedood wordt,' had Rantzau op luchtige toon gezegd.

Daar kwam nog iets bij, een gebeurtenis die drie dagen eerder had plaatsgevonden. Naderhand was Struensee bang dat hij die fout geduid had. Maar het gecompliceerde – in de situatie had hem verscheidene dagen beziggehouden.

Misschien had hij vanwege die gebeurtenis het woord 'gecompliceerd' tegen Rantzau gebruikt.

Dit was wat er had plaatsgevonden.

Christian en Struensee hadden zich alleen in de werkkamer van de Koning bevonden. De hond had, zoals gewoonlijk, op de knie van de Koning gezeten en deze had met zijn ene hand een stapel documenten getekend die Struensee in 's Konings opdracht puur en alleen taalkundig had bewerkt.

Zo was hun afspraak. Struensee was degene die alles opstelde. Hij insisteerde echter dat het alleen om het taalgebruik ging. Christian had langzaam en sierlijk zijn handtekening gezet en de hele tijd voor zich uit zitten mompelen.

'Wat zal dit niet een woede! teweegbrengen. Bernstorff. Guldberg. Guldberg! moet zijn plaats weten. Moet nu zijn plaats weten!! Ik sla het aan diggelen. Het kabinet. Alles.'

Struensee had hem waakzaam gadegeslagen, maar niets gezegd omdat hij de manische woordenreeksen van de Koning over vernietiging, Feniks en het reinigen van de tempel maar al te goed had leren kennen.

'Kapot! Aan diggelen!! Alles!!! Nietwaar, Struensee, mijn gedachten zijn juist, ja toch!!'

Struensee had toen kalm en rustig gezegd: 'Ja, Uwe Majesteit. Er moet iets met dit in verval geraakte rijk gebeuren.'

'Een licht! Uit het Noorden!'

Hij had zijn hond gekust, iets wat Struensee vaak deed walgen, en was doorgegaan: 'De tempel moet gereinigd worden! Een totale vernietiging! Daar bent u het mee eens, nietwaar!!!'

Tot zover was alles bekend terrein geweest. Maar Struensee, die even door een lichte vermoeidheid was bevangen bij de uitval van de Koning, had zachtjes en eigenlijk tegen zichzelf gemompeld: 'Uwe Majesteit, het valt soms niet mee u te begrijpen.'

Hij had gedacht dat dit onopgemerkt aan de aandacht van de Koning zou ontsnappen, maar deze had zijn pen neergelegd en met een uitdrukking van intens verdriet, of angst, naar Struensee gekeken alsof hij het Struensee wilde doen begrijpen.

'Ja,' had hij gezegd. 'Ik heb vele gezichten.'

Struensee had hem opmerkzaam aangekeken, omdat hij een klank in de stem van de Koning had gehoord die nieuw voor hem was.

De Koning was toen verdergegaan: 'Maar, dokter Struensee, wellicht is er in het rijk van de rede dat u wilt vestigen alleen plaats voor mensen die uit één stuk gegoten zijn?'

En even later had hij eraan toegevoegd: 'Is daar dan ook plaats voor mij?'

Ze schenen af te wachten.

De Koningin had na haar ontmoeting in het park met Struensee een eigenaardige woede gevoeld; ze had het heel duidelijk als woede gedefinieerd.

Ze was niet kalm geweest. Ze had woede gevoeld.

's Nachts had ze haar nachtgoed weer uitgetrokken en haar schaamdelen intens gestreeld. Drie keer was het genot in een grote golf over haar heen gespoeld, het had haar dit keer echter geen rust geschonken, maar haar juist in woede achtergelaten.

Ik ben bezig mijn zelfbeheersing te verliezen, had ze gedacht. Ik moet mijn zelfbeheersing herwinnen.

Ik moet mijn zelfbeheersing herwinnen.

Christian, Caroline Mathilde, Struensee. Deze drie.

Ze schenen met nieuwsgierigheid en wantrouwen naar elkaar te kijken. Het hof keek naar hen. Zij keken naar het hof. Iedereen scheen te wachten.

Soms werden ze ook van buitenaf bekeken. Wat later in de herfst werd er een brief geschreven die in zekere zin aankondigde wat er zou gaan gebeuren. Een toeschouwer met een scherpe blik, de Zweedse kroonprins Gustav, de latere koning Gustav III, maakte dat jaar een reis naar Parijs en verbleef korte tijd in Kopenhagen. Hij had iets gezien. Er was misschien niets gebeurd, maar er zou iets kunnen gaan gebeuren.

Hij brengt in enkele brieven aan zijn moeder verslag uit over de situatie aan het Deense hof.

Hij heeft weinig goeds voor het Deense hof over, hij vindt het paleis smakeloos. Goud, goud, alles is goud, overgeschilderd met goud.

Stijlloos. De parades zijn erbarmelijk. De soldaten lopen niet in de pas, maken langzaam keer, missen precisie. Aan het hof heersen losbandigheid en zedeloosheid, 'zelfs nog erger dan bij ons'. Zijn oordeel luidt dat Denemarken amper een militaire bedreiging voor Zweden kan vormen.

Slechte smaak en een langzaam keren.

Maar de meeste aandacht trokken het koninklijk paar en Struensee. 'Maar het merkwaardigste van alles is de slotheer en alles wat hem omringt. Hij heeft een nette gestalte, maar hij is zo klein en spichtig dat je hem gemakkelijk voor een kind van dertien jaar zou kunnen houden of voor een meisje verkleed als man. Madame du Londelle in mannenkleren zou veel op hem lijken en ik geloof niet dat de Koning veel groter is dan zij.

Dat maakt dat je absoluut niet gelooft dat hij de Koning is, dat wil zeggen als hij geen ordetekenen draagt en hij draagt niet alleen de Serafimerorde niet, hij draagt niet eens de ster die erbij hoort. Hij lijkt veel op onze Zweedse Kroonprinses en hij praat net als zij, met dit verschil dat hij meer praat. Hij maakt een verlegen indruk en als hij iets gezegd heeft, verbetert hij zichzelf, net als zij, en schijnt bang te zijn dat hij iets geks gezegd heeft. Zijn gang wijkt af van wat normaal is, het is alsof hij met knikkende knieën loopt.

De Koningin is heel anders. Ze maakt de indruk ondernemend, sterk en robuust te zijn. Haar manier van doen is zeer ongedwongen en zonder enige remming. Haar manier van spreken is levendig en geestig, maar ook zeer snel. Ze is knap noch lelijk; haar lengte is niet anders dan die van de meeste mensen, maar ze is krachtig gebouwd zonder dik te zijn, altijd gekleed in rijkleding, met laarzen, en alle dames uit haar gevolg moeten net zo gekleed gaan als zij, wat maakt dat men in het theater, ja overal, de dames uit haar gevolg kan onderscheiden van de andere dames.'

Hij heeft ook Struensee aandachtig geobserveerd. Aan tafel heeft deze tegenover de Koningin gezeten. Hij had naar de Koningin 'geloerd' op een manier die de Zweedse kroonprins niet had aangestaan. 'Maar het opmerkelijkste is dat Struensee heer en meester op het paleis is en dat hij zelfs over de Koning regeert. Het ongenoegen hierover is zeer groot en schijnt nog dagelijks toe te nemen. Als dit rijk net zoveel kracht zou bezitten als er onvrede heerst, zouden de dingen wel eens een ernstige wending kunnen nemen.'

Dat is in de herfst. De Zweedse kroonprins, de latere koning Gustav III – hij erft de troon later datzelfde jaar – meent iets gezien te hebben.

Er heeft ook iets plaatsgevonden.

8

Een levend mens

Guldberg zag de geschiedenis vaak als een rivier die onverbiddelijk aanzwellend naar de zee stroomde en zich daar met de grote waterplas verenigde, wat in zijn voorstelling het oerbeeld van Het Eeuwige was.

De bewegingen van het water waren de wil van God. Hijzelf was slechts de onbeduidende toeschouwer op het strand. In het grote historische gebeuren liet dat voor hem schijnbaar weinig plaats over. Maar hij meende ook dat deze kleine, onaanzienlijke toeschouwer, Guldberg, hijzelf, met zijn heldere ijsblauwe ogen, dankzij zijn onbeduidendheid, zijn taaiheid en zijn scherpe nooit knipperende ogen, een rol toebedeeld had gekregen. Hij was niet alleen de toeschouwer van Gods onverbiddelijke macht, maar ook een duider van de wervelingen van het water. Qua karakter was de rivier niet te doorgronden. Maar het was iemand vergund de onderstromen van de waterwervelingen te aanschouwen, de logica van het ondoorgrondelijke te doorgronden en de geheimen van de wil Gods te begrijpen.

Het was dan ook om die reden dat hij voor alle zekerheid rapporteurs had aangesteld.

Na zijn ontmoeting met de Koningin-weduwe in de Slotskerk had hij begrepen wat zijn taak was. Niet alleen maar die van duider. Er moest ook richting aan de duiding gegeven worden. Zijn taak was het om haar kleine zoon, de kleine mismaakte, lief te hebben; en door de liefde voor deze onaanzienlijkste zou Gods wil ten slotte in Denemarken verwezenlijkt worden.

Maar voor alles was het Gods wil dat het vuil zou worden weggeschroeid en dat de ideeën van de Verlichting in Gods grote vuur zouden branden.

De ontmoeting in de Slotskerk had veel betekend. Maar hij was geen willoos werktuig geworden. Deze taak, deze roeping, was niet uit de wens voortgevloeid beloond te worden. Hij was niet te koop. Hij had dit bij hun ontmoeting in de kerk tegen de Koningin-weduwe willen zeggen, maar het niet gekund. Het woord 'beloning' had hij zich zeer aangetrokken. Ze had niet begrepen dat hij niet te koop was. Hij wilde geen titels, beloningen, macht; hij wilde de onaanzienlijke blijven, wiens taak het was de grote ondoorgrondelijke wateren van God te verklaren.

Zijn ongerustheid over datgene wat plaatsvond was groot. En wel omdat hij dacht dat Struensee evenmin te koop was. Mocht hij wel te koop zijn, dan wist Guldberg nog niet waarmee. Misschien kon hij niet gekocht worden. Misschien zou deze grote boom door iets anders geveld worden; maar dan moest hij Struensee eerst doorgronden, erachter komen waar zijn zwakke punt zat.

Struensee was een parvenu, op dat punt leek hij op Guldberg zelf. Ze waren allebei lage struiken tussen de hoge, hovaardige bomen om hen heen. Hij hield van dit soort beelden. Struiken, bomen, omgehakt bos. En dan uiteindelijk de triomf. Hij kon Struensee soms met liefde, bijna met compassie, misschien met tederheid haten. Maar hij wist dat het zijn taak was hem te doorzien.

Hij vreesde dat Struensee geen doorsnee-intellectueel was. Maar hij vermoedde waar diens zwakke punt lag. Alleen Guldberg, aan de oever van de rivier, had het begrepen. Dat het, paradoxaal genoeg Struensees zwakte was dat hij de macht niet begeerde. Dat zijn schijnheilige idealisme oprecht was. Misschien was het wel zo dat Struensee zich niet door de macht wilde laten inpalmen, corrumperen. Misschien distantieerde hij zich wel van het grote machtsspel. Misschien was hij een door en door zuiver mens in dienst van het kwaad. Misschien koesterde hij een naïeve droom, de droom dat zuiverheid mogelijk was. Misschien wilde hij zich niet door de macht laten bezoedelen. Misschien zou het hem lukken om de smerigheid van de macht te weerstaan, om niet te doden, niet te vernietigen, het grote machtsspel niet mee te spelen. Misschien kon hij zuiver blijven.

Daarom was Struensee tot de ondergang gedoemd.

2

Guldberg had de grote Europese reis bijna dagelijks op afstand via zijn rapporteurs gevolgd. Met een onbewogen gezicht had hij de brieven over deze krankzinnige verkwisting gelezen. Toch had hij zich niet ongerust gemaakt voordat de eerste brieven uit Parijs hem bereikt hadden.

Toen had hij begrepen dat er een ander gevaar dreigde.

Wie had dat kunnen vermoeden. Rantzau had het kunnen vermoeden. Hij had Struensee aanbevolen en moest het geweten hebben. De mededeling over de ontmoeting van de Koning met de encyclopedisten was de druppel geweest die de emmer had doen overlopen. In juni had hij daarom een lang gesprek met graaf Rantzau gehad.

Een op zakelijke toon gevoerd gesprek. Guldberg had een deel van Rantzaus curriculum vitae gerecapituleerd, inclusief de hem aangewreven spionage voor de Russische keizerin en hoe belangrijk het was om dit onbetekenende incident te vergeten, gezien de verschrikkelijk wrede straffen die er op landsverraad stonden. Hij had in het kort de voorwaarden voor het spel uiteengezet. Over bepaalde dingen waren ze het eens: Struensee was een parvenu en levensgevaarlijk.

Van zijn kant had Rantzau grotendeels gezwegen of tekenen van zenuwachtigheid aan de dag gelegd.

Guldberg had al zijn vermoedens bevestigd gekregen. Rantzau was een door en door karakterloos mens.

Bovendien had hij grote schulden.

Guldberg had zich tijdens het gesprek tot het uiterste moeten inspannen om zijn verachting niet te laten blijken. De hoge, mooie bomen waren te koop en zouden omgehakt worden.

Maar de lage struiken: nee.

In mei was de situatie onduidelijk en dus gevaarlijk geworden. In juli had hij de Koningin-weduwe een extra verslag moeten uitbrengen.

Ze hadden in het Hoftheater afgesproken, omdat gesprekken in de koninklijke loge van de Koningin-weduwe voor de aanvang van een voorstelling nauwelijks als samenzwering gewantrouwd konden worden en zich daarom door hun hoge mate van openbaarheid uitstekend voor geheime onderonsjes leenden.

146

Bovendien stemde het orkest zijn instrumenten.

Hij had een snelle, gedetailleerde samenvatting gegeven. In mei was de kleine kroonprins met succes tegen de pokken ingeënt. Het had de positie van 'de Stille' versterkt. Het wereldje van de intriges meldde dat Holck in ongenade gevallen was, Rantzau was in de gunst, maar een karakterloos en ongevaarlijk man. Bernstorff zou in de herfst ontslagen worden. Struensee was niet langer een protégé van Rantzau en Struensee zou binnenkort alle macht in handen hebben. Daarom haatte Rantzau hem, toch zag hij zichzelf als zijn enige en beste vriend. Brandt was in de gunst. De Koning, ontsnapt aan alle controle, ondertekende mechanisch decreten. Struensee zou de volgende maand tot 'conferentieraad' benoemd worden met een jaarloon van 1500 rijksdaalder. De missive inzake het verbod of 'het stopzetten' van het verlenen van ordetekenen die de Koning de vorige week had getekend was door 'de Stille' geschreven. En men kon een stroom van 'hervormingen' verwachten.

'Hoe weet u dit?' had de Koningin-weduwe gevraagd. 'Struensee schijnt u dat niet verteld te hebben.'

'Maar Rantzau misschien,' had Guldberg daarop geantwoord.

'Is hij niet de enige vriend van Struensee?'

'Struensee heeft geweigerd een aanbeveling te schrijven om hem zijn schulden kwijt te schelden,' had Guldberg kort verklaard.

'Een intellectueel met schulden in conflict met een Verlichtingsman met principes,' had de Koningin-weduwe peinzend, als tegen zichzelf, gezegd. 'Een drama voor beiden.'

Guldberg had daarop zijn analyse voortgezet. Wat Struensee recentelijk als 'corrigeren van het taalgebruik' van de decreten van de Koning had bestempeld, was nu onverholen uitoefening van de macht. De Koning ondertekende alles wat Struensee hem voorlegde. De hervormingen zwollen aan gelijk een rivier. De plannen die weldra verwezenlijkt zouden worden, hielden ook volledige vrijheid van drukpers en van godsdienst in, verder zouden de tolgelden van de Sont niet langer naar de hofhouding vloeien, maar naar de staat, zou het vraagstuk van de boerenbevolking opgelost worden en de lijfeigenschap afgeschaft, zouden de subsidies aan onrendabele industrieën van de adel ingetrokken worden en zou er een hervorming van de gezondheidszorg plaatsvinden en dan was er nog een lange reeks gedetailleerde plannen, zoals bijvoorbeeld dat de lokalen van de kerk in Amaliegarde in beslag zouden worden genomen en in kindertehuizen veranderd.

'Kindertehuizen voor hoerenkinderen,' had de Koningin-weduwe bitter opgemerkt.

'Plus, uiteraard, het verbod op marteling tijdens verhoren.'

'Dit punt,' had de Koningin-weduwe toen gerepliceerd, 'zal in ieder geval definitief worden opgeheven als deze rat gepakt en onschadelijk gemaakt wordt.'

De muzikanten waren nu gereed met het stemmen van hun instrumenten en de Koningin-weduwe had als laatste fluisterend gevraagd: 'En hoe denkt de Koningin over Struensee?'

'Van haar,' had Guldberg eveneens fluisterend geantwoord, 'weet niemand iets. Maar als iemand iets weet, ben ik de eerste die het hoort.'

3

Ze liet zich steeds vaker langs de kust rijden. Daar stapte ze uit en stond wachtend onder aan de waterkant. De lucht was dezelfde, zee en wier, maar toch niet gelijk. Eerst was het alleen uit verveling geweest. Daarna werd het de verbinding van wellust en dood. Later werd het iets anders.

Misschien hield het verband met Struensee. Ze wilde weten wat het was.

Ze had gevraagd waar hij was en wist het nu; daarom had ze haar middagwandeling naar de koninklijke hofstallen verlegd, waarvandaan dokter Struensee iedere dinsdag en vrijdag zijn tochten te paard ondernam.

Hij was er inderdaad. Om die reden was ze er ook zonder haar hofdames heen gegaan. Ze was ernaartoe gegaan om te weten wat haar woede opwekte en om hem op zijn nummer te zetten.

Hij was bezig zijn paard te zadelen en omdat ze besloten had hem op zijn nummer te zetten en omdat ze woedend was, was ze recht op haar doel afgestevend.

'Dokter Struensee,' had ze gezegd, 'o, u wilt gaan rijden, dan wil ik niet storen, u bent bezig.'

Hij had alleen verbluft een buiging gemaakt, was doorgegaan met het zadelen van zijn paard en had niets gezegd. Dat was ongehoord. De geringste kennis van de etiquette aan het hof schreef voor dat hij moest antwoorden en wel op de juiste, hoffelijke manier; maar ja, hij was een plebejer.

'U beledigt de Koningin van Denemarken,' had ze toen gezegd. 'Ik spreek tot u, u antwoordt niet. Wat een onbeschaamdheid.'

'Dat was mijn bedoeling niet,' had hij gezegd.

Hij scheen niet eens bang te worden.

'Altijd maar bezig,' had ze eraan toegevoegd. 'Wat voert u eigenlijk uit?'

'Ik werk,' had hij gezegd.

'Wat doet u dan?'

'Ik ben in dienst van de Koning. Bereid stukken voor. Voer gesprekken. Geef soms raad, indien de Koning dat wenst.'

'U hebt beloofd mij rijlessen te geven, ik heb toegestaan dat u dat beloofde en dan hebt u geen tijd! geen tijd!, maar pas op, u kunt in ongenade vallen! IN ONGENADE!!!'

Hij was toen gestopt met het zadelen van zijn paard, had zich omgedraaid en haar alleen met verbazing, misschien geërgerd, aangekeken.

'Mag ik vragen,' had ze er met een zo onbeheerste stem aan toegevoegd dat het een ogenblik tot haarzelf doordrong en ze zich had geschaamd, 'mag ik vragen of dat WERK zo dringend is, mag ik vragen? en dat mag ik!!! wat er dan zo...'

'Moet ik antwoorden?' had hij gevraagd.

'Doe dat, dokter Struensee.'

Het kwam volstrekt onverwachts. Ze had het niet verwacht. Hij had haar geantwoord met zo'n plotselinge woede dat het beiden verrast had.

'Uwe Majesteit, met alle respect, ik werk echt,' had hij met ingehouden woede gezegd, 'maar niet zoveel als ik wel zou moeten. Waar ik aan zou moeten werken kost tijd, tijd die ik niet heb, ook ik moet slapen, ik heb mijn grenzen, maar niemand kan zeggen dat ik mijn best niet doe. Ik weet heel goed wat ik niet doe, helaas, Uwe Majesteit, helaas; ik zou moeten werken om dit vervloekte Denemarken fatsoen bij te brengen; moeten werken aan de rechten van de boerenbevolking, wat ik niet doe, ik zou de hofhouding tot op de helft terug moeten brengen, op zijn minst, op zijn minst!!!, wat ik ook niet doe, zou de wet zo moeten veranderen dat moeders van onechte kinderen niet gestraft worden, NIET GESTRAFT WORDEN!!!, wat ik niet doe, me bezighouden met de afschaffing van de huichelachtige straffen voor ontrouw, wat ik evenmin doe, mijn Hooggeëerde Koningin, er is zo onvoorstelbaar veel wat ik niet! niet!!! doe, wat ik zou moeten doen, maar niet kan doen, ik kan nog heel lang doorgaan met andere voorbeelden te geven van dingen waar ik niet!!! mee bezig ben, ik kan...'

Plotseling was hij opgehouden. Hij wist dat hij zich vergaloppeerd had. Er was een lange stilte ontstaan, daarna had hij gezegd: 'Ik vraag om vergiffenis. Ik vraag... U me te vergeven. Voor deze...'

'Ja?'

'Niet te verontschuldigen ontsporing.'

Plotseling had ze zich heel kalm gevoeld. Haar woede was verdwenen, niet omdat ze hem op zijn nummer had gezet, niet omdat zij op haar nummer was gezet; nee, de woede was ineens weg.

'Wat een mooi paard,' had ze gezegd.

Ja, wat waren de paarden mooi. Wat fantastisch moest het niet zijn om tussen deze mooie dieren te werken, hun huid, hun neusgaten, hun ogen die heel stil en rustig naar haar keken.

Ze liep op het paard toe, streelde het over de flank.

'Zo'n mooi dier. Denkt u dat paarden van hun lichaam houden?'

Hij gaf geen antwoord. Ze ging door met strelen: de nek, de schoft, het hoofd. Het paard stond doodstil te wachten. Ze draaide zich niet naar Struensee om, zei alleen zachtjes: 'Veracht u mij?'

'Ik begrijp uw vraag niet,' zei hij.

'Denkt u: klein, mooi meisje, zeventien, dom, niets van de wereld gezien, niets begrepen. Een mooi dier. Klopt dat?'

Hij schudde alleen zijn hoofd.

'Nee.'

'Wat ben ik dan?'

Hij was het paard gaan roskammen, langzaam; nu hield hij daarmee op.

'Levend.'

'Wat bedoelt u?'

'Een levend mens.'

'Dat hebt u dus gezien?'

'Ja. Dat heb ik gezien.'

'Goed,' had ze heel stil gezegd. 'Goed... Er zijn niet veel levende mensen in Kopenhagen.'

Hij keek naar haar.

'Dat kan Uwe Majesteit niet weten. Buiten het hof bevindt zich ook een wereld.'

Ze dacht: dat is waar, maar dat hij zoiets durft te zeggen. Misschien heeft hij nog iets anders gezien dan het gepantserde oorlogsschip, of mijn lichaam. Hij ziet iets anders en hij is moedig. Maar zegt hij het omdat hij me als een klein meisje ziet of zegt hij het omdat het waar is?

'Ik begrijp het,' had ze gezegd. 'U denkt dat ik niet veel van de wereld gezien heb. Waar of niet? Dat denkt u toch? Zeventien jaar, nooit anders dan aan het hof geleefd. Niets gezien.'

'Het gaat niet om het aantal jaren,' had hij toen gezegd. 'Sommigen worden honderd jaar en hebben toch nooit iets gezien.'

Ze keek hem recht aan en voelde voor het eerst dat ze niet bang was, niet woedend, alleen kalm en nieuwsgierig.

'Het geeft niet dat u boos werd,' zei ze. 'Het was heerlijk om iemand te zien... die brandde. Die leefde. Dat had ik nog nooit gezien. Het was heerlijk. U kunt nu gaan rijden, dokter Struensee.'

4

Het kabinet was voor één keer voltallig bijeen toen de Koning liet meedelen dat dr. J.L. Struensee tot Koninklijk Voorlezer was benoemd met de titel van Staatsraad.

Men had het verwacht. Niemand vertrok een spier.

Hij deelde verder mee dat er geen redenen aanwezig waren voor nog meer kabinetsvergaderingen voor het einde van september en dat de koninklijke decreten die hij in die tijd tekende niet door het kabinet bekrachtigd hoefden te worden.

Er ontstond een ijskoude, verlammende stilte. Dit had men niet verwacht. Wat zou dat in de praktijk betekenen?

'Tegelijk wil ik allergenadigst meedelen,' had de Koning tot slot gezegd, 'dat het me deze dag heeft behaagd mijn hond Vitrius tot lid van de Rijksraad te benoemen en dat hij vanaf deze dag met de achting behandeld moet worden die bij deze titel past.'

Het was heel lang heel stil gebleven.

Toen was de Koning zonder een woord te zeggen opgestaan en iedereen had zijn voorbeeld gevolgd en de zaal was leeggelopen.

In de gang verzamelden zich gedurende enkele ogenblikken kleine groepjes die snel weer oplosten. In deze korte tijd had Guldberg echter een paar woorden met de hofmaarschalk, graaf Holck en de minister van Buitenlandse Zaken, graaf Bernstorff kunnen wisselen.

'Het land staat nu voor de ergste crisis in zijn bestaan,' zei hij. 'Om tien uur vanavond bij de Koningin-weduwe.'

Het was een merkwaardige situatie. Guldberg scheen zowel de bevoegdheden van zijn titel als het protocol met voeten te treden. Maar geen van de beide anderen was geschokt geweest. Toen had hij er, zoals hij naderhand dacht, 'geheel overbodig' aan toegevoegd: 'Strikte geheimhouding.'

Bij de vergadering de volgende ochtend waren ze maar met zijn drieën.

Koning Christian vii, zijn schnauzer Vitrius, het pasbenoemde lid van de Rijksraad, die op de voeten van de Koning lag te slapen en Struensee.

Struensee had het ene na het andere document aan de Koning overhandigd, die had echter na een tijdje met een handgebaar te kennen gegeven dat hij een pauze in het werk wenste in te lassen.

De Koning had halsstarrig naar het tafelblad gekeken, hij had niet met zijn vingers getrommeld, geen spasmen gehad en zijn gezicht scheen alleen nog maar door een zo groot verdriet getekend dat Struensee een moment bang was geworden.

Of was het een ongelooflijke eenzaamheid?

Zonder op te kijken en met een klank in zijn stem van volstrekte rust en grote concentratie had de Koning gezegd: 'De Koningin lijdt aan melancholie. Ze is eenzaam, ze is een vreemdelinge in dit land. Ik ben niet in staat geweest die melancholie te lenigen. U moet die last van mijn schouders nemen. U moet! u om haar bekommeren.'

Struensee had na een korte stilte gezegd: 'Mijn enige wens is dat de huidige, gespannen verhouding tussen uw echtelieden moge ophouden.'

De Koning had alleen maar herhaald: 'U moet deze last van mijn schouders nemen.'

Struensee had op de papieren gestaard die voor hem lagen. Christian had niet opgekeken. De hond lag in diepe slaap op zijn voeten.

5

Hij kon geen wijs uit haar worden.

Struensee had haar in Altona gezien tijdens haar verblijf daar, voor haar intocht in Kopenhagen en dan nog maar ternauwernood. Het was duidelijk dat ze toen nog een kind was en doodsbang.

Hij was geschokt geweest. Mensen moesten niet zo behandeld mogen worden. Maar hij had haar niet gezien.

Later had hij haar gezien. Plotseling had hij begrepen dat ze een groot gevaar betekende. Iedereen had over haar gesproken als 'charmant' en 'innemend', maar ja, dat moest men nu eenmaal over koninginnen zeggen. Dat betekende niets. Men was ervan uitgegaan dat ze geen sterke wil had en charmant was en dat haar leven een hel zou worden, maar wel op een hoger plan dan dat van de echtgenotes van de burgers en op een ander niveau, vergeleken dan met de vrouwen uit het volk. Maar niets in haar had hem doen geloven dat men de kleine Engelse onderschat had.

Ze had een fantastisch mooie huid. Ze had heel mooie handen. Een keer had hij zich erop betrapt dat hij zich voorgesteld had dat haar hand zijn lid omklemde.

Haar wens om te leren paardrijden was verbijsterend.

Ze verbijsterde hem praktisch altijd, de paar keer dat ze elkaar ontmoetten. Hij meende dat hij haar zag groeien, maar had geen idee waar het zou eindigen.

De voorbereiding voor haar eerste rijles was zonder problemen verlopen, maar toen het tijdstip daar was, was ze in mannenkleren verschenen; geen vrouw van het koninklijk huis had ooit als een man gereden, dus met gespreide benen, elk aan een kant van het paard.

Men vond het obsceen. Toch was ze in mannelijke rijkleding verschenen.

Hij had er niets over gezegd.

Hij had haar zacht bij de hand genomen en haar voor haar eerste les naar het paard gebracht.

'De eerste regel,' had hij gezegd, 'is voorzichtigheid.'

'En de tweede?'

'Moed hebben.'

'De tweede is me liever,' had ze daarop geantwoord.

Het paard was zorgvuldig gekozen, het was heel rustig geweest. Ze hadden een uur door het Bernstorffpark gereden.

Het paard had zich heel rustig stapvoets voortbewogen. Alles was heel goed gegaan.

Ze had paard gereden, voor het eerst in haar leven.

Het vrije veld. Bosjes met bomen.

Struensee had naast haar gereden. Ze hadden over dieren gesproken.

Hoe dieren zich bewogen, of dieren konden dromen, of ze een voorstelling van een eigen leven hadden. Of hun liefde iets speciaals was.

Of ze zelf hun lijf konden beleven, hoe ze de mensen zagen, of hoe de dromen van paarden eruitzagen.

De Koningin had gezegd dat ze zich voorstelde dat paarden anders waren dan andere dieren. Dat ze als onaanzienlijk geboren werden met te lange benen, maar dat ze zich al snel van hun leven, van hun lijf bewust werden en begonnen te dromen, dat ze angst en liefde konden kennen, dat ze geheimen hadden die je uit hun ogen kon aflezen als je er maar in keek. Dat het nodig was om in hun ogen te kijken, dan begreep je dat paarden droomden als ze staande sliepen, omsloten door hun geheimen.

Hij had gezegd: 'Ik krijg door dat ik in mijn hele leven nooit in de dromen van een paard heb durven kijken.'

En toen had de Koningin gelachen, voor het eerst in haar bijna drie jaar lange tijd in Kopenhagen.

De volgende dag al had het gerucht zich verspreid.

Struensee was onder de poort van het paleis door gelopen en had daar de Koningin-weduwe ontmoet; ze had hem staande gehouden.

Haar gezicht was als van steen geweest. Haar gezicht was, strikt genomen, altijd als van steen; maar nu lag er een woede onder die haar bijna angstaanjagend maakte.

'Dokter Struensee,' had ze gezegd, 'men heeft mij verteld dat de Koningin in mannendracht op een paard heeft gereden, schrijlings. Is dat juist?'

'Dat is juist,' had hij gezegd.

'Dat is een inbreuk op de etiquette en onfatsoenlijk.'

'In Parijs rijden de dames altijd op deze manier,' had hij gezegd. 'In de rest van Europa ziet niemand dat als onfatsoenlijk. In Parijs is dit...'

'In Parijs,' had ze snel tegengeworpen, 'heerst veel onzedelijkheid. We hoeven dat niet allemaal in Denemarken te importeren.'

Hij had een buiging gemaakt, maar niet geantwoord.

'Nog één vraag, dokter Struensee, over deze Europese... ideeën.'

Hij had licht gebogen.

'Wat is het uiteindelijke doel van deze... mannen van de Verlichting? Ik heb het me zomaar... afgevraagd.'

Hij had zijn woorden met zorg gekozen.

'Een hemel op aarde scheppen,' had hij toen met een lichte glimlach geantwoord.

'En wat gebeurt er dan met... de echte... hemel? Ik bedoel met Gods hemel?'

Hij had met een even milde glimlach gezegd: 'Die is dan... volgens hun opvatting... minder nodig.'

De Koningin-weduwe had op dezelfde rustige toon gezegd: 'Ik begrijp het. En juist om die reden moeten deze ketters vernietigd worden.'

Daarna had ze zich omgedraaid en was weggegaan.

Struensee was lang blijven staan om haar na te kijken. Hij had gedacht: Eigenlijk ben ik geen dapper mens. Ik voel een ijskoude vlaag van angst als een oude vrouw me toespreekt. Als je een kier in de geschiedenis ziet en weet dat je erdoor naar binnen moet dringen – is het dan juist dat een man die voor een oude vrouw angst kan voelen deze taak op zich neemt?

Later had hij gedacht: de tegenstand begint zich te manifesteren. Niet alleen die van een oude vrouw. De adel. Guldberg. Ze zijn met velen. De tegenstand zal zich weldra heel duidelijk aftekenen.

Zij die tegen zijn kan ik er wel uithalen. Maar wie zijn de medestanders?

9

De hut van Rousseau

1

Het wordt al lastiger om te begrijpen wat zich afspeelt.

De lichtkegel lijkt zich om nog maar een paar spelers op het toneel te verengen. Toch staan ze nog met hun gezicht van elkaar afgewend.

Al helemaal toegespitst op hun tekst. Maar nog met afgewende gezichten en zwijgend.

Toen Christian op een avond, voor de zoveelste keer, Struensee van zijn nachtmerries over het smartelijke sterven van sergeant Mörl vertelde en zich in details verloor, was Struensee tot zijn verrassing door het vertrek gaan rondlopen en had woedend tegen de Koning gezegd ermee op te houden.

Christian was verbluft. Toen Reverdil er nog was, voordat hij deze als straf uitgewezen had, had hij erover kunnen praten. Nu leek Struensee zijn zelfbeheersing te verliezen. Christian had gevraagd waarom. Struensee had alleen maar gezegd: 'Uwe Majesteit begrijpt dat niet. En heeft zich ook nooit de moeite getroost het te begrijpen. Hoewel we elkaar al zo lang kennen. Maar ik ben geen dapper mens. Ik ben bang voor pijn. Ik wil niet aan pijn denken. Ik ben gemakkelijk bang te maken. Zo ligt het en Uwe Majesteit zou dat geweten hebben als Uwe Majesteit geïnteresseerd was geweest.'

Christian had tijdens de uitbarsting van Struensee verbaasd naar hem gekeken en toen gezegd: 'Ik ben ook bang voor de dood.'

'Ik ben niet bang voor de dood!!!' had Struensee toen ongeduldig uitgeroepen. 'Alleen voor de pijn. Alleen voor de pijn!!!'

Er is een tekening van een negerjongen gemaakt door Christian eind zomer 1770.

Hij tekende anders zeer zelden, maar de tekeningen die er zijn getuigen van veel talent. De tekening stelt Moranti voor, de negerpage, die aan de Koning was geschonken om de pijn van zijn melancholie te verzachten en 'om iets te hebben om mee te spelen'.

Niemand zou zich zo mogen uitdrukken. Melancholie was het juiste woord, speelkameraad niet. Maar Brandt, die op het idee gekomen was, drukt zich zo uit: een speelkameraad voor de Majesteit. Er was om de Koning een sfeer van doffe berusting ontstaan. Het viel niet mee om onder de hovelingen speelkameraden te vinden. De Koning scheen al zijn dagelijkse energie samen te ballen in het uur dat hij de documenten en stukken tekende die Struensee hem voorlegde; maar als Struensee was weggegaan werd hij door apathie overvallen en verzonk hij weer in gemompel. Brandt had genoeg gekregen van het gezelschap van de Koning en had voor hem een negerpage als speelgoed gekocht. Toen hij om toestemming had gevraagd, had Struensee alleen berustend zijn hoofd geschud, maar het toch geaccepteerd.

De positie van Struensee aan het hof was nu zo vanzelfsprekend dat zijn toestemming ook vereist was voor de aankoop van negerslaven.

Het lag voor de hand dat hij het beu was, had Brandt naar voren gebracht, omdat speels samenzijn met de Majesteit niet tot zijn vanzelfsprekende taken als theaterchef gerekend kon worden. In feite was Brandt opgebrand en woedend. Het samenzijn met de Majesteit was al eenvormiger geworden omdat deze vaak dagenlang voor zich uit mompelend op een stoel met zijn handen zat te zwaaien of futloos naar de muur staarde. De Koning had bovendien de gewoonte zijn stoel dicht bij de muur te zetten met zijn gezicht ernaartoe gekeerd om zijn omgeving niet te hoeven zien.

Wat moest Brandt doen? Praten was lastig. Hij had Struensee uitgelegd dat hij moeilijk tussen de stoel en de muur kon gaan staan.

Doe wat u wilt, had Struensee gezegd. Dit is toch een gekkenhuis.

De negerpage werd Moranti gedoopt.

Moranti zou een zekere rol gaan spelen in wat hierna plaatsvond, ook in de diplomatieke rapportage.

Later die herfst, toen de toestand zich had toegespitst en de verontrustende rapporten over de macht van Struensee ook de vreemde mogendheden hadden bereikt, had de Franse gezant om een audiëntie bij de Koning verzocht. Maar toen de ambassadeur arriveerde was alleen Struensee in het vertrek aanwezig en die had verklaard dat koning Christian VII die dag niet gedisponeerd was, maar dat hij de boodschapper van de Franse regering van zijn achting en genegenheid had willen verzekeren.

'Dokter Struensee...' was de Franse gezant begonnen, maar Struensee had hem onmiddellijk gecorrigeerd.

'Staatsraad.'

De sfeer was geladen en vijandelijk maar hoffelijk geweest.

'...ons hebben geruchten bereikt over de bijna... revolutionaire plannen van de Deense vorst. Interessant. Interessant. Wij zijn in Parijs immers goed bekend met dit gedachtegoed. En staan er kritisch tegenover. Zoals u ongetwijfeld zult weten. Wij willen ons er, met alle respect, van overtuigen dat deze duistere... revolutionaire... krachten niet per ongeluk! per ongeluk! vrijgelaten worden. Bij u. En in Europa. Zodat de besmetting van de Verlichting... ja, zo zou ik me willen uitdrukken, besmetting! niet om zich heen grijpt. En omdat we weten dat de jonge vorst uw oor heeft, willen we...'

Struensee had, tegen het protocol in, de Franse gezant niet aangeboden te gaan zitten; ze stonden nu op vijf el afstand tegenover elkaar.

'Is men bang in Parijs?' had Struensee met een lichte ironie in zijn stem gevraagd. 'Bang voor het kleine, onbeduidende Denemarken? Is dat wat u wilt zeggen?'

'We willen misschien weten wat hier omgaat.'

'Wat hier omgaat is een Deense aangelegenheid.'

'Die een ander niet... aangaat.'

'Precies.'

De gezant had met een ijskoude blik naar Struensee gekeken en toen heftig, alsof hij een moment zijn zelfbeheersing had verloren, gezegd: 'Mannen van de Verlichting zoals u, dokter Struensee, zouden niet onbeschaamd moeten zijn.'

'Wij zijn alleen zakelijk.'

'Maar als de macht van de Koning in gevaar is...'

'Die is niet in gevaar.'

'Wij hebben iets anders vernomen.'

'Luistert u daar dan niet naar.'

Plotseling klonken er vanaf het binnenhof van het paleis wilde kreten. Struensee schrok en liep naar het raam. Wat hij zag was dat koning Christian VII met zijn page speelde. Christian fungeerde als rijpaard en het negerjongetje zat op zijn rug en zwaaide woest schreeuwend met zijn rijzweep, terwijl de Majesteit op handen en voeten voortkroop.

Struensee draaide zich om, maar het was al te laat. De Franse gezant was hem naar het raam gevolgd en had het gezien. Struensee had toen, met samengeknepen lippen, de gordijnen voor het raam dichtgetrokken.

Maar de situatie liet niets te raden over.

'Meneer Struensee,' had de Franse gezant met een klank van verachting en woede in zijn stem gezegd, 'ik ben geen idioot. Dat is mijn Koning evenmin, noch de andere vorsten in Europa. Ik zeg u dit met de openheid die u, volgens uw eigen zeggen, zo op prijs stelt. U speelt met vuur. Wij zullen niet toestaan dat de grote, verwoestende revolutionaire brand in dit kleine rotland begint.'

En toen: de buiging, die precies volgens het protocol was.

De situatie op het binnenhof van het paleis was volkomen duidelijk geweest en waar. Daar viel niet aan te ontkomen.

Was dit de alleenheerser met de fakkel van de rede in zijn hand? Of een gek? Wat moest hij met hem aan?

Nee, hij wist niet wat hij met Christian aan moest.

Het probleem werd met de dag erger. In feite was het een probleem dat hem ook aan het twijfelen over zichzelf bracht. Was hij wel de juiste man? Of zat de zwarte fakkel ook in hem?

De week voordat de kleine negerpage aan het hof gearriveerd was, was Struensee door wanhoop gegrepen. Misschien moest hij de stem van de rede laten spreken. Misschien was het het verstandigst om Christian aan zijn ziekte over te laten, hem door het duister te laten opslokken.

Kon het licht ontspruiten aan het duister van de zwarte fakkel? De rede moest immers de hefboom zijn die onder het bouwwerk van de wereld werd geplaatst. Maar zonder het vaste punt? Stel dat de rede geen scharnier vond?

Hij hield echter van dit kind. Hij wilde Christian, die misschien een van de overbodigen was, een van hen voor wie in het grote plan geen plaats was, niet in de steek laten. Maakten de overbodigen immers ook geen deel van het grote plan uit?

Was het niet juist voor de overbodigen dat het plan geschapen was.

Hij piekerde veel over zijn eigen besluiteloosheid. Christian was beschadigd, had vorstschade in zijn ziel opgelopen, maar tegelijk was zijn macht nodig. Wat begeerde hij zelf of waar maakte hij nu in ieder geval gebruik van? De ziekte van Christian veroorzaakte een vacuüm in het centrum van de macht. Daar was hij op bezoek gekomen. Er moest een mogelijkheid zijn om én de jongen én zijn droom over de andere samenleving te redden.

Dat had hij zichzelf voorgehouden. Hij wist op dat moment niet of hij het in de eerste plaats voor Christian opnam of voor zichzelf.

Het beeld van de zwarte fakkel die duister uitstraalde liet hem niet los. Er brandde een zwarte fakkel in deze jonge vorst, dat wist hij nu en het schijnsel ervan scheen de rede te doven. Waarom liet dit beeld hem niet los? Misschien brandde er in hem ook een zwarte fakkel? Nee, misschien ook niet.

Maar wat was daar dan wel?

Het licht, de prairiebrand. Het waren zulke mooie woorden.

En Christian was zowel licht en mogelijkheid als een zwarte fakkel die zijn duister over de wereld wierp.

Zat de mens zo in elkaar? Mogelijkheid én zwarte fakkel?

Christian had het op een keer, in een van zijn heldere momenten, gehad over mensen die uit één stuk gegoten waren; zelf was hij geen mens uit één stuk, had hij gezegd. Hij had vele gezichten. Daarna had Christian gevraagd: is er voor zulken als ik dan plaats in het rijk van de rede?

Zo'n eenvoudige, kinderlijke vraag. Opeens had Struensee diep in zijn hart een hevige pijn gevoeld.

Er moest ook voor Christian plaats zijn. Was dat niet waar het allemaal om ging? Was het niet juist om die reden dat de kier in de geschiedenis zich voor Struensee zou openen, maakte dit niet ook deel van zijn opdracht uit?

Wat was zijn opdracht dan wel? Hij kon zichzelf in de ogen van het nageslacht zien als de Duitse arts die in het gekkenhuis op bezoek kwam.

Die een missie had gekregen?

'Bezoek' was een beter woord, beter dan roeping of opdracht. Ja, op die manier was hij gaan denken. Dat was zo in hem gegroeid. Een bezoek, een opdracht die volbracht werd, een taak die gesteld werd, een kier in de geschiedenis die zich opende; en dan zou hij naar binnen dringen en daarna verdwijnen.

Met Christian aan zijn hand. Misschien was dat het belangrijkste. Christian niet achter te laten. Hij die vele gezichten had en niet uit één stuk gegoten was, in wiens binnenste nu een zwarte fakkel al feller brandde en zijn donker over alle dingen wierp.

Wij tweeën, had Struensee wel eens gedacht. Een geweldig paar. Hij met zijn zwarte fakkel die zijn duisternis verspreidt en ik met mijn heldere blik en verschrikkelijke angst die ik zo handig weet te verbergen.

En deze twee zullen dan een hefboom onder het bouwwerk van de wereld plaatsen.

2

Hij wist dat hij het geschenk niet had moeten toestaan.

De kleine negerjongen was een stuk speelgoed. De Koning had geen speelgoedjes nodig; dat voerde hem maar in de foute richting als een slecht uitgevoerde stoot tegen een biljartbal.

De reden dat hij – zoals hij naderhand dacht – 'toegegeven had' was vanwege een voorval dat in de eerste week van juni 1770 had plaatsgevonden.

Christian was begonnen hem als een hond te volgen: babbelend, toegedaan of alleen maar stil smekend. Er moest iets gebeuren om de Koning uit zijn lethargie te halen. Struensee had daarom besloten dat er een reis gemaakt zou worden, een kortere, en niet een naar de Europese hoven, maar naar de werkelijkheid. De werkelijkheid zou de Koning uit zijn lethargie halen. De reis zou naar het Deense platteland gaan en de Koning een beeld geven van de situatie van de Deense boerenbevolking als lijfeigenen, maar dan een echt, realistische beeld, zonder 'hofhouderij', zonder dat deze horigen wisten dat de Koning in hun buurt was en hun leven in ogenschouw nam.

De reis moest daarom incognito ondernomen worden.

De dag voor het vertrek, het plan voor de reis was zonder protesten door de Koning geaccepteerd omdat hij niet over het eigenlijke doel was geïnformeerd en er ook niet in geïnteresseerd zou zijn, deed het gerucht inzake het plan toch de ronde. Het was tot een heftige botsing met Rantzau gekomen, die nu zijn positie aan het hof weer heroverd scheen te hebben, die weer in de gunst van de Koning stond en die tot een van Struensees beste vrienden gerekend werd.

Struensee was die ochtend bij de stal geweest om een vroege rit te paard te maken; het was kort na zonsopgang. Hij had zijn paard gezadeld, was het hek van de stallen uitgereden, maar daar door Rantzau opgevangen, die het paard bij het hoofdstel had gegrepen. Struensee had met iets van irritatie gevraagd wat Rantzau wilde.

'Wat ik begrepen heb,' had Rantzau met slecht onderdrukte woede gezegd, 'is dat jij veel wilt. Maar wat is er nu aan de hand. Wat is er AAN DE HAND. De Koning zal tussen de boeren rondgesleept worden. Hij zal niet de mensen ontmoeten die de besluiten nemen en de anderen die we voor onze hervormingen nodig hebben. Maar boeren. En om... wat te zien?'

'De werkelijkheid.'

'Jij bezit zijn vertrouwen. Maar nu bega je een fout.'

Struensee had een moment bijna zijn bezinning verloren, maar zich vermand. Hij had uitgelegd dat de lethargie en de zwaarmoedigheid van de Koning genezen moesten worden. De Koning had zo lang in dit gekkenhuis doorgebracht dat hij zijn verstand verloren had. De Koning wist niets van Denemarken.

'Wat zegt de Koningin hiervan,' had Rantzau gevraagd.

'Ik heb het haar niet gevraagd,' had Struensee geantwoord. 'Laat mijn paard los.'

'Je maakt een fout,' had Rantzau met zo'n harde stem geschreeuwd dat iedereen in de buurt het had kunnen horen, 'je bent naïef, binnenkort heb je alles in je hand, maar je kent de spelregels niet, laat die gek toch, je kunt niet...'

'Laat los,' had Struensee gezegd. 'En ik neem het niet dat je hem een gek noemt.'

Maar Rantzau had niet losgelaten. Hij was met luide stem doorgegaan.

Toen had Struensee zijn paard de sporen gegeven, Rantzau was gestruikeld en achterovergevallen en Struensee was weggereden zonder om te zien.

De volgende ochtend waren de Koning en Struensee aan hun oriënteringsreis onder de Deense boerenbevolking begonnen.

De eerste twee dagen waren zeer voorspoedig verlopen. De derde dag had de catastrofe plaatsgevonden.

Het was achter in de middag, ter hoogte van Hillerød. Vanuit de koets hadden ze op een afstand een groepje boeren gezien die om... iets... heen stonden. Als was het een onschuldige bijeenkomst. Daarna was de koets dichterbij gekomen en was de situatie duidelijk geworden.

Er had zich een schare mensen om een voorwerp verzameld. Toen de koets naderde waren de mensen onrustig geworden, de groep had zich verspreid en iemand was naar het hoofdgebouw van het landgoed gehold dat er in de buurt lag.

De koets was gestopt. Vanuit de koets keken de Koning en Struensee naar een mens die op een houten stellage zat. De Koning gaf het bevel wat dichterbij te rijden en zo konden ze de gestalte duidelijker zien.

Op een houten paard, gemaakt van twee schragen met een ruw uitgehakte balk ertussen, zat een jonge boerenjongen, naakt, zijn handen op de rug gebonden en zijn voeten samengesnoerd onder de balk. Hij was misschien zestien jaar. Zijn rug was bloedig, hij was waarschijnlijk met een zweep afgeranseld en het bloed was opgedroogd.

Hij beefde hevig en kon ieder moment het bewustzijn verliezen.

'Ik denk,' had Struensee gezegd, 'dat hij geprobeerd heeft weg te lopen. Dan worden ze op het houten paard gezet. Zij die het overleven lopen nooit meer weg. Zij die sterven zijn uit hun lijfeigenschap verlost. Zo gaat het in Uw Rijk toe, Uwe Majesteit.'

Christian had met opengesperde mond, vol ontzetting, naar de gefolterde gekeken. De kleine volksverzameling had zich inmiddels teruggetrokken.

'Daar op het houten paard zit een hele boerenklasse,' had Struensee gezegd. 'Dit is de werkelijkheid. Bevrijd hen. Bevrijd hen.'

Toen de horigheid in 1733 werd ingevoerd, was dat voor de adel een methode om de mobiliteit van hun arbeidskrachten te beheersen of beter gezegd te verhinderen. Als je boer was en op een landgoed werd geboren, mocht je het voor je veertigste niet verlaten. De eigenaar van het landgoed bepaalde de voorwaarden, het loon, de werk- en woonomstandigheden. Na die veertig jaar mocht je vertrekken. De realiteit was dat de meeste boeren dan zo passief gemaakt waren, zo ernstig gealcoholiseerd, zo onder schulden gebukt gingen en lichamelijk zo versleten waren dat weggaan hoogstzelden voorkwam.

Dit was de Deense slavernij. Als een economische basis voor de adel had ze uitstekend gefunctioneerd; in het noorden van Jutland waren de omstandigheden slechter dan in het zuiden, maar het was slavernij.

Soms liepen er slaven weg. Daar had Struensee gelijk in gehad. Die moesten dus gestraft worden.

Maar Christian scheen het niet begrepen te hebben; het was alsof deze scène hem alleen maar ergens anders aan deed denken, aan iets wat hij eerder had beleefd. Hij scheen de uitleg van Struensee niet begrepen te hebben, begon wild te kauwen, maalde met zijn kaken alsof de woorden niet wilden komen en na slechts enkele seconden had hij een onsamenhangende, schreeuwende woordenreeks ingezet die uiteindelijk in iets wat niet meer dan een mompelen was uitmondde.

'Maar die boerenjongen – is misschien verwisseld – net als ik!!! waarom word ik gestraft? Op zo'n manier!!! Struensee!!! wat heb ik gedaan, is dit een rechtvaardige straf, Struensee, word ik nu gestraft...'

Het gemompel van Christian werd al luider.

'Hij is weggelopen, zijn straf is het houten paard,' had Struensee geprobeerd uit te leggen, maar de Koning was doorgegaan met zijn steeds onduidelijker, zinlozer paroxismen.

'U moet bedaren,' had Struensee met klem gezegd. 'Kalm. Kalm.'

Maar nee.

De schemer was gevallen, de rug van de vastgebondene was zwart van het opgedroogde bloed; hij scheen al een hele tijd op het houten paard te zitten. Struensee, die zich ten slotte gedwongen zag zijn pogingen om de Koning te kalmeren op te geven, zag hoe de gemartelde jongen heel langzaam vooroverzakte, om de houten balk gleed en met zijn hoofd schuin naar beneden kwam te hangen.

Christian schreeuwde het uit, wild en woordeloos. De jongen op het houten paard was stil. Alles was nu onbeheersbaar geworden.

De Koning was niet tot bedaren te brengen. Er kwamen mensen uit het hoofdgebouw aanrennen. De Koning gilde en gilde, een schril snerpend gegil en liet zich niet tot zwijgen brengen.

De jongen op het houten paard hing daar stom met zijn gezicht op slechts een voet van de grond.

Struensee riep naar de koetsier de wagen te keren. De Koning voelde zich niet goed, ze moesten naar Kopenhagen terug. Maar juist toen de koets in allerijl gekeerd werd, moest Struensee aan de hangende jongen op het houten paard denken. Ze konden hem niet achterlaten. Dan zou hij sterven. Hij sprong uit de koets om eventueel voor een begenadiging te zorgen; maar de koets zette zich meteen in beweging en het vertwijfelde geroep van Christian werd al luider.

De jongen hing rustig. De naderende mensen maakten een vijandige indruk. Struensee was bang geworden. De zaak was onbeheersbaar. Hij bevond zich hier tussen de Deense heidenen. Rede, regels, titels of macht golden in deze woestenij niet. Hier waren de mensen beesten. Ze zouden hem aan stukken rijten.

Hij voelde hoe een verschrikkelijke angst hem volkomen in zijn greep kreeg.

Struensee liet dus de gedachte aan het redden van de jongen op het houten paard varen.

De paarden en de koets met de nog schreeuwende, uit het raampje hangende Koning waren bezig in de schemering te verdwijnen. Het had geregend. De weg was modderig. Roepend naar de koetsier dat hij moest wachten, rende Struensee struikelend door de modder, rende achter de koets aan.

Het was het einde van de reis naar de Deense slaven.

3

De Koning speelde steeds vaker met zijn negerpage Moranti.

Niemand was verbaasd. De Koning werd rustiger als hij speelde.

Begin augustus kreeg Moranti plotseling hevige koorts. Hij lag drie weken in bed en herstelde slechts langzaam; de Koning was toen zeer onrustig en viel terug in zijn melancholie. Gedurende de twee dagen dat de ziekte van Moranti levensbedreigend leek was de geestestoestand van de Koning zeer labiel. Eerste secretaris B.W. Luxdorph, die uit het raam van de kanselarij het gebeuren gadesloeg, schrijft bondig in zijn dagboek dat 'tussen 11 en 12 uur vanaf het grote balkon van het paleis porseleinen poppen, boeken, boekenplanken, rekeningen en dergelijke naar beneden werden gegooid. Meer dan vierhonderd mensen hadden zich onder het balkon verzameld. Iedereen rende weg met wat van zijn gading was.'

Na het herstel van Moranti werd de Koning rustiger, maar de scène herhaalde zich nog een keer, zij het met een niet onbeduidend verschil: hij was nu niet alleen op het balkon.

De gebeurtenis werd in discrete bewoordingen door een diplomaat gerapporteerd. 'De Koning, die jong is en van een grapje houdt, was vrijdagochtend op het idee gekomen zich naar zijn balkon te begeven, vergezeld van zijn kleine neger en vermaakte zich door alles naar beneden te gooien wat hij te pakken kon krijgen. De secretaris van het Russische gezantschap werd door een fles aan zijn been geraakt en flink verwond.'

Er werd niet vermeld in hoeverre ook Moranti aan de gooi- en smijtpartij deelgenomen had.

De uitbarstingen werden als volstrekt onverklaarbaar geduid.

Ze draaiden in steeds kleinere cirkels om elkaar heen. Ze bewogen zich naar elkaar toe.

Koningin Caroline Mathilde en lijfarts Struensee gingen al intensiever met elkaar om.

Ze liepen vaak door het bos.

In het bos konden ze met elkaar praten, in het bos kon het gevolg plotseling achterop raken; de Koningin vond het plezierig met Struensee door het bos te lopen.

Het was een beukenbos.

Struensee sprak over het belang van lichamelijke oefeningen om de ledematen van het kroonprinsje sterker te maken; deze was nu twee jaar oud. De Koningin sprak over paarden. Struensee legde de nadruk op het belang om de kleine net als gewone kinderen te leren spelen. Zij vertelde van de zee en de zwanen op een wateroppervlak dat als kwikzilver was. Hij was van mening dat de kleine al vroeg alle bijzonderheden van de kunst van het regeren moest leren; de Koningin vroeg opnieuw of bomen konden denken.

Hij antwoordde: alleen in situaties van het allergrootste gevaar. Zij wierp tegen: alleen als de boom door en door gelukkig was kon hij denken.

Als ze door het bos liepen waar dicht struikgewas stond kon het gevolg vaak niet goed meekomen. Ze mocht graag door het bos lopen. Ze geloofde dat beukenbomen konden liefhebben. Het was voor haar vanzelfsprekend dat bomen konden dromen. Je hoefde alleen maar in de schemer naar een bos te kijken om dat te weten.

Hij vroeg of een boom ook angst kon kennen.

Plotseling kon ze bijna alles tegen hem zeggen. Nee, niet alles. Ze kon hem vragen waarom iedereen zo van streek was dat ze in mannenkleren paardreed; dan kon hij antwoord geven. Maar ze kon niet vragen waarom ze uitverkoren was om de koninklijke koe te zijn die gedekt moest worden. Ze kon niet zeggen: waarom moet ik vorsten kalven. Waarom ben ik de eerste en hoogste als ik niet meer dan een fokdier ben, de onderste en laagste.

Ze liep snel. Ze liep soms voor hem uit, ze zorgde ervoor dat ze voor hem kwam te lopen. Het was gemakkelijker om bepaalde vragen te stellen als hij haar gezicht niet kon zien. Ze draaide zich niet om, maar vroeg met haar rug naar hem toe: 'Hoe kunt u zoveel geduld opbrengen voor die geesteszieke gek? Dat begrijp ik niet.'

'De Koning?'

'Hij is ziek.'

'Nee, nee,' had hij gezegd. 'Ik wil niet dat u zo over uw echtgenoot spreekt. U houdt toch van hem.'

Toen was ze plotseling blijven staan.

Het bos was dicht. Hij zag hoe haar rug begon te beven. Ze huilde, geluidloos. Ver achter zich hoorde hij de geluiden van de hofdames, hun stemmen, terwijl ze zich voorzichtig een weg door de struiken baanden.

Hij liep op haar toe. Ze snikte vertwijfeld en leunde tegen zijn schouder. Even stonden ze zo volkomen stil. De geluiden kwamen al dichterbij.

'Uwe Majesteit,' zei hij zachtjes. 'U moet voorzichtig zijn om niet...'

Ze keek naar hem op, leek plotseling kalm.

'Hoezo?'

'Men zou... het verkeerd...'

De geluiden waren nu heel dichtbij, ze stond nog altijd dicht tegen hem aan, tegen zijn schouder gedrukt; ze keek op en zei bijna geheel uitdrukkingsloos: 'Dat moeten ze dan maar doen. Ik ben niet bang. Nergens voor. Nergens voor.'

En toen zag hij de eerste, spiedende gezichten al tussen de takken van de bomen en struiken; weldra dichtbij, weldra al te dichtbij. Maar de Koningin was, nog enkele ogenblikken, nergens bang voor; ook zij zag de gezichten tussen de takken van de bomen, maar ze was niet bang.

Hij wist het, ze was niet bang en dat vervulde hem met plotselinge angst.

'U bent nergens bang voor,' zei hij zachtjes.

Daarna vervolgden ze hun weg door het bos.

4

De eerst regelmatige kaartavondjes van de drie koninginnen vonden niet meer plaats. De Koningin-weduwe had er geen verklaring voor gekregen. Caroline Mathilde had er geen zin meer in. Geen verklaring waarom niet. De tarotavondjes waren gewoon verleden tijd geworden.

Maar de Koningin-weduwe wist wel wat de reden was. Ze bevond zich niet langer in het centrum.

Om toch een verklaring te krijgen, of om de situatie voor eens en voor altijd opgehelderd te krijgen, had de Koningin-weduwe Caroline Mathilde in haar vertrekken opgezocht.

De Koningin-weduwe had niet willen gaan zitten. Ze had midden in het vertrek gestaan.

'U bent,' had de Koningin-weduwe met een ijzige klank in haar stem gezegd, 'veranderd sinds u naar Denemarken kwam. U bent niet langer zo charmant meer. U bent helemaal niet zo innemend meer als in het begin. Niet alleen ik denk er zo over, iedereen denkt er zo over. U houdt u op een afstand. U weet niet hoe u zich moet gedragen.'

Caroline Mathilde had geen spier vertrokken en alleen maar gezegd: 'Dat klopt.'

'Ik smeek u – dringend – niet in mannenkleren paard te rijden. Een vrouw van koninklijken bloede heeft nog nooit mannenkleren gedragen. Het is stuitend.'

'Ik vind het niet stuitend.'

'En die dokter Struensee...'

'Hij vindt het ook niet stuitend.'

'Ik smeek u.'

'Ik doe wat ik wil,' had Caroline Mathilde toen gezegd. 'Ik kleed me zoals ik wil. Ik rijd zoals ik wil. Ik spreek met wie ik wil. Ik ben de Koningin. Dus ik stel de regels op. Zoals ik me gedraag, zo hoort het ook. Bent u niet jaloers op mij?'

De Koningin-weduwe had niet geantwoord, haar alleen stom en verstijfd van woede aangekeken.

'Ja, zo is het toch?' had Caroline Mathilde eraan toegevoegd. 'U bent jaloers op mij.'

'Wees voorzichtig,' had de Koningin-weduwe gezegd.

'Dat,' had de Koningin toen glimlachend gezegd, 'zal ik zeker zijn, maar alleen als ik het zelf wil.'

'U bent onbeschaamd.'

'Binnenkort,' had Caroline Mathilde gezegd, 'rijd ik zonder zadel. Ze zeggen dat dat heel interessant is. Bent u niet jaloers op mij? Ik, die weet hoe de wereld eruitziet? Ik denk dat u jaloers op me bent.'

'Wees voorzichtig. U bent een kind. U weet niets.'

'Maar sommigen worden honderd jaar en hebben toch nooit iets gezien. Er bestaat nog een wereld buiten het hof.'

Toen was de Koningin-weduwe woedend weggegaan.

De Koningin was achtergebleven. Ze had gedacht: hij heeft dus gelijk. Sommigen worden honderd jaar, maar hebben niets gezien. Er is een wereld buiten het hof; en als ik dat zeg, barst het vliesje, er ontstaat angst en woede en ik ben vrij.

5

Op 26 september ondernam het koninklijk paar, begeleid door Struensee en een klein gevolg, een korte recreatiereis naar Holstein. Ze zouden Ascheberg bezoeken en Struensee wilde de Koningin de hut van de beroemde Rousseau laten zien.

Het was een heel mooi najaar. Een paar koude dagen had de bladeren goud en licht karmozijnrood gekleurd; toen ze 's middags het landgoed van Ascheberg op reden, had de Berg in alle kleuren van de herfst geschitterd en de lucht was zacht en verrukkelijk geweest.

Het was de nazomer van 1770. De volgende dag al waren ze aan hun wandelingen begonnen.

Die zomer was hij begonnen haar voor te lezen. Ze had hem gevraagd voor de reis een boek uit te kiezen dat hem in het bijzonder bezighield. Hij zou een boek uitkiezen dat haar verstrooiing bracht en haar belangstelling wekte doordat ze nieuwe kennis opdeed, een boek dat haar iets over Struensee zelf leerde en dat paste bij de plek die ze zouden bezoeken.

Een gemakkelijke keuze, had hij gezegd, maar verder niets verteld. Hij zou haar verrassen als ze eenmaal in de hut van Rousseau zouden zitten, had hij gezegd.

Dan zou ze het begrijpen.

De tweede dag waren ze zonder gevolg naar de hut gelopen. Die was met zorg en liefdevol ingericht en bewaard. Er waren twee kleine vertrekken, een vertrek waar de filosoof kon werken en een waar hij kon slapen. Een keuken was men vergeten; men ging ervan uit dat de primitieve omstandigheden verzacht zouden worden doordat bedienden van Gut Ascheberg eten naar boven zouden brengen.

Ze had met grote belangstelling de op de wanden en het plafond aangebrachte citaten uit Rousseaus werk gelezen en Struensee had over hem verteld.

Ze voelde dat ze volmaakt gelukkig was.

Toen had hij het boek gepakt. Ze waren op de mooie barokke sofa gaan zitten die in de werkkamer stond en die de oude Rantzau in 1755 in Parijs had gekocht en daarna in de hut had laten zetten voor het verwachte bezoek van Rousseau. Het boek dat hij haar voor zou lezen was *Moralske Tanker* van Ludvig Holberg.

Waarom had hij juist dat boek gekozen?

Eerst vond ze dat boek en deze keuze al te zwaarmoedig; hij vroeg haar daarop de misschien niet zo aantrekkelijke titel even te vergeten en hem de titels boven de epigrammen te laten voorlezen die, zo suggereerde hij, een beeld van iets heel anders gaven.

'Iets verbodens?' had ze gevraagd.

'In hoge mate,' had hij geantwoord.

De titels wekten inderdaad haar belangstelling. 'Verspil geen tijd aan ijdele activiteit. Alleen de gekken zijn gelukkig. Ik wil niet trouwen. Laat een standpunt los als het weerlegd is. Alle vergrijpen en zonden zijn niet even erg. Alleen de onwetenden denken alles te weten. Je bent gelukkig als je je inbeeldt gelukkig te zijn. Sommige mensen zondigen en bidden afwisselend. Tijd en plaats bepalen wat moreel is. Deugd en slechte gewoonten veranderen met de tijd. Schaf het rijm in de dichtkunst af. De dichter leeft in eer en armoede. Hervormingen lopen gemakkelijk op niets uit. Overweeg de consequenties van een hervorming nauwkeurig. Leermeesters moeten niet doceren, maar antwoorden op vragen. Eensgezindheid sust in slaap, conflicten stimuleren. Slechte smaak kan van groot nut zijn. We voelen ons het meest aangetrokken tot het verbodene.'

Daar, bij die laatste titel, had ze hem doen stoppen.

'Dat is waar,' had ze gezegd. 'Dat is heel waar. En ik wil weten wat Ludvig Holberg daarover zegt.'

'Zoals u wenst,' had hij geantwoord.

Maar hij was met een ander epigram begonnen.

Ze had voorgesteld dat hij vrij uit de epigrammen zou kiezen, zodat het voorlezen ten slotte zou eindigen bij de tekst over het verbodene. Ze zouden dan het verband begrijpen en het gedachtegoed van Holberg. Hij begon met nummer 84, met de titel 'Tijd en plaats bepalen wat moreel is'. Hij begon de tekst op de tweede middag na hun aankomst in de hut van Rousseau voor te lezen, die week op Ascheberg achter in september, op het landgoed dat hij zo goed kende en dat een plaats in zijn vroegere leven innam, dat leven dat hij bijna vergeten was, maar waarbij hij nu weer probeerde aan te knopen.

Hij probeerde zijn levens te laten samenhangen. Hij wist dat er een samenhang was, maar nog had hij er geen greep op.

De derde middag las hij het epigram voor dat begon met de zin: 'Zedelijkheid wordt datgene genoemd wat in overeenstemming is met de op dat moment heersende mode en onzedelijkheid wat daarmee in strijd is.' Daarna las hij epigram nummer 20 uit Libr. IV voor, dat ingeleid werd met de zin: 'De eigenaardigste eigenschap van de mens is wel dat hij de grootste begeerte voelt voor wat het meest verboden is.'

Ze vond dat hij zo'n mooie stem had.

Zij hield ook van Holberg. Het was alsof de stem van Struensee en die van Holberg tot een eenheid samenvloeiden. Het was een donkere, warme stem die tot haar sprak over een wereld die ze voorheen niet gekend had; de stem omsloot haar, het was alsof ze in lauw water vertoefde en dat sloot het hof en Denemarken en de Koning en al het andere uit; een water dat haar het gevoel gaf in de warme zee van het leven te drijven, zonder angst.

Ze vond dat hij zo'n mooie stem had. Dat had ze tegen hem gezegd.

'U hebt zo'n mooie stem, dokter Struensee.'

Hij las door.

Ze had een avondjapon aangehad van een dunne stof omdat het een warme nazomer was, vanwege de milde zomeravond had ze voor een heel dunne stof gekozen. Ze had zich er vrijer in gevoeld. De japon was laag uitgesneden. Haar huid was heel jong en soms als hij van zijn boek opkeek, had deze huid zijn blik gevangen; vervolgens was die op haar handen blijven rusten en plotseling had hij zich herinnerd dat hij eens een gedachte had gehad had hoe deze hand zijn lid omsloot, een gedachte die hij eens gehad had en daarna was hij weer doorgegaan met lezen.

'Dokter Struensee,' had ze plotseling gezegd, 'u moet mijn arm aanraken als u leest.'

'Waarom?' had hij na slechts een korte pauze gevraagd.

'Omdat de woorden anders droog worden. U moet mijn huid aanraken, dan begrijp ik wat de woorden betekenen.'

Hij had haar arm aangeraakt. Die was onbedekt en heel zacht. Hij wist onmiddellijk dat die heel zacht was.

'Beweeg uw hand,' had ze gezegd. 'Langzaam.'

'Uwe Majesteit,' had hij gezegd, 'ik ben bang dat...'

'Beweeg hem,' had ze gezegd.

Hij had gelezen, zijn hand was zacht over haar blote arm gegleden. Toen had ze gezegd: 'Ik geloof dat wat Holberg zegt, is dat het meest verbodene een grens is.'

'Een grens?'

'Een grens. En waar de grens loopt, ontstaat leven, en dood, en daarom het opperste genot.

Zijn hand had zich bewogen, ze had die toen in de hare genomen en naar haar hals gebracht.

'Het opperste genot,' had ze gefluisterd, 'ligt bij de grens. Het klopt. Het klopt wat Holberg schrijft.'

'En waar ligt die grens?' had hij gefluisterd.

'Zoek,' had ze gezegd.

En toen was het boek uit zijn hand gevallen.

Het was zij, niet hij, die de deur op slot had gedaan.

Ze was niet bang geweest, ze had niet onhandig gefrunnikt toen ze hun kleren uittrokken; ze had nog steeds het gevoel dat ze zich in het warme water van het leven bevond, niets was gevaarlijk en de dood was heel dichtbij en daarom was alles opwindend. Alles leek heel zacht en langzaam en warm.

Ze waren, naakt, naast elkaar op het bed gaan liggen dat in het binnenste gedeelte van de hut stond, waar eens de Franse filosoof Rousseau had moeten liggen, maar wat nooit gebeurd was. Nu lagen zij daar. Het maakte haar opgewonden, het was een heilige plek en ze zouden een grens overschrijden, dit was het meest verbodene en het ultieme. De plek was verboden, zij was verboden, het was bijna volmaakt.

Ze hadden elkaar aangeraakt. Ze had met haar hand zijn lid beroerd. Ze had het een fijn lid gevonden, het was hard, maar ze had gewacht omdat de nabijheid van de grens zo opwindend was en ze de tijd vast wilde houden.

'Wacht,' had ze gezegd. 'Nog niet.'

Hij had naast haar gelegen en haar gestreeld, ze ademden elkander in, heel rustig en genotvol en ze begreep onmiddellijk dat hij was als zij. Dat hij op dezelfde manier als zij kon ademen. In dezelfde ademhaling. Dat hij in haar longen was en dat ze dezelfde lucht in en uit ademden.

Hij had in haar willen komen, een klein stukje, hij was nu heel dichtbij geweest, ze had zijn hals gestreeld en gefluisterd: 'Niet helemaal. Nog niet.'

Ze had gevoeld dat zijn lid haar beroerde, een klein stukje naar binnen gleed, weer ging en weer kwam.

'Niet helemaal,' had ze gezegd, 'wacht.'

Hij had gewacht, bijna in haar, maar wachtend.

'Zo,' had ze gefluisterd. 'Nog niet. Lieveling. Je moet je bij de grens in en uit bewegen.'

'De grens?' had hij gevraagd.

'Ja daar. Voel je de grens?'

'Beweeg je niet,' had hij gezegd. 'Beweeg je niet.'

Hij had het begrepen. Ze moesten wachten, elkaar besnuffelen zoals paarden elkaars muil beroeren, alles moet heel rustig gebeuren, hij had het begrepen.

Een golf van geluk spoelde over haar heen, hij had het begrepen, hij zou wachten, spoedig zou ze het teken geven, spoedig; hij had het begrepen.

'De grens,' fluisterde ze keer op keer, terwijl het genot langzaam, langzaam in haar lichaam omhoogkroop, 'voel je wel, het hoogste genot, meer, daar is de grens.'

Buiten een invallende schemering. Hij lag op haar, bijna roerloos, gleed bijna onmerkbaar in en uit.

'Zo,' fluisterde ze. 'Spoedig nu. Ja, kom nu over de grens. Verder. O, nu eroverheen.'

En toen was hij ten slotte, heel rustig, helemaal in haar gegleden, was hij de meest verboden grens gepasseerd en het was zoals het zijn moest.

Nu is het als in het paradijs, dacht ze.

Toen het voorbij was, lag ze met gesloten ogen, glimlachend. Hij had zich stil aangekleed en een ogenblik voor het raam naar buiten staan kijken.

Het was schemerig en hij keek uit over het geweldige park, keek neer op de vallei, het meer, het kanaal, de bomen, het getemde en het wilde.

Ze waren op de Berg. En het was gebeurd.

'We moeten naar hen toe,' had hij met zachte stem gezegd.

Hier was de volmaakte natuur. Hier bevond zich het wilde en het getemde. Hij moest opeens denken aan wat ze achter zich gelaten hadden, het hof, Kopenhagen. Hoe het was alsof er een lichte waterrook boven de Sont hing. Dat was de andere wereld. Daar was het water deze avond ongetwijfeld zwart, de zwanen lagen in zichzelf opgerold te slapen, hij dacht aan wat ze verteld had, over het water als kwikzilver en de vogels die opgerold in hun dromen sliepen. En hoe dan plotseling een vogel opsteeg, hoe zijn vleugelspitsen het water ranselden, hoe hij loskwam en in de waternevel verdween.

Waterrook, water en vogels die ineengerold in hun dromen sliepen.

En dan het paleis, als een dreigende met angst gevulde prehistorische burcht die zijn tijd beidde.

Deel 4

DE VOLMAAKTE ZOMER

10

In het labyrint

De overname van de macht had snel plaatsgevonden, bijna op simpele wijze. Er was alleen een mededeling uitgegaan. Die slechts bevestigde wat al realiteit was.

De formele bevestiging van de Deense revolutie was een decreet. Niemand weet wie het geschrift, dat de Deense geschiedenis ingrijpend zou veranderen, geschreven of gedicteerd heeft. Er verscheen een Koninklijk Besluit over bepaalde veranderingen in de binnenste commandokringen; men had ze stuiptrekkingen kunnen noemen, die dicht in de buurt van het duistere, ondoorgrondelijke hart van de macht kwamen.

J.F. Struensee werd benoemd tot 'Geheimkabinetsminister' en in het Koninklijk Besluit heette het verder: 'Alle bevelen die ik hem mondeling geef, moet hij volgens mijn intentie uitvaardigen en na deze geparafeerd te hebben aan mij ter ondertekening voorleggen of ze in mijn naam uitvaardigen onder het zegel van het kabinet.' Verder heette het, als een precisering, dat de Koning weliswaar eenmaal per week een 'extract' van de door Struensee uitgevaardigde decreten ter hand gesteld zou worden, maar ter verduidelijking werd erop gewezen, voor het geval iemand de werkelijke betekenis van de inleidende bondige zin niet begrepen had, dat decreten voorzien van Struensees handtekening 'dezelfde geldigheid bezaten als die welke de handtekening van de Koning droegen'.

De titel 'Geheimkabinetsminister', die nieuw was en ook exclusief bleef omdat de pas benoemde Struensee als enige machthebbende overbleef, had op zich misschien niet zoveel te betekenen. Wat van belang was, was het recht om *wetten* zonder de handtekening van de

Koning uit te vaardigen. 'Of ze in mijn naam uitvaardigen onder het zegel van het kabinet', zoals de formulering dus luidde.

In de praktijk kwam het erop neer dat de absolute koning Christian VII alle macht aan een Duitse arts, J.F. Struensee had overgedragen. Denemarken was in Duitse handen.

Of in die van de Verlichting; aan het hof kon men niet goed uitmaken wat erger was.

De machtsovername was een feit. Niemand begreep achteraf hoe het in zijn werk was gegaan.

Misschien hadden beiden het praktisch gevonden. Over revolutie was niet gesproken.

Een praktische hervorming. Het praktische was dat Struensee alle macht zou uitoefenen.

Toen het besluit genomen was scheen Christian opgelucht; zijn tics namen af, zijn agressieve uitbarstingen hielden een tijdlang geheel en al op en hij leek gedurende korte perioden heel gelukkig. Zijn hond en zijn negerpage Moranti namen al meer tijd van de Koning in beslag. Hij kon zich nu aan hen wijden. Struensee kon zich aan zijn werkzaamheden wijden.

Ja, het was praktisch.

Er was een tijd, na het decreet, dat het praktische heel goed functioneerde en ze elkaar al nader kwamen. Ze kwamen elkaar in praktische en krankzinnige omstandigheden nader, dacht Struensee vaak. Hij had het gevoel dat Christian, hijzelf, de negerpage Moranti en de hond aaneengesmeed waren: als samengezworenen in een geheime expeditie naar het duistere hart van de rede. Alles was helderheid en rede, maar verlicht door de geesteszieke van de Koning, de eigenaardige zwarte vlam die uitbrak en verdween, grillig en onbarmhartig en die hen met zijn flakkerende duister op een volkomen natuurlijke wijze omsloot. Langzaam zouden ze zich als in een veilige ruimte in een bergwand verenigen, retarderen, terugkeren naar een soort gezinsleven dat er volstrekt normaal uitzag, als de omstandigheden anders geweest waren.

Als de omstandigheden anders geweest waren.

Hij kon in zijn kabinetsvertrek zitten met de deuren op slot en de

wachten ervoor, met stapels papieren op zijn schrijftafel en het schrijfgerei netjes neergelegd, terwijl de jongens en de hond om hem heen
speelden. De jongens waren zulk fijn gezelschap. Hij kon zich zo goed
concentreren als de jongens aan het spelen waren. Het waren lange
middagen in volmaakte rust en bijna gelukkige eenzaamheid; afgezien
van het feit dat de jongens, zoals hij hen pleegde te noemen als hij aan
hen dacht, dus de Koning en de negerpage, zich in hetzelfde vertrek
bevonden.

De jongens speelden zwijgend en stil onder de tafel. De hond, een
schnauzer, was er altijd bij.

Als hij zat te schrijven en te werken hoorde hij hun bewegingen in
zijn kamer, hun fluisterende stemmen; meer niet. Hij dacht: ze
beschouwen me als een vader die niet gestoord mag worden. Ze spelen aan mijn voeten en ze horen het gekras van mijn pen en ze fluisteren.

Ze fluisteren uit consideratie. Wat mooi. En soms voelde hij een heel
kalme golf van warmte in zich opstijgen; het vertrek was zo stil, de
herfst buiten zo mooi, de geluiden van de stad zo ver weg, de kinderen
zo lief, de hond zo vrolijk, alles was zo fijn. Ze hadden consideratie. Ze
speelden onder de reusachtige eikenhouten tafel waar nu niet langer
de machtigen van het rijk omheen zaten, maar alleen één Machtige.
Toch beschouwden ze hem niet als de Machtige, alleen als de vriendelijke, de Stille, hij die als een vaderfiguur door de krassende geluiden
van zijn pen aanwezig was.

De Stille. Vati. Lieber Vati, ich mag Dir, wir spielen, liber lieber Vati.
Het enige kind dat ik misschien ooit zal hebben.

Is dit het leven, dacht hij soms. Rustig werken, een pen die krast,
ongehoorde hervormingen die heel pijnloos het echte leven binnen-
glijden, mijn jongens die met de hond onder de tafel spelen.

In dat geval, wat mooi.

Maar er ontstonden aan deze werktafel ook ogenblikken van angst.

Christian was uit hun stille spel onder de tafel opgedoken. Hij was
op de rand van de tafel gaan zitten en keek aandachtig, schuw, maar
nieuwsgierig naar Struensee. Zijn pruik had hij in een hoek gegooid,
zijn kleren waren verfomfaaid; hij zag er echter, of daarom juist, lief
uit.

Hij zat alleen maar te kijken, daarna vroeg hij schuw wat Struensee schreef en waar hijzelf vervolgens zijn handtekening onder moest zetten.

'Uwe Majesteit krimpt op dit moment zijn leger in,' had deze toen glimlachend gezegd. 'We hebben geen externe vijanden. Dit zinloze leger wordt nu kleiner en goedkoper, een besparing van 16.000 rijksdaalder per jaar.'

'Is dat zo?' had Christian gevraagd. 'Hebben we geen externe vijanden?'

'Dat is zo. Rusland niet. Zweden niet. En we zijn niet van plan Turkije aan te vallen. Daar zijn we het toch over eens?'

'En wat zeggen de generaals?'

'Die zullen nu onze vijanden worden, maar we kunnen ze wel aan.'

'Maar de vijanden die we nu aan het hof maken?'

'Tegen hen,' had Struensee glimlachend gezegd, 'kunnen we dit zeer grote leger moeilijk inzetten.'

'Dat is juist,' had Christian toen heel ernstig gezegd. 'We willen het leger dus inkrimpen?'

'Ja, dat willen we.'

'Dan wil ik het ook,' had Christian toen met dezelfde grote ernst gezegd.

'Niet iedereen wil dat graag,' had Struensee eraan toegevoegd.

'Maar u wel, dokter Struensee?'

'Ja. En we zullen nog heel veel meer doen.'

Het was toen dat Christian het gevraagd had. Struensee zou het nooit vergeten; het was nog maar een maand nadat het boek uit zijn hand gevallen was en hij de grens naar het meest verbodene had overschreden. Christian was dicht naast hem aan de tafel gaan zitten, het bleke oktoberzonnetje had naar binnen geschenen en grote vierkanten op de vloer gevormd en toen had hij het gezegd.

'Dokter Struensee,' had Christian met zachte stem gezegd en zo ernstig alsof hij nooit de krankzinnige jongen was geweest die onder de ministerstafel met zijn negerpage en zijn hond speelde. 'Dokter Struensee, ik smeek u dringend. De Koningin is eenzaam. Bekommer u om haar.'

Struensee was volkomen verstijfd.

Hij had zijn pen neergelegd en na een tijdje gezegd:

'Wat bedoelt Uwe Majesteit? Ik begrijp u niet goed.'

'U begrijpt het heel goed. Bekommer u om haar. Deze last kan ik niet dragen.'

'Hoe moet ik dit verstaan?'

'U begrijpt altijd alles. Ik houd van u.'

Daar had Struensee niets tegen ingebracht.

Hij had het begrepen en toch niet begrepen. Had de Koning het geweten? Maar Christian had alleen met een licht gebaar van zijn hand de arm van Struensee aangeraakt, met een glimlach die zo pijnlijk onzeker en tegelijk zo mooi was, dat Struensee die nooit zou vergeten en was toen met een bijna onmerkbare beweging van zijn lichaam van de rand van de tafel gegleden en teruggekeerd naar zijn kleine neger-page en zijn hond onder de tafel, waar pijn niet zichtbaar was en de zwarte fakkel niet brandde en waar alleen het hondje en de negerjongen waren.

En waar alles een en al stil geluk en genegenheid was in het enige gezin dat koning Christian VII ooit mocht hebben.

2

Toen het mes in de lijfgarde werd gezet, was Guldberg erbij aanwezig en tot zijn verbazing zag hij dat graaf Rantzau ook naar deze nieuwe bezuinigingsmaatregel was komen kijken.

Inzameling van wapens, militaire kledingstukken. Groot verlof.

Guldberg was naar Rantzau toe gegaan om hem te begroeten; samen hadden ze zwijgend de plechtigheden gadegeslagen.

'Een transformatie van Denemarken,' had Rantzau afwachtend gezegd.

'Ja,' had Guldberg geantwoord, 'er vinden nu vele transformaties plaats. Alles in hoog tempo, zoals u weet. Ik heb begrepen dat u zich daarover verheugt. Uw vriend, "de Stille", gaat voortvarend te werk. Ik heb vanochtend ook een decreet gelezen over "Vrijheid van gedachte en vrijheid van meningsuiting". Wat onvoorzichtig van jullie. Om de censuur af te schaffen. Heel onvoorzichtig.'

'Wat bedoelt u?'

'De Duitser begrijpt niet dat de vrijheid zich tegen hem kan keren. Geeft men dit volk de vrijheid, dan zullen er pamfletten verschijnen. Misschien ook tegen hem. Tegen u, bedoel ik. Als u zijn vriend bent.'

'En wat,' had Rantzau toen gevraagd, 'zal er in deze pamfletten staan? Wat denkt u? Of wat weet u?'

'Het volk is zeer onberekenbaar. Misschien dat vrije pamfletten de waarheid vertellen en de onwetende massa's ophitsen.'

Rantzau had niet geantwoord.

'Tegen u,' had Guldberg herhaald.

'Ik begrijp u niet.'

'De massa's begrijpen de zegeningen van de Verlichting helaas niet. Helaas. Voor u. De massa's zijn alleen in smeerlapperij geïnteresseerd. In geruchten.'

'Welke geruchten,' had Rantzau toen gevraagd, nu heel koeltjes en op zijn hoede.

'Dat weet u wel.'

Guldberg had hem met zijn rustige wolfsogen aangekeken en even iets gevoeld dat op een triomf leek. Alleen de zeer onaanzienlijken en geminachten, zoals hijzelf, kenden geen vrees. Hij wist dat dit Rantzau bang maakte. Deze Rantzau met zijn minachting voor eer, zeden en parvenu's. Hoe verachtte hij zijn vriend Struensee niet, diep in zijn hart! De parvenu Struensee! Het was zo duidelijk.

Hij verachtte parvenu's. Inclusief Guldberg. De zoon van een begrafenisondernemer uit Horsens. Maar het verschil was dat Guldberg geen vrees kon voelen. En daarom konden ze hier staan, een parvenu uit Horsens en een graaf en Verlichtingskwibus, als twee vijanden die elkaar haatten, en Guldberg kon alles zeggen, met een kalme stem, alsof het gevaar niet bestond. Alsof de macht van Struensee niet meer was dan een vrolijk of beangstigend intermezzo in de geschiedenis; en hij wist dat Rantzau wist wat angst was.

'Welke geruchten,' had Rantzau herhaald.

'De geruchten over Struensee,' had Guldberg toen met zijn dorre stem gezegd, 'luiden dat de jonge, losbandige Koningin nu haar schoot voor hem geopend heeft. We hebben alleen nog bewijs nodig. Maar dat krijgen we wel.'

Rantzau had sprakeloos naar Guldberg gestaard, alsof hij niet kon begrijpen dat iemand deze ongehoorde beschuldiging kon uiten.

'Hoe durft u!' had hij ten slotte gezegd.

'Dat is het verschil, graaf Rantzau. Het verschil tussen ons. Ik durf. En ik ga ervan uit,' had Guldberg op een volstrekt neutrale toon gezegd, voordat hij zich omdraaide om weg te gaan, 'dat u algauw gedwongen zult zijn partij te kiezen.'

3

Hij lag heel stil in haar en beidde de bloedklop.

Hij was gaan begrijpen dat het opperste genot kwam als hij wachtte op de bloedklop, diep in haar, waar hun vliezen ademden en zich in hetzelfde tempo bewogen, zacht, pulserend. Dat was het verrukkelijkst. Hij had het fijn gevonden om te leren in haar te wachten. Ze had nooit iets hoeven zeggen, hij had het bijna direct geleerd. Hij kon volmaakt stilliggen, lang, met zijn lid diep in haar en naar haar slijmvliezen luisteren alsof hun lichamen verdwenen waren en alleen hun geslachtsdelen nog bestonden. Hij bewoog zich nagenoeg niet, lag doodstil, hun lichamen waren verdwenen, evenals hun gedachten; beiden waren ze een en al concentratie om te luisteren naar bloedklop en ritme. Er was niets anders dan haar vochtige, zachte vliezen, ze bewoog haar onderlichaam bijna onmerkbaar, oneindig langzaam, hij duwde behoedzaam zijn lid bij haar naar binnen als was het een gevoelige tongpunt die iets zocht en hij lag stil te wachten, te wachten op de bloedklop, alsof hij naar de pulserende wanden in haar zocht die in hetzelfde tempo als zijn lid klopten en daarna bewoog hij zich voorzichtig, hij wachtte, weldra zou er een moment komen dat hij voelde dat ze zich samentrok en ontspande, zich samentrok en ontspande; zijn lid lag wachtend in haar nauwe schede en hij voelde dan een soort ritme, een soort polsslag. Als hij wachtte kwam haar polsslag en als hij die vond kon alles in hetzelfde ritme geschieden als haar innerlijke bloedklop. Ze lag met gesloten ogen onder hem en hij voelde dat ze de bloedklop verwachtte, ze wachtten beiden, hij diep in haar, maar het was alsof hun lichamen opgehouden hadden te bestaan, dat alles zich in haar bevond, vliezen op vliezen, vliezen die zachtjes, onmerkbaar zwollen en slonken en zochten naar hun bloedklop die zich heel langzaam bij elkaar aanpaste en tezamen ging kloppen, heel langzaam en als hij voelde dat haar vliezen en zijn lid zich in dezelfde ademhaling bevonden begon hij zich langzaam te bewegen, in hun ritme dat soms verdween en dan moest hij weer stil blijven liggen tot hij de bloedklop hervond, dan kon zijn lid weer in hetzelfde tempo als haar vliezen ademen, langzaam; het was dit langzame wachten op de heimelijke bloedklop van de vliezen dat ze hem geleerd had, hij begreep niet hoe ze het had kunnen weten, maar als het ritme kwam en de vliezen in hetzelfde tempo ademden konden ze zich langzaam gaan bewegen en dan kwam dat fantastische genot en verdwenen ze in dezelfde lang aangehouden, langzame ademhaling.

Heel rustig. Wachtend op hun innerlijke bloedklop, het ritme en dan verdwenen hun lichamen en alles was alleen in haar en hij ademde met zijn lid in hetzelfde langzame tempo als haar vliezen en hij had nog nooit iets meegemaakt dat er maar in de verste verte op leek.

Hij had veel vrouwen gehad en ze was niet de knapste. Maar niet een van hen had hem geleerd op het ritme van de vliezen en de bloedklop van het lichaam te wachten.

Ze richtten hun vertrekken zo in dat het hun geheime sluipen vergemakkelijkte; die winter werd hun voorzichtigheid kleiner wanneer ze elkaar beminden. Ze reden ook steeds vaker samen paard, in de kou, in zacht neervallende sneeuw, over bevroren velden. Ze reden nu ook langs het strand.

Ze reed langs de waterkant zodat het ijs brak, met loshangend haar en ze trok zich nergens iets van aan.

Ze woog drie gram en alleen de zwaarte van haar paard belette haar te vliegen. Waarom zou ze haar gezicht tegen de sneeuwjacht beschermen als ze een vogel was. Ze kon verder kijken dan ooit tevoren, voorbij de duinen van Seeland en voorbij de kust van Noorwegen en tot aan IJsland en helemaal tot aan de hoge ijsbergen van de Noordpool.

Ze zou zich die winter herinneren; en Struensee op zijn paard volgde dicht achter haar langs het strand, heel stil, maar dicht bij elk van haar gedachten.

Op 6 februari 1771 had ze Struensee verteld dat ze zwanger was. Ze hadden gevreeën. Toen had ze het verteld, daarna. 'Ik ben zwanger,' had ze gezegd. 'En we weten dat het jouw kind is.'

Ze merkte dat ze elke dag wilde vrijen.

Iedere ochtend groeide haar begeerte en als het twaalf uur was, was deze heel sterk, juist dan was ze het dwingendst en op haar allerbest, ze wilde dat hij zijn werk onderbrak en deelnam aan een korte conferentie waarin ze zich op de hoogte stelde van het werk dat hij die ochtend had verricht.

Het was nu heel normaal geworden. Vroeger was niets normaal geweest, nu was het normaal geworden.

Hij paste zich aan haar aan. Eerst met verbazing, daarna met grote vreugde, omdat hij voelde dat zijn lichaam haar blijdschap deelde en dat haar begeerte zijn begeerte opwekte. Zo was het. Hij had zich nooit kunnen voorstellen dat haar begeerte de zijne zo kon opwekken. Hij had geloofd dat de begeerte alleen het verbodene was. Dat bestond ook. Maar de begeerte en het verbodene, wat voor haar het natuurlijke was geworden, wakkerden iedere dag aan zodat de begeerte om twaalf uur brandde en onbeheersbaar was; dat dit natuurlijke iedere dag zijn eigen verlossing bewerkstelligde vervulde hem met verbazing.

Pas veel later begon hij angst te voelen.

Ze vrijden in haar slaapvertrek en daarna lag ze op zijn arm en glimlachte met gesloten ogen als een klein meisje dat zijn begeerte bevrucht en opgewekt had en dat nu met zijn begeerte op haar arm lag als was het haar kind dat helemaal van haar was. Pas veel later begon hij de angst te voelen. Even zo goed had hij gezegd: 'We moeten voorzichtig zijn. Ik weet dat er gepraat wordt. En ze zullen ook over het kind praten. We moeten voorzichtig zijn.'

'Nee,' had ze gezegd.

'Nee?'

'Want ik ben nergens meer bang voor.'

Wat kon hij daarop zeggen?

'Ik wist het,' had ze gezegd. 'Ik wist de hele tijd absoluut zeker dat jij het was. Vanaf de eerste keer dat ik je zag en bang voor je was en dacht dat je een vijand was die vernietigd moest worden. Maar het was een teken. Een teken in je lichaam. Dat in het mijne gebrand werd als een brandmerk in een dier. Ik wist het.'

'Je bent geen dier,' zei hij. 'Maar we moeten voorzichtig zijn.'

'Kom je morgen?' vroeg ze zonder te luisteren. 'Kom je morgen op dezelfde tijd?'

'En als ik niet kom omdat het gevaarlijk is?'

Ze deed haar ogen dicht. Ze wilde haar ogen niet opendoen.

'Het is gevaarlijk. Dat weet je. O, stel je eens voor dat ik zou zeggen dat je me verkracht hebt. O, als ik om hen zou roepen. Zou huilen en zeggen dat je me verkracht hebt. Ze zouden je meenemen en je terechtstellen en je radbraken en mij eveneens. Nee, mij niet. Mij zullen ze verbannen. Maar ik roep niet, lieveling. Want je bent van mij en ik ben van jou en we zullen elkaar iedere dag beminnen.'

Hij had er niet op in willen gaan. Ze had zich met dichte ogen naar hem toe gedraaid, hem over armen en borst gestreeld en ten slotte had ze haar hand naar zijn lid laten glijden. Hij had dat een keer in zijn heimelijke dromen gezien, haar hand die zich om zijn lid sloot en nu was het waar en hij wist dat deze hand een verschrikkelijke verleidende kracht bezat die hij zich nooit had kunnen voorstellen; dat haar hand niet alleen zijn lid omsloot, maar ook hemzelf, dat ze sterker scheen te zijn dan hij had kunnen vermoeden en dat dit hem met begeerte vervulde, maar ook met iets wat nog niet, maar misschien weldra, op vrees zou lijken.

'Mijn lieveling,' had hij gemompeld, 'ik had nooit gedacht dat je lichaam... een...'

'Een...?'

'... een zo groot talent voor de liefde bezat.'

Ze had haar ogen geopend en naar hem geglimlacht. Ze wist dat het waar was. Het was zo onvoorstelbaar snel gegaan.

'Dank je,' zei ze.

Hij voelde de begeerte komen. Hij wist niet of hij wilde. Hij wist slechts dat ze hem in haar macht had en dat de begeerte kwam en dat iets hem bang maakte, wat wist hij nog niet.

'Mijn lieveling,' fluisterde hij, 'wat moeten we doen?'

'Dit,' zei ze. 'Altijd.'

Hij gaf geen antwoord. Dadelijk zou hij opnieuw de totaal verboden grens passeren, het was nu anders, alleen, hij wist niet op welke manier.

'En je komt nooit van me los,' fluisterde ze, zo zacht dat hij het bijna niet kon verstaan. 'Want je bent in mij ingebrand. Als een brandmerk in een dier.'

Maar hij hoorde het. En het was misschien die keer – juist toen ze hem opnieuw in zich liet glijden en ze weer naar de heimelijke bloedkloppen zouden luisteren die hen uiteindelijk in een kolossaal ritme zouden verenigen – dat hij de eerste glimp van angst had gevoeld.

Op een keer had ze lang naakt naast hem gelegen, haar vingers door zijn blonde haar laten glijden en toen glimlachend gezegd: 'Je wordt mijn rechterhand.'

'Wat bedoel je?' had hij gevraagd.

En speels, maar als vanzelfsprekend, had ze gefluisterd: 'Een hand. Een hand doet wat het hoofd wil, zo is het toch? En ik zit zo vol ideeën.'

Waarom had hij angst gevoeld?

Soms dacht hij: ik had in Altona uit de koets van Christian moeten stappen. En terugkeren naar de mijnen.

Op een ochtend, heel vroeg, toen hij naar zijn werk ging, was de Koning, gekleed in zijn kamerjas met ongekamde haren en zonder kousen, in de Marmerengang achter hem aan gehold, had hem bij zijn arm gepakt en hem bezworen te luisteren.

Ze waren in een leeg voorvertrek gaan zitten. Na een tijdje was de Koning tot bedaren gekomen, zijn hijgende ademhaling was normaal geworden en hij had Struensee toevertrouwd wat hij 'een geheim dat zich geopenbaard had toen ik vannacht door kwellingen bezocht werd' noemde.

Wat de Koning vertelde was het volgende.

Er bestond een geheime kring van zeven mannen. Deze waren door God uitverkoren om het kwaad in de wereld te verwezenlijken. Ze waren de zeven apostelen van het kwaad. Hijzelf was een van hen. Het afschuwelijke was dat hij slechts kon houden van wie ook tot deze kring behoorde. Hield hij van iemand, dan betekende dit dat deze ook een van de zeven engelen van het kwaad was. Hij had dat vannacht heel goed begrepen en hij was heel bang geworden en omdat hij liefde voor Struensee koesterde, wilde hij vragen of dit waar was en of Struensee inderdaad tot deze geheime kring van het kwaad behoorde.

Struensee probeerde hem te kalmeren en vroeg hem om hem meer over deze 'droom' te vertellen. Christian was toen op zijn gebruikelijke manier gaan mompelen, was onduidelijk geworden, maar hij had opeens gezegd dat hij daardoor ook zekerheid had gekregen dat het een vrouw was die op een heimelijke manier over het universum heerste.

Struensee vroeg hem waar het verband was.

De Koning kon deze vraag niet beantwoorden. Hij herhaalde alleen dat er een vrouw over het universum heerste, dat een kring van zeven bozen verantwoordelijk was voor alle daden van het kwade, dat hij een van hen was, maar misschien door de vrouw, die over alle dingen in het universum heerste, gered kon worden; en dat zij dan zijn weldoenster zou worden.

Hij had daarna lang naar Struensee gekeken en toen gevraagd: 'Maar u bent niet een van de Zeven?'

Struensee had alleen zijn hoofd geschud.

De Koning had daarna, met wanhoop in zijn stem gevraagd: 'Waarom houd ik dan van u?'

Een van de eerste lentedagen in april 1771.

Koning Christian VII, zijn gemalin koningin Caroline Mathilde en zijn lijfarts J.F. Struensee hadden thee gedronken op het kleine balkon van slot Fredensborg dat uitzag op het slotpark.

Struensee had het over de ideologie van het park gehad. Hij had de schitterende aanleg geprezen, waarvan de paden een labyrint vormden en de hagen de symmetrie van het ontwerp verborgen. Hij had erop gewezen dat dit labyrint zo was aangelegd dat er maar één punt was van waaruit de logica in de structuur van het park te zien was. Beneden was het één grote warwinkel, lanen en paden die doodliepen, doodlopende gangetjes en chaos. Maar vanuit één punt werd alles duidelijk, logisch en doordacht. Dat was vanaf het balkon waarop ze nu zaten. Het was het balkon van de Heerser. Alleen vanaf dit punt werd de samenhang duidelijk. Dit punt, het punt van het verstand en de samenhang, mocht alleen door de Heerser betreden worden.

De Koningin had glimlachend gevraagd wat dat betekende. Hij had het nader verklaard.

'Het punt van de Heerser. Dat is dat van de macht.'

'Is dat... verleidelijk?'

Hij had geantwoord door te glimlachen. Even later had ze zich naar hem toe gebogen en tegen hem gefluisterd, dicht bij zijn oor, zodat de Koning het niet kon horen: 'Je vergeet één ding. Dat ik je in mijn macht heb.'

4

Hij zou zich dat gesprek én het dreigement herinneren.

Het balkon van de Heerser was een uitzichtpunt en schiep samenhang in de symmetrie van het labyrint, maar dat was dan ook alles. De andere samenhangen bleven chaotisch.

Het was nu voorzomer en men had besloten de zomer op slot Hirschholm door te brengen. Het pakken was begonnen. Struensee en de Koningin waren dit overeengekomen. Aan de Koning was niets gevraagd, maar hij zou meegaan.

Hij vond het normaal dat hem niets gevraagd werd, maar wel mee mocht en daarmee instemde.

Wat er de dag voor het vertrek plaatsvond, was het volgende.

Vanaf het balkon waar hij nu alleen zat, zag Christian de twee jonge geliefden op hun paard voor hun dagelijkse rijtour wegrijden en hij voelde zich plotseling heel eenzaam. Hij riep om Moranti, maar die was nergens te vinden.

Hij ging naar binnen.

Daar was zijn hond, een schnauzer; de hond lag in een hoek van de kamer op de grond te slapen. Christian ging toen op de grond liggen met zijn hoofd op het lijf van de hond; maar na enkele ogenblikken stond de hond op en ging naar een andere hoek van de kamer om daar te gaan liggen.

Christian volgde hem en ging weer liggen, met het lijf van de hond als hoofdkussen; de hond stond opnieuw op en ging naar een andere hoek.

Christian bleef liggen en staarde recht omhoog naar het plafond. Hij liep de hond dit keer niet achterna. Hij glimlachte vorsend omhoog; op het plafond waren als versiering tussen de overgang van muur en plafond cherubijnen aangebracht. Hij deed zijn best om zijn glimlach niet verwrongen te laten zijn, alleen kalm en vriendelijk; de cherubijnen keken hem vragend aan. Vanuit de andere hoek van de kamer hoorde hij de stem van de hond die mompelend tegen hem zei de cherubijnen niet te ergeren. Toen hield hij op met glimlachen.

Hij besloot naar buiten te gaan; hij was vastbesloten een bezoek aan het midden van het labyrint te brengen waar een boodschap op hem wachtte.

Hij was er zeker van dat die boodschap zich in het midden van het labyrint bevond. Hij had al heel lang geen boodschap meer van de Zeven ontvangen; hij had er Struensee naar gevraagd, maar deze wilde geen antwoord geven op zijn vraag. Maar als Struensee ook tot de Zeven behoorde, dan waren zij toch twee van de samenzweerders en had hij iemand die hij in vertrouwen kon nemen. Hij wist zeker dat Struensee een van hen was. Hij hield immers van hem; dat was het teken.

Misschien dat Moranti ook tot de Zeven behoorde en de hond; dan waren ze met zijn vieren. Dan had hij er vier geïdentificeerd.

Drie bleven er over? Caterine? Maar zij was immers de Heerseres van het Universum, nee, er bleven er drie over, maar hij kon er niet nog eens drie vinden. Niet drie van wie hij hield. Waar waren ze? De hond was bovendien een twijfelgeval, hij hield van de hond en als de hond tegen hem sprak was hij zeker van zijn zaak, maar de hond scheen alleen liefde, aanhankelijkheid en desinteresse uit te drukken. Hij was niet helemaal zeker van de hond. Aan de andere kant, de hond sprak immers tegen hem; dat maakte hem uniek. Normaal konden honden toch niet praten. Het was immers absurd je een sprekend dier voor te stellen, een onmogelijkheid: maar omdat de hond sprak was dat een teken. Het was een teken dat bijna duidelijk was, maar alleen bijna.

Hij was onzeker over de hond.

De Zeven zouden de tempel van onreinheid zuiveren. En dan zou hij zelf als de Vogel Feniks opstaan. Dat was het brandende vuur van de Verlichting. Vandaar de Zeven. Het kwaad was noodzakelijk om reinheid te verkrijgen.

Hoe het allemaal samenhing was niet helemaal duidelijk, maar hij geloofde dat het zo in elkaar stak. De Zeven waren uit de hemel omlaag gevallen engelen. Hij moest weten wat hij moest doen. Een teken. Een boodschap. Die zou zich ongetwijfeld in het midden van het labyrint bevinden, een boodschap van de Zeven of van de Heerseres van het Universum.

Wankel op zijn benen en trippelend rende hij het labyrint in, gegeseld door de heggen en probeerde zich het beeld dat hij van de paden had voor ogen te halen. Het beeld vanaf het balkon waar chaos verstand was.

Na een tijdje begon hij langzamer te lopen. Hij hijgde en wist dat hij moest kalmeren. Hij sloeg linksaf, rechtsaf, zijn beeld van het systeem van het labyrint was heel duidelijk, hij was er zeker van dat het heel duidelijk was. Na een paar minuten bereikte hij een doodlopend pad. De heg rees als een muur voor hem op, hij keerde om, ging naar rechts, weer naar rechts. Nu was het beeld uit zijn herinnering minder helder, maar hij probeerde zich te vermannen, begon plotseling weer te rennen. Hij hijgde opnieuw. Toen hij begon te zweten, rukte hij zijn pruik van zijn hoofd en holde verder, op die manier ging het gemakkelijker.

Het beeld uit zijn herinnering was nu totaal weg.

Van enige duidelijkheid was geen sprake meer. De muren om hem heen waren groen en doornig. Hij bleef staan. Hij moest zich nu heel dicht bij het centrum bevinden. In het centrum zou duidelijkheid heersen. Hij bleef roerloos staan, luisterde. Geen vogels, geen geluiden, hij keek naar zijn hand, zijn hand bloedde, hij begreep niet hoe dat gebeurd was. Hij wist dat hij nu heel dicht bij het centrum was. In het centrum zou zich de boodschap bevinden of Caterine.

Totale stilte. Waarom zongen zelfs de vogels niet?

Plotseling hoorde hij een stem die fluisterde. Hij bleef roerloos staan. Hij herkende die stem immers, hij kwam van de andere kant van de heggenmuur, van een plaats die het centrum moest zijn.

'Hier is het,' zei de stem. 'Kom hierheen.'

Het was zonder twijfel de stem van Caterine.

Hij probeerde door de heg heen te kijken, maar dat was onmogelijk. Het was nu volkomen stil, maar er was nu geen twijfel meer, het was de stem van Caterine en ze bevond zich aan de andere kant. Hij haalde diep adem, hij moest nu heel kalm zijn, maar hij moest door de heg heen. Hij zette een stap in de heg, begon de takken opzij te buigen. Ze waren doornig, hij zag plotseling in dat dit veel pijn zou doen, maar hij was nu kalm, dit moest gebeuren, hij moest zich sterk, hard maken. Hij moest onkwetsbaar zijn. Een andere uitweg was er niet. De eerste decimeters gingen gemakkelijk, daarna werd de muur van de heg heel dik, hij boog zich voorover als wilde hij door de heg heen vallen. Hij viel ook naar voren, maar de weerstand was groot. De doornen trokken als kleine zwaarden over zijn gezicht, het brandde, hij probeerde zijn arm op te tillen om zich los te maken, maar toen viel hij nog verder naar voren. De heg was nu helemaal dichtgegroeid. Hij moest zich heel dicht bij het midden van het labyrint bevinden, maar hij kon toch niet door de heg heen kijken. Vertwijfeld schopte hij met zijn benen, zijn lichaam schoot nog een stukje naar voren, maar de takken onderaan waren veel dikker, je kon ze niet uiteen buigen, het waren geen takken, maar stammen. Hij probeerde op te staan, maar het lukte slechts ten dele. Zijn handen brandden, zijn gezicht brandde. Hij rukte mechanisch aan de dunnere takken, maar overal waren doornen, de kleine messen brandden nu de hele tijd in zijn huid; even schreeuwde hij het uit, daarop vermande hij zich en opnieuw probeerde hij op te staan. Maar het lukte niet.

Hij hing gevangen in de heg. Bloed stroomde over zijn gezicht. Hij begon te snikken. Het was heel stil. De stem van Caterine was niet meer te horen. Hij was nu heel dicht bij het centrum, dat wist hij, maar zat wel gevangen.

De hovelingen die hem het labyrint in hadden zien gaan, waren ongerust geworden en na een uur waren ze hem gaan zoeken. Ze vonden hem liggend in de heg; alleen zijn ene voet stak eruit. Ze hadden hulp gehaald. De Koning werd losgemaakt, maar weigerde op te staan.

Hij scheen volkomen apathisch te zijn. Hij beval echter met een zwakke stem dat ze Guldberg moesten halen.

Guldberg kwam.

Het bloed op het gezicht, op de armen en handen van de Koning was opgedroogd, maar hij lag stil op de grond en keek recht omhoog. Guldberg gaf het bevel een brancard te halen en zei dat het gevolg zich moest verwijderen zodat hij met de Koning kon praten.

Guldberg was naast de Koning op de grond gaan zitten, had diens bovenlichaam met zijn eigen mantel bedekt en geprobeerd zijn agitatie te verbergen door op fluistertoon tegen Christian te spreken.

In het begin had hij in zijn opwinding, die zijn lippen hevig deed trillen, zo zachtjes gefluisterd dat Christian hem niet had kunnen verstaan. Daarna was hij verstaanbaar geworden. 'Uwe Majesteit,' had Guldberg fluisterend gezegd, 'weest u niet bang, ik zal u uit deze vernederende situatie redden, ik houd van u, al die onzedelijke individuen,' (en zijn gefluister was nu sterker geworden) 'al die onzedelijke individuen vernederen ons, maar onze wraak zal hen treffen, ze verachten ons, ze kijken op ons die onbeduidend zijn neer, maar wij zullen deze ledematen der zonde uit het lichaam van Denemarken wegsnijden, de tijd van de wijntreder zal komen, ze lachen om ons en ze honen ons, maar ze hebben ons voor de laatste maal gehoond, Gods wraak zal hen treffen en wij, Uwe Majesteit, ik zal uw... wij zullen...'

Christian had zich toen plotseling uit zijn apathie losgerukt, had naar Guldberg gekeken en was rechtop gaan zitten.

'Wij?!!!' had hij geschreeuwd en als een waanzinnige naar Guldberg gestaard, 'ONS???, over wie hebt u het, bent u gek geworden, gek!!!, ik ben Gods uitverkorene en u durft... u durft...'

Guldberg was als voor een zweepslag achteruitgedeinsd en had zwijgend zijn hoofd gebogen.

Toen was de Koning langzaam overeind gekomen; en Guldberg zou dat beeld nooit vergeten: deze jongen, wiens gezicht en handen door opgedroogd bloed zwart geworden waren, wiens haar alle kanten uitstak, wiens kleren kapot gescheurd waren, ja, die zo te zien wel het zinnebeeld van een gek leek, overdekt met bloed en vuil en die nu toch, ja nu toch een rust en een autoriteit uitstraalde als was hij geen gek, maar een door God uitverkorene.

Misschien was hij toch een mens.

Christian gebaarde dat Guldberg op moest staan. Hij gaf hem zijn mantel. En hij zei, op een heel rustige en vanzelfsprekende toon: 'U bent de enige die weet waar ze is.'

Hij had niet op een antwoord gewacht, maar was doorgegaan: 'Ik wil dat u vandaag nog een gratieverlening op schrift zet. En die zal ik ondertekenen. Zelf. Niet Struensee. Ikzelf.'

'Aan wie moet er gratie worden verleend, Uwe Majesteit?' had Guldberg gevraagd.

'Aan Laarsjes-Caterine.'

En tegen deze stem kon niets ingebracht worden, er konden geen vragen aan gesteld worden en daar kwamen de hovelingen al met de brancard. Maar die hoefde niet gebruikt te worden; Christian verliet op eigen kracht het labyrint.

11

Kinderen van de revolutie

1

Ze wasten en verbonden de wonden van Christian en ze stelden hun vertrek naar Hirschholm drie dagen uit, ze stelden een verklaring op over de onfortuinlijke val van de Koning in een rozenstruik; alles werd langzaam weer heel normaal. Het inpakken en de voorbereidselen werden hervat en om tien uur 's ochtends was de expeditie gereed voor het vertrek naar Hirschholm.

Niet het hele hof reisde af. Een heel klein deel, maar desalniettemin toch groot: het was een reusachtige tros van alles bij elkaar vierentwintig wagens, het gevolg werd als gering beschouwd en bestond uit achttien personen. Daar kwam nog een handvol soldaten bij (een paar werden na de eerste week naar huis gestuurd) plus het keukenpersoneel. De kern bestond echter uit het koninklijk paar, Struensee en het kroonprinsje, nu drie jaar oud. Dit was het kleine groepje.

Plus Enevold Brandt. Hij was de 'kinderoppas' van de Koning, zoals boze tongen het uitdrukten. Daarnaast nog een paar liefjes van lagere functionarissen. Twee timmerlieden.

Toen ze vertrokken was aan het figuur van de Koningin duidelijk te zien dat ze zwanger was. Het hof sprak nergens anders over. Niemand twijfelde eraan wie de vader was.

Vier koetsen stonden die ochtend gereed op het binnenhof van het paleis toen graaf Rantzau Struensee opzocht voor, wat hij uitdrukte, 'een dringend gesprek'.

Eerst vroeg hij of het de bedoeling was dat hij zelf mee zou gaan. Struensee zei, met een vriendelijke buiging: 'Als je dat wenst. Wil jij dat ik meega?', kwam toen meteen de vraag van Rantzau, die gespannen en terughoudend leek. Ze namen elkaar waakzaam op.

Geen antwoord.

Rantzau meende dat hij het zwijgen juist interpreteerde.

Hij vroeg 'zonder omhaal' of het werkelijk zo verstandig was om nu met zo'n klein gezelschap de zomer en wellicht de herfst op Hirschholm door te brengen. Struensee had gevraagd waarom hij die vraag stelde. Rantzau had gezegd dat er onrust in het land heerste. Dat de stroom decreten en hervormingen die nu uit de pen van Struensee vloeide (en hij gebruikte opzettelijk die uitdrukking 'uit de pen van Struensee', omdat hij de geestestoestand van de Koning maar al te goed kende, hij was geen idioot) – dat deze hervormingen zeker nuttig voor het land waren. Dat ze vaak verstandig waren, goedbedoeld en soms in overeenstemming met de allerbeste principes van de rede. Daar bestond geen twijfel over. En kort samengevat, heel goed geformuleerd. Maar, even kort samengevat, veel. Bijna oneindig veel!

Het land was er niet voor gereed, in ieder geval het ambtelijk apparaat niet! ergo, het was levensgevaarlijk voor Struensee zelf en voor al zijn vrienden. Maar, was Rantzau doorgegaan zonder Struensee de geringste kans te geven te interrumperen of te antwoorden, waarom toch deze halsstarrige onvoorzichtigheid! Was deze stroom van hervormingen, deze inderdaad revolutionaire golf die nu boven het koninkrijk Denemarken uittorende, was deze plotselinge revolutie niet een goede reden, of in ieder geval tactisch een goede reden, voor Struensee en de Koning, maar in de eerste plaats voor Struensee!!! om wat dichter bij het kamp van de vijand te blijven.

Om in zekere zin de vijand te kunnen gadeslaan. Dat wil zeggen: hun manier van denken en de maatregelen die de vijandelijke troepen namen.

Het was een verbluffende ontboezeming geweest.

'Kort samengevat, is het verstandig om weg te gaan?' had hij geresumeerd.

'Kort samengevat was dit nu bepaald niet,' was het antwoord van Struensee geweest. 'En ik weet niet of hij die spreekt een vriend of een vijand is.'

'Ik ben het die spreekt,' had Rantzau gezegd. 'Een vriend. Misschien je enige vriend.'

'Mijn enige vriend,' had Struensee gezegd. 'Mijn enige vriend? Dat klinkt onheilspellend.'

Zo was de toon geweest. Formeel, maar in feite vijandig. Er was een lange stilte gevolgd.

'Herinner je je Altona nog?' had Struensee toen zachtjes gevraagd.

'Dat herinner ik me. Dat was lang geleden. Zo lijkt het althans.'

'Drie jaar? Is het al zo lang?'

'Je bent veranderd,' had Rantzau koeltjes geantwoord.

'Ik ben niet veranderd,' had Struensee gezegd. 'Ik niet. In Altona waren we het over de meeste dingen eens. In feite bewonderde ik je. Je had alles gelezen. En je hebt me veel geleerd. Daar ben ik je dankbaar voor. Ik was toen nog zo jong.'

'Maar nu ben je oud en wijs. En bewonderen doe je zeker niet meer.'

'Ik zet het nu in de praktijk om.'

'In de praktijk?'

'Ja. Dat klopt. Niet alleen maar getheoretiseer.'

'Ik meen een toon van verachting te beluisteren,' had Rantzau gezegd. '"Niet alleen maar het getheoretiseer."'

'Als ik wist waar je stond, zou ik je antwoorden.'

'Voor iets "werkelijks". Geen getheoretiseer nu. Geen schrijftafel-speculaties. En wat is nu dat laatste – dat werkelijke?'

Het was een onplezierig gesprek geweest. En de koetsen stonden te wachten; Struensee had langzaam zijn hand uitgestrekt naar de stapels papier die op de tafel lagen, had ze opgenomen, als om ze te laten zien. Maar hij deed het niet. Hij keek alleen naar de documenten in zijn hand, zwijgend en vreugdeloos en heel even had hij het gevoel alsof een groot verdriet of een overweldigende vermoeidheid zich van hem meester had gemaakt.

'Ik heb vannacht zitten werken,' zei hij.

'Ja, men zegt dat je 's nachts hard werkt.'

Hij deed of hij de insinuatie niet hoorde.

Hij kon niet oprecht tegen Rantzau zijn. Hij kon dat van die klefheid niet zeggen. Maar iets in wat Rantzau gezegd had, gaf hem een naar gevoel. Het was het oude gevoel van inferioriteit tegenover de briljante vrienden op Gut Ascheberg dat zijn kop weer opstak.

De zwijgzame arts uit Altona tussen de briljante vrienden. Wellicht hadden ze de ware reden van zijn zwijgen niet begrepen.

Misschien hadden ze het nu wel begrepen. Hij was de onrechtmatig en op onbegrijpelijke wijze omhooggevallen man van de praktijk! Daar had Rantzau op gezinspeeld. Je deugt niet. Je zweeg, omdat je niets te zeggen had. Je had in Altona moeten blijven.

En het was waar: hij scheen het leven soms te zien als een rij punten op papier, een lange catalogisering van taken met een cijfer, *die iemand anders opgesteld had, iemand anders!!!*, het leven genummerd in volgorde van belangrijkheid, waarbij de cijfers een tot en met twaalf de belangrijkste waren, als op een wijzerplaat, en daarna de cijfers dertien tot en met vierentwintig, als de uren van het etmaal, en dan volgden de cijfers vijfentwintig tot honderd in een lange cyclische kromme met steeds kleinere, maar ook nog belangrijke taken. En na ieder cijfer zou hij na voltooide arbeid een dubbel vinkje zetten, de patiënt was behandeld. En als het leven eenmaal voorbij was moest de balans opgemaakt worden, dan moest er duidelijkheid zijn. En kon hij naar huis gaan.

De verandering genoteerd, de taak uitgevoerd, de patiënten behandeld; dan de statistieken en een verslag dat de ervaringen samenvatte.

Maar waar waren hier de patiënten? Die waren ergens daarginds, hij had ze nooit gezien. Hij moest op theorieën vertrouwen die door iemand anders waren uitgedacht: door de briljanten, de meer belezenen, de opvallende filosofen, theorieën die de vrienden in de hut van Rousseau zich op een zo schitterende wijze hadden eigen gemaakt.

Hij moest de patiënten in de Deense samenleving, waarin hij nu een omwenteling teweeg zou brengen, voor ogen houden: als de hoofdjes die hij ooit getekend had toen hij zijn proefschrift over schadelijke lichaamsbewegingen schreef. Het was de mens in het mechaniek. Want het moest toch mogelijk zijn, zo dacht hij altijd als hij 's nachts wakker lag en het Deense Monstrueuze Koninklijke Paleis als een loden gewicht op zijn borst voelde drukken, mogelijk! mogelijk!!! het mechaniek te doorgronden en te overwinnen en de mens te zien.

De mens was geen machine, maar zat in een machine. En dat was nu de kunst. De machine te overwinnen.

Dan zouden de gezichten die hij tekende dankbaar en welwillend tegen hem glimlachen. Maar het moeilijke, het echt moeilijke, was dat ze niet dankbaar schenen te zijn. Dat de kleine gemene hoofden van de mensen tussen de punten, zij die afgevinkt waren! die duidelijk werden, bevrijd waren!!!, dat die gezichten die zichtbaar werden, boosaardig, kwaadaardig en ondankbaar waren.

En ze waren zeker geen vrienden van hem. De samenleving was een machine en de gezichten waren kwaadaardig. Nee, geen helderheid meer.

Hij keek nu naar zijn laatste vriend Rantzau, van wie hij wist dat hij misschien een vijand was. Of, nog erger, een verrader. Ja, Altona was nu werkelijk heel ver weg.

'Het "werkelijke" is,' zo begon hij langzaam, 'het afschaffen deze week van de wet op ontrouw en het terugbrengen van de overdadige pensioenen van de ambtenaren, van het verbod op foltering en verder tref ik voorbereidingen om de tolgelden van de Sont van de kas van de Koning naar die van de staat over te hevelen om een fonds te stichten voor het levensonderhoud van onechte kinderen, die volgens het sacrament van de kerk gedoopt moeten worden en verder...'

'En de horigheid van de boerenbevolking? Of neem je er genoegen mee de moraal door middel van wetgeving in het leven te roepen?'

Daar was het gezicht tussen de paragrafen weer; wantrouwig, kwaadwillig glimlachend. De horigheid van de boeren maakte immers deel uit het grote! het allergrootste!, van datgene wat bij de vierentwintig punten thuishoorde, nee de twaalf! de twaalf!!! cijfers van de klok. Hij had de jongen op het houten paard aan zijn onvermijdelijke dood overgelaten en was in de schemer achter de koets aan gerend; hij was bang geweest. In zekere zin was hij voor zijn grootste opdracht, de lijfeigenschap, weggevlucht. In de koets had hij koppig voor zichzelf herhaald dat het belangrijkste was dat hij overleefde.

En met vastberadenheid. Decreten kon uitvaardigen. Met vastberadenheid.

Wat hij nu deed, behoorde immers alleen maar tot het kleine, tot de moraal; hij vaardigde wetten uit om de moraal te verbeteren, hij riep de goede mens door wetgeving in leven; nee, hij dacht verkeerd, het was immers juist andersom. Je kon de slechte mens niet door wetgeving uitbannen. 'De zeden kunnen middels politiewetten niet verbeterd worden,' had hij in feite geschreven.

Toch, en hij wist dat dit zijn zwakheid was, hield hij zich heel veel met de zeden, de moraal, de verboden, de geestelijke vrijheid bezig.

Was dat omdat dat andere zo moeilijk was?

'De horigheid van de boeren?' daar was die vraag opnieuw, onbarmhartig.

'Gauw,' had hij geantwoord.

'Op welke manier?'

'Reverdil,' begon hij langzaam, 'die de leraar van de Koning was, had voordat hij uitgewezen werd een plan. Ik heb hem geschreven, hem gevraagd terug te komen.'

'De kleine jood,' had Rantzau op een heel nuchtere, maar haatdragende toon gezegd, 'de kleine weerzinwekkende jood. Hij is dus degene die de Deense boeren moet bevrijden. Besef je wel hoeveel vijanden je zo maakt?'

Struensee had de documenten weer op de tafel gelegd. Het was zinloos om dit gesprek te voeren. Rantzau had zwijgend een buiging gemaakt, had zich omgedraaid en was naar de deur gelopen. Maar voordat hij die achter zich dichttrok doemde het allerlaatste van de kwaadwillende gezichten op: van Rantzau, van wie gezegd werd dat hij zijn laatste vriend was en misschien was het, in zekere zin, ook wel zijn grote theoretische leermeester die nu zo kritisch naar hem keek, zijn vriend, of zijn vroegere vriend, als hij dat ooit geweest was.

'Je hebt niet veel vrienden meer over. En om dan voor de zomer naar Hirschholm te gaan is pure waanzin. Maar jouw probleem is een ander.'

'Wat dan?' had Struensee gevraagd.

'Je mist het vermogen om de juiste vijanden te kiezen.'

2

Het was geen vlucht zouden ze naderhand denken, maar waarom dan deze waanzinnige haast, deze snelle bewegingen, dit gelach, slaande deuren?

Het was geen vlucht, alleen het vertrek naar de fantastische zomer op Hirschholm.

Er werd ingeladen. De eerste dag zouden er maar vier wagens vertrekken. De volgende dag de rest van de enorme tros. Een simpel landleven leiden vereiste een uitgebreide organisatie.

In de eerste koets de Koningin, Struensee, koning Christian vii, de negerpage Moranti en de hond van de Koning.

De tocht verliep zwijgend.

Christian was heel rustig. Hij had met een geheimzinnig lachje, dat ze niet hadden kunnen duiden, naar zijn medereizigers gekeken. Hij wist het zeker. Hij had gedacht dat als koningin Caroline Mathilde nu niet, luisterend, bij hen had gezeten, dan hadden vier van de Zeven zich tezamen in de koets bevonden. En dan had hij zonder gevaar aan Struensee, Moranti of de hond, de drie van wie hij hield, raad kunnen vragen voor de tijd van ontzaggelijke moeilijkheden en ontberingen waarvan hij zeker was dat die zou aanbreken.

Hij wist het. Maar raadgevingen en instructies van zijn Weldoenster, de Heerseres van het Universum zouden nog even op zich laten wachten.

Hier heeft eens een kasteel gestaan. Zo moet je dat zeggen: hier stond het en hier was het door de Deense revolutie opgeslokt. En er is niets meer van over.

Het slot Hirschholm lag op een eiland, het was omringd door water, het lag midden in een meer en 's nachts was het water bedekt met de slapende vogels waarvan ze zoveel hield, vooral als ze opgerold in hun dromen lagen te slapen. De bouw van het slot had een halve eeuw geduurd en het was eigenlijk niet gereed gekomen voor 1746; het was indrukwekkend en mooi, een noordelijk Versailles, maar het ging met dit slot zoals met veel korte dromen: het leefde maar één zomer, de zomer van 1771. Daarna was de droom voorbij, het slot werd verlaten en onbewoond en langzaam verviel het.

Het brandde niet. Het werd niet verwoest. Het stierf slechts van verdriet en toen was het er niet meer. Het was alsof deze eindeloos gelukkige zomer het slot besmet had met de pest; het was het slot van Caroline Mathilde en Struensee en toen de catastrofe eenmaal een feit was wilde niemand deze grond, zo door en door met zonde besmet, nog betreden.

Al in 1774 werden alle werkzaamheden aan het slot stilgezet, bij de eeuwwisseling was het verval compleet en toen Christianborg afbrandde, besloot men Hirschholm af te breken en het materiaal voor de wederopbouw te gebruiken. Alles werd ontmanteld. De 'zeer smaakvol ingerichte salons' werden geplunderd, leeggeroofd, de fantastisch grote Ridderzaal in het midden van het slot afgebroken en iedere steen, elk marmeren blok weggevoerd, elk spoor van het liefdespaar moest vernietigd worden. De vertrekken van Caroline Mathilde hadden op een rariteitenkabinet geleken, ze was hartstochtelijk in porselein geïnteresseerd geweest en had haar vertrekken die zomer vol gezet met vazen en poppen die ze door de Oost-Aziatische Compagnie had laten meebrengen. Ze had ook de mooie tegelkachel in de Audiëntiezaal op Hirschholm aangeschaft, die 'een Chinese vrouw met Parasol voorstelde', ja, alles werd afgebroken.

Het slot was een schandvlek, besmet door de bastaard en zijn minnares, het moest verdwijnen, zoals een onwelgevallig gezicht op een foto geretoucheerd wordt, opdat de geschiedenis van iets weerzinwekkends wordt bevrijd wat nooit bestaan heeft, nooit bestaan had moeten hebben. Het eiland moest van deze zonde gezuiverd worden.

In 1814 was ieder spoor van het slot verdwenen; het leefde dus een mensenleeftijd, van 1746 tot 1814, het werd achtenzestig jaar oud. En zo is het slot Hirschholm het enige slot dat helemaal met een liefdeszomer geïdentificeerd wordt, met liefde en dood en met de uiterste grens van het verbodene, waardoor dood en vernietiging onvermijdelijk werden; en vandaag de dag staat er op het kasteeleiland alleen een klein in de negentiende eeuw gebouwd empirekerkje.

Als een gebed. Als een laatste gebed aan de grote God om vergeving, een gebed om genade voor de zonden waaraan twee verdorven mensen zich schuldig hadden gemaakt.

Verder alleen gras en water.

Maar natuurlijk zijn de vogels er nog, de vogels die ze laat in de avond toen ze op het slot Hirschholm arriveerde, gezien heeft, gezien als een teken dat ze eindelijk thuis was gekomen en veilig was, tussen de vogels die opgerold in hun dromen sliepen.

Hier heeft eens een slot gestaan. Hier was ze naartoe gegaan. Ze was zwanger. En ze wist dat het van hem was.

Iedereen wist het.

Ik ben zwanger, had ze gezegd. En we weten dat het van jou is.

Hij had haar gekust, maar niets gezegd.

Alles was zo snel gegaan. Hij had de Deense revolutie in acht maanden tijd doorgevoerd, onder de hervormingen stond een handtekening en nieuwe zouden ondertekend worden vanuit het nest van de zonde dat slot Hirschholm heette en dat daarom naderhand vernietigd moest worden, zoals je het beddengoed van een aan de pest overledene verbrandt.

Hij had dat eerste jaar al 564 verordeningen uitgevaardigd. Tenslotte leek het wel of er geen tegenstand bestond. Alles was normaal en het ging moeiteloos. De revolutie fungeerde prima, de pen kraste, alles werd ten uitvoer gelegd en hij vrijde met dit merkwaardige meisje dat zich Koningin van Denemarken noemde. Hij vrijde, schreef en zette zijn handtekening. De handtekening van de Koning was niet langer nodig. Hij wist dat het in de kanselarijen en rijksdiensten ziedde van woede, maar niemand durfde tot de aanval over te gaan. En dus ging hij door, almaar door.

Schrijftafelrevolutionair, dacht hij soms. Hij had die uitdrukking altijd veracht. Maar alles scheen nu toch vanachter de schrijftafel te functioneren. Juist vanachter de schrijftafel. En het werd werkelijkheid.

Hij verliet zijn werkkamer nooit, toch werd de revolutie doorgevoerd. Misschien moesten alle revoluties op deze manier plaatsvinden, dacht hij. Je had geen troepen, geen geweld, geen terreur, geen dreiging nodig; alleen een geesteszieke Koning die alle macht bezat en een akte van overdracht.

Hij besefte dat hij totaal van deze geesteszieke jongen afhankelijk was. Was hij ook net zo totaal van haar afhankelijk?

Toen ze verteld had van het kind was hij blij geweest, maar had onmiddellijk ingezien dat het einde nabij kon zijn.

Ze hadden zo lang bemind zonder voorzichtig te zijn.

Hij had nooit een vrouw als dit jonge meisje ontmoet; het was onbegrijpelijk, ze scheen geen angst of schuwheid te kennen, ze was onervaren geweest en had alles in een enkele ademtocht geleerd. Ze hield van haar lichaam en hield ervan het zijne te gebruiken. De eerste nacht op Hirschholm had ze op hem gezeten en hem langzaam bereden, genotvol, alsof ze op ieder afzonderlijk moment had geluisterd naar geheime signalen in zijn lichaam, en ze had opgevolgd en ze onder controle had gehouden, nee, hij begreep niet waar dit twintigjarige kleine Engelse meisje dat allemaal geleerd had. Ten slotte had zich ze soepel als een kat naast hem neer laten rollen en gevraagd: 'Ben je gelukkig?'

Hij wist dat hij gelukkig was. En dat de catastrofe nu heel dichtbij was.

'We moeten voorzichtig zijn,' had hij geantwoord.

'Daar is het al lang te laat voor,' had ze in het donker gezegd. 'Ik ben zwanger. En het is jouw kind.'

'En de Deense revolutie? Ze zullen erachter komen dat het mijn kind is.'

'Ik heb het kind van de revolutie met jou verwekt,' had ze gezegd.

Hij was opgestaan, naar het raam gelopen en had uitgekeken over het water. De schemering zette nu vroeger in, maar het was vochtig warm en het meer rond het slot zat vol planten en vogels en rook naar binnenmeer, zwaar, vol wellust en verzadigd van dood. Alles was zo snel gegaan.

'We hebben de toekomst verwekt,' hoorde hij haar uit het donker zeggen.

'Of vermoord,' zei hij zachtjes.

'Wat bedoel je?'

Maar hij wist niet waarom hij dat gezegd had.

Hij wist dat hij van haar hield.

Het was niet alleen haar lichaam, haar fantastische talent voor de liefde waaraan hij dacht als aan een erotisch talent; het was ook dat ze zich zo snel ontwikkelde, dat hij iedere week kon zien dat ze een ander was, het explosieve bij dit kleine onschuldige Engelse meisje, het feit dat ze hem snel inhaalde en hem misschien zou passeren, iemand worden die hij zich niet in kon denken; hij had niet geloofd dat dit mogelijk was. Ze had werkelijk vele gezichten, maar niet een geesteszik zoals Christian. Ze had geen zwarte fakkel in zich die zijn dodende donker over hem uit zou stralen, nee, ze was een onbekende die hem lokte juist op het moment dat hij meende haar te zien, maar plotseling besefte dat hij haar niet gezien had.

Hij herinnerde zich haar uitdrukking 'als een brandmerk in een dier'.

Maar moest liefde zo zijn? Hij wilde niet dat die zo zou zijn.

'Ik ben maar een dokter uit Altona,' zei hij.

'Ja. En verder?'

'Soms heb ik het gevoel dat een dokter uit Altona, rein van hart, tegen zijn zin en met een te geringe ontwikkeling een te grote taak opgelegd heeft gekregen,' had hij met zachte stem gezegd.

Hij had met zijn rug naar haar toe gestaan, omdat het de eerste keer was dat hij dit tegen haar had durven zeggen en omdat hij zich een beetje schaamde, daarom had hij met zijn rug naar haar toe gestaan en haar niet aan durven kijken. Maar hij had het gezegd en zich geschaamd, ook al voelde hij dat het goed was dat hij het gezegd had.

Hij wilde zich niet op de borst kloppen. Als kind had hij geleerd dat het bijna een doodzonde was om je op de borst te kloppen. Hij was maar een dokter uit Altona. Het was niet anders. En dan dit aanmatigende: dat hij begrepen had dat hij een taak had en niet gemeend had te gering te zijn, hoewel dat wel had gemoeten.

De hoogmoedigen aan het hof zouden nooit geaarzeld hebben. Zij waren geen parvenu's. Zij vonden aanmatiging heel normaal, omdat ze alles wat ze hadden, hadden geërfd en niet op eigen kracht hadden verworven. Maar hij was niet hoogmoedig, hij was bang.

En daar schaamde hij zich voor. 'De Stille' werd hij genoemd. Het maakte hen misschien bang. Hij was stil, hij was groot van stuk en hij wist te zwijgen, dat maakte hen bang. Maar ze begrepen niet dat hij in feite alleen maar een dokter uit Altona was, die zo vermetel was te geloven dat hij een roeping had.

De anderen schaamden zich nooit. Dat was de reden dat hij met zijn rug naar haar toe stond.

Op een keer, tegen het einde van de zomer, nadat het kind geboren was, was ze naar hem toe gekomen om te zeggen dat Bernstorff, die van het hof verbannen was en zich op zijn landgoed had teruggetrokken, weer terug moest komen.

'Hij haat ons,' had Struensee gezegd.

'Dat maakt niets uit. We hebben hem nodig. Hij moet milder gestemd worden en gebruikt. Vijand of geen vijand.'

En toen had ze gezegd: 'We hebben verdediging in de flank nodig.'

Hij had alleen maar naar haar gekeken. 'Verdediging in de flank'. Waar haalde ze het vandaan? Ongelooflijk.

3

Het was een fantastische zomer.

Ze hadden alle protocol afgeschaft, ze lazen Rousseau, ze kleedden zich anders, ze leefden eenvoudig, ze leefden in de natuur, ze beminden elkaar, ze schenen als geobsedeerd om alle componenten van hun geluk samen te persen, opdat er geen uur verloren ging. Bezoekers waren gechoqueerd door de vrije zeden, die zich echter niet in ongepaste taal uitten, zo schreven ze verbaasd in hun brieven. Alle regels waren overboord gezet. De bedienden bedienden vaak aan tafel, maar ook weer niet altijd. De verantwoordelijkheid voor het bereiden van de maaltijden werd gedeeld. Men maakte uitstapjes en bleef dan tot diep in de avond buiten. Op een keer had de Koningin hem, bij een uitstapje naar het strand, in een duinpan getrokken, zijn kleren losgemaakt en ze hadden gevreeën. Het gevolg had het zand op hun kleren gezien, maar zich niet verbaasd. Alle titels waren afgeschaft. Het rangenstelsel verdween. Ze spraken elkaar bij de voornaam aan.

Het was als een droom. Ze ontdekten dat alles veel eenvoudiger werd, rustiger.

Dat ontdekten ze op Hirschholm: dat alles mogelijk was en dat het mogelijk was zich uit het gekkenhuis terug te trekken.

Christian was eveneens gelukkig. Hij scheen heel ver weg, maar toch dichtbij. Op een avond, aan tafel, had hij glimlachend en gelukkig tegen Struensee gezegd: 'Het is al laat, het is nu tijd voor de Koning van Pruisen om het bed van de Koningin op te zoeken.'

Iedereen was hevig geschrokken en Struensee had op luchtige toon gevraagd: 'De Koning van Pruisen, wie is dat?'

'Dat bent u toch?' had Christian verbaasd geantwoord.

Haar zwangerschap werd al zichtbaarder, maar ze stond erop door de bossen te rijden en luisterde niet naar de bezorgde protesten van haar omgeving.

Ze was een zeer bekwaam ruiter geworden. Ze viel niet. Ze reed snel, zonder aarzelingen, hij volgde haar, ongerust. Op een middag was er dan toch iemand gevallen. Het was Struensee die van zijn paard geworpen werd. Het paard had hem afgeworpen, hij viel, hij had lang op de grond gelegen en zijn been had veel pijn gedaan. Ten slotte had hij met moeite op kunnen staan. Ze had hem ondersteund tot de te hulp geroepen helpers gearriveerd waren.

'Mijn lieveling,' had ze gezegd, 'je dacht misschien dat ik zou vallen? Maar ik viel niet. Ik wil mijn kind niet verliezen. Daarom was jij het die viel.'

Hij had alleen gezegd: 'Mijn geluk begint me misschien in de steek te laten.'

Hij verloste haar zelf.

Op krukken, aan het bed van de Koningin en op krukken was Struensee getuige van de geboorte van zijn dochtertje.

Hij trok het kind eruit, zo scheen het hem toe, hij trok zijn kind eruit en plotseling was hij overweldigd; hij had eerder kinderen gehaald, maar dit, maar dit!!! Hij had op de armkruk geleund, maar de kruk was gevallen en zijn gewonde been had veel pijn gedaan, vermoedde hij, hij herinnerde het zich niet, hij was in snikken uitgebarsten.

Zo had niemand hem ooit gezien en er werd lang over gesproken; voor sommigen was het een bewijs.

Hij had gesnikt. Het was het kind. Het was het eeuwige leven dat hij uit haar trok, hun dochtertje dat zijn eeuwige leven was.

Daarna had hij zich vermand en gedaan wat er gedaan moest worden. Hij was naar koning Christian VII gegaan en had hem meegedeeld dat zijn Koningin, Caroline Mathilde, hem een erfgenaam had geschonken, dat ze een meisje had gebaard. De Koning had geen interesse getoond en had het kind niet willen zien. Later op de avond had hij weer een aanval van zenuwen gekregen en had zich samen met zijn negerpage Moranti vermaakt met het omgooien van standbeelden in het park.

Het kleine meisje werd Louise Augusta gedoopt.

4

Binnen vierentwintig uur wist het hof in Kopenhagen dat het kind van Struensee en de Koningin geboren was. De Koningin-weduwe ontbood onmiddellijk Guldberg.

Ze had bij haar kwijlende en leuterende zoon gezeten die ze nu, in dit uur van gevaar, geen blik waardig keurde maar wel de hele tijd stevig bij de linkerhand vasthield. Ze was begonnen met te zeggen dat dat hoerenkind een schande voor het land was, voor het koningshuis, maar dat ze nu eerst een totaalbeeld wilde hebben.

Ze wenste een analyse van de situatie en die kreeg ze.

Guldberg bracht verslag uit.

Na het Algerijnse avontuur, toen een Deense vloot naar de Middellandse Zee was gestuurd en daar voor het grootste deel vernietigd, was het dringend noodzakelijk om de marine weer op te bouwen. Men had het probleem aan Struensee voorgelegd en die had erop geantwoord met twee besluiten. Het ene verbood het vervaardigen van brandewijn op basis van graan en tevens ieder privé-stoken van alcohol. Het andere maakte bekend dat hij niet alleen de hofhouding tot de helft wilde terugbrengen, maar ook de oorlogssterkte van de vloot wilde inkrimpen. Dat betekende dat de werf op Holmen zijn werkzaamheden moest staken. De arbeiders, vooral de uit Noorwegen opgeroepen matrozen, waren woedend geworden. Guldberg had meerdere malen contact met hen gehad. Ook had hij een afvaardiging van de matrozen ontvangen.

Ze hadden gevraagd of het gerucht waar was dat Struensee de Koning gevangen hield en van plan was hem te doden.

Guldberg had toen met 'gebaren en gelaatsuitdrukkingen' te kennen gegeven dat dit klopte, maar dat maatregelen ter verdediging van het land en het koningshuis een nauwkeurige voorbereiding vereisten. Hij had tegen hen gezegd dat hij hun ongerustheid over het werk dat op de werf verloren ging deelde. En wat het gehoereer van Struensee betrof, hij bad elke avond tot God dat de man omwille van Denemarken door de bliksem getroffen mocht worden.

Er werd een opstand beraamd. De arbeiders zouden naar Hirschholm optrekken.

'En,' had de Koningin-weduwe gevraagd, 'zullen ze hem daar ombrengen?'

Guldberg had zonder te glimlachen alleen maar geantwoord: 'Een opstand van het ontevreden volk tegen een tiran valt nooit te voorspellen.'

En hij had er, als terloops, aan toegevoegd: 'Alleen op gang te brengen en bij te sturen.'

Het pasgeboren kleine meisje sliep, met een ademhaling die hij alleen kon horen als hij zijn oor op haar borstje legde. Hij vond haar heel mooi. Zo had hij dan, uiteindelijk, toch nog een kind gekregen.

Alles was zo rustig die zomer.

O, hij wilde maar dat dat altijd zo kon blijven.

Maar om negen uur op de avond van 8 september 1771 reed een koets de brug naar het kasteeleiland van Hirschholm over; graaf Rantzau wilde onmiddellijk Struensee spreken. Rantzau was woedend en zei dat hij 'een regeling wilde treffen'.

'Je bent volslagen gek,' had hij gezegd. 'Kopenhagen hangt vol pamfletten waarin openlijk over je verhouding met de Koningin geschreven wordt. Iedere schaamte is overboord gezet. Het verbod op het stoken van brandwijn heeft de bevolking razend gemaakt. Bepaalde onderdelen van het leger zijn nog altijd betrouwbaar, maar juist die heb je gedemobiliseerd. Waarom zitten jullie hier en niet in Kopenhagen? Dat wil ik weten.'

'Aan wiens kant sta je?' had Struensee toen gevraagd.

'Die vraag wil ik jou ook stellen. Je weet dat ik schulden heb. En daarom – daarom!!! – heb je een wet uitgevaardigd waarin staat dat "het recht in alle twistvragen inzake schulden zonder aanzien des persoons of in achtneming van de maatschappelijke stand van de schuldenaar, ten uitvoer gelegd moet worden", wat o zo fraai klinkt, maar die wet is volgens mij alleen uitgevaardigd om mij te ruïneren. De ultieme bedoeling! Bedoeling! Aan wiens kant sta jij? Dat wil ik nu weten voordat... voordat...'

'Voordat alles instort?'

'Antwoord eerst.'

'Ik vaardig geen wetten uit met het oog op jou. En verander ze ook niet voor jou. Het antwoord is nee.'

'Nee?'

'Nee.'

Er was een lange stilte gevolgd. Toen had Rantzau gezegd: 'Struensee, je hebt sinds Altona een lange weg afgelegd. Onvoorstelbaar lang. Waar wil je nu heen?'

'Waar wil je zelf heen?'

Rantzau was opgestaan en had alleen gezegd: 'Naar Kopenhagen.'

Toen was hij vertrokken en had Struensee alleen achtergelaten. Deze was naar zijn kamer gegaan, was op zijn bed gaan liggen, had naar het plafond gestaard en geprobeerd helemaal nergens aan te denken.

Toch had hij keer op keer hetzelfde gedacht: ik wil niet sterven. Wat moet ik doen?

'Flankverdediging,' had ze gezegd.

Maar hoeveel flanken waren er niet om te verdedigen? En dan deze vermoeidheid.

Hij had in Altona de koninklijke expeditie niet verlaten. Hij had ervoor gekozen de werkelijkheid een bezoek te brengen. Maar waar moest hij nu de fut vandaan halen?

12

De fluitspeler

1

Van de groep jonge aanhangers van de Verlichting die elkaar eens in Altona ontmoetten, was er nu nog maar één in Struensees omgeving over. Enevold Brandt.

Hij was de laatste vriend. Hij was de fluitspeler.

'De kleine weerzinwekkende jood' – zoals Rantzau het uitgedrukt had – Élie Salomon François Reverdil was na zijn verbanning uit Zwitserland teruggeroepen. Hij had in de jaren van zijn exile in zijn vaderland een drukke correspondentie met vrienden in Denemarken gevoerd; zijn verdriet en wanhoop over wat er gebeurd was waren groot, hij had niet begrepen wat zijn beminde jongen bedoeld had, hij had niets begrepen, maar toen hem het aanbod bereikte om terug te keren had hij geen seconde geaarzeld. Zijn taak zou het zijn te rapporteren over de destijds stopgezette plannen voor het afschaffen van de lijfeigenschap.

Hij kreeg echter andere taken toebedeeld. Niets zou zijn zoals hij gemeend had.

De reden voor zijn taakverandering lag in een merkwaardig voorval dat Enevold Brandt absoluut ongeschikt gezelschap voor Christian deed zijn. Wat er gebeurde, het voorval met de wijsvinger, zou Brandt het leven kosten.

Maar dat was een half jaar later.

Na 'het voorval' werd Reverdil de lijfwacht van de Koning. Eerst was hij de leraar van de Koning geweest en zijn vriend, nu werd hij zijn bewaker. Het was een wanhopige situatie. De wolven hadden zijn beminde jongen aan stukken gereten, Christian was nu een ander mens. Niets was meer als vroeger. Christian had zijn oude leraar welkom geheten, maar zonder warmte, hij had als door een ijsvlies gepraat en gemompeld. De vooruitzichten waarmee men Reverdil teruggelokt had, dat de grote hervorming, die met betrekking tot de horigheid, doorgevoerd zou worden, verbleekten.

De politieke invloed van Reverdil verdween. De lijfeigenschap werd niet afgeschaft.

De Koning was bij het voorval licht gewond geraakt.

Op de dag dat het schokkende incident plaatsvond – 'het voorval met de wijsvinger', zoals het genoemd werd – op die dag had Struensee per boodschapper het volgende naar Kopenhagen gestuurd: het decreet inzake regionale vaccinatieposten, de financieringsregeling van de Stichting voor Vondelingen, gedetailleerde directieven voor de inmiddels verleende vrijheid van godsdienstuitoefening van gereformeerden en katholieken, de wet op de vrije vestiging van de sekte der hernhutters in Sleeswijk, plus directieven voor plannen ter oprichting van de Deense tegenhanger van de Duitse 'Real-Schulen'.

Een hele week werk werd met dezelfde boodschapper verzonden. Het had zich die week opgehoopt. Normaal vertrok er om de dag een boodschapper.

Het kleine maakte op heel natuurlijke wijze deel uit van het grote. Het kleine waren de hervormingen. Het grote zou de wijsvinger blijken te zijn.

Brandt was de fluitspeler.

Struensee had hem in zijn Altona-tijd ontmoet, in de eerste plaats op Ascheberg. Het was de tijd waarin men naar de hut van Rousseau trok om hardop teksten te lezen en te praten over de tijd die komen zou: wanneer de goede mensen de leiding en de macht zouden overnemen, de draak van de reactie verdreven werd en de utopie verwezenlijkt. Brandt had alle ideeën van de nieuwe tijd geestdriftig omarmd, maar ze schenen als vlinders op hem neer te dalen; ze schitterden, fladderden weg en keerden terug en het scheen hem allemaal onberoerd te laten. Ze verfraaiden hem. Tot zijn vreugde merkte hij dat ze de dames in zijn omgeving in verrukking brachten, wat misschien wel het echt belangrijke was. Hij was dus een kunstenaarsnatuur had Struensee gedacht, karakterloos maar waard om bemind te worden.

De Verlichting had voor hem een seksuele aantrekkingskracht en verleende glans aan zijn bestaan, maakten zijn nachten spannend en afwisselend. Met de Verlichting was het voor Brandt als met de Italiaanse actrices en vooral als met zijn fluitspel.

Het was de fluit die hem draaglijk maakte, had Struensee destijds in de hut van Rousseau gedacht.

Er was iets in zijn stille bezetenheid voor zijn fluit, wat ervoor zorgde dat Struensee zijn oppervlakkigheid tolereerde. Het fluitspel vertelde iets anders over Brandt; en van hun Altona-tijd en de avonden in de hut op Gut Ascheberg herinnerde hij zich niet zozeer de fladderende liefdesverhouding van Brandt met 'de politiek' en 'de kunst', dan wel de eenzaamheid die het fluitspel om deze jonge Verlichtingsman schiep.

Die, om welke reden dan ook, in staat was elke opvatting te omhelzen.

Als er maar schittering was.

Misschien was het Brandts fluitspel dat, op zijn eigen wijze, zijn stempel op deze fantastische zomer van 1771 drukte. En iets van de toon op Hirschholm breidde zich verder uit. De toon van lichtzinnigheid, vrijheid en fluitspel lag die warme, hartstochtelijke zomer als een sensuele ondertoon ook over Kopenhagen. De uitgebreide koninklijke parken waren door een decreet van Struensee ook voor het grote publiek opengesteld.

Er was nu meer vermaak, wat in zekere zin verband hield met het feit dat de toestemming voor de politie de bordelen te controleren was ingetrokken. Een decreet riep een halt toe aan de gewoonte van de politie om 's avonds na negen uur bordelen en kroegen te 'inspecteren' en er binnen te dringen om na te gaan of er sprake was van bandeloosheid.

De stelregels voor deze inspectie werden regelmatig als chantagemiddel tegen de klanten misbruikt. Het verminderde de zedeloosheid nauwelijks of niet, maar het spekte wel de zakken van de politieagenten. Om niet aangehouden te worden moest er ter plekke betaald worden.

Maar voor de bevolking was het belangrijkste het openstellen van de parken.

'Ontheiliging van de parken van de Koning' – dat wil zeggen 's nachts geslachtelijke omgang in de paleistuinen van Kopenhagen – was tot dan toe bestraft met het verlies van een vingerkootje als men niet ter plaatse kon betalen, wat de mensen uiteindelijk altijd konden. Nu werden de parken opengesteld: vooral Rosenborgspark werd in deze warme Kopenhaagse zomernachten een fantastische, erotische speelplek. Op de grasmatten en tussen de struiken, in een donker dat verborg en lokte, ontstond een mompelende, lachende, kreunende en speelse erotische ontmoetingsplaats, ook al werd Rosenborgs Have al spoedig uit de markt geconcurreerd door Frederiksbergs Have, dat 's nachts maar voor een deel verlicht was.

Drie avonden in de week was dit park speciaal opengesteld voor gemaskerde paren. Het was het recht van het volk op maskerades dat werd geproclameerd, ook in openbare parken en 's nachts. In de praktijk betekende het het recht om in een zekere anonimiteit (de maskers) vrij buitenshuis te copuleren.

Maskers voor de gezichten, geopende schoten en gefluister. Vroeger waren de koninklijke parken voorbehouden geweest aan de dames van het hof, die ze oneindig langzaam onder hun parasols doorkruisten. Maar nu werden ze voor het publiek opengesteld, en dat 's nachts! 's Nachts!!! Een golf van wellust spoelde over de tot dan toe heilige en gesloten parken. Het overbevolkte Kopenhagen, waar de sloppenwijken met zich meebrachten dat elke vleselijke lust in de overbevolkte kamers doordrong en goed hoorbaar was, lust die tegen de wellust en schaamte van anderen aan schurkte, die samengepakte Kopenhaagse bevolking kreeg nu toegang tot koninklijke, nieuwe gebieden van wellust.

Parken, nacht, zaad, geur van wellust.

Het was liederlijk, schokkend, enorm ophitsend en iedereen wist dat dit nu de besmetting met de zonde was die van het koninklijke geboeleer uitging. In feite lag de schuld bij Struensee en de Koningin. Zo stuitend! zo verleidelijk!!! Maar hoe lang nog???

Het was alsof een zware, gejaagde, hijgende ademhaling zich over Kopenhagen had gelegd: de tijd! weldra voorbij!!!

Nu ging het erom de gelegenheid aan te grijpen. Voordat de straffen, de verboden en de rechtmatige verontwaardiging weer toesloegen. Het was als een jacht op de tijd. Weldra zou de liederlijkheid door een bestraffende brand gedoofd worden.

Maar tot dan! deze korte weken!! tot dan!!!

Het was het fluitspel van Brandt dat de toon aangaf. Weg was het verbod op bals, toneelstukken en concerten op zaterdagen en zondagen, in de vasten- en de adventstijd van het oude piëtistisch regiem. Wanneer was er überhaupt ooit iets toegestaan geweest? Als door een toverslag waren de verboden verdwenen.

En in de parken nu deze schaduwen, lichamen, maskers, deze wellust en onder dit alles een geheimzinnige fluit.

2

Brandt was drie dagen na de anderen op Hirschholm gearriveerd en tot zijn afschuw was hij benoemd tot adjudant van de Koning.

Kinderoppas, had men gezegd. Hij zag zich weer terechtgekomen op een slot, op een eiland, ver van gemaskerde bals en theaterintriges; zijn rol zou het zijn om naar het spelen van Christian te kijken en diens manische formules aan te horen. Zinloos was het en dat maakte hem woedend. Hij was immers maître de plaisir! Cultuurminister! Waar was hier de cultuur! De koninklijke kribbe? Hij vond de uitstapjes in de natuur uitputtend. Hij vond de liefde van de Koningin en Struensee frustrerend en zonder enige interesse voor hemzelf. Hij was verbannen van de Italiaanse actrices. Hij vond het spelen van Caroline Mathilde en Struensee met de kleine jongen en hun bewondering voor het kleine meisje belachelijk.

Hij miste het hof, Kopenhagen, het theater. Hij voelde zich machteloos. Het was zijn taak de Koning te vermaken, wiens gedrag grotesk was, zoals altijd. Hij was de bewaker van een geestesieke vorst.

Hij had grotere ambities. Het kwam tot een conflict.

In vergelijking met de consequenties van het voorval, was wat er gebeurde een komisch bagatel.

Op een keer, aan de lunch met de Koningin was de Koning, die niet aan het gesprek onder de maaltijd had deelgenomen, maar gewoontegetrouw voor zich uit had zitten mompelen, plotseling opgestaan en had met een vreemde, gemaakte klank, als was hij een acteur op een toneel, naar Brandt gewezen en geroepen: 'Ik ga u nu een stevig pak ransel met mijn stok geven, u een aframmeling geven omdat u dat verdient! Ik richt het woord tot u, graaf Brandt, hebt u dat begrepen?'

Het was heel stil geworden; na een kort moment hadden Struensee en de Koningin koning Christian terzijde getrokken en intens op hem ingepraat, maar zonder dat de anderen konden horen wat ze zeiden. De Koning was toen in tranen uitgebarsten. Hij had daarna met gebaren, maar nog trillend van het huilen, zijn oude leraar Reverdil gewenkt; ze waren naar het voorvertrek gegaan, waar Reverdil sussend tegen de Koning had gesproken en hem had getroost. Misschien had Reverdil Christian ook wel gesteund en opgebeurd, omdat hij Brandt altijd had veracht had en wellicht gemeend had dat de uitval van Christian in zekere zin het juiste woord op het juiste moment was.

In ieder geval had Reverdil de Koning niet de mantel uitgeveegd, waarvoor hij later werd bekritiseerd.

De anderen aan tafel hadden besloten de Koning nu een lesje te leren om zodoende in het vervolg van dergelijke kwetsende optredens verschoond te blijven. Struensee had met gestrengheid tegen de Koning gezegd dat Brandt een verontschuldiging en een genoegdoening eiste, omdat hij openlijk beschimpt was.

De Koning had alleen met zijn tanden geknarst, met zijn handen aan zijn lichaam gepulkt en had geweigerd.

Later, na het avondmaal, was Brandt naar de vertrekken van de Koning gegaan. Hij had Moranti en Phebe, de page van de Koningin, die met hem speelden, bevolen zich te verwijderen. Hij had toen de deur dichtgedaan en de Koning gevraagd welk wapen hij koos voor het duel dat ze nu moesten uitvechten.

De Koning had alleen maar verlamd van schrik en in doodsangst zijn hoofd geschud, waarna Brandt had gezegd dat dan de vuisten maar moesten deugen. Christian, die een partijtje speels worstelen vaak heel leuk vond, had gemeend dat hij op deze misschien humoristische manier aan de dans kon ontspringen, maar Brandt was ten prooi gevallen aan een volstrekt onbegrijpelijke en verrassende woede, had Christian zonder mededogen neergeslagen en de snikkende vorst schimpwoorden toegebruld. Het was tot een worsteling op de grond gekomen en toen Christian had geprobeerd zich met zijn handen te verdedigen, had Brandt hem in zijn wijsvinger gebeten zodat het bloed eruit stroomde.

Brandt had de Koning snikkend op de grond achtergelaten, was naar Struensee gegaan en had gezegd dat hij genoegdoening had gekregen. De in allerijl geroepen hovelingen hadden daarna Christians vinger verbonden.

Struensee had iedereen verboden over het incident te reppen. Mocht iemand ernaar vragen dan was het standpunt, dat het leven van de Koning niet in gevaar was geweest, dat graaf Brandt niet had geprobeerd de Koning te doden en dat een speels worstelpartijtje tot de gewoonten van de Koning behoorde, dat dat een nuttige oefening voor de ledematen was, maar dat het grootste stilzwijgen over het gebeuren in acht genomen moest worden.

Tot de Koningin had Struensee echter zeer bekommerd gezegd: 'In Kopenhagen doet het gerucht de ronde dat wij de Koning willen vermoorden. Het zou slecht zijn als dit voorval uitkomt. Ik begrijp die Brandt niet.'

De volgende dag werd Brandt als eerste adjudant door Reverdil vervangen en kreeg hij meer tijd voor zijn fluitspel. Reverdil kreeg daardoor geen tijd om zijn plan voor de afschaffing van de lijfeigenschap van de boeren om te werken.

Meer tijd voor het fluitspel, wat ten koste van de politiek ging.

Brandt was de episode al snel vergeten.

Later zou hij reden hebben zich die te herinneren.

3

De herfst was laat dat jaar, de middagen verstreken rustig; men wandelde, dronk thee en wachtte.

Destijds, een jaar geleden, de vorige nazomer op Gut Ascheberg, was alles zo betoverend en nieuw geweest; nu probeerden ze dat gevoel te reconstrueren. Het was alsof ze een glazen koepel over de zomer en Hirschholm probeerden te plaatsen: ze gisten dat ginds in het donker, in de Deense werkelijkheid, het aantal vijanden toenam. Nee, ze wisten het. Er waren nu meer vijanden dan die nazomer op Gut Ascheberg, waar de onschuld nog aanwezig was geweest. Nu was het alsof ze op een toneelpodium stonden en de lichtkegel langzaam om hen heen kromp; het kleine gezinnetje in het licht en om hen heen een donker dat ze meden.

De kinderen waren het belangrijkst. Het jongetje was drie en Struensee paste alle theoretische principes over het opvoeden van kinderen die hij vroeger had geformuleerd nu in de praktijk toe; gezondheid, natuurlijke kleding, baden, buitenleven en natuurlijk spel. Het kleine meisje zou weldra mee mogen doen. Ze was nu nog te klein. Ze was schattig. Het kleine meisje was lieftallig. Het kleine meisje droeg ieders bewondering weg. Het kleine meisje zelf was echter, iedereen wist het maar niemand praatte daarover, het middelpunt waarop de Deense haat tegen Struensee zich nu richtte.

Het hoerenkind. Men ontving immers rapporten. Iedereen scheen het te weten.

Struensee en de Koningin zaten vaak in het smalle stukje tuin voor de westelijke flank van het slot, waar tuinmeubelen stonden en parasols beschutting gaven. Ze konden ver het park aan de andere kant inkijken. Op een middag keken ze van een afstand naar koning Christian, zoals altijd in gezelschap van Moranti en zijn hond; aan overkant van het water liep Christian rond, bezig standbeelden om te gooien.

Hij bevond zich in het deel van de tuin met de standbeelden. De standbeelden waren voortdurend voorwerp van zijn woede of zijn gevoel voor humor.

Men had geprobeerd de standbeelden met touwen beter vast te zetten zodat ze niet omver getrokken konden worden, maar dat had niet gewerkt. Dat was zinloos. Men moest ze na de verwoestende tocht van de Koning weer overeind zetten, zonder dat ook maar geprobeerd werd de schade en de afgeslagen delen te herstellen: deformaties die ontstonden als de Koning ten prooi viel aan melancholie.

Struensee en de Koningin hadden daar lang gezeten en zonder te spreken naar zijn gevecht met de standbeelden gekeken.

Dit alles was hun nu zeer bekend.

'Wij zijn eraan gewend,' had Caroline Mathilde gezegd, 'maar niemand die geen deel uitmaakt van het hof mag hem zien.'

'Iedereen weet het.'

'Iedereen weet het, maar het mag niet gezegd worden,' had Caroline Mathilde gezegd. 'Hij is ziek. In Kopenhagen wordt gezegd dat de Koningin-weduwe en Guldberg plannen smeden om hem in een inrichting te laten opnemen. Maar dat houdt tevens het einde voor ons beiden in.'

'Het einde?'

'De ene dag stoot de uitverkorene Gods standbeelden om. De volgende dag ons.'

'Dat doet hij niet,' had Struensee gezegd. 'Maar zonder Christian ben ik niets. Als het Deense volk erachter komt dat de uitverkorene Gods een gek is, kan hij niet langer wijzend zijn hand naar mij uitstrekken en zeggen: JIJ! JIJ zult mijn arm en mijn hand zijn en JIJ zult eigenhandig en als enige decreten en wetten ondertekenen. Hij heeft het door God uitverkoren zijn overgedragen. Kan hij dat niet meer, dan rest alleen...'

'De dood?'

'Of de vlucht.'

'Liever de dood dan de vlucht,' had de Koningin na een korte stilte gezegd.

Luid gelach naderde hen nu van over het water. Moranti zat de hond achterna.

'Zo'n mooi land,' had ze gezegd. 'En zulke slechte mensen. Hebben we nog vrienden over?'

'Een of twee,' had Struensee geantwoord. 'Een of twee.'

'Is hij werkelijk gek?' had ze toen gevraagd.

'Nee,' had Struensee geantwoord. 'Maar hij is geen mens uit één stuk.'

'Wat klinkt dat verschrikkelijk,' had ze gezegd. 'Een mens uit één stuk. Als een monument.'

Hij had geen antwoord gegeven. Toen had ze eraan toegevoegd: 'Maar ben jij dat wel?'

Ze had de gewoonte aangenomen bij Struensee te gaan zitten als hij werkte.

Eerst meende Struensee dat ze dicht bij hem wilde zijn, toen besefte hij dat ze in zijn werk geïnteresseerd was.

Hij moest uitleggen wat hij deed. Eerst deed hij het met een glimlach. Vervolgens, toen hij begrepen had dat het haar inderdaad ernst was, had hij zich veel moeite gegeven. Op een dag was ze bij hem binnengekomen met een lijst van personen die ze wilde ontslaan; eerst had hij gelachen. Toen had ze het uitgelegd. En hij had het begrepen. Het was echter geen haat of ijverzucht die haar de lijst had doen opstellen. Ze had een beoordeling van de structuur van de macht gemaakt.

Haar analyse had hem verbaasd.

Hij meende dat haar zeer heldere, zeer brutale kijk op de mechanismen van de macht aan het Engelse hof geboren was. Nee, had ze gezegd, ik leefde in een klooster. Waar had ze dit dan allemaal geleerd? Ze was niet een van de wat Brandt minachtend 'vrouwelijke intriganten' placht te noemen. Struensee begreep dat ze een ander soort samenhang zag dan hij.

De droom over de goede samenleving, gebaseerd op rechtvaardigheid en verstand was van hem. Haar obsessie was het instrument. Het bespelen van het instrument noemde ze 'het grote spel'.

Als ze het over het grote spel had, voelde hij weerzin. Hij wist waarom. De toon was dezelfde als destijds die van de gesprekken tussen de zeer briljante Verlichtingsmannen in Altona, toen hij beseft had dat hij maar een dokter was en gezwegen had.

Hij luisterde en zweeg ook nu.

Op een avond toen hij haar uit Holbergs *Moralske Tanker* voor had zitten lezen had ze hem onderbroken en gezegd dat dit abstracties waren.

Dat al deze principes juist waren, maar dat hij het instrument moest begrijpen. Dat hij de mechanismen moest zien, dat hij naïef was. Dat zijn hart te zuiver was. De zuiveren van hart waren tot de ondergang gedoemd. Hij had niet begrepen dat hij gebruik moest maken van de adel. Hij moest zijn vijanden uit elkaar drijven. Het was waanzin om de stad Kopenhagen haar administratieve zelfstandigheid te ontnemen en om onnodig vijanden te maken; hij had alleen verbaasd en zwijgend naar haar gekeken. De hervormingen, vond ze, moesten gericht zijn zowel voor als tegen personen. Uit zijn pen vloeiden decreten vloeiden, maar er ontbrak een plan aan.

Hij moest zijn vijanden kiezen, had ze gezegd.

Hij herkende de uitdrukking. Hij had die eerder gehoord. Hij had versteld gestaan en gevraagd of ze met Rantzau gesproken had.

'Ik herken die uitdrukking,' had hij gezegd. 'Die heb je niet uit de lucht geplukt.'

'Nee,' had ze geantwoord, 'maar misschien heeft hij hetzelfde gezien als ik.'

Struensee had zich verward gevoeld. De Engelse gezant Keith had tegen Brandt gezegd dat hij heel goed wist dat 'Hare Majesteit de Koningin nu onbelemmerd regeerde via de Minister'. Brandt had het verder verteld. Was het een waarheid die hij verdrongen had? Op een keer had hij een decreet uitgevaardigd waarin stond dat de kerk op Amaliegarde ontruimd moest worden en ingericht als vrouwenziekenhuis en hij had nauwelijks doorgehad dat het voorstel van haar afkomstig was. Het was haar voorstel en hij had het vorm gegeven en er zijn handtekening onder gezet en geloofd dat het van hem was. Maar het was haar voorstel.

Was hij de samenhang en de controle kwijtgeraakt? Hij wist het niet zeker. Hij had het verdrongen. Ze zat aan de schrijftafel tegenover hem, luisterde en gaf commentaar.

Ik moet je het grote spel leren, placht ze van tijd tot tijd tegen hem te zeggen, omdat ze wist dat hij de uitdrukking verafschuwde. Hij had op een keer, bijna speels, haar aan haar lijfspreuk herinnerd: 'O keep me innocent, make others great.'

'Dat was toen,' had ze gezegd. 'Dat was vroeger. Dat is zo lang geleden.'

4

Wat was dit slot ontzettend stil geworden. Het was alsof de stilte van het slot, van het meer en de parken een deel van de innerlijke stilte van Struensee geworden was.

Als ze sliep zat hij zat vaak naast het bed van het kleine meisje om naar haar gezichtje te kijken. Zo onschuldig, zo mooi. Hoe lang zou dat zo blijven?

'Wat is er toch met je?' had Caroline Mathilde op een avond ongeduldig tegen hem gezegd. 'Je bent zo stil geworden.'

'Ik weet het niet.'

'Weet je het niet?!!'

Hij had het niet kunnen verklaren. Hij had over dit alles gedroomd, om alles te kunnen veranderen, om alle macht te bezitten; maar nu was zijn bestaan tot rust gekomen. Misschien ging zo het sterven wel. Opgeven en je ogen sluiten.

'Wat is er met je?' had ze opnieuw gevraagd.

'Ik weet het niet. Soms verlang ik ernaar om alleen maar te slapen. In te slapen. Te sterven.'

'Droom je ervan om te sterven?' had ze met een scherpe klank in haar stem gevraagd die hij niet kende. 'Maar ik niet. Ik ben nog jong.'

'Ja, neem me niet kwalijk.'

'Eigenlijk,' had ze gezegd met een soort ingehouden woede, 'ben ik nu pas gaan leven!!!'

Hij had geen antwoord kunnen geven.

'Ik begrijp je niet,' had ze toen gezegd.

Er was die dag een lichte ontstemming tussen hen ontstaan, die echter vervloog toen ze zich in de slaapkamer van de Koningin terugtrokken.

Ze hadden elkaar bemind.

Als ze elkaar deze nazomer beminden werd hij achteraf vaak door een onbegrijpelijke onrust geplaagd. Hij wist niet wat het was. Hij stapte uit het bed, trok de draperieën voor het raam weg en keek uit over het water. Hij hoorde een fluit en wist dat het Brandt was. Waarom wilde hij altijd naar buiten kijken, wegkijken als ze gevreeën hadden? Hij wist het niet. Zijn neus tegen het vensterglas; was hij een vogel die eruit wilde? Dat mocht niet zo zijn. Hij moest iets afmaken.

Nog een of twee vrienden over. Een of twee. De vlucht of de dood. De heer Voltaire was eveneens naïef geweest.

'Waar denk je aan?' had ze gevraagd.

Hij had niet geantwoord.

'Ik weet het,' had ze gezegd. 'Je bent trots op jezelf. Je weet dat je een fantastische minnaar bent. Daar denk je aan.'

'Sommigen zijn goed,' had hij zakelijk geantwoord, 'ik ben dat altijd al geweest.'

Te laat had hij gehoord wat hij gezegd had en had er spijt van gehad. Maar ze had het gehoord, de betekenis begrepen en eerst niet geantwoord. Toen had ze gezegd: 'Jij bent de enige die ik gehad heb. Ik heb dus geen vergelijking. Dat is het verschil.'

'Ik weet het.'

'Afgezien van de geesteszieke. Dat vergat ik. Weet je wel dat ik in zekere zin van hem houd?'

Ze keek naar zijn rug of ze hem gekwetst had, maar kon dat niet zien. Ze hoopte dat hij gekwetst was. Het zou leuk zijn als hij gekwetst was.

Geen antwoord.

'Hij is niet zo volmaakt als jij. Niet zo fantastisch. Maar hij was niet zo'n slechte minnaar als je denkt. Ben je nu gekwetst? Hij was die keer als een kind. Het was bijna... opwindend. Ben je gekwetst?'

'Ik kan weggaan als je dat wenst.'

'Nee.'

'Ja, ik wil nu gaan.'

'Als ik wil dat je zult gaan,' had ze op dezelfde vriendelijke, zachte toon gezegd, 'dan wil jij. Niet eerder. Geen moment eerder.'

'Wat wil je? Ik hoor aan je stem dat er iets is.'

'Ik wil dat je hier komt.'

Hij bleef staan en wist dat hij zich niet wilde verroeren, maar dat hij het misschien toch zou doen.

'Ik wil weten waar je aan denkt,' had ze na een lange stilte gezegd.

'Ik denk,' zei hij, 'dat ik vroeger geloofde dat ik de teugels in handen had. Ik geloof dat nu niet meer. Waar is alles gebleven?'

Ze gaf geen antwoord.

'De heer Voltaire met wie ook ik gecorrespondeerd heb,' begon hij, 'de heer Voltaire, meende dat ik de vonk kon zijn. Die de prairiebrand zou ontsteken. Wat is ervan geworden.'

'Je hebt die in mij ontstoken,' zei ze. 'In mij. En nu zullen we samen branden. Kom.'

'Weet je wel,' had hij toen geantwoord, 'weet je wel dat je sterk bent. Soms ben ik bang voor je.'

5

Als alles voor Christian op zijn best was dan mocht hij ongestoord spelen.

Zij, die ongestoord mochten spelen waren Christian, zijn negerpage Moranti, de kleine Phebe en de hond. Ze speelden in het slaapvertrek van de Koning. Het bed was heel breed, er was plaats voor alle vier. Christian had een laken om Moranti gewonden dat hem totaal verborg en ze speelden hofhouding.

Moranti was de koning. Hij moest omwikkeld aan het hoofdeinde van het bed zitten, zijn gezicht was helemaal verborgen, en aan het voeteneinde zaten Christian, Phebe en de hond. Die stelden de hofhouding voor, werden toegesproken en kregen bevelen.

Moranti deelde orders en bevelen uit. Het hof boog.

Het was heel leuk. Ze hadden alle pruiken en kleren afgegooid en zaten slechts in hun met kant afgezette ondergoed.

Van de in laken gewikkelde kwamen vage woorden en bevelen. Het hof boog dan op een belachelijke manier. Het was allemaal heel leuk.

Als alles op zijn best was, was dit de situatie.

Op 17 september toen Christian en zijn vrienden overdag hun spel de Koning en het belachelijke hof speelden, arriveerde er op Hirschholm een koerier uit Kopenhagen met een zending uit Parijs.

Het bevatte een huldigingsgedicht voor koning Christian VII van de heer Voltaire. Het gedicht zou later gepubliceerd worden en heel beroemd worden als epistel 109 en in vele talen verschijnen. Maar het gedicht was nu nog met de hand geschreven, het bestond uit 137 versregels en was getiteld 'Over de persvrijheid'.

Maar het was gericht aan Christian en het was een huldigingsgedicht. Het was geschreven naar aanleiding van het bericht dat Voltaire bereikt had dat de Deense Koning in zijn land vrijheid van meningsuiting had ingevoerd. Hij kon immers niet weten dat Christian in een andere grote droom weggegleden was, die niet over vrijheid maar over vluchten ging, dat de jongen die met zijn kleine, levende poppen speelde nauwelijks weet had van de hervorming die Struensee had doorgevoerd en dat deze pasgewonnen vrijheid van meningsuiting trouwens alleen maar uitmondde in grote hoeveelheden pamfletten, geïnitieerd en gedirigeerd door de reactie, die Struensee nu stelselmatig door het slijk haalde. In dit nu vrije klimaat stelden de pamfletten Struensees losbandigheid aan de kaak en leverden ze de brandstof voor de geruchten van de ontuchtige nachten van de Koningin en hem.

Daarvoor was deze vrijheid niet bedoeld geweest. Maar Struensee had geweigerd haar te herroepen. En aldus ontstond deze vuilspuiterij, gericht tegen hemzelf. En omdat de heer Voltaire hier niets van wist, had de heer Voltaire een gedicht geschreven, over Christian. Dat handelde over de principes die Voltaire aanhing, principes die juist waren en de Deense Koning glans verschaften.

Het was zo'n mooie avond op Hirschholm geworden.

Men had ervoor gezorgd dat Christian zijn spel onderbrak en aangekleed werd en toen was men bijeengekomen voor een voorleesavond. Eerst had Struensee het gedicht aan de aanwezigen voorgelezen en iedereen had daarna geapplaudisseerd en vol warmte naar Christian gekeken, die verlegen was geweest, maar blij was geworden. Daarna had men Christian aangespoord het gedicht zelf voor te lezen. Eerst had hij dat niet gewild, maar daarna had hij ingestemd en het gedicht van Voltaire in zijn mooie, voortreffelijke Frans voorgelezen, langzaam en met een eigen dictie.

Monarque vertueux, quoique né despotique,
crois-tu régner sur moi de ton golfe Baltique?
Suis-je un de tes sujets pur me traiter comme eux,
pour consoler ma vie, et me rendre heureux?

Vorst vol deugden, hoewel als potentaat geboren,
Wilt u vanaf de Sont mijn smeekbeê horen?
en mag ik u, als onderdaan, mijn leidsman noemen,
waarna ik mij op een gezegend leven kan beroemen?

Het was zo mooi geschreven. Voltaire had er zijn vreugde over uitgesproken dat het thans in het noorden van Europa was toegestaan om vrij te schrijven en dat de mensheid daarom nu via zijn stem haar dank uitsprak.

Des déserts du Jura ma tranquille vieillesse
ose se faire entendre de ta sage jeunesse;
et libre avec respects, hardi sans être vain,
je me jette à tes pieds, au nom du genre humain.
Il parle par ma voix.

Vanaf de woeste Jura wil ik, bejaarde man, verheugd
volgaarne naar de woorden luisteren van uw wijze jeugd;
en u vrijmoedig, maar respectvol en eerbiedig groetend,
werp ik mij in naam der mensheid aan uw voeten.
De mensheid spreekt door mij.

En zo ging het lange mooie gedicht door, over de ongerijmdheid van de censuur en het belang van de literatuur, die de machthebber angst konden aanjagen, met aan de andere kant de hulpeloosheid van de censuur, omdat die nooit zelf op een gedachte kon komen. En over hoe onmogelijk het was om een zegevierende gedachte te doden. *Est-il bon, tous les rois ne peuvent l'écraser!* (Is het boek goed, dan kunnen zelfs alle koningen samen het niet vernietigen!) Als de gedachte ergens onderdrukt wordt, duikt hij elders weer zegevierend op. Wordt hij in het ene land verafschuwd, dan wordt hij in een ander bewonderd.

Qui, du fond de son puits tirant la Verité,
a su donner une âme au public hébété?
Les livres ont tout fait.

Hij die de waarheid uit het diepe heeft verkozen,
heeft stem gegeven aan verstotenen en rechtelozen.
En dit alles is gedaan door de geschriften.

Christians stem had gebeefd toen hij ten slotte aan het einde was gekomen. En ze hadden opnieuw geapplaudisseerd, heel lang.

Christian was weer gaan zitten, tussen hen in, en hij was heel gelukkig geweest en ze hadden met warmte naar hem gekeken, bijna met liefde en hij was zo blij geweest.

Van het balkon van het slot kwamen deze zomer bijna elke avond fluittonen.

Het was Brandt, de fluitspeler.

Het was deze zomer de toon van vrijheid en geluk. De fluit op het slot van Hirschholm, dat fantastische zomerslot dat alleen deze ene zomer leefde. Misschien dat er iets ging gebeuren, maar nu nog niet. Alles wachtte af. De fluitspeler, de laatste van de vrienden, speelde voor hen allemaal, maar zonder hen te zien.

De Koning speelde. De Koningin boog zich in een liefdevol gebaar over het kind. Struensee, stil en opgesloten, een vogel met zijn vleugeltoppen tegen het raam, een vogel die het bijna had opgegeven.

13

De opstand van de matrozen

1

Nee, er was niets komisch aan het huldigingsgedicht van Voltaire. Het was een de mooiste huldigingen aan het vrije woord dat geschreven was.

Maar juist voor Christian? Overal werd gezocht naar de vonk die de brand zou doen ontsteken. Al in 1767 had Voltaire hem geschreven 'dat men van nu af aan naar het noorden moest reizen om ideeën te vinden die tot voorbeeld konden dienen; en als mijn broze gezondheid en zwakheid me het niet verhinderden zou ik de wens van mijn hart volgen, naar U toe reizen en mij aan de voeten van Uwe Majesteit werpen'.

Voltaire aan de voeten van Christian. Maar zo was dus de situatie. Zo waren de omstandigheden. De jonge vorst in het noorden bezat verbluffende, verleidelijke mogelijkheden. Ook met de Zweedse kroonprins, de latere koning Gustav III, onderhielden de encyclopedisten contact. Gustav werd door Diderot bewonderd, hij las alles van Voltaire; de kleine koninkrijken in het noorden waren merkwaardige, kleine brandhaarden van de Verlichting. Konden het worden, liever gezegd.

Waar mochten de Verlichtingsfilosofen in hun ballingsoorden in Zwitserland en Sint-Petersburg op hopen? Zij met hun verbrande boeken en hun voortdurend gecensureerde werken? De vrijheid van meningsuiting en de vrijheid van drukpers vormden immers de sleutel.

En dan waren er deze vreemde, nieuwsgierige jonge vorsten in die kleine, achtergebleven samenlevingen in het noorden. De vrijheid van meningsuiting was onverwachts in Denemarken ingevoerd. Waarom zou de voortdurend onderdrukte en vervolgde heer Voltaire niet een wanhopig en hoopvol huldigingsgedicht schrijven?

Hij kon niet weten hoe de situatie in werkelijkheid was.

2

In de herfst van 1771 zette de tegenaanval in. Hij kwam in golven.

De eerste golf was de opstand van de Noorse matrozen.

Het begon er allemaal mee dat de gebogen, magere, Zwitserse leraar Reverdil Struensee een advies had gegeven over de oplossing van het Algerijnse vraagstuk. Reverdil was ondanks alles een verstandig man, placht Struensee te denken. Maar hoe moest je in dit gekkenhuis van verstandige mensen gebruikmaken? Om de gekken te bewaken?

Het was een fout geweest om Reverdil als toezichthouder van Christian aan te stellen. Maar ja, de Koning haatte Brandt tegenwoordig. En iemand moest toezicht houden. Wat moest men anders.

Het was Reverdil geworden.

Reverdil bezat evenwel een kennis van het gekkenhuis die soms heel bruikbaar was, zoals deze nazomer van 1771 op Hirschholm. Hij kreeg als taak 'een duidelijke uiteenzetting' van het vraagstuk van het Algerijnse avontuur op schrift te zetten en eventuele oplossingen aan te dragen. Maar het probleem rond 'het Algerijnse avontuur' groeide in die maanden explosief, er bestond geen andere duidelijkheid dan die van het gekkenhuis.

Struensee had de catastrofe immers geërfd. Lang voor zijn tijd had men een uitstekend uitgeruste Deense vloot naar Algiers gestuurd. Men had de oorlog verklaard. De jaren waren verstreken. Ten slotte was de catastrofe aan eenieder duidelijk geworden. Toen de lijfarts zijn bezoek kwam afleggen, was die catastrofe al een feit, hij erfde haar. De heldere glans van het verstand was verduisterd door die van de dwaasheid. Struensee had zich machteloos gevoeld.

In het gekkenhuis had het logisch geleken dat Denemarken de oorlog aan Algerije had verklaard en een vloot naar de Middellandse Zee had gestuurd. De logica was inmiddels allang vergeten, maar het had iets te maken met het grote machtsspel tussen Turkije en Rusland. Het was eveneens logisch geweest dat deze waanzinnige onderneming tot mislukken was gedoemd.

De voorstellen van Reverdil, die deze kwestie al van oudsher kende – hij was maar al te blij enkele dagen van het gezelschap van Christian verlost te zijn –, waren somber. Wat te doen?!! Naast de gezonken schepen, de verliezen aan manschappen, de enorme kosten die de staatsschuld drastisch dreigden te vergroten en alle hervormingen te ondermijnen, naast al deze dingen was er de verbittering dat deze geërfde dwaasheid nu alles onderuit zou halen.

Reverdils heldere analyses waren onverteerbaar.

De situatie was zo dat zich nog een klein Deens eskader in de Middellandse Zee bevond onder commando van admiraal Hooglandt. Het was het restant van de trotse vloot die eens zee gekozen had. Deze vloot had nu het bevel gekregen Algerijnse kapers te achtervolgen en op versterking te wachten. Die versterking, die de eer van de Deense vloot moest redden, zou vanuit Kopenhagen uitvaren, maar moest eerst gebouwd worden. Dat bouwen zou op de werf van Holmen geschieden. Dat nieuwgebouwde eskader zou bestaan uit grote linieschepen en galeien met krachtige kanonnen en vuurmonden, waarmee Algiers onder vuur genomen kon worden. Het eskader zou, volgens het opperbevel van de marine, bestaan uit minstens negen linieschepen naast fregatten, schebekken en galeien.

Om de benodigde schepen te kunnen bouwen waren zeshonderd matrozen uit Noorwegen opgeroepen. Die waren nu al een hele tijd werkeloos in Kopenhagen gelegerd, wachtend op het startschot. Ze kregen er genoeg van. Het loon liet op zich wachten. De hoeren wensten behoorlijk betaald te worden. Geen loon, geen hoeren. Gratis brandewijn had hen niet kunnen kalmeren, maar had wel aanzienlijke schade in de Kopenhaagse herbergen veroorzaakt.

De Noorse matrozen waren bovendien zeer koningsgetrouw en noemden de Deense vorst uit traditie 'Vadertje'. Het was hun in Noorwegen bijgebracht dit begrip bijna mythologisch te gebruiken om zodoende de plaatselijke Noorse machthebbers met ingrijpen van de centrale macht uit Kopenhagen te dreigen.

De Noorse matrozen waren opgehitst door rapporten dat Vadertje Christian door de Duitser Struensee gevangen was gezet. De nieuwe, vrijgegeven en welig florerende pamfletten hadden daar ook het hunne toe bijgedragen. Het heilige bed van Vadertje was onteerd. Alles was één grote ramp. Geen werk. Onwillige hoeren. Ten slotte had de honger toegeslagen. Geen hoeren, geen loon, geen werk, Vadertje bedreigd; de woede was gegroeid.

Reverdil was eenduidig geweest en had een afblazen van het Algerijnse avontuur aangeraden. Struensee had geluisterd. Er zouden geen linieschepen gebouwd worden. De matrozen waren nog ter plaatse en lieten zich niet naar Noorwegen terugbrengen.

En met hen had Guldberg contact opgenomen. In oktober was het besluit gevallen naar Hirschholm op te trekken.

Het leed geen twijfel: de rapporten waren somber, het einde scheen naderbij.

De rapporten over de mars van de opstandige matrozen bereikten Hirschholm onmiddellijk. Struensee had zwijgend geluisterd en was toen naar de vertrekken van de Koningin gegaan.

'Over vier uur zijn ze hier,' had hij verteld. 'Ze zullen ons doden. We kunnen vijftien soldaten tegen hen inzetten, mooie uniformen, maar veel meer heeft het niet te betekenen. Ze hebben vermoedelijk al de benen genomen. Niemand zal de matrozen verhinderen ons te doden.'

'Wat moeten we doen?' had ze gevraagd.

'We kunnen naar Zweden vluchten.'

'Dat is laf,' had ze gezegd. 'Ik ben niet bang om te sterven en ik zal niet sterven.'

Ze had met een blik naar hem gekeken die de sfeer tussen hen gespannen deed zijn.

'Ik ben ook niet bang om te sterven,' had hij gezegd.

'Waar ben je dan bang voor?' had ze gevraagd.

Hij wist het antwoord, maar had gezwegen.

Hij had gemerkt dat het woord 'angst' of 'vrees' nu voortdurend in hun gesprekken opdook. Er was iets met 'vrees' dat bij zijn kindertijd hoorde, lang geleden.

Waarom dook het woord 'vrees' juist nu zo vaak op? Was het de herinnering aan het sprookje dat hij als kind gelezen had over de jongen die de wereld introk om te leren wat bang zijn was?

Het was dat sprookje, herinnerde hij zich. Het ging over een ver-

standig, intelligent, humanistisch jongmens dat door zijn angst verlamd werd. Maar die intelligente jongen had een broer. Wat was er toch
met die broer? De broer was dom en daadkrachtig. Maar hij kon niet
bang worden. Hij miste het vermogen om bang te zijn. En hij nu was
de held van het sprookje.

Hij trok de wereld in om de angst te leren kennen, maar niets kon
hem schrik aan jagen.

Hij was onkwetsbaar.

Wat was 'vrees'? Was het het vermogen om te zien wat mogelijk en
onmogelijk was? Waren het zijn voelhorens, waren het de waarschu-
wingssignalen in zijn binnenste, of was het de verlammende angst die,
naar hij aannam, alles zou vernietigen?

Hij had gezegd dat hij niet bang was om te sterven. En hij had
onmiddellijk gezien dat ze woedend werd. Ze geloofde hem niet en in
haar wantrouwen lag een zekere mate van verachting besloten.

'Eigenlijk verlang je ernaar,' had ze toen, heel verrassend, tegen
Struensee gezegd. 'Maar ik wil niet sterven. Ik ben te jong om te sterven. En ik verlang er niet naar. Ik heb het nog niet opgegeven.'

Hij had haar onrechtvaardig gevonden. En hij wist dat ze een pijn-
punt had aangeraakt.

'We moeten snel een besluit nemen,' had hij gezegd, omdat hij niet
wilde antwoorden.

Alleen mensen uit één stuk kenden geen angst. De domme broer,
die geen angst kon kennen, had de wereld verslagen.

De zuiveren van hart waren tot de ondergang gedoemd.

Ze had snel voor beiden een besluit genomen.

'We blijven hier,' had ze kortaf gezegd. 'Ik blijf hier. De kinderen blijven hier. Jij moet doen wat je wilt. Vlucht naar Zweden als je wilt.
Eigenlijk wil je al heel lang vluchten.'

'Dat is niet waar.'

'Blijf dan hier.'

'Ze zullen ons vermoorden.'

'O nee.'

Daarna was ze de kamer uitgegaan om plannen te maken voor de
ontvangst van de matrozen.

3

Later bedacht Struensee dat dit het meest vernederende was dat hij ooit had meegemaakt. Niets van alles wat daarna gebeurde was even erg geweest.

Alles was immers prima verlopen.

Koningin Caroline Mathilde was met haar gevolg de brug over gelopen en had aan de landzijde de opstandige matrozen begroet. Ze had hen toegesproken. Ze had een overweldigend charmante, innemende indruk gemaakt. Ze had hen hartelijk bedankt voor hun opwachting en naar koning Christian gewezen die stom drie passen achter haar stond, bevend van angst, maar heel stil en zonder zijn gebruikelijke spasmen of vreemde manier van doen; ze had namens hem excuses aangeboden dat hij hen vanwege zijn keelpijn en hoge koorts niet toe kon spreken. Ze had Struensee met geen woord vermeld, maar was heel charmant geweest.

Ze had hun verzekerd van de gunst en welwillendheid van de Koning en de kwaadwillende geruchten dat de schepen niet gebouwd zouden worden krachtig tegengesproken. De Koning had drie dagen geleden al besloten dat er op de werf van Holmen twee nieuwe linieschepen gebouwd zouden worden om de vloot met het oog op 's lands vijanden te versterken, al het andere was gelogen. Ze had de vertraging in de uitbetaling van hun lonen betreurd, haar medeleven betuigd met hun honger en dorst na de lange tocht en gezegd dat er in de voorraadgebouwen hele varkens aan het spit en bier voor hen gereed stonden, ze had hun een goede maaltijd toegewenst en hun verzekerd dat het haar grootste wens was het mooie Noorwegen te bezoeken met zijn, naar men zei, schitterende dalen en bergen, waarover ze al zoveel gehoord had.

De matrozen hadden een luid hoera voor het koningspaar uitgebracht en waren toen tot schransen overgegaan.

'Je bent niet goed wijs,' had hij tegen haar gezegd, 'twee nieuwe linieschepen, daar is geen geld voor, er is nauwelijks geld voor hun lonen. Dit is lucht, dit is onmogelijk. Je bent niet goed wijs.'

'Dat ben ik wel,' had ze toen geantwoord. 'En ik word met de dag wijzer.'

Hij had zijn gezicht in zijn handen verborgen.

'Ik heb me nog nooit zo vernederd gevoeld,' had hij gezegd. 'Moet je me zo vernederen?'

'Ik verneder je niet,' had ze geantwoord.

'Dat doe je wel,' had hij gezegd.

Vanaf het strand aan de andere kant steeg het woeste geschreeuw op van de nu al beschonken wordende opstandige Noorse matrozen, die nu niet langer opstandig, maar koningsgetrouw waren. Struensee hadden ze niet gezien. Misschien bestond hij niet. Het zou een lange nacht worden. Er was meer dan genoeg bier en in de ochtend zouden ze terugkeren, de opstand was neergeslagen.

Ze was toen naast hem gaan zitten en had hem langzaam over zijn haar gestreeld.

'Maar ik hou toch van je,' had ze gefluisterd. 'Ik hou zo ontzettend veel van je. Maar ik ben niet van plan het op te geven. Ben niet van plan om te sterven. Ik geef ons niet op. Zo is het maar net. Zo is het. Is het. Ik ben niet van plan om ons op te geven.'

4

Guldberg had de informatie over de uitkomst van de opstand aan de Koningin-weduwe meegedeeld, die met een stenen gelaat toegeluisterd had, en tevens aan de Erfprins die zoals gewoonlijk kwijlde.

'U bent mislukt,' had ze tegen Guldberg gezegd. 'En wij hebben misschien een verkeerde inschatting gemaakt. De kleine Engelse hoer is harder dan waarmee we gerekend hadden.'

Veel viel er niet te zeggen. Guldberg had alleen ontwijkend gezegd dat God aan hun kant stond en hen ongetwijfeld zou bijstaan.

Ze hadden lange tijd zwijgend bijeen gezeten. Guldberg had naar de Koningin-weduwe gekeken en was opnieuw getroffen door de onbegrijpelijke liefde die ze voor haar zoon koesterde, wiens hand ze altijd vasthield als wilde ze hem niet laten gaan. Het was niet te begrijpen, maar ze hield van hem. En ze meende werkelijk, met een kille wanhoop die hem angst aanjoeg, dat deze achterlijke zoon de door God uitverkorene zou worden, dat hem alle macht over dit land gegeven zou worden, dat het mogelijk zou zijn zijn geringe gestalte, zijn gedeformeerde hoofd, zijn bevingen, zijn belachelijk aangeleerde woordreeksen, zijn pirouettes over het hoofd te zien; het was alsof ze het uiterlijk totaal over het hoofd zag en een innerlijk licht zag dat tot nu toe niet naar buiten had kunnen schijnen.

Ze zag dat Gods licht in dit onaanzienlijke omhulsel aanwezig was, dat hij door God uitverkoren was en dat het hun enige taak was zijn weg te effenen. Zodat het licht door kon breken. En alsof ze zijn gedachten gehoord en begrepen had, streek ze met haar hand over de wang van de Erfprins, merkte dat die kleverig was, haalde een kanten zakdoekje te voorschijn en veegde het kwijl van zijn kaak en zei: 'Ja. God zal ons bijstaan. En ik zie Gods licht ook in deze geringe gestalte.'

Guldberg snakte naar adem, heftig. Het licht van God in die geringe gestalte. Ze had het over haar zoon. Maar hij wist dat het ook hem gold. De laatsten, de geringsten, zij droegen Gods licht in zich. Hij hapte opnieuw naar adem, het klonk als een snik, maar dat kon het niet zijn.

Hij vermande zich. En toen begon hij te praten over de twee plannen die hij uitgedacht had en die ten uitvoer gelegd zouden worden, na elkaar, als de opstand van de matrozen zou mislukken, wat helaas geschied was; maar de geringsten en onaanzienlijksten, zij die het innerlijk licht van God bezaten, zouden hun strijd voor de reinheid voortzetten.

5

Rantzau werd diezelfde avond naar Hirschholm gestuurd om het plannetje ten uitvoer te brengen dat op de opstand van de Noorse matrozen zou volgen.

Het was heel simpel; Guldberg was van mening dat eenvoudige plannen soms een kans van slagen hadden, plannen waarbij weinig mensen betrokken waren, geen grote troepensamentrekkingen, geen massa's, slechts een paar uitverkorenen.

Bij het eenvoudige plan waren de beide vrienden van Struensee, Rantzau en Brandt, betrokken.

Ze hadden elkaar in het geheim in een herberg op twee kilometer afstand van Hirschholm ontmoet. Rantzau had uitgelegd dat de situatie kritiek was en optreden noodzakelijk. Het verbod om thuis brandewijn te stoken mocht verstandig geweest zijn, maar het was dom. Het volk was nu de straat op gegaan. Het was nog maar een kwestie van tijd voordat Struensee ten val gebracht zou worden. Er heerste chaos, overal waren pamfletten, satires, gehoon tegen Struensee en de Koningin. Overal kolkte het.

'Hij denkt dat hij de man van het volk is,' had Brandt bitter gezegd, 'maar ze haten hem. Hij heeft alles voor hen gedaan en ze haten hem. Het volk verslindt zijn weldoener. Toch is het zijn verdiende loon. Hij moest alles in één keer doen.'

'Het ongeduld van de goede mensen,' had Rantzau geantwoord, 'is erger dan het geduld van de slechte. Alles, alles! heb ik hem geleerd. Maar dat niet.'

Rantzau had daarna het plan uiteengezet. Brandt zou de Koning vertellen dat Struensee en de Koningin van plan waren hem te doden. Daarom moest hij gered worden. De Koning was de sleutel. Als hij zich in Kopenhagen bevond, buiten controle van Struensee, zou de rest simpel zijn.

'En dan?'

'Dan moet Struensee sterven.'

De volgende dag was het plan mislukt; wat er gebeurde was zo absurd, zo komisch dat niemand met deze ontwikkeling rekening had kunnen houden.

Wat er geschiedde was het volgende.

De Koning had om vijf uur 's middags een onverklaarbare woede-uitbarsting gehad, was de brug naar de vaste wal op gerend en had geroepen dat hij zich wilde verdrinken; toen Struensee aan was komen rennen, was hij plotseling op zijn knieën gevallen, had Struensee bij zijn been gepakt en huilend gevraagd of het waar was dat hij moest sterven. Struensee had geprobeerd hem te kalmeren door hem over zijn schedel en voorhoofd te strelen, maar Christian was daarop nog onrustiger geworden en had gevraagd of het waar was.

'Wat bedoelt Uwe Majesteit?' had Struensee gevraagd.

'Is het waar dat u me wilt vermoorden?' had de Koning gejammerd. 'Bent u niet een van de Zeven? Antwoord me, bent u niet een van de Zeven?'

Zo was het begonnen. De twee hadden op de brug gestaan. En de Koning had zijn naam genoemd, keer op keer.

'Struensee?' had hij gefluisterd, 'Struensee Struensee Struensee?'

'Wat is er, mijn vriend?' had Struensee toen gevraagd.

'Is het waar wat Brandt in vertrouwen tegen me gezegd heeft?'

'Wat heeft hij in vertrouwen tegen u gezegd?'

'Hij wil me in het geheim naar Kopenhagen brengen. Als het donker is. Vanavond!!! Om te voorkomen dat u mij vermoordt. Daarna willen ze u vermoorden. Is het waar dat u mij wilt vermoorden?'

Zo was het gegaan dat dat heel eenvoudige plannetje mislukt was. Ze hadden niet begrepen dat Struensee een van de Zeven was. Ze hadden ook een ander verband niet doorgehad; daarom hadden ze gefaald, daarom hadden ze hun onnozelheid getoond, daarom had de wil van de Koning hun aanslag verijdeld.

Alleen Struensee had het begrepen, maar eerst had hij een vraag gesteld.

'Waarom vertelt u me dit, als u gelooft dat ik u wil vermoorden?'

Toen had Christian alleen maar gezegd: 'Brandt was Laarjes-Caterines vijand. Hij maakte haar zwart. En ze is de Heerseres van het Universum. Daarom haat ik hem.'

Zo was het gegaan toen het tweede plannetje mislukte.

Hij liet Brandt bij zich komen voor een verhoor en die had onmiddellijk bekend.

Brandt had zich, zonder dat hem dit bevolen was, op de knieën geworpen.

Zo was de situatie in het vertrek links naast de werkkamer van Struensee op slot Hirschholm geweest. Het was een late novemberdag. Brandt had met gebogen hoofd op zijn knieën gelegen en Struensee had met zijn rug naar hem toe gekeerd gestaan, alsof hij de situatie van zijn vriend niet aan kon zien.

'Ik zou je ter dood moeten laten brengen,' had hij gezegd.

'Ja.'

'De revolutie eet haar kinderen op, maar als ze ook jou opeet, heb ik geen enkele vriend meer over.'

'Ja.'

'Ik zal je niet ter dood laten brengen.'

Er was een lange stilte gevolgd; Brandt had nog altijd op zijn knieën gelegen en gewacht.

'De Koningin,' had Struensee toen gezegd, 'wil zo snel mogelijk naar Kopenhagen terugkeren. Niemand van ons koestert veel hoop, maar ze wil terug. Het is de wens van de Koningin. Ik heb geen andere wens. Ga je met ons mee?'

Brandt gaf geen antwoord.

'Wat is het stil om ons heen geworden,' had Struensee toen gezegd. 'Je kunt ons verlaten als je wilt. Je kunt naar... Guldberg vertrekken. En naar Rantzau. Ik zal je gedrag niet laken.'

Brandt gaf hier geen antwoord op, maar begon hevig te snikken.

'Het is een tweesprong,' had Struensee gezegd. 'Een tweesprong, zoals dat heet. Wat ga je doen?'

Er ontstond een heel lange stilte, toen was Brandt langzaam overeind gekomen.

'Ik ga met je mee,' had Brandt gezegd.

'Dank je. Pak je fluit. En speel voor ons in de koets.'

Voordat ze de volgende avond in de koetsen stapten, hadden ze zich in de binnensalon verzameld om wat te praten onder een kopje thee.

Het vuur in de open haard was aangestoken, maar er waren verder geen lichten aangestoken. Ze waren gereed voor de reis. Ze, dat was koning Christian VII, dat was koningin Caroline Mathilde, dat waren Enevold Brandt en Struensee.

Alleen het licht van de open haard.

'Als we een tweede leven mochten hebben,' had Struensee ten slotte gevraagd, 'als we een nieuw leven, een nieuwe kans zouden krijgen, wat zouden we dan willen zijn?'

'Glazenier,' had de Koningin gezegd. 'In een kathedraal in Engeland.'

'Toneelspeler,' had Brandt geantwoord.

'Een zaaier op een akker,' had de Koning gezegd.

Toen was het stil geworden.

'En jij?' had de Koningin aan Struensee gevraagd, 'wat wil jij zijn?'

Maar hij had alleen om zich heen gekeken te midden van zijn vrienden, deze laatste avond op Hirschholm, was opgestaan en had gezegd: 'Dokter.'

En toen: 'De koets is gearriveerd.'

Ze waren dezelfde nacht naar Kopenhagen vertrokken.

Ze hadden alle vier in dezelfde calèche gezeten: de Koning, de Koningin, Brandt en Struensee.

De anderen zouden later volgen.

De koets als een silhouet door de nacht.

Brandt speelde op zijn fluit, heel stil en zacht als een dodenmis of een klaaglied of, voor een van hen, als een loflied op de Heerseres van het Universum.

Deel 5

HET GEMASKERDE BAL

14

Het Laatste Maal

1

Nu zag Guldberg het steeds duidelijker. De wervelingen van de rivier waren te duiden.

Hij had profijt getrokken van zijn ervaringen opgedaan bij het analyseren van *Paradise Lost* van Milton. Daardoor was hij gewend beelden te duiden en er tegelijk kritisch afstand van te nemen. Het beeld van een fakkel die zwarte duisternis verspreidt, het beeld van Struensee van Christians ziekte, dat beeld kon, primo: verworpen worden omdat het logica miste, maar secundo: geaccepteerd worden als beeld van de Verlichting.

Hij schrijft dat deze kijk op de metafoor het verschil tussen dichter en politicus aantoont. De dichter schept, in zijn argeloosheid, het verkeerde beeld, maar de politicus kijkt erdoorheen en schept een voor de dichter verrassende toepassingsmogelijkheid.

Op die manier wordt de politicus de helper van de dichter, en weldoener.

Het zwarte licht van de fakkel kon daarom gezien worden als het beeld van de Vijanden van de Reinheid, zij die het over Verlichting hadden, zij die het over het licht hadden, maar het donker schiepen.

Uit gebrek aan logica wordt op deze manier een kritiek van het gebrek aan logica geschapen. Het vuil van het leven uit de droom over licht. Zo duidde hij het beeld.

Hij kon uit eigen ervaring voorbeelden geven.

Hij was zich ervan bewust dat ook hij besmet kon worden met de zonde. Besmet door begeerte. Zijn conclusie: misschien was de kleine Engelse hoer de zwarte fakkel.

Op de academie van Sorø had Guldberg de geschiedenis der Noordse landen gedoceerd. Hij had dat met veel plezier gedaan. Hij zag de buitenlandse invloed aan het hof als een ziekte, verachtte de Franse taal die hijzelf tot in de puntjes beheerste en droomde ervan ooit het onderwerp van een necrologie te worden. Daar moest boven staan 'De tijd van Guldberg' en ze moest beginnen met een formulering overgenomen uit de IJslandse saga.

'Guldberg heette een man.' Zo moest de eerste zin luiden.

Want de inleidende woorden dienden de toon te zetten. Ze moesten verhalen van een man die zijn eer heroverd had. Hij groeide echter niet uit door het veroveren van andermans eer, zoals in de IJslandse saga's, maar door de eer van de helden, van de groten, te verdedigen. De door God uitverkorene beschouwde hij als een held, als een van de groten. Ook al was hij gering van gestalte.

De eer van de Koning moest verdedigd worden. En dat was zijn taak. Guldberg had totdat de besmetting met het piëtisme daar voet aan de grond had gekregen op de academie van Sorø gewerkt. Hij had, toen de stank van de hernhutters en de piëtisten te ondraaglijk werd, zijn roeping als leraar opgegeven, omdat zijn proefschrift over Milton hem uitzichten op een politieke carrière bood. Hij had ook zijn taak als geschiedschrijver neergelegd, nadat hij echter eerst een reeks historische studies had gepubliceerd. Wat het meest de aandacht had getrokken was zijn vertaling van Plinius' *Eulogie op Trajanus*, waaraan hij een inleidend verslag over de Romeinse staatsvorm had toegevoegd.

Hij was begonnen bij het begin van de geschiedenis en gekomen tot Plinius. Plinius was degene die de eer van Trajanus schiep en verdedigde.

Plinius heette een man.

Guldberg was evenwel een gepassioneerd mens. Hij haatte de Engelse hoer met een intensiteit die misschien de hartstocht des vlezes was. Toen het nieuws over haar verdorvenheid hem had bereikt was hij door een zo razende opwinding overvallen als hij nooit eerder had meegemaakt. Het lichaam dat door de Koning, de door God aangewezene, gesmaakt moest worden was nu door een vuil Duits lid doorboord. Hier vond een vereniging van de grootste onschuld en reinheid met de grootste verdorvenheid plaats. Haar lichaam, dat heilig was, was nu een bron van de grootste zonde. Het wond hem op en hij haatte zijn opwinding. Hij dacht zijn beheersing te zullen verliezen. Haat en hartstocht verenigden zich in hem en dat had hij had nog nooit eerder meegemaakt.

Maar uiterlijk was er geen verandering te bespeuren. Hij sprak altijd met een zachte, rustige stem. Iedereen raakte in verwarring toen hij, tijdens de plannen voor de beslissende coup, plotseling met een hoge, bijna schrille stem sprak.

Hij moest, zoals in de IJslandse saga's, de eer van de Koning verdedigen. Maar wanneer was de fakkel begonnen zijn duister in zijn eigen ziel te verspreiden. Dat was voor hem het keerpunt in zijn saga. Misschien was het de keer geweest toen de kleine Engelse hoer zich naar hem toe had gebogen en fluisterend haar schaamteloze vraag over de begeerte en de kwelling had gesteld. Als was hem elke begeerte en de kwelling ervan ontzegd! Maar sindsdien herinnerde hij zich haar huid, zo wit en verleidelijk, en haar borsten.

Op een keer had hij 's nachts zo intens aan haar gedacht, aan haar verraad aan de Koning en aan zijn haat jegens haar, dat hij zijn lid beroerd had en hij was toen van een zo overweldigende begeerte vervuld geweest dat hij zijn zaad niet had kunnen inhouden; de schaamte hierover was bijkans ondraaglijk geweest. Hij was snikkend naast zijn bed op zijn knieën gevallen en had lang tot de almachtige God om erbarmen gebeden.

Hij had die keer begrepen dat er maar één weg was.

Ook hij was met de zonde besmet. Die moest nu met wortel en tak uitgeroeid worden.

Niet Struensee was de haard der besmetting. Dat was de kleine Engelse hoer, koningin Caroline Mathilde.

Het kleine plannetje had gefaald. Het grote, het derde dus, zou niet falen.

2

De koets van het koninklijk paar was om middernacht bij slot Frederiksborg gearriveerd en omdat de komst van de Koning en Koningin niet aangekondigd was, wekten ze aanvankelijk geen opschudding. Daarna verspreidde het gerucht zich snel en de opschudding was een feit.

Toen de opschudding was gaan liggen trad er een zeer grote en onbehaaglijke rust in.

De Koningin-weduwe had Rantzau en Guldberg bij zich geroepen.

Eerst had ze nauwkeurig gevraagd welke bewijzen men had; niet alleen maar een gerucht over de verdorvenheid van de Koningin, maar bewijzen.

Guldberg had toen het resultaat meegedeeld.

Twee van de kameniersters, die iedere dag de vertrekken van de Koningin schoonmaakten, hadden al voor het verblijf op Hirschholm gespioneerd. Ze hadden was in de sleutelgaten gestopt en soms propjes papier in de kieren van de deuren. 's Ochtends hadden ze ontdekt dat de was verdwenen was en dat de propjes op de grond gevallen waren. Ze hadden laat op de avond meel gestrooid voor de deur en op de trap die naar het slaapvertrek van de Koningin leidde. De volgende ochtend hadden ze de gevonden voetafdrukken onderzocht en hadden buiten iedere twijfel kunnen constateren dat de sporen van Struensee waren. Ze hadden het bed van de Koningin bekeken en gezien dat het zeer wanordelijk was, met verfrommelde lakens, en dat er meer dan één persoon in gelegen had. Christian had die persoon aantoonbaar niet kunnen zijn. Ze hadden vlekken in het bed gevonden die hun vrouwelijke betamelijkheid hun verbood een naam te geven. Op zakdoeken en servetten hadden ze dezelfde soort vlekken gevonden, van opgedroogd vocht. Ze hadden op een ochtend de Koningin naakt in bed aangetroffen, nog half in slaap met haar kleren rondgestrooid over de vloer.

De bewijzen waren talrijk.

Wat er toén gebeurd was, was op zich verbazingwekkend. Een van de vrouwen had spijt gekregen of verkeerd medelijden en had de

Koningin in tranen verteld dat ze het wist en waarom ze het wist en wat ze gedaan had. De Koningin was woedend geworden, had gedreigd haar meteen de laan uit te sturen, was in tranen uitgebarsten, maar – en dat was het verbluffende – had terloops het zondige gedrag toegegeven en haar daarna gevraagd erover te zwijgen. De Koningin was daarna aan heftige gevoelens ten prooi geweest en had haar hart voor haar kameniersters geopend. Hare Majesteit had hun gevraagd of ze zelf liefde of gevoelens voor iemand hadden gekoesterd; 'want, als je dergelijke gevoelens had, moest je zo iemand in alles volgen, zelfs naar galg en rad ja, zelfs naar de hel'.

Verder was deze obsceniteit gewoon doorgegaan alsof er niets gebeurd was, alsof de Koningin in haar hovaardigheid het gevaar, en ze moest begrepen hebben dat dit dreigde, geheel genegeerd had. Het was verbijsterend.

Toch ermee doorgaan. Toch het gevaar genegeerd. Dat was op zich al onbegrijpelijk.

Guldberg nam aan dat ze het niet tegen haar Duitse minnaar had verteld. Op welke manier dacht deze kleine, listige, Engelse hoer eigenlijk? Dat was maar moeilijk te begrijpen. De grootste naïviteit en de grootste wilskracht.

Ze moest begrepen hebben hoe het verder zou gaan. Na een week had het dienstmeisje inderdaad alles aan Guldberg gerapporteerd, ook toen weer in tranen.

Er was dus bewijs. En er was een iemand die bij een proces bereid was te getuigen.

'Dat betekent,' had de Koningin-weduwe peinzend gezegd, 'dat hij volgens de wet berecht kan worden.'

'En de Koningin?' had Guldberg gevraagd.

Ze had niet geantwoord, alsof de vraag haar niet aanging, wat Guldberg verbaasd had.

'Volgens de wet zal hij gedood worden,' had ze peinzend vervolgd, alsof ze de woorden proefde, 'in overeenstemming met de wet zullen we zijn hand en hoofd afhakken, hem in stukken snijden, het lid dat Denemarken bezoedeld heeft afsnijden, zijn lichaam radbraken en het op het rad te kijk leggen. En ikzelf zal...'

Rantzau en Guldberg hadden verbaasd naar haar gekeken en Rantzau had ten slotte vragend aangevuld: 'Van dit alles getuige zijn?'

'Van dit alles getuige zijn.'

'En de Koningin?' had Guldberg nog een keer herhaald, omdat hij verbaasd was dat de Koningin-weduwe op zo'n wijze gepreoccupeerd was met het lot van Struensee, maar zich niets gelegen liet liggen aan de kleine Engelse hoer, die immers de oorzaak van dit alles was. Maar de Koningin-weduwe had zich nu tot Rantzau gewend en met een vreemde glimlach gezegd: 'Met de Koningin zullen we zo doen dat u, graaf Rantzau, die de speciale vriend van Struensee in Altona was en daar zijn opvattingen gedeeld heeft, die ook de vriend en vleiende vertrouweling van de Koningin was, maar! die zich nu bekeerd heeft en zijn zonden jegens God en de eer van Denemarken heeft bekend, de delicate taak krijgt toebedeeld de Koningin te arresteren. En u zult zo diep in haar mooie, zondige ogen kijken als de ene oude vriend tegenover de andere en tegen haar zeggen dat het afgelopen is. Dat zult u zeggen. Het is afgelopen.'

Rantzau had er slechts het zwijgen toe gedaan.

'En,' had ze eraan toegevoegd, 'het zal u hard vallen, maar het zal uw enige straf zijn. Uw beloningen zullen vele zijn, maar dat weet u wel.'

3

Christian zocht Struensee steeds minder vaak op.

De praktijk was immers dat de handtekening van de Koning niet langer nodig was. Die van Struensee was voldoende. Christian had Struensee in deze periode echter één keer opgezocht voor, zoals hij het uitdrukte, een belangrijke mededeling.

Struensee had de Koning verzocht plaats te nemen en had tijd genomen om te luisteren.

'Ik heb,' had Christian gezegd, 'deze ochtend een boodschap van de Heerseres van het Universum ontvangen.'

Struensee had met een geruststellend glimlachje naar hem gekeken en gevraagd: 'En waar kwam die boodschap vandaan?'

'Uit Kiel.'

'Uit Kiel?? En wat heeft Ze dan meegedeeld?'

'Ze heeft meegedeeld,' had Christian geantwoord, 'dat ze mijn Wel-doenster is en dat ik onder Haar bescherming sta.'

Hij was heel rustig geweest, had niet met zijn handen gepulkt, geen lesje opgezegd, geen spasmen gehad.

'Mijn vriend,' had Struensee gezegd, 'ik heb het op dit moment erg druk en wil hier graag over praten, maar mogen we dat even uitstellen. En wij staan allemaal onder de bescherming van God de Almachtige.'

'De Almachtige God,' had de Koning geantwoord, 'heeft geen tijd voor mij. Maar mijn weldoenster de Heerseres van het Universum heeft me in haar boodschap meegedeeld dat als niemand anders tijd heeft, of als God te zeer door zijn bezigheden in beslag is genomen, Zij altijd tijd voor me heeft.'

'Wat mooi,' had Struensee gezegd. 'En wie is dan de Heerseres van het Universum?'

'Zij die tijd heeft,' had de Koning geantwoord.

4

Voor het definitieve plan, het plan dat niet mocht mislukken, was ook een juridische rechtsgeldigheid vereist.

Om 'het bloedige en losbandige regiem' van Struensee neer te slaan, zo had Guldberg de Koningin-weduwe voorgehouden, was het nood-zakelijk het schaamteloze plan voor een staatsgreep die Struensee en de kleine Engelse hoer samen beraamd hadden aan de kaak te stellen. Het plan van Struensee hield de moord op de Deense koning Christi-an VII in.

Dit plan bestond weliswaar niet echt, maar kon in theorie gere-construeerd worden en tot leven gewekt.

Guldberg stelde derhalve dit plan van Struensee op. Hij maakte daarna een gewaarmerkte kopie en vernietigde het origineel; het document zou gebruikt worden om de weifelaars over de streep te trekken. Het was zaak een schaamteloze staatsgreep te verijdelen.

Dit door Guldberg opgestelde plan, dat aan Struensee werd toege-schreven, bevatte een heldere en aantrekkelijke logica. Er stond in dat

28 januari 1772 de dag was waarop Struensee van plan was zijn staats-
omwenteling te doen plaatsvinden. Koning Christian vii zou die dag
gedwongen worden afstand te van de troon te doen, koningin Caroline Mathilde zou tot regent benoemd worden en Struensee tot land-
voogd.

Dit waren de voornaamste punten.

Guldberg had bij het plan, dat een authentieke indruk wekte, een
commentaar gevoegd dat aan de weifelaars de noodzaak tot een snelle tegenzet duidelijk moest maken.

'Er mag geen tijd verloren gaan,' had Guldberg geschreven, 'want
wie niet aarzelt zich met geweld meester te maken van de landsvoog-
dij, zal evenmin terugdeinzen voor een nog ernstiger vergrijp. Als de
Koning gedood wordt kan Struensee zich met geweld meester maken
van het bed van Koningin Caroline Mathilde en de Kroonprins zal dan
óf uit de weg geruimd worden óf onder een strenge opvoeding bezwijken en op deze manier plaatsmaken voor zijn zuster, van wie het zonneklaar is dat zij de vrucht van hun schaamteloze liefde is. Want waarom zou Struensee anders de wet opheffen, die het een gescheiden
vrouw verbiedt met de medeplichtige te trouwen met wie ze overspel
heeft gepleegd?'

De tijd drong echter. Het was belangrijk om snel toe te slaan en het
plan moest geheim gehouden worden.

Op 15 januari kwam men bij de Koningin-weduwe bijeen; Guldberg
had toen een reeks arrestatiebevelen uitgevaardigd die de Koning
moest ondertekenen.

Op de ochtend van de 16de werden de plannen nog eens doorgeno-
men, er werden enkele onbeduidende veranderingen in aangebracht
en het besluit werd genomen dat de coup de volgende nacht zou
plaatsvinden.

Het zou een lange nacht worden. Eerst het avondmaal. Dan thee.
Daarna dat gemaskerde bal. Dan de staatsgreep.

5

Reverdil, de kleine Zwitserse leraar, de kleine jood die zijn voornaam verborgen hield, de eens door Christian zo beminde, de van het hof verbannene, maar weer teruggehaalde, de gedenkschrijver, de memoiresschrijver, de zeer voorzichtige Verlichtingsman, de fatsoenlijke hervormer, Reverdil, zat elke ochtend een paar uur aan zijn werktafel om zijn grote plan om de Deense boeren uit hun lijfeigenschap te bevrijden tot een goed einde te brengen.

Hij had hiertoe opdracht van Struensee gekregen. Het zou het hoogtepunt van het hervomingswerk worden.

Veel van Struensees, tot aan die dag, 632 wetten en richtlijnen waren belangrijk. De 633ste zou de belangrijkste worden. Reverdil was de man die de pen voerde; dat zou niet in de geschiedenisboeken komen te staan, maar hij wist het zelf. Dat was voldoende.

Hij zat die ochtend, de laatste in Struensees tijd, aan de omvangrijke tekst van de afschaffing te werken. Hij kwam er niet mee gereed. Hij zou er nooit mee gereedkomen. Hij schrijft dat hij zich die ochtend heel rustig voelde en niets vermoedde. Hij schrijft niet dat hij gelukkig was. In zijn memoires gebruikt hij het woord 'gelukkig' niet, in ieder geval niet met betrekking tot zichzelf.

Hij is een anonieme schrijver wiens grote tekst, die gaat over de bevrijding van de boeren, niet voltooid wordt.

Voordat hij dit begrijpt, de laatste dag voor de ineenstorting, is hij evenwel gelukkig. Het project was immers zo groot, het idee zo juist. Het was zo goed om aan dit project te werken, ook de ochtend voor de ineenstorting. Terwijl hij zat te werken was hij gelukkig.

Vele jaren later schrijft hij zijn memoires; dan gebruikt hij het woord 'geluk' niet, in ieder geval niet met betrekking tot zichzelf.

Hij was waarschijnlijk verlegen.

Hij staat voortdurend kritisch tegenover Struensee die 'te hard van stapel loopt'. Zelf ziet hij een voorzichtige bevrijding wel tot de mogelijkheden behoren. Hij is verlegen, voorzichtig en geen donker van een innerlijke zwarte fakkel verduistert zijn droom. Achteraf meent hij te weten hoe het allemaal gegaan is.

Men had grote matigheid in acht moeten nemen.

6

Deze ochtend 'vermoedt hij geen onraad'. Hij schijnt zelden onraad vermoed te hebben, maar over hen die te hard van stapel liepen maakte hij zich zorgen.

Om vier uur die dag eet hij samen met de inner circle, waar hij ondanks alles deel van uitmaakt. 'De Koningin had nooit een opgewektere indruk gemaakt of met meer beminnelijkheid aan het gesprek deelgenomen.'

Het is het laatste maal.

De documentatie over deze maaltijd is overweldigend groot. Er namen elf personen aan deel: het koninklijk paar, de echtgenote van generaal Gähler, de gravinnen Holstein en Fabritius, Struensee en Brandt, hofmaarschalk Bjelke, stalmeester Bülow, overste Falkenskjold en Reverdil. Er werd in 'het witte vertrek' van de Koningin gegeten. De kamer had deze naam gekregen vanwege de witte panelen, maar sommige wanden waren met rood fluweel bekleed. Bewerkte, vergulde ornamenten. Het tafelblad was van Noors graniet. Boven de schoorsteenmantel hing het vier ellen hoge schilderij 'De standvastigheid van Scipio' van de Franse historieschilder Pierre. Tweeëntwintig kaarsen verlichtten het vertrek. In tegenstelling tot het eerdere protocol, dat voorschreef dat de heren rechts en de dames links van de Vorst moesten zitten, was men om en om geplaatst. Een radicale ingreep. De tafelschikking was door het trekken van lootjes totstandgekomen. Het bedienend personeel was volgens de richtlijnen van Struensee aangepast: 'de nieuwe verordening' d.d. 1 april 1771, die inhield dat het aantal bedienden tot de helft was teruggebracht. Desondanks bedroeg hun aantal vierentwintig. De dis werd evenwel 'en retraite' gehouden, wat inhield dat het personeel zich in een zijvertrek of in de keuken bevond en dat slechts één bediende met een dienblad per keer werd toegelaten. De maaltijd bestond uit negen gerechten, vier salades en twee 'vervangende gerechten' (relèves) als alternatieve hoofdgerechten.

De Koningin was, zoals Reverdil schrijft, charmant geweest. Heel even was het gesprek gekomen op de 'lichtzinnige' prinses van Pruisen, die nu na de scheiding van haar man in Stettin gevangen gehouden werd. De Koningin had kort en bondig geconstateerd dat deze prinses in haar gevangenschap, 'doordat ze een innerlijke vrijheid had verworven', toch het hoofd hoog kon houden.

Dat is alles. Toen ze aan tafel gingen was het al donker geweest. De kaarsen konden het vertrek maar voor een deel verlichten. Brandt en Struensee waren beiden merkwaardig zwijgzaam geweest. Reverdil merkt op dat ze misschien iets vermoedden of iets vernomen hadden.

Maar er werden geen conclusies getrokken. Er werd niet opgetreden, alleen gewacht en er was de zeer aangename dis. Verder was alles zoals te doen gebruikelijk. De kleine kring die al kleiner was geworden. Licht en duisternis rondom. En de Koningin zeer innemend of vertwijfeld.

Om zeven uur die avond, maar na tafel, had Reverdil en dat was op zich merkwaardig, een bezoek aan de Koningin-weduwe gebracht.

Ze hadden een uur met elkaar gesproken. Hij merkte niets verontrustends bij de Koningin-weduwe op, die echter enkele uren eerder het bevel had gegeven dat de staatsgreep diezelfde nacht nog zou plaatsvinden, een staatsgreep die ook de gevangenneming van Reverdil inhield. Ze hadden heel vriendelijk zitten praten en thee gedronken.

Buiten was het koud en het stormde. Zwijgend hadden ze naar de meeuwen gekeken die door de storm langs hun raam achterwaarts gedreven werden. De Koningin-weduwe had gezegd dat ze medelijden met hen had, omdat ze het hopeloze in hun strijd tegen de storm niet inzagen. Later had Reverdil dit metaforisch geduid. Ze had, gelooft hij, hem willen waarschuwen: de storm zou ook hem wegvagen als hij niet op tijd opgaf en meevloog met wat niet tegen te houden was.

Niet ertegenin.

Hij had het niet begrepen. Hij had alleen gezegd dat hij bewondering had voor de meeuwen in hun hachelijke situatie. Ze gaven het niet op maar zetten door, ook al dreef de storm hen terug.

Misschien heeft hij naderhand in zijn memoires ook op zijn antwoord een metaforisch stempel gedrukt. Hij was immers verlegen. Hij was niet iemand die tegensprak. Hij was de zwijgzame, gebogen over zijn paperassen, die soms verbannen was en dan weer teruggeroepen werd en die onder een verdrietig zwijgen zijn beminde jongen door de wolven in stukken zag rijten en die van mening was dat de Verlichting als een zich zeer langzame en behoedzaam ontwikkelende dageraad moest zijn.

Aan tafel hadden Struensee en de Koningin naast elkaar gezeten en zonder gêne elkaars hand vastgehouden. De Koning had niet geprotesteerd. De Koning scheen als verlamd in gepeins verzonken.

Reverdil, die tegenover de Koning had gezeten, had tijdens de maaltijd ampel tijd gehad hem gade te slaan. Dit had 'een groot verdriet' bij hem teweeggebracht. Hij had zich herinnerd hoe hij hem destijds ontmoet had, hoe de prins aan hem was toevertrouwd: de jonge, gevoelige en zeer begaafde jongen die hij toen aantrof. Wat hij nu zag was een grijze, apathische schaduw, een zeer oude man, zo te zien verlamd door een angst waarvan niemand de oorzaak kende.

Christian was nog maar tweeëntwintig jaar oud.

Ze waren van tafel opgebroken om zich gereed te maken voor het gemaskerde bal. Reverdil had als laatste de kamer verlaten. Voor hem liep Brandt. Deze had zich toen naar Reverdil omgedraaid en met een merkwaardig glimlachje gezegd: 'Ik geloof dat we nu heel dicht bij het einde van onze tijd gekomen zijn. Het kan nu niet lang meer duren.'

Reverdil had niet om een verklaring gevraagd. Ze waren elk huns weegs gegaan.

7

Het plan was heel eenvoudig.

Guldberg was altijd al van mening geweest dat het juist de eenvoud in ingewikkelde plannen was die deze deden slagen. Men zou zich van de persoon van de Koning meester maken. Men zou zich ook van de persoon van Struensee meester maken. Deze twee zouden, zo meende men, geen tegenstand kunnen bieden of moeilijkheden veroorzaken.

De derde van wie men zich meester zou maken was van de persoon van de Koningin.

Maar op dat punt maakte men zich zorgen die moeilijker te verklaren waren. Het zou geen moeite kosten haar te overmeesteren. Maar ze mocht zich onder geen beding in verbinding met de Koning kunnen stellen. De Koning mocht niet beïnvloed kunnen worden. Men moest hem dwingen in te zien dat hij nu aan een verschrikkelijke dreiging blootgesteld was, namelijk dat Struensee en de Koningin hem wilden vermoorden. Maar zouden de mooie ogen van de kleine Engelse hoer naar Christian kijken, dan zou hij misschien gaan twijfelen.

De kleine Engelse hoer was hun grootste risico. Alles begon en eindigde immers met deze jonge vrouw. Guldberg had dit als enige begrepen. Daarom zou hij haar vernietigen; en zou hij nooit meer ten prooi vallen aan en besmet worden door begeerte en huilend in het nachtelijk donker, met het zaad van de begeerte klevend op zijn lichaam, op de knieën moeten.

Hevige kou die nacht.

De storm die gedurende de dag uit het oosten het land was binnengetrokken was tegen de avond gaan liggen. Het vocht was aan elkaar gevroren en Kopenhagen lag onder een vlies van ijs.

Alle memoires en herinneringen berichten van een grote rust die nacht.

Geen storm. Geen geluid van troepen die hun plaats innamen. Geen vogels die door de storm teruggedreven werden.

Er bestaan nog lijsten waarop vermeld is welke levensmiddelen er voor het laatste maal besteld waren. Zes ganzen, vierendertig palingen, driehonderdvijftig slakken, veertien hazen, tien kippen; de dag ervoor had men bovendien een bestelling geplaatst voor kabeljauw, tarbot en Zuid-Europese zangvogeltjes.

Op een volkomen natuurlijke manier werden deze uren in overvloed opgesoupeerd, het laatste maal tijdens de Deense revolutie, in aanwezigheid van slechts vierentwintig bedienden.

Ze zochten hun kamers in het paleis weer op. Ze verkleedden zich voor het gemaskerde bal.

Christian, Struensee en de Koningin reden gezamenlijk in een koets naar de maskerade. Struensee was zeer zwijgzaam geweest en dat was de Koningin opgevallen.

'Je zegt niet veel,' had ze gezegd.

'Ik zoek naar een oplossing. Die vind ik niet.'

'Dan is het mijn wens,' had ze gezegd, 'dat we morgen een brief van mij aan de Russische keizerin opstellen. In tegenstelling tot alle andere vorsten is zij een verlichte regent. Ze wil vooruitgang. Ze is een mogelijke vriendin. Ze weet wat er het afgelopen jaar in Denemarken is gebeurd. Dat bevalt haar. Ik kan haar schrijven als de ene Verlichtingsvrouw tot de andere. Misschien kunnen we een alliantie smeden. We hebben grote allianties nodig. We moeten groot denken. Hier hebben we alleen maar vijanden. Catharina kan een vriendin van me worden.'

Struensee had alleen maar naar haar gekeken.

'Je kijkt ver vooruit,' had hij gezegd. 'De vraag is of we de tijd hebben om zover vooruit te zien.'

'We moeten onze blik omhoog richten,' had ze toen kortaf gezegd. 'Anders zijn we verloren.'

Toen Hunne Majesteiten, vergezeld van Struensee, bij het Hoftheater arriveerden, was het dansen al begonnen.

15

Dodendans

1

Plotseling herinnerde Struensee zich de voorstelling van *Zaïre* met Christian in de rol van de Sultan.

Ook die was in het Hoftheater geweest. Was dat niet vlak na hun terugkeer in Kopenhagen, na de lange Europese reis? Misschien een maand later, hij was het vergeten; maar hij herinnerde zich Christian opeens in die rol. De magere, broze kindergestalte met zijn o zo heldere dictie, zijn merkwaardig levendige pauzes en raadselachtige fraseringen, had zich in het gestileerde decor en tussen de Franse acteurs bewogen als in een langzame rituele dans; die eigenaardige armbewegingen die op dit toneel en in dit toneelstuk heel natuurlijk leken, terwijl ze anders in Christians afschuwelijke eigen leven een gekunstelde indruk maakten.

Hij was heel duidelijk geweest. Eigenlijk de beste van alle acteurs. Merkwaardig rustig en geloofwaardig, alsof dit toneel, dit stuk en dit beroep, dat van de toneelspeler, het volkomen natuurlijke en enige mogelijke voor hem was.

Hij had immers nooit een onderscheid tussen werkelijkheid en voorstelling kunnen maken. Niet op grond van onbegaafdheid, maar op grond van zijn regisseurs.

Was Struensee zelf een van de regisseurs van Christian geworden? Hij was op bezoek gekomen, had een rol gekregen en Christian een andere toebedeeld. Misschien had het voor deze arme, van angst verlamde jongen een betere rol moeten zijn. Misschien had Struensee die keer aandachtiger moeten luisteren, misschien had Christian een boodschap willen overbrengen, juist als toneelspeler, via het theater.

Het was al zo ontzettend lang geleden. Bijna drie jaar.

Nu, op 16 januari 1772, danste Christian menuetten. Hij was altijd al een goede danser geweest. Zijn lichaam was licht als dat van een kind, in de dans kon hij zich bewegen met de in de dans vastgelegde taal, maar toch vrijuit. Waarom had hij geen danser mogen worden? Waarom had niemand gezien dat hij een toneelspeler of danser of wat dan ook was: alleen niet de door God uitverkoren alleenheerser.

Op het laatst danste iedereen. Ze droegen hun kostuums, ze hadden hun vermommingen; ook de Koningin danste. Het was hier in het Hoftheater geweest, tijdens een gemaskerd bal, dat ze Struensee het eerste teken had gegeven.

Het moest toen lente geweest zijn. Ze hadden gedanst en ze had de hele tijd alleen naar hem gekeken, met een zo intense uitdrukking op haar gezicht alsof ze op het punt stond iets te zeggen. Misschien omdat Struensee tegen haar had gesproken als tegen een mens en ze daar dankbaar voor was geweest. Misschien was het iets meer geweest. Ja, dat moest het zijn. Later had ze hem meegetrokken, plotseling hadden ze zich in een van de gangen bevonden. Ze had vlug om zich heen gekeken en hem toen gekust.

Geen woord. Hem alleen gekust. En dat raadselachtige glimlachje dat hij in het begin had geïnterpreteerd als teken van een innemende kinderlijke onschuld, maar waarvan hij toen, ineens, wist dat het de glimlach van een volwassen vrouw was en dat het zei: ik hou van je. En onderschat me niet.

Iedereen was er, behalve de Koningin-weduwe, en Rantzau.

Alles was volkomen normaal. Na een poosje was de Koning gestopt met dansen, hij was een spelletje Loup gaan spelen met onder anderen generaal Gähler. De Koning scheen, nadat hij was opgehouden met dansen, wat hem een poosje levendig had doen zijn, plotseling in verstrooidheid en melancholie weggezonken. Hij had zonder aandacht zitten spelen, had zoals gebruikelijk geen geld bij zich gehad en had 332 rijksdaalder verloren, die de generaal moest fourneren en na de catastrofe helaas nooit had teruggekregen.

In een andere loge zat overste Köller, die het militaire gedeelte van de ophanden zijnde coup van die nacht zou leiden. Hij speelde tarot met hofintendant Berger. Het gezicht van Köller was beheerst geweest.

Men had er geen gemoedstoestand van kunnen aflezen.

Iedereen was ter plaatse. Behalve de Koningin-weduwe, en Rantzau. De maskers waren de gebruikelijke. Dat van Struensee was het halve masker van een huilende potsenmaker. Later werd gezegd dat hij een masker op had gehad dat een doodshoofd voorstelde. Dat klopte niet. Hij had een huilende potsenmaker voorgesteld.

Het dansen was om twee uur opgehouden.

Iedereen was het er later over eens geweest dat er helemaal niets tijdens het gemaskerde bal was voorgevallen. Het merkwaardige was, indachtig het feit dat dit gemaskerde bal zo spraakmakend zou worden en van zo'n groot gewicht, dat iedereen het erover eens was dat er niets was gebeurd. Niets. Iedereen had normaal gedaan, had gedanst en nergens op gewacht.

Struensee en de Koningin had drie dansen gedanst. Iedereen had hun rustig glimlachende gezichten opgemerkt en hun onbekommerde conversatie.

Waar hadden ze over gesproken? Ze wisten het naderhand niet meer.

Struensee had de hele avond een merkwaardig gevoel van afstand gehad als in een heldere droom, alsof hij dit al eerder had beleefd, maar nu alles opnieuw droomde, kort terugkerende sequenties. Alles in zijn droom bewoog zich oneindig langzaam, met monden die zich openden en sloten, maar zonder geluid, misschien als langzame bewegingen in water. Alsof ze in water zweefden en het enige dat keer op keer terugkeerde waren de herinneringen aan de Koning in zijn rol van de Sultan in *Zaïre*, en zijn bewegingen en eigenaardig smekende gebaren, die bijna aan die van een toneelspeler deden denken, alleen echter waren, of als van iemand die verdrinkt, met zijn mond die zich opende en sloot alsof hij iets wilde meedelen, maar er kwam geen geluid uit. En dan het andere deel van deze heldere droom: de Koningin wier gezicht het zijne naderde en die hem zo buitengewoon rustig had gekust en toen een stap terug had gedaan, en het glimlachje dat vertelde dat ze van hem hield en dat hij haar niet moest onderschatten en dat dit nog maar het begin van iets fantastisch was, dat ze nu heel dicht een grens waren genaderd en dat zich daar bij die grens zowel de hoogste wellust als de meest verleidelijke dood bevond en dat hij nooit, nooit berouw zou krijgen als ze deze grens overstaken.

En het was alsof deze twee, de toneelspeler Christian en Caroline Mathilde die lust en dood beloofde, in deze dodendans in het Hoftheater samensmolten.

Hij reed met haar mee terug.

Ze werden vergezeld door twee hofdames. In de gang voor het slaapvertrek van de Koningin had hij haar de hand gekust, zonder een woord te zeggen.

'Slapen we vannacht?' had de Koningin gevraagd.

'Ja, mijn lieveling. Slaap vannacht, slaap. Slaap vannacht.'

'Wanneer zien we elkaar weer?'

'Altijd,' had hij gezegd. 'Tot in de eeuwigheid der eeuwigheden.'

Ze hadden naar elkaar gekeken en ze had haar hand naar zijn wang gebracht en hem aangeraakt, met een glimlachje.

Het was de laatste keer. Daarna zou hij haar nooit meer zien.

2

Om halfdrie, een half uur nadat de muziek gestopt was, werden er scherpe patronen aan de tweede grenadierscompagnie van het Falsterska-regiment uitgedeeld en kregen de soldaten hun vaste posities toegewezen.

Alle uitgangen van het paleis werden bezet.

De bevelvoerend commandant van de coup, overste Köller, die een uur eerder zijn tarotpartij met hofintendant Berger had beëindigd, overhandigde aan twee van zijn luitenants een met de hand geschreven bevel van de Koningin-weduwe voor de arrestatie van een rij met name genoemde personen. Er stond onder meer in 'omdat Zijne Majesteit de Koning zichzelf en de staat veilig wenst te stellen en bepaalde personen uit zijn omgeving wenst te straffen, heeft hij de tenuitvoerlegging hiervan aan ons toevertrouwd. Wij bevelen U, overste Köller, derhalve om vannacht uit naam van de Koning de wil van de Koning met volle inzet ten uitvoer te brengen. Daarnaast wenst de

Koning een aanzienlijke bewaking van alle uitgangen van de vertrekken van de regerende Koningin.' De brief was ondertekend door de Koningin-weduwe en de Erfprins en geschreven door Guldberg.

De sleutel tot de operatie was dat men zich snel meester wilde maken van de Koning en van de Koningin en hen gescheiden wilde houden. Daarin speelde Rantzau een beslissende rol. Hij was evenwel verdwenen.

Graaf Rantzau was ten prooi gevallen aan nervositeit.

Rantzau woonde in het koninklijke paleis dat door een gracht van Christiansborg was gescheiden en dat tegenwoordig Prinsens Palæ genoemd wordt en was die dag onzichtbaar gebleven. Maar terwijl het gemaskerde bal nog aan de gang was, had men een boodschapper bij de ingang van het Hoftheater staande gehouden; de man had een vreemde indruk gemaakt, was zeer zenuwachtig geweest en had gezegd dat hij een belangrijke mededeling van graaf Rantzau voor Struensee had.

De wachtposten van de samenzweerders hadden de boodschapper tegengehouden en men had Guldberg laten halen.

Guldberg had, zonder om toestemming te vragen en ondanks de protesten van de boodschapper, de brief naar zich toe gerukt en hem opengemaakt. Hij had hem gelezen. In de brief stond dat Rantzau vóór twaalf uur Struensee wilde spreken, 'en vergeet niet dat, als U deze ontmoeting niet arrangeert, u er bittere spijt van zult krijgen'.

Dat was alles. Maar het was duidelijk genoeg. Graaf Rantzau wenste voor zichzelf een oplossing uit een dilemma en een andere uitgang uit het vossenhol. Guldberg had de brief gelezen en een van zijn zeldzame glimlachjes vertoond.

'Een kleine Judas die, als beloning, graag landgraaf op Lolland wil worden. Dat wordt hij niet.'

Hij had de brief zijn zak gestopt en bevel gegeven de boodschapper te verwijderen en te bewaken.

Drie uur later waren alle samenzweerders ter plaatse, de troepen waren paraat, maar Rantzau was verdwenen. Guldberg had zich toen, samen met zes soldaten, haastig naar de woning van Rantzau begeven en deze volledig aangekleed zittend in zijn leunstoel aangetroffen, zijn pijp rokend en met een kop thee voor zich.

'We missen u,' had Guldberg gezegd.

Rantzau had zijn been op een krukje gelegd en met een zenuwachtig en ongelukkig gezicht op zijn voet gewezen. Hij had, stamelde hij, een aanval van jicht gekregen, zijn teen was erg opgezwollen, hij kon nauwelijks op zijn voet staan en het speet hem zeer, hij was ontroostbaar, maar hij kon om die reden zijn opdracht niet uitvoeren.

'Jij laffe klootzak,' had Guldberg op kalme toon gezegd en zonder te proberen het onhoffelijke in de manier waarop hij het woord tot de graaf richtte af te zwakken. 'Je probeert eronderuit te komen.'

Guldberg had hem consequent met 'jij' aangesproken.

'Nee, nee!' had Rantzau wanhopig geprotesteerd, 'ik houd me aan mijn afspraak, maar mijn jicht, ik ben radeloos...'

Toen had Guldberg de anderen bevolen de kamer te verlaten. Daarop had hij de brief te voorschijn gehaald, deze tussen duim en wijsvinger gehouden alsof hij stonk en alleen maar gezegd: 'Ik heb je brief gelezen, rat die je bent. Voor de laatste keer: ben je voor of tegen ons?'

Lijkbleek had Rantzau naar de brief gestaard en begrepen dat er nu maar weinig alternatieven waren.

'Natuurlijk doe ik mee,' had Rantzau toen gezegd, 'misschien kan ik gedragen worden... in een portechaise...'

'Goed,' had Guldberg gezegd. 'En deze brief zal ik bewaren. Niemand anders dan ik hoeft hem te zien. Maar alleen op één voorwaarde. Dat jij, als deze zuiveringsactie voltooid is en Denemarken gered, geen ergernis bij me opwekt. En je zult me ook in de toekomst niet ergeren, nietwaar? Want dan zal ik deze brief aan anderen moeten laten zien.'

Er was een korte stilte ontstaan en toen had Rantzau heel zachtjes gezegd: 'Natuurlijk niet. Natuurlijk niet.'

'Nooit ofte nimmer?'

'Nooit ofte nimmer.'

'Goed,' had Guldberg gezegd. 'Dan weten we wat we in de toekomst aan elkaar hebben. Het is fijn om betrouwbare bondgenoten te hebben.'

Guldberg had daarop de soldaten teruggeroepen en bevolen dat twee van hen graaf Rantzau naar zijn plaats in de noordelijke arcade moesten dragen. Ze hadden hem de brug over gedragen, maar toen had Rantzau hun verzekerd dat hij bereid was te proberen zelf te lopen ondanks zijn ondraaglijke pijnen en zo was hij toen naar zijn strategische plaats in de noordelijke arcade gehinkt.

3

Om halfvijf in de ochtend van 17 januari 1772 sloeg men toe.

Twee groepen grenadiers, een onder commando van Köller, de andere van Beringskjold, drongen gelijktijdig bij Struensee en Brandt binnen. Struensee was rustig slapend aangetroffen; hij was rechtop in bed gaan zitten, had verbaasd naar de soldaten gekeken en toen overste Köller gezegd had dat hij gearresteerd was, had hij gevraagd het arrestatiebevel te mogen zien.

Dat mocht hij niet, omdat het er niet was.

Hij had toen apathisch naar hen gekeken, had langzaam het allernoodzakelijkste aangetrokken en was zonder een woord te zeggen meegegaan. Hij werd in een huurrijtuig gezet en naar het arrestantenlokaal in Kastellet gebracht.

Brandt had niet eens naar een arrestatiebevel gevraagd. Hij had alleen verzocht of hij zijn fluit mee mocht nemen.

Ook hij werd in een rijtuig gezet.

De commandant van Kastellet, die nergens van op de hoogte was, werd wakker gemaakt, maar hij zei die twee met vreugde te ontvangen. Iedereen was verbaasd dat Struensee zich zo gemakkelijk gewonnen gaf. Hij had stil in het rijtuig gezeten en naar zijn handen gestaard.

Het was alsof hij erop voorbereid was geweest.

Een van de vele tekeningen die naderhand zijn gemaakt en die de arrestatie van Struensee uitbeeldt, vertelt van een heftige geweldscène.

Een bediende verlicht het vertrek met een driearmige kandelaber. Door de opengeblazen deur stromen soldaten met het bajonet op de geheven geweren dreigend op Struensee gericht naar binnen. Overste Köller staat bij het bed en houdt het arrestatiebevel gebiedend in zijn linkerhand. Op de vloer ligt het masker van het gemaskerde bal, een doodshoofdmasker. Kledingstukken liggen verspreid over de vloer. De klok staat op 4 uur. Overvolle boekenkasten. Een lessenaar met schrijfgerei. En in bed Struensee, rechtop zittend, slechts gekleed in een nachthemd en met beide handen in wanhoop uitgestrekt als ter capitulatie of in een bede tot de almachtige God die hij altijd verloochend heeft, om zich in dit uur van nood over een arm, zondig mens in uiterste nood te erbarmen.

Maar het beeld geeft de waarheid niet weer. Hij heeft zich volgzaam laten wegleiden als een lam naar de slachtbank.

De Koning zou vanzelfsprekend niet gearresteerd worden.

Met koning Christian vii was het immers zo dat hij juist tegen een moordaanslag beschermd diende te worden en daarom alleen de documenten moest ondertekenen die de overige arrestaties juridisch moesten legitimeren.

Men vergeet al te licht dat hij een door God uitverkoren alleenheerser was.

Zij die zijn donkere slaapvertrek binnenstroomden waren velen in getal. De Koningin-weduwe, haar zoon Frederik, Rantzau, Eichstedt, Köller en Guldberg plus zeven grenadiers van de lijfwacht, die echter vanwege de hysterische reactie en ongecontroleerde angst van de Koning voor de soldaten met hun wapens het bevel kregen het vertrek te verlaten om voor de deur te wachten.

Christian meende dat hij vermoord zou worden en begon schril te schreeuwen en te huilen, gelijk een kind. De hond, zijn schnauzer die ook deze nacht in zijn bed sliep, was tegelijkertijd waanzinnig gaan blaffen. Ten slotte kon men de hond het vertrek uit werken. De negerpage Moranti, die opgerold aan het voeteneinde had liggen slapen, had zich doodsbang in een hoek verstopt.

Van de smeekbeden van de Koning om de hond bij zich in bed te mogen houden werd geen notitie genomen.

Ten slotte slaagde men erin de Vorst te kalmeren. Zijn leven was niet in gevaar. Ze zouden hem niet vermoorden.

Wat men hem echter vertelde deed zijn huilaanvallen terugkeren. De aanleiding voor dit nachtelijke bezoek was, verklaarde men, een samenzwering tegen de persoon van de Koning. Struensee en de

Koningin stonden hem naar het leven. Men wilde hem redden. Hij moest daarvoor een aantal documenten tekenen.

Guldberg had de concepten geschreven. Men leidde Christian, gekleed in een kamerjas naar een schrijftafel. Daar ondertekende hij zeventien documenten.

Hij snikte aan één stuk door en zijn lichaam en hand beefden. Slechts voor één document scheen hij op te fleuren. Het arrestatiebevel voor Brandt.

'Dat is zijn straf,' had hij gemompeld, 'omdat hij de Heerseres van het Universum wilde schenden. Zijn straf.'

Niemand, behalve Guldberg misschien, had kunnen begrijpen wat hij bedoelde.

4

Het was Rantzau die de Koningin moest arresteren.

Hij had vijf soldaten en een onderluitenant meegekregen en met het door de Koning ondertekende arrestatiebevel in de hand ging hij naar het slaapvertrek van de Koningin. Een van de hofdames werd naar binnen gezonden om de Koningin te wekken omdat, zoals hij in zijn rapport schrijft, 'het respect mij verbood mij naast het bed van de Koningin op te stellen', maar onderluitenant Beck geeft een levendiger beschrijving wat van er plaatsvond. De Koningin was door de hofdame gewekt. Ze was de kamer uitgestormd, slechts gekleed in haar nachthemd en had woedend aan Rantzau gevraagd wat er aan de hand was. Deze had haar alleen maar het bevel van de Koning overhandigd.

Daar stond: 'Ik heb het noodzakelijk gevonden U naar Kronborg te zenden, omdat Uw gedrag mij daartoe dwingt. Ik betreur deze stap, waaraan ik geen schuld draag, zeer en spreek de wens uit dat U oprecht berouw zult tonen.'

Ondertekend: Christian.

Ze had het bevel in elkaar gefrommeld en geschreeuwd dat Rantzau dit zou betreuren en gevraagd wie er verder nog gearresteerd was. Ze had geen antwoord gekregen. Daarna was ze haar slaapvertrek in

gerend, gevolgd door Rantzau en onderluitenant Beck en enkele soldaten. Terwijl ze woedend tegen Rantzau was uitgevaren, had ze zich
haar nachthemd van het lijf gerukt en was naakt door het vertrek
gerend op zoek naar haar kleren; Rantzau had toen, al buigend en met
een voor hem zo kenmerkende elegantie, gezegd: 'Uwe Majesteit moet
mij sparen en mij niet aan de toverkracht van Hare weelderigheid
blootstellen.'

'Sta daar niet te gluren, jij vervloekte, slijmerige pad,' was de Koningin losgebarsten, dit keer in haar moedertaal, het Engels; maar op dat
moment was mevrouw von Arensbach, haar hofdame, aan komen hol-
len met een onderrok, een japon en een paar schoenen en de Koningin had deze kledingstukken in allerijl aangetrokken.

Ondertussen had ze onafgebroken haar woedende uitval tegen
Rantzau voortgezet, die zich een moment gedwongen zag zich met zijn
opgeheven stok te beschermen tegen de klap van de Koningin, alleen
om zich te beschermen, de stok die hij bij zich had om beter op zijn
voet te kunnen steunen, die uitgerekend deze nacht door jicht
geplaagd werd, iets waarmee de Koningin in haar woedeaanval geen
rekening had gehouden.

In zijn rapport beweert Rantzau dat hij omwille van de discretie en
om Hare Koninklijke Hoogheid niet met zijn blikken te bezoedelen de
hele tijd zijn hoed voor zijn gezicht had gehouden totdat de Koningin
volledig gekleed was. Onderluitenant Beck evenwel beweert dat hijzelf,
Rantzau en vier soldaten de hele tijd de Koningin in haar verwarde en
woedende naaktheid nauwkeurig hadden opgenomen en heel haar
aankleden hadden gevolgd. Hij brengt ook verslag over uit welke kledingstukken de Koningin aantrok.

Ze had niet gehuild, maar Rantzau de hele tijd beschimpt en, zoals
hij in zijn rapport aan de onderzoekscommissie in het bijzonder bena-
drukt, hij was geschokt geweest over 'de minachtende manier waarop
ze over de Koning sprak'.

Zodra ze aangekleed was – ze had alleen haar schoenen aan haar blote
voeten gestoken, zonder kousen, wat iedereen choqueerde –, was ze het
vertrek uit gerend, men had haar niet tegen kunnen houden. Ze was de
trappen afgehold en had de vertrekken van Struensee willen binnendringen. Maar daar had een wacht voor gestaan, die verteld had dat

graaf Struensee gevangengenomen was en naar het arrestantenlokaal gebracht. Ze had toen haar zoektocht naar hulp voortgezet en was naar de vertrekken van de Koning gerend.

Rantzau en de soldaten hadden haar niet tegengehouden.

Het scheen hun dat ze over ongehoorde krachten beschikte en haar gebrek aan gêne, haar naakte lichaam en haar woedende uitval hadden ook hun angst aangejaagd.

Ze had onmiddellijk doorgehad wat er gebeurd was. Ze hadden Christian de stuipen op het lijf gejaagd. Toch was Christian haar enige kans.

Ze had de deur van zijn slaapvertrek opengerukt en onmiddellijk de kleine gestalte ineengekrompen bij het hoofdeinde van het bed gezien en het begrepen. Hij had het laken om zich heen gewikkeld, zich helemaal verstopt, zijn gezicht, zijn lichaam en benen en als daar niet de onzekere wiegende bewegingen waren geweest had men kunnen geloven dat er een ingepakt standbeeld neergezet was, wit en omwikkeld door een gekreukeld laken.

Als een witte mummie, onzeker en zenuwachtig wiegend, bevend en schokkend, verborgen en toch aan haar uitgeleverd.

Rantzau was in de deuropening blijven staan en had de soldaten een teken gegeven buiten te blijven.

Ze liep op de kleine, in het wit geklede trillende mummie op het bed toe.

'Christian,' had ze geroepen. 'Ik wil met je praten! Nu!'

Geen antwoord, alleen de onzekere zenuwtrekkingen onder het witte laken.

Ze was op de rand van het bed gaan zitten en had geprobeerd rustig te praten, hoewel ze hijgde en moeite had haar stem in bedwang te houden.

'Christian,' had ze zachtjes gezegd zodat Rantzau bij de deur haar niet kon verstaan, 'het maakt me niets uit wat je ondertekend heb, dat speelt geen rol, ze hebben je voor de gek gehouden, maar je moet de kinderen redden! Je moet, verdomme nog aan toe, de kinderen redden, heb je daar wel aan gedacht? Ik weet dat je me hoort, je moet luisteren naar wat ik zeg, ik vergeef je wat je ondertekend hebt, maar *je moet de*

kinderen redden! anders nemen ze ons de kinderen af en je weet hoe het
is, je weet hoe toch hoe het gaat, je moet de kinderen redden!'

Ze had zich plotseling tot Rantzau bij de deur gewend en bijna brullend uitgeroepen VERDWIJN VERDOMDE RAT, DE KONINGIN PRAAT TEGEN JE!!! maar was toen smekend en fluisterend verder gegaan tegen Christian, oooh Christian, had ze gefluisterd, je denkt dat ik je haat, maar dat is niet zo, ik heb je eigenlijk altijd graag gemogen, dat is zo, *dat is zo, luister naar me ik weet dat je luistert!* ik had van je kunnen houden als we de kans gekregen hadden, maar dat kon immers niet in dit gekkenhuis, IN DIT KRANKZINNIGE GEKKENHUIS!!! had ze tegen Rantzau geschreeuwd en daarna weer fluisterend, we hadden het zo fijn kunnen hebben, ergens anders, alleen wij samen, dat had gekund Christian, als ze je maar niet gedwongen hadden me als een zeug te dekken, het was jouw schuld niet, het was mijn schuld niet, maar *je moet aan de kinderen denken Christian en verstop je niet ik weet dat je luistert!* VERSTOP JE NIET maar ik ben een mens en geen zeug en je moet het meisje redden, ze willen haar dood hebben, dat weet ik, alleen omdat ze het kind van Struensee is en dat weet jij ook DAT WEET JE en je hebt nooit bezwaren gemaakt, jij wilde het ook, jij ook, je wilde het zelf, ik wilde je alleen een beetje pijn doen zodat je zag dat ik bestond, dat je dat zag, een heel klein beetje maar, dan Christian, hadden wij kunnen, dan hadden we kunnen, maar *je moet de kinderen redden,* ik heb je eigenlijk altijd graag gemogen, we hadden het zo fijn kunnen hebben Christian, hoor je wat ik zeg Christian, ANTWOORD TOCH CHRISTIAN je moet antwoorden CHRISTIAN je hebt je altijd voor me verstopt nu mag je je niet voor me verstoppen ANTWOORD TOCH CHRISTIAN!!!

En toen had ze het laken van zijn lichaam gerukt.

Maar het was Christian niet. Het was de kleine zwarte page Moranti, die met grote, opengesperde ogen van de schrik naar haar keek.

Ze had, als versteend, ook naar hem gekeken

'Ga haar halen,' had Rantzau tegen de soldaten gezegd.

Toen ze Rantzau in de deur passeerde, was ze blijven staan, had hem lang in de ogen gekeken en heel kalm gezegd: 'In de onderste kring van de hel, waar de verraders zitten, zul je ten eeuwige dage gepijnigd worden. En daar verheug ik me op. Dat is het enige waar ik me nu oprecht op verheug.'

En daarop had hij niet kunnen antwoorden.

Ze mocht het kleine meisje in het rijtuig meenemen naar Kronborg. Om negen uur in de ochtend reden ze Nørreport uit. Ze reden over Kongevejen voorbij Hirschholm, ook daar reden ze aan voorbij.

In het rijtuig hadden ze als bewaking de hofdame meegegeven die ze het minst kon uitstaan.

Caroline Mathilde had het meisje de borst gegeven. Toen pas had ze kunnen huilen.

Het gerucht verspreidde zich snel en om het gerucht officieel te doen zijn dat de Koning aan de moordaanslag van Struensee ontsnapt was, gaf Guldberg het bevel dat de Koning in het openbaar moest verschijnen.

Er werd een glazen koets voorgereden, getrokken door zes witte paarden, twaalf lakeien te paard reden voor, opzij en achter de wagen. Twee en een half uur lang reden ze door de straten van Kopenhagen. In de wagen zaten echter alleen Christian en erfprins Frederik.

De Erfprins was stralend gelukkig geweest, hij had gekwijld met opengesperde mond zoals hij altijd deed en naar de juichende menigte gewuifd. Christian had ineengedoken in een van de hoeken van koets gezeten, lijkbleek van angst en naar zijn handen gestaard.

Enorm gejuich.

5

Die nacht ontplofte Kopenhagen.

Het was de triomfrit met de zes witte paarden en de doodsbange, geredde en uitermate vernederde Koning die dit veroorzaakte. Plotseling was het zo duidelijk: er was een revolutie geweest en die was neergeslagen, het korte bezoek van de lijfarts in het vacuüm van de macht was ten einde, de Deense revolutie was voorbij, de Duitser gevangengezet, de Duitser in de boeien geslagen, het oude regiem, of was het het nieuwe, was omvergegooid en de mensen wisten dat ze zich op het breukvlak van de geschiedenis bevonden; de waanzin brak los.

Het begon met eenvoudige opstootjes van het gepeupel; de Noorse matrozen, die een paar maanden geleden na hun ontmoeting met de charmante kleine Koningin zo vreedzaam vanuit Hirschholm de terugweg hadden aanvaard, de Noorse matrozen kwamen tot de ontdekking dat er geen regels en geen wetten meer waren. De politie en de soldaten schenen uit de straten verdwenen en de weg naar bordeel en kroeg lag open. Men begon met de bordelen. En wel omdat men dacht dat deze Slechte Mensen onder leiding van Struensee, de man die Vadertje bijna van het leven had beroofd, de Beschermers van de Bordelen waren.

Het regiem van de bordelen was voorbij. Het uur der wrake had geslagen.

Want het was immers naar Vadertje, de Koning, de Goede Heerser, naar wie ze ginds in Noorwegen altijd verwezen als zijnde hun hoogste beschermer. Hij was gered. Nu was Vadertje gered. Vadertje had zijn ogen geopend en zijn slechte vrienden van zich afgeschud, nu moesten de bordelen gereinigd worden. Het waren deze vijfhonderd Noorse matrozen die op kop liepen en niemand hield hen tegen. Daarna sprong de vonk overal over en de menigte stroomde de straat op, de armen, zij die nooit van een revolutie gedroomd hadden, kregen nu een fantastische tijd vol geweld op een presenteerblaadje aangeboden, straffeloos en zonder dat ze wisten waarom. Zij mochten in opstand komen, zij het met geen ander doel dan dat er gezuiverd moest worden. De zonde moest verkracht worden en daarmee de reinheid opnieuw ingevoerd. De ramen van de bordelen werden ingegooid, de deuren ingetrapt, het huisraad op straat gesmeten, de nimfen werden gratis verkracht en renden schreeuwend en halfgekleed door de straten. In één etmaal werden meer dan zestig bordelen kort en klein geslagen en in brand gestoken en in één moeite door werden per ongeluk ook een paar heel fatsoenlijke huizen verwoest en fatsoenlijke vrouwen aangerand, als onderdeel van de vloedgolf van collectieve waanzin die een etmaal lang door Kopenhagen raasde.

Het leek wel of het piëtistische fatsoen zijn collectieve orgasme beleefde en zijn wrekende zaad over het ontaarde Kopenhagen van

Struensee spoot. Men begon, typerend genoeg, met de Duitser Gabel, die de leiding had over het schenken van sterke drank in Rosenborg Have, het park dat door een decreet van Struensee voor het publiek was opengesteld en dat de lange zomer en het warme najaar van 1771 het centrum van de losbandigheid van de Kopenhaagse bevolking was geweest. Het huis van Gabel werd beschouwd als het centrum van die losbandigheid, de zonde verspreidde zich daarvan verder, daar hadden natuurlijk ook Struensee en zijn aanhang geboeleerd en het moest nu gereinigd worden. Gabel zelf bracht het er levend af, maar de tempel werd inderdaad gezuiverd van de tollenaars. Het paleis zelf was geheiligd, daar moest men afblijven, dat mocht niet bestormd worden; het waren de contactpunten met paleis en hof die men aanviel. Het huis van de Italiaanse toneelspeelsters werd het volgende doelwit; het werd gereinigd, maar enkelen van de actrices werden in ieder geval niet verkracht, omdat men zei dat Vadertje gebruik van hen maakte en ze dus in zekere zin heilige voorwerpen waren. Een paar werden als huldeblijk aan Vadertje echter wel op een gruwelijke manier verkracht; maar toen was de reden voor dit vele geweld al niet meer zo duidelijk, was niets meer zo duidelijk. Het was alsof de haat jegens het hof en de eerbied voor het hof een enorm woeste, richtingloze verkrachting van Kopenhagen in gang hadden gezet; hogerop, tussen de heersers, had iets plaatsgevonden, iets schandaligs en onzedelijks en om die reden stond men een zuivering toe, en zuiveren deden ze, men stond het schenden en zuiveren toe, en de drank was gratis en er werd rijkelijk gebruik van gemaakt, en er werd wraak geëist, tegen iets, misschien tegen een duizendjarig onrecht, of tegen het onrecht gepleegd door Struensee, de man die het zinnebeeld van alle onrecht werd. Het paleis van Schimmelman werd om onduidelijke redenen gezuiverd, omdat het een raakvlak opleverde naar Struensee en de Zonde. En plotseling was heel Kopenhagen een zuipend, vernielend, verkrachtend inferno, op vele plaatsen brandde het, de straten lagen vol glas, niet een van de vele honderden kroegen die geen schade opliep. Er was geen politie te zien. Er werden geen soldaten de straat op gestuurd. Het was alsof de plegers van de staatsgreep, de Koningin-weduwe en de overwinnaars, wilden zeggen: in een groot, losbandig, wrekend feest zal de zonde in deze Deense hoofdstad nu weggebrand worden.

God zou dat toestaan. God zou de ongebreidelde teugelloosheid van dit volk als instrument gebruiken om de bordelen, de kroegen en alle toevluchtsoorden voor ontucht te zuiveren die werden bezocht door hen, die de zedelijkheid en de tucht teniet hadden gedaan.

Twee etmalen lang ging het door. Daarna zakten de rellen langzaam ineen, als van uitputting of verdriet. Ergens was een einde aan gekomen. Wat geweest was, was gewroken. De tijd van de Verlichtingsmisdadigers was voorbij. Maar in de uitputting was ook een groot verdriet besloten, er zouden niet langer opengestelde, verlichte parken zijn en theater en vermakelijkheden zouden verboden worden en de zuiverheid zou regeren, en de vreze Gods, en zo moest het geschieden. Het zou niet zo leuk meer zijn. Maar het was nodig.

Een soort verdriet. Dat was het. Een soort rechtvaardig, bestraffend verdriet. En het nieuwe regiem, dat fatsoenlijk was, zou het volk voor dit wrekende, maar merkwaardig wanhopige verdriet niet straffen.

De derde dag was er weer politie op straat en het was voorbij.

De Koningin was onder strenge bewaking, acht dragonders te paard, naar Kronborg gebracht. In het rijtuig alleen de Koningin, het kleine kind en de enige hofdame die nu haar gevolg uitmaakte.

De officier op de bok naast de koetsier zat de hele tijd met getrokken sabel.

Commandant von Hauch moest in allerijl een paar vertrekken in dit oude kasteel van Hamlet verwarmen. Het was een ijskoude winter geweest met veel stormen vanuit de Sont en hij was geheel onvoorbereid. De Koningin had geen woord gezegd, maar het kind de hele tijd dicht tegen zich aan gedrukt gehouden en had om hen beiden haar bontmantel geslagen, die ze nooit aflegde.

's Avonds had ze lange tijd voor het zuidelijke raam gestaan om naar Kopenhagen te kijken. Eenmaal slechts had ze iets tegen haar hofdame gezegd. Ze had gevraagd wat dat vreemde, zwak flakkerende licht aan de hemel recht in het zuiden was.

'Dat is Kopenhagen,' had de Hofdame gezegd, 'dat verlicht is en waar het volk de bevrijding van de verdrukker Struensee en zijn aanhang viert.'

De Koningin had zich toen snel omgedraaid en de hofdame een

oorveeg gegeven. Daarna was ze in huilen uitgebarsten, had om vergeving gevraagd, maar was naar het raam teruggegaan en met het slapende kind tegen zich aangedrukt had ze lange tijd naar het donker en
het zwakke schijnsel van het geïllumineerde Kopenhagen staan staren.

16

Het klooster

1

Als hij zijn benen in een hoek boog en ze voorzichtig liet zakken voelde hij zijn ketenen nauwelijks; de kettingen waren zo'n drie el lang zodat hij zich kon bewegen. Eigenlijk waren ze nauwelijks nodig, want hoe had hij kunnen vluchten, *waarheen zullen wij vluchten voor Uw aangezicht en waarheen zal ik mijn toevlucht zoeken, goedgunstige God, in dit uur van nood* – hoe was het mogelijk dat hij zich de oude dreunen van de bijbeluurtjes met de sombere vader Adam Struensee die absurd genoeg opgedoken waren herinnerde, hoe was het mogelijk dat hij zich die herinnerde?, was dat niet ontzettend lang geleden?, maar zijn lijden onder de kettingen zat in feite meer in zijn geest, hij was al heel snel aan de fysieke pijn gewend. Hij had zich moeite gegeven om beleefd te zijn. Het was belangrijk om kalm te blijven en geen wanhoop te tonen of kritiek te laten horen. Men was, zo zei hij beslist en bij herhaling, respectvol zakelijk geweest en had hem goed behandeld, dat wilde hij graag onderstrepen, maar 's nachts als de kou sluipend van binnenuit kwam, alsof zijn angst als een ijsblok in hem bevroren was geweest, 's nachts kon hij het niet opbrengen om positief en welwillend te zijn. Dan bracht hij het niet meer op om te doen alsof. Dat kon ook overdag gebeuren, als hij omhoogkeek naar het volstrekt zinloze plafond, hoe de vochtdruppels zich tot de aanval verzamelden en zich ten slotte losmaakten om aan te vallen, dan beefden zijn handen zonder dat hij ze kon beheersen, dan was er een marteling die erger was dan niet weten wat er met Caroline Mathilde en het kind gebeurd was en of ze hem zou kunnen redden, *O God die niet bestaat, die niet bestaat, ik vraag u zullen ze me scherp ondervragen en naalden in mijn balzak steken en zal ik het kunnen uithouden*, maar verder was alles tot volle tevredenheid, het eten was goed en smaakte lekker, het personeel van het arrestantenlokaal heel welwillend en hij had geen enkele reden om zich te beklagen over de behandeling die hij kreeg of deze te bekritiseren, feitelijk had hij tegenover de leiding zijn verbazing uitgesproken over de humane behandeling, de behandeling die hem ten deel viel, *maar van de reis die me naar Oost-Indië zou brengen, waar ze dringend artsen nodig hebben, is niets gekomen en had ik hen nu maar in Altona verlaten* en dat steeds maar herkauwen, en 's nachts van hetzelfde laken een pak, de nachtmerries over sergeant Mörl waren gaan spoken, het was als met Christian, hij was nu gaan begrijpen waar Christian van droomde, de nachtmerries over Mörl, de nachtmerries, *het was niet het verwijlen in de wonden van het Lam geworden, nee, ze hadden met naalden gestoken en hij had in radeloze wanhoop geschreeuwd, had Christian verteld,* maar hij was heel rustig en inschikkelijk en zo nu en dan had hij grapjes tegen zijn bewakers gemaakt die, dacht hij, algemeen gewaardeerd werden.

De derde dag was Guldberg op bezoek gekomen.

Guldberg had gevraagd of alles naar tevredenheid was, een vraag waarop bevestigend was geantwoord. Guldberg had een lijst meegebracht met de bezittingen die in beslag genomen waren en hem gevraagd deze voor correct te paraferen. Het was de lijst die begon met '35 stk dänische Dukaten', vervolgde met 'en tub tandpasta' (in het Deens!) en eindigde met 'Ein Haar Kam', met de merkwaardige opmerking 'Struensee zette zijn gevlochten haar bijna altijd met een kam op het achterhoofd vast als een Fruntimmer', hij had niet laten merken dat hij dat commentaar gezien had, maar alleen zijn paraaf gezet en instemmend geknikt.

Hij had bij zijn arrestatie niet veel bij zich gehad. Ze hadden daar plotseling in het flakkerende kaarslicht gestaan en hij had alleen maar gedacht: ja, dit was onvermijdelijk. Zo moest het wel gaan. Hij herinnerde zich niet eens meer hoe het gegaan was. Hij was verdoofd geweest van angst.

Guldberg had gevraagd hoe de wond aan het hoofd van Struensee ontstaan was. Hij had geen antwoord gegeven. Toen had Guldberg zijn vraag herhaald. Guldberg had daarna gezegd dat volgens een mededeling van de bewakers Struensee geprobeerd had zich van het leven te beroven door zich met zijn hoofd tegen de stenen muur te gooien.

'Ik weet een manier,' had Guldberg gezegd, 'om in deze nieuwe situatie uw wil om te leven te versterken.'

Toen had hij hem een boek overhandigd. Het was *De Levensbeschrijving van een bekeerde Vrijdenker*, geschreven door Ove Guldberg en gepubliceerd in 1760.

Struensee had hem bedankt.

'Waarom?' had hij na een lange stilte gevraagd.

En toen had hij eraan toegevoegd: 'Ik moet toch sterven. Beiden weten we dat.'

'Dat weten we,' had Guldberg gezegd.

'Waarom bent u dan gekomen?'

Het was een zeer merkwaardige ontmoeting geweest.

Guldberg scheen een gunstige indruk op Struensee te willen maken, hij maakte zich zorgen over de apathie die zijn gevangene tentoonspreidde. Hij had door de kerker heen en weer gelopen, bijna snuffelend, als een hond, rusteloos, bekommerd, ja, het was alsof een zeer geliefde hond een nieuw hok had gekregen en de eigenaar van de hond het nu inspecteerde en zich zorgen maakte. Guldberg had een stoel laten komen en was toen gaan zitten. Ze hadden elkaar opgenomen.

Ongegeneerd, had Struensee gedacht. Hij neemt me 'ongegeneerd' op.

'Een bescheiden publicatie,' had Guldberg vriendelijk gezegd, 'geschreven tijdens mijn tijd aan de academie van Sorø. Maar het bevat een interessante bekeringsgeschiedenis.'

'Ik ben niet bang om te sterven,' had Struensee gezegd. 'En ik ben niet gemakkelijk te bekeren.'

'Zeg dat niet,' had Guldberg geantwoord.

Vlak voordat hij wegging had hij Struensee een afbeelding gegeven. Een kopergravure van het dochtertje van Caroline Mathilde en Struensee, het prinsesje, toen ze vier maanden oud was.

'Wat wilt u?' had Struensee toen gevraagd.

'Denk erover na,' had Guldberg gezegd.

'Wat wilt u?' had Struensee herhaald.

Twee dagen later was Guldberg teruggekomen.

'De dagen zijn kort en het licht zwak,' had Struensee gezegd. 'Ik heb het boek niet kunnen lezen. Ik ben niet eens begonnen.'

'Ik begrijp het,' had Guldberg gezegd. 'Bent u wel van plan eraan te beginnen?'

'Ik herhaal dat ik niet gemakkelijk te bekeren ben,' had Struensee geantwoord.

Het was 's middags geweest, het was heel koud in de cel en je zag hun beider adem.

'Ik wil,' had Guldberg gezegd, 'dat u heel lang naar de afbeelding van het kleine meisje kijkt. Een hoerenkind. Maar heel lief en innemend.'

Toen was hij weggegaan.

Waar was hij op uit?

Deze regelmatige terugkerende korte bezoekjes. En verder alleen stilte. De bewakers vertelden niets, het raam van de cel zat hoog, het boek dat hij gekregen had, naast de bijbel, was het enige dat hij kon lezen. Ten slotte was hij, bijna in blinde woede, aan het traktaat van Guldberg begonnen. Het was een ontroerende geschiedenis, bijna onverdraaglijk in zijn grauwe armzaligheid, de taal als van een preek, de handeling zonder spanning. Er werd een door en door goed mens beschreven, begaafd, rechtlijnig, met veel vrienden en door iedereen geliefd en hoe deze tot vrijdenkerij was verleid. Daarna had hij zijn dwaling ingezien.

Dat was alles.

Hij had zich moeizaam door de 186 bladzijden geworsteld, in het Deens dat hij alleen met een zekere zelfoverwinning las en hij had niets begrepen.

Wat wilde Guldberg?

Vier dagen later was hij teruggekomen, had het stoeltje binnen laten brengen, was gaan zitten en had naar de gevangene op het bed gekeken.

'Ik heb het gelezen,' had Struensee gezegd.

Guldberg had niet geantwoord. Hij had er alleen maar doodstil gezeten en toen, na een lange stilte, met een heel zachte maar duidelijke stem gezegd: 'Uw zonde is groot. Uw lid heeft de troon van het land bezoedeld, u zou het moeten afsnijden en het met walging verre van u werpen, maar u hebt nog andere zonden op uw geweten. Het land is in onrust geworpen, alleen God in Zijn Almachtige Genade heeft ons gered. Al uw decreten zijn herroepen. Een vaste hand bestuurt het land. U moet nu, schriftelijk, de schandalige en zondige intimiteit die u met de Koningin hebt gedeeld toegeven, uw schuld bekennen. Daarna zult u onder leiding van dominee Balthasar Münter, een Duitser net als u, een schriftelijke verklaring opstellen waarin u uw bekering beschrijft en dat u nu afstand doet van alle ketterse Verlichtingsideeën en uw liefde tot onze Verlosser Jezus Christus belijdt.'

'Is dat alles?' had Struensee gevraagd met, zoals hem toescheen, ingehouden ironie.

'Dat is alles.'

'En als ik weiger?'

Guldberg had daar klein en grauw gezeten en onafgebroken naar hem gekeken, zoals altijd zonder met zijn ogen te knipperen.

'U zult niet weigeren. En daarom, omdat u uw bereidheid toont tot deze bekering en daardoor een vroom voorbeeld wordt, lijkend op dat wat ik in mijn bescheiden boek heb beschreven, zal ik er persoonlijk op toezien dat uw kleine hoerenkind geen kwaad zal overkomen. Niet gedood zal worden. Dat de velen, de velen!!! die wensen te verhinderen dat ze aanspraak op de troon van Denemarken zal maken, niet hun zin zullen krijgen.'

Toen had Struensee het eindelijk begrepen.

'Uw dochter,' had Guldberg er vriendelijk aan toegevoegd, 'is immers uw geloof in de eeuwigheid. Zo is toch het geloof van de vrijdenker in het eeuwige leven? Dat dat alleen bestaat door de kinderen? Dat uw eeuwige leven alleen bestaat door dit kind?'

'Ze zullen een onschuldig kind niet durven doden.'

'Het ontbreekt hun niet aan moed.'

Ze hadden lang zwijgend bijeen gezeten. Daarna was Struensee met een heftigheid die hem zelf verraste uitgebarsten: 'En waar gelooft u zelf in? In een door God uitverkoren Christian! of in de kwijlende erfprins???'

En toen had Guldberg heel rustig en zacht gezegd: 'Omdat u zult sterven mag u weten dat ik uw opvatting niet deel dat deze "koninklijke mormels" – dat is de teneur achter uw woorden! de teneur! – niet de Genade Gods deelachtig zijn. Ik ben van mening dat deze kleine mensen ook een taak hebben die wellicht juist aan hen gegeven is. Niet aan hoogmoedige, losbandige, bewonderde en mooie wezens als u. Die hen als mormels zien.'

'Dat doe ik niet!!!' was Struensee hem toen heftig in de rede gevallen.

'En! en, dat God mij de taak heeft gegeven hen tegen de vertegenwoordigers van het kwaad, van wie u er een bent, te beschermen. En dat het mijn, mijn, historische taak is Denemarken te redden.'

In de deuropening had hij gezegd: 'Denk erover na. Morgen laten we u de apparaten zien.'

Ze hadden hem naar de ruimtes gebracht waar de apparaten, die voor de 'scherpe verhoren' gebruikt werden, werden bewaard.

Een kapitein van de bewakingstroepen had als cicerone dienst gedaan en het gebruik van de verschillende instrumenten nauwkeurig uitgelegd. Hij had ook verteld van enkele gevallen waarin de delinquent al na een paar minuten tot samenwerking bereid was geweest, maar dat het reglement voorschreef dat het scherpe verhoor zijn gehele tijdsduur moest volmaken. Dat waren de regels en het was belangrijk dat beide partijen die kenden; er bestond altijd het risico dat de ondervraagde meende de folteringen ogenblikkelijk te kunnen doen ophouden als hij dat wenste. Maar het was niet de ondervraagde die de lengte van het scherpe verhoor bepaalde. Als het eenmaal begonnen was, kon het niet verkort worden, zelfs niet door een volledige bekentenis; dat besluit werd door de verhoorscommissie genomen en wel van tevoren.

Na het tonen van de instrumenten had men Struensee naar zijn cel teruggebracht.

's Nachts had hij wakker gelegen en zo nu en dan hevig gehuild.

De lengte van de kettingen had hem verhinderd met zijn hoofd naar voren tegen de muur te rennen.

Hij kon geen kant op en hij wist het.

De volgende dag werd hem gevraagd of een zekere dominee Münter hem kon bezoeken, een zielzorger die zich bereid had verklaard hem de weg te wijzen en zijn bekeringsgeschiedenis op te tekenen.

Struensee had ja gezegd.

2

Brandt kreeg in zijn cel de geestelijke Hee toegewezen en hij verklaarde zich onmiddellijk bereid volledig mee te werken aan een bekeringsdocument en om ten behoeve van het grote publiek zijn totale bekering te beschrijven, zijn schuld aan zijn zonden en dat hij zich daarmee nu voor de voeten van zijn Verlosser Jezus Christus wierp.

Zonder erom gevraagd te zijn, verklaarde hij zich bovendien bereid afstand van het gedachtegoed van de Verlichting te doen, in het bijzonder de ideeën van welke ene heer Voltaire de pleitbezorger was. Over deze kon hij zich bovendien met des te meer deskundigheid uitspreken omdat hij ooit, dat was voor de Europese reis van de Koning, vier hele dagen bij hem had gelogeerd. Er was toen echter geen sprake geweest van discussies over de ideeën van de Verlichting, ze hadden alleen over toneelesthetische vraagstukken gesproken, waarin Brandt meer geïnteresseerd was dan in politiek. Dominee Hee had niet nader naar deze gesprekken over het theater willen informeren, maar gezegd meer in de ziel van Brandt geïnteresseerd te zijn.

Brandt was overigens van mening dat ze hem niet echt konden veroordelen.

In een brief aan zijn moeder verzekerde hij haar 'op mij kan niemand langere tijd boos zijn. Ik heb iedereen vergeven, zoals God mij vergeven heeft.'

De eerste weken bracht hij zijn tijd door met het fluiten en zingen van opera-aria's, wat hij normaal vond gezien zijn titel 'maître de plaisir', of zijn latere aanduiding 'minister van Cultuur'. Na 7 maart werd hem zijn dwarsfluit overhandigd en verrukte hij iedereen met zijn mooie fluitspel.

Hij dacht dat het slechts een kwestie van tijd was voordat hij werd vrijgelaten en in een brief aan koning Christian vii, geschreven in de gevangenis, had hij het verzoek ingediend voor 'een post als gouverneur, hoe klein ook'.

Pas toen zijn advocaat hem meedeelde dat de voornaamste, misschien de enige, aanklacht tegen hem zou zijn dat hij de Koning lichamelijk had mishandeld en dus Majesteitsschennis had gepleegd, leek hij zich ongerust te maken.

Het was de geschiedenis met de vinger.

Deze was zo curieus dat hij hem zelf bijna vergeten was; maar ja, hij had Christian in diens wijsvinger gebeten zodat er een bloedende wond ontstaan was. Dit was nu aan het licht gekomen. Met des te meer kracht wijdde hij zich daarom, samen met dominee Hee, aan het formuleren van zijn afval van de vrijdenkerij en zijn afkeer van de Franse filosofen, en dit bekeringsgeschrift werd dan ook algauw in Duitsland gepubliceerd.

In een Duitse krant werd die bekentenis door een jonge, destijds tweeëntwintig jaar oude student uit Frankfurt, Wolfgang Goethe geheten, gerecenseerd, die het als religieuze huichelarij beschreef en ervan uitging dat de bekering het resultaat van marteling of een andere vorm van pressie was. In het geval was Brandt was dit dus niet zo; maar de jonge Goethe, die naderhand ook zeer geschokt was over het lot van Struensee, had bij het artikel een pentekening gemaakt, voorstellend de in boeien geslagen Brandt in zijn cel, met voor hem staand dominee Hee, die hem met weidse gebaren onderwees in de noodzaak van de bekering.

Als illustratieve tekst was er een kort satirisch gedicht of dramatische schets bij geplaatst, misschien Goethes allereerste publicatie, die in zijn geheel luidde:

Propst Hee:
– Bald leuchtest du O Graf im engelheitern Schimmer.
Graf Brandt:
– Mein lieber Pastor, desto schlimmer.

Maar alles was echter onder controle.

De fysieke controle van de gevangenen was effectief, de linkervoet geketend aan de rechterarm met een anderhalve el lange ketting en deze ketting met een zeer zware kettingring vastgeklonken in de muur.

Het juridische onderzoek verliep nu ook snel. Op 20 januari had men een onderzoeksrechtbank ingesteld en vervolgens de definitieve instantie, de onderzoekscommissie, die uiteindelijk tweeënveertig leden zou tellen.

Er was slechts één probleem. Dat Struensee ter dood veroordeeld moest en zou worden, stond vast. Maar het constitutionele dilemma overschaduwde alles.

Het dilemma was de kleine Engelse hoer.

Ze zat opgesloten op Kronborg, haar vier jaar oude zoon, de Kroonprins, was haar ontnomen, maar nog was het haar toegestaan het kleine meisje bij zich te houden 'omdat ze dat nog de borst gaf'. Maar de Koningin was uit ander en harder hout gesneden dan de andere gevangenen. Ze bekende niets. En ze was ondanks alles de zuster van de Engelse Koning.

Ze hadden geprobeerd bepaalde voorbereidende verhoren af te nemen. Die waren bepaald niet bemoedigend geweest.

De Koningin vormde het eigenlijke probleem.

Men had Guldberg en een ondersteunende delegatie van drie commissieleden naar het kasteel van Hamlet gezonden om te zien wat er gedaan kon worden.

De eerste ontmoeting was heel kort en formeel geweest. Ze had categorisch ontkend dat zij en Struensee een intieme verhouding hadden gehad en dat het kind van hem was. Ze was woedend geweest maar zeer formeel en ze had geëist dat ze de Engelse ambassadeur in Kopenhagen te spreken kreeg.

In de deuropening had Guldberg zich omgedraaid en gevraagd: 'Ik vraag U nog een keer: is het kind van Struensee?'

'Nee,' had ze geantwoord, kort als een zweepslag.

Maar toen vlamde een plotselinge angst op in haar ogen. Guldberg had die gezien.

Zo eindigde de eerste ontmoeting.

17

Iemand die de wijnpers treedt

1

De eerste verhoren van Struensee begonnen op 20 februari, duurden van tien uur tot twee uur en leverden niets op.

Op 21 februari werden de verhoren voortgezet en Struensee kreeg nu meer bewijzen voorgelegd waaruit bleek dat hij een onzedelijke, intieme verhouding met de Koningin had gehad. De getuigenverklaringen waren, zo beweerde men, onweerlegbaar. Ook de trouwste bedienden had getuigd; als hij geloofd mocht hebben dat hij door een binnenste kring van beschermende mensen omgeven was die het voor hem opnamen, moest hij nu wel tot de conclusie komen dat deze niet bestond. Tegen het einde van het lange verhoor op de derde dag toen Struensee gevraagd had of de Koningin nu niet snel het bevel zou geven deze schandalige grap te doen ophouden, deelde men hem mee dat de Koningin gearresteerd en op Kronborg vastgezet was; verder dat de Koning een echtscheidingsprocedure aanhangig wenste te maken en dat Struensee in ieder geval, mocht hij dit al gedacht hebben, van haar zijde geen steun kon verwachten.

Struensee had als verlamd naar hen gekeken en het toen begrepen. Hij was plotseling in een wild, onbeheerst huilen uitgebarsten en had gevraagd naar zijn cel teruggebracht te worden om zijn situatie te overdenken.

De onderzoekscommissie had hem dit uiteraard geweigerd, omdat men oordeelde dat Struensee nu uit zijn evenwicht was en dat een bekentenis ophanden was en ze besloot het verhoor van die dag te verlengen. Het huilen van Struensee wilde maar niet ophouden, hij was wanhopig en bekende plotseling, 'onder grote wanhoop en berusting', dat hij inderdaad in een intieme relatie tot de Koningin had gestaan en

dat er geslachtsgemeenschap ('Beiwohnung') had plaatsgevonden.
Op 25 februari ondertekende hij een volledige bekentenis.

Het nieuws verspreidde zich snel door heel Europa.

De commentaren werden gekenmerkt door verontwaardiging en verachting. Men veroordeelde het handelen van Struensee, dus niet zijn intieme verhouding met de Koningin, maar zijn bekentenis. Een Fransman die de bekentenis analyseerde schreef dat 'een Fransman het tegen de hele wereld verteld zou hebben, maar het nooit zou hebben bekend'.

Duidelijk was ook dat Struensee nu zijn eigen doodvonnis had getekend.

Een commissie van vier man werd naar Kronborg gezonden om de schriftelijke bekentenis van Struensee aan de Koningin mee te delen. Volgens de meegegeven richtlijn mocht de Koningin alleen een gewaarmerkt afschrift lezen. Het origineel zouden ze bij zich hebben en ze zou in staat gesteld worden de authenticiteit van het afschrift daaraan te controleren, maar ze zou onder geen beding fysiek toegang tot het origineel mogen hebben; het zou de Koningin voorgehouden worden, maar niet in handen gegeven.

Men kende haar resoluutheid en vreesde haar woede.

2

Ze zat altijd voor het raam uit te kijken over de Sont, die voor het eerst in al die tijd dat ze in Denemarken woonde dichtgevroren en met sneeuw bedekt was.

Vaak joeg er sneeuw in dunne strepen boven het ijs, wat een heel mooi gezicht was. Ze had besloten dat een sneeuwjacht boven ijs iets moois was.

Ze vond niet veel dingen meer mooi in dit land. Eigenlijk was alles lelijk en leigrijs en vijandig, maar ze klemde zich vast aan wat mooi kon zijn. Een sneeuwjacht boven het ijs was mooi. Soms in ieder geval, vooral die ene middag toen de zon doorgebroken was en een paar minuten alles, jawel, mooi had doen zijn.

Maar ze miste de vogels. Ze had in de tijd voor Struensee geleerd van hen te houden als ze op de oever stond en zag hoe ze 'in hun dromen verzonken' – dat was de uitdrukking die ze later gebruikt had toen ze het aan Struensee vertelde – en hoe ze dan soms opstegen en in de laaghangende mist verdwenen. Dat de vogels droomden was heel belangrijk geworden: dat ze geheimen hadden en droomden en konden liefhebben, zoals bomen konden liefhebben en dat de vogels 'verwachtingen hadden' en hoop koesterden en dan opeens opstegen en met hun vleugeltoppen het kwikzilvergrijze oppervlak ranselden en ergens heen verdwenen. Ergens heen, naar een ander leven. Dat had zo'n fijn gevoel gegeven.

Maar nu waren er geen vogels.

Dit was het kasteel van Hamlet en ooit had ze een opvoering van *Hamlet* in Londen bijgewoond. Een krankzinnige koning die zijn geliefde tot zelfmoord dwong; ze had gehuild toen ze het toneelstuk zag en de eerste keer dat ze Kronborg bezocht, had het kasteel haar op de een of andere manier heel groot geleken.

Nu was het niet groot. Het was alleen maar een afschuwelijk verhaal waar ze zelf in gevangen zat. Ze haatte *Hamlet*. Ze wilde niet dat haar leven door een toneelstuk gedicteerd werd. Ze was van plan geweest haar leven zelf te schrijven. Ophelia was 'gevangen in de liefde' gestorven, maar waar was ze zelf nu in gevangen? Was het gelijk Ophelia, in een liefde? Ja, het was in een liefde.

Maar zij was niet van plan krankzinnig te worden en te sterven. Ze was vastbesloten om onder geen enkele voorwaarde een Ophelia te worden.

Ze wilde geen theaterstuk worden.

Ze haatte Ophelia en de bloemen in haar haar en haar offerdood en haar geesteszieke lied dat alleen maar belachelijk was. Ik ben nog maar twintig; ze herhaalde dat voortdurend voor zichzelf, ze was twintig en zat niet in een Deens toneelstuk gevangen, geschreven door een Engelsman, was niet in de ziekte van iemand anders gevangen en ze was nog jong.

O keep me innocent, make others great. Dat was de toonzetting van Hamlets Ophelia. Belachelijk.

Maar de vogels hadden haar in de steek gelaten. Wat dat een teken?

Ze haatte ook alles wat klooster was.

Het hof was klooster, haar moeder was klooster, de Koningin-weduwe was klooster, Kronborg was klooster. In het klooster had je geen karakter. Holberg was geen klooster, vogels waren geen klooster, in mannenkleren paardrijden was geen klooster, Struensee was geen klooster. Vijftien jaar lang had ze in het klooster van haar moeder geleefd en geen karakter gehad, nu zat ze opnieuw in een soort klooster, daartussen lag de tijd van Struensee. Ze zat voor het raam over de sneeuwjacht uit te kijken en probeerde te begrijpen wat de tijd van Struensee geweest was.

De tijd van groeien, het groeien van een kind dat dacht vijftien jaar te zijn en honderd jaar te worden en dat geleerd had.

In vier jaar had alles plaatsgevonden.

Eerst dat verschrikkelijke met de kleine, gekke Koning die haar gedekt had, vervolgens het hof dat net als de Koning krankzinnig was, de Koning die ze evenwel soms had liefgehad; nee, fout woord. Niet liefgehad. Ze duwde het weg. Eerst het klooster, vervolgens die vier jaar. Daarna was het allemaal heel snel gegaan; ze had doorgekregen dat ze wel een eigen karakter had en, het meest fantastische van alles, ze had hun – hun!!! – geleerd dat ze een eigen karakter bezat en hun daardoor geleerd bang te zijn.

Het meisje dat erop uittrok om hun te leren vrezen.

Struensee had haar op een keer een oud, Duits volkssprookje verteld. Het ging over een jongen die niet bang kon zijn; hij was de wereld ingetrokken 'om het vrezen te leren'. Precies zo Duits stijfjes en geheimzinnig was de uitdrukking geweest. Ze had het een vreemd sprookje gevonden en ze herinnerde er zich bijna niets meer van.

Maar de titel herinnerde ze zich nog wel: 'De jongen die erop uittrok om het vrezen te leren'.

Hij had het in het Duits verteld. De jongen die erop uittrok om het vrezen te leren. Met zijn stem, en in het Duits, was de uitdrukking toch mooi geweest, bijna magisch. Waarom had hij het verteld? Wat het een verhaal waarmee hij iets over zichzelf had willen vertellen? Een geheim teken? Later had ze gedacht dat hij over zichzelf had verteld. Er kwam namelijk nog een jongen in het verhaal voor. Hij was de verstandige, begaafde, goede en beminde jongen; maar hij was verlamd van angst.

Voor alles en iedereen. Alles joeg hem angst aan. Hij bezat vele goede eigenschappen, maar de angst verlamde hem. De begaafde jongen was verlamd van angst.

Maar de Domme Broer wist niet wat angst was.

En het was de Domme die de overwinnaar was.

Wat was het voor een verhaal dat Struensee haar had willen vertellen? Een verhaal over zichzelf? Of had hij over haar willen vertellen? Of over hun vijanden en over hoe het was om te leven; over haar omstandigheden, waaraan ze weigerde zich aan te passen? Waarom deze belachelijke goedheid in dienst van de goedheid? Waarom had hij zijn vijanden niet weggezuiverd, verbannen, omgekocht, met het grote spel meegedaan?

Kwam het omdat hij bang voor het kwaad was, zo bang dat hij zijn handen er niet mee had willen vuilmaken en daarom nu alles verloren had?

Er was een delegatie van vier man gearriveerd die haar verteld had dat Struensee in de gevangenis was geworpen en bekend had.

Waarschijnlijk hadden ze hem gefolterd. Ze was er bijna zeker van. En toen had hij natuurlijk alles bekend. Struensee hoefde de wereld niet in te trekken om het vrezen te leren. Diep in zijn hart was hij altijd bang geweest. Ze had het gezien. Hij hield er zelfs niet van om macht uit te oefenen. Dat begreep ze niet. Ze had immers haar eigen vreugde gevoeld toen ze voor de eerste keer had ingezien dat ze zelf angst kon inboezemen.

Maar hij niet. Er was iets fundamenteel mis met hem. Waarom werden de foute mensen altijd uitgekozen om het goede te doen? Het kon God niet zijn die dat deed. Het moest de Duivel zijn die het gereedschap om het goede te doen uitkoos. Hij nam daarvoor de nobele mensen die vrees konden kennen. Maar als de goeden konden doden noch vernietigen, dan was het goede hulpeloos.

Wat verschrikkelijk. Moest dit echt zo zijn? Had zij zelf, die geen angst kende en graag macht uitoefende en gelukkig was als ze wist dat de mensen bang voor haar waren, hadden mensen als zij de Deense revolutie moeten doorvoeren?

Buiten geen vogels. Waarom waren er geen vogels nu ze ze nodig had?

Hij had haar een verhaal verteld van een jonge jongen die alles had, maar bang was. Maar de andere jongen uit het verhaal was de held. De boze, slechte, onnozele, die geen angst kende, dat was de overwinnaar.

Hoe kon je de wereld overwinnen als je alleen maar goed was en de moed miste om slecht te zijn? Hoe kon je dan een hefboom onder het gebouw van de wereld zetten?

Eindeloos winter. Sneeuwjachten over de Sont.

Wanneer zou er een einde aan komen?

Ze had vier jaar geleefd. Eigenlijk minder. Het was in het Hoftheater begonnen toen ze een besluit genomen had en hem had gekust. Was dat niet in de lente van 1770 geweest? Dat betekende dat ze slechts twee jaar geleefd had.

Zo snel kon je groeien. Zo snel kon je sterven.

Als het goede gedoemd was ten onder te gaan en zij die geen vrees kenden moesten zegevieren, waarom had ze dan juist zo verschrikkelijk veel van Johann Friedrich Struensee moeten houden?

'O keep me innocent, make others great'.

Zo oneindig lang geleden.

3

De delegatie van vier man had niets bereikt.

Vier dagen later was Guldberg teruggekomen.

Guldberg was alleen geweest, hij had de bewakers een teken gegeven voor de deur te wachten, was op een stoel gaan zitten en had haar recht en onafgebroken aangekeken. Nee, deze kleine man was geen Rantzau, geen laffe verrader, hem moest je niet onderschatten, met hem viel niet te spotten. Vroeger had ze hem bijna grotesk in zijn grauwe kleinheid gevonden; maar hij leek wel veranderd, wat was er veranderd? Hij was niet onaanzienlijk meer. Hij was een levengevaarlijke tegenstander en ze had hem onderschat, nu zat hij daar op zijn stoel onafgebroken naar haar te kijken. Wat was er met zijn ogen? Men zei dat hij nooit knipperde, maar was het niet iets anders? Hij had heel zacht en kalm tegen haar gesproken, had koel geconstateerd dat Struensee nu bekend had, wat haar juist meegedeeld was en dat de Koning thans een echtscheiding wenste en dat een bekentenis van haar kant noodzakelijk was.

'Nee,' had ze hem even kalm geantwoord.

'In dat geval,' had hij gezegd, 'heeft Struensee over de Koningin van Denemarken gelogen. Dan moet zijn straf verscherpt worden. Dan zijn we gedwongen hem tot de dood door langzame radbraking te veroordelen.'

Hij had heel rustig naar haar gekeken.

'Zwijn,' had ze gezegd. 'En het kind?'

'Er dient altijd een prijs betaald te worden,' had hij gezegd. 'Betaal!'

'En dat betekent?'

'Dat de bastaard, het hoerenkind, U wordt afgenomen.'

Ze wist dat ze haar kalmte moest bewaren. Het ging om het kind, ze moest kalm blijven en helder denken.

'Eén ding begrijp ik niet,' had ze met haar meest beheerste stem gezegd, die haar anders iel en bevend leek, 'ik begrijp deze wraaklust niet. Hoe is een mens als u geschapen? Door God. Of door de Duivel?'

Hij had lang naar haar gekeken.

'Losbandigheid heeft zijn prijs. En mijn taak is het U ervan te overtuigen dat u een bekentenis moet tekenen.'

'Maar u geeft geen antwoord,' had ze gezegd.

'Moet ik werkelijk antwoorden?'

'Ja. Inderdaad.'

Hij had toen heel rustig een boek uit zijn zak gehaald, er nadenkend in gezocht, gebladerd en was beginnen te lezen. Het was de bijbel. Eigenlijk had hij een mooie stem, vond ze plotseling, maar er was iets angstaanjagends aan deze rust, deze kalmte en aan de tekst die hij voorlas. Dit, had hij gezegd, is Jesaja, het vierendertigste hoofdstuk, ik kan een stukje lezen, had hij gezegd, *Want de* HERE *koestert toorn tegen alle volken*, was hij begonnen zonder op een antwoord te wachten, *en grimmigheid tegen al hun heir; Hij heeft hen met de ban geslagen, hen ter slachting overgegeven. Hun verslagenen liggen neergeworpen en de stank van hun lijken stijgt op, ja de bergen versmelten van hun bloed. Al het heir*

des hemels vergaat en als een boekrol worden de hemelen samengerold; al
hun heir valt af, zoals het loof van den wijnstok en zoals het blad van den
vijgenboom afvalt, en hij sloeg de bladzijde heel langzaam en bedacht-
zaam om alsof hij naar de muziek van de woorden luisterde, o God,
dacht ze, hoe heb ik ooit kunnen denken dat deze man onbeduidend
was, *Want mijn zwaard is in den hemel dronken geworden; zie, het daalt*
neer op Edom en ten gerichte op het volk dat door mijn banvloek werd
getroffen. De Here heeft een zwaard vol bloed, het druipt van vet, van het
bloed der lammeren en bokken, van het niervet der rammen; ja, en zijn
stem nam langzaam in kracht toe en ze kon het niet laten in iets dat op
fascinatie leek of angst of beide naar hem te kijken, *en hun land wordt*
dronken van bloed en het stof wordt met vet gedrenkt; want de Here houdt
een dag van wraak, een jaar van vergelding in Sions rechtsgeding. Zijn
beken verkeren in pek, zijn stof in zwavel en zijn land wordt tot branden-
de pek, dat dag noch nacht uitgaat; voor altijd stijgt zijn rook op, van
geslacht tot geslacht ligt het woest, tot in alle eeuwigheden trekt niemand
daardoor. /.../ Van zijn edelen is er geen, die het koninkrijk uitroept, en
geen zijner vorsten is er meer. In zijn burchten schieten dorens op, netels
en distels in zijn vestingen; en het zal een verblijf voor de jakhalzen zijn,
een hof voor de struisvogels. Hyena's treffen daar wilde honden aan, veld-
geesten ontmoeten elkander; ja, daar zal het nachtspook verwijlen en een
rustplaats voor zich vinden, ja, vervolgde hij met dezelfde kalme, intense stem, dit is het woord van de profeet, ik lees het alleen voor om een
achtergrond te schetsen voor de woorden van de Here over de straf die
hen treft die naar onreinheid en verrotting streven, onreinheid en verrotting, herhaalde hij en keek haar strak aan en plotseling zag ze zijn
ogen, nee het was niet dat ze niet knipperden, ze waren licht, bijna ijsblauw als die van een wolf, ze waren helemaal wit en gevaarlijk en dat
was het wat iedereen vrees inboezemde, niet dat hij niet knipperde,
maar dat ze zo ondraaglijk ijsblauw waren als die van de wolven en hij
vervolgde met dezelfde kalme stem: nu komen we aan de passage die
de Koningin-weduwe op mijn aanraden, ter lezing komende zondag
in de kerken van het land heeft aanbevolen als dankzegging dat het
land niet gedwongen wordt het lot van Edom te delen en nu lees ik uit
het drieënzestigste hoofdstuk van de profeet Jesaja; en hij schraapte
zijn keel, richtte zijn blik weer op de opengeslagen bijbel en las de tekst

die het Deense volk de komende zondag te horen zou krijgen. *Wie is het, die van Edom komt, in helrode klederen van Bozra, die daar praalt in zijn gewaad, fier voortschrijdt in zijn grote kracht? Ik ben het, die in gerechtigheid spreek, machtig om te verlossen.*

Waarom is dat rood aan uw gewaad, en zijn uw klederen die van iemand die de wijnpers treedt? Ik heb de pers alleen getreden en van alle volken was niemand bij Mij, Ik trad hen in mijn toorn en vertrad hen in mijn grimmigheid; toen spatte hun bloed op mijn klederen en Ik bezoedelde mijn ganse gewaad. Want een dag van wraak had Ik in den zin en het jaar van mijn verlossing was gekomen. En Ik zag rond, maar er was geen helper; Ik ontzette Mij, maar niemand bood steun. Toen verschafte mijn arm Mij hulp en mijn grimmigheid ondersteunde Mij. En Ik vertrapte volken in mijn toorn, maakte hen dronken in mijn grimmigheid en deed hun bloed ter aarde stromen.

Toen hield hij op met lezen en keek naar haar op.

'Iemand die de wijnpers treedt,' had ze toen gezegd, als voor zich heen.

'Ik kreeg een vraag,' had Guldberg gezegd. 'Ik wilde die niet ontwijken. Nu heb ik hem beantwoord.'

'Ja?' fluisterde ze.

'Daarom.'

Even had ze gedacht toen ze keek naar zo'n man die de wijnpers treedt tijdens zijn langzame, methodische lezen, dat Struensee misschien zo'n man die de wijnpers treedt naast zich had moeten hebben.

Rustig, kalm, met ijsblauwe wolvenogen, met bloedbevlekt gewaad en met gevoel voor het grote spel.

Ze had zich bijna onpasselijk gevoeld toen ze dat gedacht had. Die gedachte zou Struensee nooit aangelokt hebben. Ze had zich misselijk gevoeld, omdat ze zich er zelf door aangelokt voelde. Ze was een nachtspook, een Lilith.

Ze had iemand die de wijnpers treedt in zich.

Hoewel ze zich voorhield om nooit... Waar moest dit alles heen? Waar ging het heen?

Uiteindelijk tekende ze.

Geen woord over de afkomst van het kleine meisje. Wel over haar ontrouw; en ze schreef met vaste hand, met woede en zonder details; ze bekende in deze zaak 'hetzelfde als graaf Struensee had bekend'.

Ze schreef met vaste hand en wel opdat hij niet langzaam ter dood gemarteld zou worden omdat hij haar van leugens beschuldigd had en zo majesteitsschennis had gepleegd en omdat ze wist dat zijn angst daarvoor zo groot was; maar het enige waaraan ze kon denken was: *maar de kinderen, de kinderen, het jongetje is al zo groot, maar het kleine meisje, dat ik nog borstvoeding moet geven, ze pakken haar af en ze zullen omringd worden door de wolven en hoe moet het nu verder, en de kleine Louise, ze pakken hen van me af, wie moet haar dan zogen, wie zal haar tussen deze mensen die de wijnpers treden met zijn liefde omringen.*

Ze tekende. En ze wist dat ze niet meer het dappere meisje was dat niet wist wat angst was. De angst had haar uiteindelijk opgezocht, de angst had haar gevonden en ze wist ten slotte wat angst was.

4

Uiteindelijk kreeg de Engelse gezant Keith toestemming de gevangengezette Koningin te bezoeken.

Het probleem was naar een hoger niveau getild. Het grote spel was begonnen, het grote spel gold evenwel niet de beide gevangengenomen graven, ook niet de kleinere zondaren die tegelijk gearresteerd waren. De laatsten werden vrijgelaten en verbannen, waren in ongenade gevallen of hadden kleinere leengoederen gekregen of er was hun pardon verleend en ze hadden pensioenen toebedeeld gekregen.

De kleinere zondaren verdwenen in stilte.

Reverdil, de voorzichtige hervormer, de leraar van Christian, de kinderoppasser en de geliefde raadgever van de jongen zolang er raad gegeven kon worden, werd eveneens het land uitgewezen. Hij had een week huisarrest gekregen, maar had rustig afgewacht, er waren tegenstrijdige depêches gearriveerd; ten slotte kwam er een uitwijzingsbrief waarin hij beleefd en met veel omhaal van woorden werd aangemoedigd zo spoedig mogelijk naar zijn vaderland terug te keren om daar rust te vinden.

Hij had het begrepen. Hij reisde heel langzaam weg van het centrum van de storm, omdat, zoals hij schrijft, hij niet de indruk wilde wekken te vluchten. Op die manier verdween hij uit de geschiedenis, pleisterplaats na pleisterplaats, terughoudend in zijn vlucht, opnieuw uitgewezen, mager en met een hoge rug, verdrietig en scherpzinnig, met zijn koppige hoop levend, verdween als een heel langzaam wegstervend avondrood. Het is een lelijk beeld, maar het past wel bij Élie Salomon François Reverdil. Misschien zou hij het zo beschreven hebben als hij weer eens een van de beelden had gebruikt, de langzaamheid als deugd, waarvan hij zich zo graag bediende: over die van de behoedzame omwentelingen, de langzame retraites, over de dageraad en de avondschemering van de Verlichting.

Het grote spel gold niet de bijfiguren.

Het grote spel ging over de kleine Engelse hoer, de kleine prinses, de gekroonde Koningin van Denemarken, de zuster van George III, de door keizerin Catharina van Rusland zo gewaardeerde Verlichtingsvrouw op de Deense troon; dus de kleine, gevangengezette, huilende, heel erg weifelende en woedende Caroline Mathilde.

Deze Lilith. Deze engel van de duivel. Die evenwel moeder van twee koninklijke kinderen was, wat haar macht verschafte.

De analyse van Guldberg was kristalhelder geweest. Ze had haar ontrouw toegegeven. Een echtscheiding was noodzakelijk om te voorkomen dat zij en haar kind aanspraak op de troon maakten. De heersende groep rond Guldberg was, hij gaf dat toe, nu precies in dezelfde situatie beland als eens Struensee, volkomen afhankelijk van hun gelegitimeerd zijn door de geesteszieke Koning. De macht kwam van God. En Christian was nog altijd de vinger Gods die de vonk van het leven, de genade en de macht gaf aan wie de kracht had het zwarte machtsvacuüm te veroveren dat de ziekte van de Koning had achtergelaten.

De lijfarts had een bezoek aan dit vacuüm gebracht en het opgevuld. Nu was hij weg. Nu bezochten anderen het vacuüm.

De situatie was in wezen onveranderd, zij het omgekeerd.

Het grote spel gold nu de Koningin.

Christian had het kleine dochtertje als het zijne erkend. Nu te verklaren dat ze een bastaard was, betekende een smaad jegens hem, het zou de kracht van het wettigen door hem van het nieuwe regiem verzwakken. Als het meisje een bastaard zou zijn, zou de moeder toestemming kunnen krijgen haar te behouden; er was dan geen reden het meisje in Denemarken te houden. Dat mocht niet gebeuren. Christian mocht om dezelfde reden ook niet krankzinnig verklaard worden; dan verviel de macht aan zijn wettige zoon en indirect aan Caroline Mathilde.

Ergo, haar ontrouw moest dus vastgesteld worden. Er moest een echtscheiding komen.

De vraag was hoe de Engelse vorst op deze smaad zijn zuster aangedaan zou reageren.

Er ontstond een periode van onduidelijkheid; oorlog of geen oorlog? George III liet een groot vlooteskader uitrusten om Denemarken aan te vallen als de rechten van Caroline Mathilde gekrenkt zouden worden. Maar in die tijd verschenen er in de Engelse kranten en in pamfletten gedeelten uit de bekentenis van Struensee. De Engelse persvrijheid was bewonderenswaardig en notoir, en dat schitterende verhaal van de Duitse arts en de kleine Engelse Koningin was onweerstaanbaar.

Maar oorlog, om die reden?

Naarmate de weken verstreken leek het al moeilijker om een grote oorlog te beginnen wegens gekwetste nationale eer. De seksuele ontrouw van Caroline Mathilde deed de openbare steun ongewis zijn. Er waren heel wat oorlogen op grond van geringere en vreemdere premissen verklaard, maar nu aarzelde Engeland.

Het kwam tot een compromis. De Koningin zou de beraamde, levenslange internering in Aalborghus ontlopen. De echtscheiding zou geaccepteerd worden. De kinderen zouden haar ontnomen worden. Ze zou levenslang uit Denemarken worden verbannen en gedwongen worden tot een vrijwillig, maar onder toezicht staand verblijf op een van de Duitse kastelen van de Engelse Koning, in Celle, in Hannover.

De koninginnetitel mocht ze behouden.

Op 27 mei 1772 arriveerde er in de haven van Helsingør een klein Engels eskader, bestaande uit twee fregatten en een chaloupe, een koninklijk jacht.

Dezelfde dag namen ze haar het kind af.

Ze hadden de dag ervoor gezegd dat ze het kind de volgende dag moest afstaan, maar ze had dat allang begrepen, alleen het tijdstip was angstaanjagend onzeker geweest. Ze had het kleine meisje niet los kunnen laten, had voortdurend met haar in haar armen rondgelopen; het meisje was nu tien maanden oud en als je haar handje vasthield kon ze al lopen. Ze was altijd goedgehumeurd en de Koningin stond geen van de hofdames toe zich deze laatste dagen met haar bezig te houden. Toen het kindje genoeg kreeg van de eenvoudige spelletjes waarmee de Koningin het kind en ook zichzelf op die manier kon bezighouden, ging het gedoe met het aankleden een belangrijke rol spelen. Dat nam bijna manische trekken aan, *ik heb alles bekend wat ik fout gedaan heb opdat ik het meisje zou mogen behouden en God bent u iemand die de wijnpers treedt ik zie ze met bebloede kleren komen en deze wolven moeten voor haar zorgen,* maar vaak scheen het aan- en uitkleden van het kind, soms nodig, vaak totaal overbodig, een soort ceremonie of bezwering om voor altijd bij het kleine meisje in de gunst te komen; op de ochtend van 27 mei toen de Koningin de drie schepen op de rede voor anker had zien gaan, had ze de kleren van het kleintje zo'n tien keer verwisseld, totaal zinloos, en op de protesten van haar hofdames had ze slechts met heftigheid en uitbarstingen van woede en tranen gereageerd.

Toen de door de nieuwe Deense regering gezonden delegatie arriveerde, had de Koningin haar bezinning totaal verloren. Ze had het onbeheerst uitgebruld en geweigerd het kind af te staan en alleen de gedecideerde vermaningen van de delegatie het onschuldige, kleine kind geen angst aan te jagen, maar waardigheid en standvastigheid te betonen, hadden haar voortdurende gehuil kunnen doen stoppen, *maar die vernedering o was ik op dit ogenblik maar iemand die de wijnpers treedt, maar het meisje.*

Het was hun ten slotte gelukt het meisje aan haar te ontrukken zonder het kind of de Koningin schade toe te brengen.

Naderhand had ze, zoals haar gewoonte was, voor het raam gestaan en schijnbaar heel kalm en met een uitdrukkingsloos gezicht naar het zuiden, naar Kopenhagen staan staren.

Alles leeg. Geen gedachten. De kleine Louise was uitgeleverd aan het Deense wolvenpak.

Op 30 mei om zes uur 's middags werd de uitlevering een feit. Toen stapten de Engelse officieren aan land, geëscorteerd door een vijftig man sterke bewakingswacht van gewapende Engelse matrozen om Caroline Mathilde op te halen.

De ontmoeting met de Deense militaire bewakingstroepen op Kronborg had veel opzien gebaard. De Engelse officieren hadden de Deense bewaking niet op de gebruikelijke wijze gegroet, geen woord met de Deense hovelingen of officieren gewisseld, en hadden hen slechts met kilte en de grootste verachting bejegend. Ze hadden een erewacht om de Koningin gevormd, haar met eerbetoon begroet en de schepen hadden saluutschoten afgevuurd.

In de haven was ze tussen rijen Engelse soldaten met gepresenteerd geweer door gelopen.

Daarna was ze aan boord van de Engelse sloep gebracht en had men koers naar de fregatten gezet.

De Koningin was heel kalm en beheerst geweest. Ze had vriendelijk met haar landgenoten gesproken, die door middel van hun minachting voor de Deense bewakingstroepen blijk van hun afkeuring hadden willen geven voor de manier waarop ze behandeld was. Ze omringden haar met iets wat niet in militaire termen omschreven kon worden, maar dat misschien liefde was.

Waarschijnlijk hadden ze besloten dat ze toch hun kleine meisje was. Zoiets. Alle beschrijvingen van dit vertrek maken er melding van.

Men had haar kwaad gedaan. Ze wilden de Denen hun verachting laten zien.

Ze was tussen rijen Engelse matrozen met gepresenteerd geweer door gelopen, kalm en verbeten. Geen glimlach, maar ook geen tranen. Op deze wijze verschilde haar vertrek uit Denemarken met dat van haar aankomst. Toen had ze gehuild zonder te weten waarom. Nu huilde ze niet, hoewel ze er reden toe had; maar ze had haar besluit genomen.

Ze hadden haar met militaire eerbetoon opgehaald, met verachting voor hen die ze verliet en met liefde voor haar. Zo ging het toe toen de kleine Engelse van haar bezoek aan Denemarken werd teruggehaald.

18

De stroom

1

De dag der Wrake en van Hem die de wijnpers treedt zou aanbreken.

Maar er leek iets mis te zijn aan dit o zo verleidelijke. Guldberg begreep niet wat het was. De tekst van de preek was in de kerken voorgelezen en de ene uitleg was nog verschrikkelijker geweest dan de andere; Guldberg had het op zijn plaats gevonden dat dit gebeurde, hij had toch zelf de geschikte tekst uitgezocht en die was immers in orde geweest, de Koningin-weduwe had met de tekst ingestemd, de dag van het oordeel en van de wraak was aangebroken, *ik vertrapte volken in mijn toorn, maakte hen dronken in mijn grimmigheid en deed hun bloed ter aarde stromen,* dat waren de juiste woorden en de rechtvaardigheid zou heersen. Maar toen hij de tekst aan de kleine Engelse hoer voorlas was het toch een verschrikkelijk moment geweest. Waarom had ze op die manier naar hem gekeken? Ze had het Deense rijk met zonde besmet, daarvan was hij overtuigd, ze was Lilith, *hyena's treffen daar wilde honden aan, veldgeesten ontmoeten elkander; ja, daar zal het nachtspook verwijlen en een rustplaats voor zich vinden,* ze verdiende het, hij wist immers dat ze Lilith was, ze had hem op zijn knieën voor het bed gedwongen, haar macht was groot, *en Here, verlos ons van de besmetting met deze zonde.*

Maar hij had haar gezicht gezien. Toen hij zijn blik ophief van die rechtvaardige en juiste bijbeltekst had hij alleen haar gezicht gezien en later had dat alles vertroebeld en hij had niet Lilith gezien, maar een kind.

Deze onverwachte, volstrekt naakte onschuld. En dan het kind.

Twee weken na zijn tweede ontmoeting met koningin Caroline Mathilde, nog vóór het vonnis geveld was, was Guldberg plotseling door vertwijfeling gegrepen. Het was de eerste keer in zijn leven, maar hij wilde het gevoel duiden als vertwijfeling. Hij kon geen ander begrip vinden.

Wat er gebeurde was het volgende.

De verhoren met Struensee en Brandt liepen nu praktisch op hun einde, de schuld van Struensee stond vast, het vonnis kon alleen de doodstraf zijn. Guldberg had toen een bezoek aan de Koningin-weduwe gebracht.

Hij had haar verteld wat het verstandigst was.

'Het verstandigst,' zo was hij begonnen, 'het verstandigst uit politiek oogpunt zou niet de doodstraf zijn maar een iets mildere...'

'De Russische keizerin,' was de Koningin-weduwe hem in de rede gevallen, 'wenst gratie, dat hoeft u me niet te komen vertellen. Net als de Engelse Koning. Net als de andere vorsten die door de geest van de Verlichting besmet zijn. Ik heb daar evenwel een antwoord op.'

'En dat is?'

'Nee.'

Ze was onvermurwbaar geweest. Plotseling was ze gaan praten over de prairiebrand van de grote zuiverheid die over de wereld zou razen en alles zou vernietigen, alles wat deel uitmaakte van de tijd van Struensee. Er was geen plaats voor barmhartigheid. Zo was ze doorgegaan en hij had geluisterd en het leek wel een echo van wat hijzelf gezegd had, *maar o God is er dan werkelijk geen plaats voor de liefde of is er alleen smerigheid en liederlijkheid* en hij kon alleen maar instemmen. Alhoewel hij daarna opnieuw was begonnen over wat verstandig was en over de Russische keizerin en de Engelse Koning en over het gevaar van moeilijke verwikkelingen, maar misschien was dat het niet wat hij bedoelde maar *waarom moeten we ons afsnijden van wat liefde wordt genoemd en is de liefde alleen straffend als zij komt van Hem die de wijnpers treedt,* de Koningin-weduwe had niet geluisterd.

Hij had iets in zich voelen groeien dat op zwakheid leek en dat had hem wanhopig doen zijn. Zijn zwakheid was de oorzaak van zijn wanhoop.

's Nachts lag hij lang wakker en hij staarde in het donker waar de wrekende God was, en de genade, en de liefde, en de rechtvaardigheid. Hij werd door wanhoop gekweld. Daar in het donker was niets, er was niets, alleen leegte en een groot gevoel van wanhoop.

Wat is dit voor een leven, had hij gedacht, als de rechtvaardigheid en de wraak zegevieren en ik in het donker Gods liefde niet kan zien, maar alleen wanhoop en leegte.

De volgende dag had hij zich vermand.

Hij had toen een bezoek aan de Koning gebracht.

Met Christian was het nu zo dat hij volstrekt het hoofd in de schoot had gelegd. Hij was bang voor alles en iedereen, zat bevend in zijn vertrekken, at slechts met tegenzin van het eten dat hem nu altijd gebracht werd en sprak alleen tegen zijn hond.

De negerpage Moranti was verdwenen. Misschien had hij het in de nacht der wrake, toen hij geprobeerd had onder het laken bescherming te vinden zoals Christian hem geleerd had, maar hij toch niet had kunnen ontsnappen, misschien had hij het die nacht opgegeven of had hij naar iets willen terugkeren wat niemand kende. Of was hij gedood in de nacht dat Kopenhagen ontplofte en die onbegrijpelijke woede alle mensen in zijn wurggreep hield, toen iedereen besefte dat er een einde aan iets was gekomen en dat de woede zich tegen iets moest richten, om redenen die niemand begreep, maar die woede was een feit en er moest wraak genomen worden; niemand heeft hem na die nacht nog gezien. Hij verdween uit de geschiedenis. Christian liet naar hem zoeken, tevergeefs.

Nu had hij alleen zijn hond nog.

Guldberg was ongerust geworden door de rapporten over de toestand van de Koning en had zelf willen zien wat er, psychisch, zou kunnen plaatsvinden; hij was naar Christian gegaan en had hem vriendelijk en geruststellend toegesproken en hem verzekerd dat alle aanslagen tegen het leven van de Koning nu waren afgeweerd en dat hij zich veilig kon voelen.

Na een tijdje was de Koning Guldberg, op fluisterende toon, bepaalde geheimen gaan 'toevertrouwen'.

Hij had er vroeger, had hij tegen Guldberg gezegd, bepaalde verkeerde opvattingen op na gehouden, bijvoorbeeld dat zijn moeder, koningin Louise, een Engelse minnaar had gehad die zijn vader was. En soms had hij geloofd dat Catharina de Grote van Rusland zijn moeder was. Maar dat hij op de een of ander manier 'verwisseld' was, dat wist hij zeker. Hij kon het 'verwisselde' kind van een boer zijn. Het woord 'verwisseld' gebruikte hij voortdurend, het scheen óf te betekenen dat er sprake van een toevallige verwisseling was geweest, óf dat hij opzettelijk verwisseld was.

Maar nu wist hij het heel zeker. De Koningin, Caroline Mathilde, was zijn moeder. Dat ze nu op Kronberg gevangenzat was voor hem iets zeer, zeer angstaanjagends. Maar dat ze zijn moeder was, daaraan bestond geen twijfel.

Guldberg had al verschrikter en besluitelozer geluisterd.

Christian scheen in zijn huidige 'zeker zijn', of liever in het nu volstrekt heldere, geesteszieke, beeld dat hij van zichzelf had, elementen te schuiven van Saxo's beschrijving van Amleth; Christian kon de *Hamlet* van de Engelsman Shakespeare, het toneelstuk dat Guldberg welbekend was, niet gezien hebben, (het was immers tijdens zijn verblijf in Londen niet gespeeld), terwijl een Deense opvoering nog niet had plaatsgevonden.

De verwarring van Christian en zijn vreemde waanvoorstellingen over zijn afkomst waren niets nieuws. Al sinds het voorjaar van 1771 hadden deze zich steeds duidelijker gemanifesteerd. Iedereen wist dat hij de werkelijkheid als theater beleefde. Maar als het nu zo was dat hij geloofde op te treden in een toneelvoorstelling waarin Caroline Mathilde zijn moeder was, dan moest Guldberg zich ongerust afvragen welke rol hij dan aan Struensee toebedeelde.

En wat Christian zelf in dit echte toneelstuk zou gaan doen. Welke tekst zou hij volgen en welke vertolking zou er plaatsvinden? Welke rol zou hij zichzelf toebedelen? Dat een geesteszieke meende aan een toneelopvoering deel te nemen was zeker niet ongewoon. Maar deze acteur zag de werkelijkheid niet symbolisch, of figuurlijk, en was ook niet machteloos. Als hij geloofde aan een toneelvoorstelling deel te nemen, bezat hij de macht het theater tot werkelijkheid te verheffen. Nog altijd was het zo dat een bevel of een richtlijn van de hand van de Koning opgevolgd moest worden. Hij bezat alle formele macht.

Indien hij de gelegenheid kreeg zijn beminde 'moeder' te bezoeken en door haar gebruikt zou worden, kon er van alles en nog wat gebeuren. Het vermoorden van een Rosencrantz, Guldenstern of Guldberg was dan al heel gemakkelijk.

'Ik zou willen,' had Guldberg gezegd, 'dat ik Uwe Majesteit in deze zeer ingewikkelde kwestie raad zou mogen geven.'

Christian had alleen naar zijn blote voeten gestaard – hij had zijn schoenen uitgetrokken – en gemompeld: 'Was de Heerseres van het Universum nu maar hier. Was zij nu maar hier en kon ze. En kon ze.'

'Wat?' had Guldberg gevraagd. 'Kon ze wat?'

'Me haar tijd geven,' had Christian gefluisterd.

Toen was Guldberg weggegaan. Hij had het bevel gegeven de bewaking van de Koning te versterken en deze onder geen beding met iemand in contact te laten treden zonder schriftelijke toestemming van Guldberg.

En opgelucht voelde hij dat zijn tijdelijke zwakheid geweken was, dat zijn wanhoop was verdwenen en dat hij weer op een zeer verstandige manier tot handelen in staat was.

2

De dominee van de Duitse Sankt Petri-gemeente, de theoloog dr. Balthasar Münter, had in opdracht van de regering Struensee voor de eerste keer op 1 maart 1772 in zijn gevangenis bezocht.

Er waren zes weken verstreken sedert de nacht dat Struensee gevangengezet was. Hij was geleidelijk aan ingestort. Eigenlijk was hij twee keer ingestort. Eerst de kleine instorting voor de onderzoekscommissie, toen hij schuld bekend had en de Koningin had uitgeleverd. Toen de grote, de innerlijke.

Aanvankelijk, na zijn instorting voor de rechtbank van onderzoek, had hij niets gevoeld, slechts wanhoop en leegte, maar daarna had de schaamte haar intrede gedaan. Er was sprake van een gevoel van schuld en van een gevoel van schaamte, die als een soort kreeft bezit van hem namen en hem van binnenuit opaten. Hij had bekend, hij had haar aan de opperste vernedering prijsgegeven; wat zou er nu met haar gebeuren? En met het kind? Hij had zich geen raad geweten en had met niemand kunnen praten, er was alleen de bijbel geweest en de gedachte daarop terug te moeten vallen had hem met afschuw vervuld. Het boek van Guldberg over de nu gelukkig bekeerde vrijdenker had hij inmiddels drie keer gelezen en iedere keer had het verhaal hem nog naïever en opgeblazener geleken. Maar hij had niemand om mee te praten. 's Nachts viel de kou hem zwaar en de ketenen om zijn enkels en polsen hadden wonden geschaafd die vocht afscheidden; maar dat was het niet.

Het was de stilte.

Ooit had men hem 'de Stille' genoemd, omdat hij luisterde, maar nu begreep hij wat stilte was. Een dreigend beest dat wachtte. Er waren geen geluiden meer.

Toen was de dominee gekomen.

Met iedere nacht leek het wel of hij dieper in zijn herinneringen terugdreef.

Hij dreef heel ver. Terug naar Altona en nog verder: terug naar zijn kinderjaren, waaraan hij bijna nooit wilde denken, maar wat hij nu deed. Hij ging terug naar wat voor hem onaangenaam was, naar het vrome huis en naar zijn moeder die niet streng, maar vol liefde was. De dominee had bij een van hun eerste ontmoetingen een brief van Struensees vader bij zich gehad en zijn vader had hun wanhoop verwoord, 'je promotie, waarvan we via de kranten vernomen hadden, had ons niet blij gemaakt', en nu, zo schreef hij, was hun wanhoop oneindig groot.

Zijn moeder had er een paar woorden aan toegevoegd over verdriet en medeleven; maar de teneur van de brief was dat alleen een totale bekering en onderwerping aan de Verlosser Jezus Christus en Zijn Genade hem kon redden.

Het was onverdraaglijk.

De dominee had op een stoel kalm naar hem zitten kijken en met zijn tactvolle stem zijn probleem tot in logische structuren, maar niet zonder gevoel, uitgebeend. De dominee had zijn wonden gezien en zijn spijt over deze wrede behandeling uitgedrukt en hij had hem laten huilen. Toen dominee Münter sprak, had Struensee plotseling weer dat merkwaardige inferioriteitsgevoel gehad, dat hij geen denker was, geen theoreticus, dat hij slechts een dokter uit Altona was en altijd had willen zwijgen.

En dat hij ontoereikend was.

Maar het beste van alles was dat de kleine dominee met zijn scherpe, magere gezicht en zijn kalme ogen een probleem formuleerde dat het allerergste naar de achtergrond verdrong. Het allerergste was niet de dood of de pijn, of dat ze hem misschien dood zouden martelen. Het allerergste was een andere vraag die dag en nacht door zijn hoofd maalde.

Wat heb ik fout gedaan? Dat was de ergste vraag.

Op een keer had de dominee dit bijna terloops aangesneden. Hij had gezegd: 'Graaf Struensee, hoe kon u vanuit uw werkkamer in het isolement waarin u leefde weten wat het juiste was? Waarom dacht u dat u de waarheid bezat als u de werkelijkheid niet kende?'

'Ik heb veel jaren in Altona gewerkt en ik kende de werkelijkheid,' had Struensee geantwoord.

'Ja,' had dominee Münter na een tijdje gezegd. 'Als dokter in Altona. Maar die 632 decreten?'

En na een korte stilte had hij er, bijna nieuwsgierig, aan toegevoegd: 'Wie legde de fundamenten?'

En Struensee had toen, bijna glimlachend, gezegd: 'Een plichtsgetrouwe ambtenaar zorgt er altijd voor dat hij de juiste fundamenten legt, zelfs voor de plannen voor zijn eigen vierendeling.'

De dominee had geknikt alsof hij de uitleg zowel juist als vanzelfsprekend vond.

Hij had immers niets fout gedaan.

Hij had vanuit zijn werkkamer de Deense revolutie doorgevoerd, kalm en rustig, had nooit gemoord, niemand gevangengezet, nooit dwang uitgeoefend, geen verbanningen verordonneerd, hij was niet corrupt geworden, had zijn vrienden niet beloond of zichzelf voordelen toegeëigend, noch uit duistere, egoïstische motieven de macht willen hebben. Maar toch moest hij iets fout gedaan hebben. En 's nachts in zijn nachtmerries dook keer op keer de tocht naar de verdrukte Deense boeren op, en het voorval met de stervende jongen op het houten paard.

Dat was het. Daar was iets mee wat hem maar niet los wilde laten.

Niet het feit dat hij bang was geweest voor de volksmenigte die was komen aanhollen. Eerder was het zo dat dit de enige keer was dat hij zich in de nabijheid van de massa had bevonden. Maar hij had zich omgedraaid en was in het donker en de modder achter de koets aan gerend.

In feite had hij zichzelf bedrogen. Vaak was de wens bij hem opgekomen dat hij de Europese reis al in Altona had beëindigd. Maar eigenlijk hád hij hem al in Altona afgebroken.

In de marge van zijn proefschrift had hij de gezichten van mensen getekend. Maar er was iets belangrijk wat hij vergeten scheen te hebben. Het mechanisme en het grote spel zien en toch de gezichten van de mensen niet vergeten. Wat dat het?

Hij moest dat verdringen. De kleine, logische dominee formuleerde daarom voor hem een ander probleem. Het probleem van de eeuwigheid, mocht die bestaan, en hij strekte dankbaar zijn hand naar de kleine dominee uit om het geschenk in ontvangst te nemen.

Op die manier ontsnapte hij aan die andere vraag, de vraag die de ergste was.

En hij was dankbaar.

Zevenentwintig keer zou dominee Münter Struensee in de gevangenis bezoeken.

Bij zijn tweede bezoek had hij gezegd dat hij gehoord had dat Struensee ongetwijfeld terechtgesteld zou worden. De volgende intellectuele vraagstukken dienden zich daarom thans aan. Als de dood een volledige vernietiging betekende – dan was dat dat. Dan bestond er geen eeuwigheid, geen God, geen hemel of eeuwige straf. Dan maakte het ook niets meer uit hoe Struensee daar deze laatste weken over dacht. Derhalve! primo: Struensee moest zich richten op de enig resterende mogelijkheid, namelijk dat er een leven na de dood bestond, en secundo: nagaan welke mogelijkheden er waren om het best mogelijke uit deze resterende mogelijkheid te putten.

Hij had nederig aan Struensee gevraagd of deze het met zijn analyse eens kon zijn en Struensee had lange tijd gezwegen. Toen had Struensee gevraagd: 'Als het laatste het geval is, komt u dan regelmatig terug, zodat we samen deze tweede mogelijkheid kunnen analyseren?'

'Ja,' had Münter gezegd. 'Iedere dag. En iedere dag gedurende vele uren.'

Zo waren hun gesprekken begonnen. En zo was de bekeringsgeschiedenis van Struensee begonnen.

De meer dan tweehonderd bladzijden van het bekeringsgeschrift nemen de vorm aan van vragen en antwoorden. Struensee leest ijverig in zijn bijbel, vindt problemen, wil antwoorden hebben en krijgt antwoorden. *Maar zeg mij toch, graaf Struensee, wat vindt u in deze passage aanstootgevend? Ja, als Christus tegen zijn Moeder zegt: Vrouw, wat heb ik met U van doen, dan is dat toch hardvochtig en, als ik dat woord mag gebruiken, onbehoorlijk.* En dan volgt de zeer uitvoerige analyse van de dominee; het is niet duidelijk of deze direct tegen Struensee is gezegd of naderhand opgeschreven. Alles bij elkaar echter vele bladzijden met uitvoerige theologische antwoorden. Dan een korte vraag en een uitvoerig antwoord en aan het einde van de dag en de rapportage de verzekering dat graaf Struensee het nu begrepen heeft en het volledig heeft ingezien.

Korte vragen, lange antwoorden en een afrondende eenparigheid. Niets over Struensees politieke activiteiten.

De bekeringsbekentenis zou in vele talen gepubliceerd worden. Niemand weet wat er eigenlijk gezegd is. Dominee Münter zat dag in dag uit over zijn aantekenschrift gebogen. Later zou het allemaal gepubliceerd en zeer bekend worden: zijnde de erkenning van de fouten van de beruchte vrijdenker en Verlichtingsman.

Het was Münter die het opschreef. De Koningin-weduwe heeft later stelling genomen met betrekking tot de tekst voordat deze gepubliceerd werd en hier en daar ingegrepen en bepaalde passages gecensureerd.

Daarna mocht de tekst gedrukt worden.

De jonge Goethe was verontwaardigd toen hij hem las. Vele anderen waren eveneens verontwaardigd. Niet vanwege de bekering, maar omdat die onder foltering afgedwongen was. Maar dat was niet zo en Struensee zwoer zijn Verlichtingsideeën nooit af; wel leek hij zich met vreugde in de armen van zijn Verlosser te werpen en in diens wonden te schuilen. Hoewel zij die van afvalligheid en huichelarij spraken, afgedwongen onder foltering, zich nauwelijks een voorstelling konden maken van hoe het in zijn werk was gegaan: hoe de kalme, analytische, zacht sprekende, meelevende dominee Münter in zijn warme, welluidende Duits, in het Duits! eindelijk en ten langen leste in het Duits! met hem sprak en het pijnlijke punt vermeed, dus datgene waarin hij in deze wereld gefaald had, maar alleen sprak over de eeuwigheid, wat simpel en tactvol was. En dat in een Duits dat Struensee soms naar een uitgangspunt scheen terug te voeren waar het veilig en warm was: zoals naar de universiteit in Halle en zijn moeder met haar vermaningen en haar vroomheid en de brief van zijn vader en hun blijdschap als ze zouden horen dat hij nu in Christus' wonden rustte en naar Altona en het vaccineren en de vrienden in Halle en naar alles, alles wat hij nu verloren scheen te hebben.

Maar wat hij nu teruggevonden had in deze dagen en uren en wat door dominee Münter op zijn stoel voor hem weer tot leven werd gewekt in dit ijskoude, verschrikkelijke Kopenhagen, waar hij nooit naartoe had moeten gaan en waar nu alleen de logische, intellectuele, theologische gesprekken 'de Stille', de dokter uit Altona, konden bevrijden van de angst die zijn zwakheid uitmaakte en ten slotte misschien zijn kracht.

3

Het vonnis werd op zaterdag 25 april door de commissie getekend.

De motivering was niet dat hij overspel met de Koningin had gepleegd, maar dat hij er doelbewust naartoe had gewerkt zijn ziekelijke heerszucht te bevredigen en dat hij de minsterraadsvergadering had afgeschaft en dat het zijn schuld was dat Zijne Majesteit, die zijn volk zo innig liefhad, zijn vertrouwen in de ministerraadsvergadering had verloren en dat Struensee daarop een keten van gewelddadigheden, van eigenbelang en minachting voor de godsdienst, de moraal en de goede zeden in het leven had geroepen.

Niets over ontrouw, alleen een duistere formulering over 'naast een misdrijf, waarmee hij zich schuldig heeft gemaakt aan Majesteits-schennis op het allerhoogste niveau'. Niets over de geestesziekte van Christian.

Niets over het kleine meisje. Maar wel 'crimen laesae majestatis', majesteitsschennis, 'op het allerhoogste niveau'. De straf die daarop stond werd in overeenstemming met de Deense wetgeving, boek 6, hoofdstuk 4, artikel 1 aldus geformuleerd: 'Dat graaf Johann Friedrich Struensee, als welverdiende straf voor zichzelf en als voorbeeld en waarschuwing voor andere gelijkgezinden eer, leven en goederen heeft verspeeld en dat hem zijn grafelijke en andere verleende waardigheden ontnomen zullen worden; dat zijn grafelijk wapen door de scherp-rechter zal worden gebroken; dat verder de rechterhand van Johann Friedrich Struensee levend afgehakt zal worden en vervolgens zijn hoofd; dat zijn lichaam gevierendeeld zal worden en op het rad gelegd, maar dat zijn hoofd en handen op staken zullen worden geplaatst.'

Brandt kreeg dezelfde straf. Hand, hoofd, gevierendeeld, plaatsing van lichaamsdelen op rad en staken.

De reden voor dit vonnis was evenwel wezenlijk anders; het vreem-de voorval met de wijsvinger was in dit geval de reden voor het dood-vonnis en de wijze van terechtstelling.

Hij had zich aan de persoon des Konings vergrepen.

Een etmaal later, in de middag van 27 april, zou het vonnis door koning Christian vii bekrachtigd worden. Zijn handtekening was onontbeerlijk. Men maakte zich grote zorgen, het risico van gratiever-lening was allesbehalve denkbeeldig. Om die reden had men Christian intensief beziggehouden alsof men hem had willen uitputten, hem door middel van ceremonieën had willen verdoven of hem op rituele wijze met een theaterwereld vertrouwd had willen maken waarin niets realiteit bezat, en zeker geen doodvonnissen.

Op de avond van de drieëntwintigste april werd er een groot gemas-kerd bal gegeven, waar het de Koning en de Koningin-weduwe behaag-de alle genodigden persoonlijk te ontvangen. Op de vierentwintigste was er een concert in Det Danske Teater in aanwezigheid van de koninklijke familie. De vijfentwintigste werden de vonnissen inzake Struensee en Brandt bekendgemaakt en 's avonds woonde de Koning de opera *Hadrianus in Syrië* bij. De zevenentwintigste werd koning Christian, die nu volgens getuigen totaal uitgeput en in de war was, met zijn hofhouding naar een diner op Charlottenlund gereden, waarvan hij 's avonds om zeven uur terugkeerde, zijn handtekening onder de vonnissen zette, waarna hij onmiddellijk naar de Opera gereden werd waar hij, grotendeels dommelend of slapend, naar een Italiaanse opera luisterde.

De angst dat de Koning gratie zou verlenen was zeer groot geweest. Iedereen bevroedde een tegencoup en dan zouden er heel wat koppen kunnen rollen. Men maakte zich evenwel geen zorgen meer voor het ingrijpen van buitenlandse mogendheden toen er op 26 april een koerier uit Sint-Petersburg arriveerde met een brief voor de Deense Koning.

Deze werd nauwkeurig bestudeerd.

Catharina de Grote was bezorgd, maar dreigde niet. Ze deed een beroep op de Koning opdat 'de medemenselijkheid die zo natuurlijk is voor ieder rechtschapen en gevoelig hart' hem zou mogen bewegen 'de voorkeur te geven aan de mogelijkheid tot mildheid boven die tot gestrengheid en hardheid' tegenover de 'ongelukkigen' die zich nu zijn woede op de hals gehaald hadden, 'hoe rechtvaardig die ook mocht zijn'.

Christian kreeg de brief natuurlijk nooit te lezen. De toon was mild. Rusland zou niet interveniëren. De Engelse Koning evenmin. Men kon in alle rust de losbandigen wegzuiveren.

Het laatste probleem was Christian.

Als Christian in zijn verwardheid nu maar geen problemen schiep en zijn handtekening zette! Zonder signum geen juridische rechtsgeldigheid.

Alles was echter heel goed verlopen. Christian had mompelend, spastisch en verward het ministerberaad bijgewoond, was maar een enkel ogenblik opgeleefd en had zich toen beklaagd over het eigenaardige en ingewikkelde taalgebruik in het zeer lange vonnis en was plotseling losgebarsten, dat wie zo'n eigenaardige taal schreef 'honderd zweepslagen' verdiende.

Daarna had hij weer hulpeloos zitten mompelen en zonder protest zijn handtekening geplaatst.

Naderhand, op weg naar de koets die hem naar de Opera zou brengen, had hij Guldberg staande gehouden, hem terzijde getrokken en hem fluisterend iets 'toevertrouwd'.

Hij had Guldberg toevertrouwd dat hij er niet zeker van was dat Struensee hem had willen vermoorden. Maar, zo was hij van mening, als het zo was dat hij, Christian, niet een mens was, maar een door God uitverkorene, dan was zijn *directe* aanwezigheid bij de plaats van de terechtstelling om de veroordeelden gratie te verlenen niet vereist! Zou het niet voldoende zijn als hij God, als zijn opdrachtgever, aanbeval gratie te verlenen? Moest hij zelf zijn gezicht laten zien? En, vertrouwde hij Guldberg verder toe, omdat hij lang in het onzekere had verkeerd dat hij een mens was, of hij een mens van vlees en bloed was, misschien een verwisseld kind wiens echte ouders Jutlandse boeren waren, zou deze terechtstelling dan niet voor hemzelf als bewijs kunnen dienen; bewijs! dat als! als!!! hij alleen met de kracht van zijn gedachte, gratie, al dan niet lijfelijk op de plaats der terechtstelling aanwezig, gratie kon bewerkstellingen, zou het dan niet bewezen zijn, ja bewezen!!! dat hij geen mens was. Maar! als dit niet lukte, dan had hij echter! echter!! toch bewezen dat hij werkelijk *een mens* was. Op die manier zou de terechtstelling het teken zijn waarop hij zo lang gehoopt had, een teken van God betreffende zijn afkomst en een antwoord op de vraag of hij werkelijk een mens was.

Hij had dit fluisterend en koppig tegen Guldberg gezegd en er ten slotte alleen nog maar uit kunnen persen: 'Een teken!!! Eindelijk een teken!!!'

Guldberg had zonder iets van zijn gevoelens prijs te geven naar deze verwarde gedachtestroom geluisterd. Het was hem niet ontgaan dat de Koning met geen woord zei dat Caroline Mathilde zijn moeder was. Christian Amleth scheen voorlopig verdwenen te zijn.

'Een goede en geniale analyse,' had Guldberg alleen maar gezegd.

Daarna had men Christian afgevoerd naar de Opera. Guldberg had hem lang peinzend nagekeken en was toen begonnen de voorzorgsmaatregelen voor de terechtstelling te nemen die nu, naar hij begrepen had, absoluut noodzakelijk waren.

4

De plaats van de terechtstelling werd als een theaterbühne opgetrokken.

Onmiddellijk nadat het vonnis door de Koning was getekend, was men begonnen aan het bouwen van het schavot op Østre Fælled. Het werd opgetrokken in de vorm van een vierkant houten stakelsel, ongeveer vijf meter hoog; daarop was een extra platform aangebracht, een verhoging die ervoor zorgde dat beul en slachtoffer goed te zien waren, met daarop extra verhoogd het blok, waarop hoofd en hand afgehakt zouden worden.

Er werd heel snel gebouwd en er was een klein orkest opgetrommeld om tijdens de werkzaamheden een ceremonieel kader rond dit dodentheater te scheppen. Het nieuws deed al snel de ronde; de terechtstelling zou op 28 april des morgens om negen uur plaatsvinden en al enkele uren daarvoor begon de volksverhuizing. Omstreeks dertigduizend mensen verlieten in de ochtenduren Kopenhagen om lopend, rijdend of per rijtuig naar Fælled te gaan, een veld direct ten noorden van de vestingwallen.

Alle militairen die zich in Kopenhagen bevonden waren in verband met de terechtstelling opgeroepen. Men berekende dat bijna vijfduizend man rond Fælled gestationeerd waren, ten dele om de plaats van de terechtstelling zelf te beschermen, ten dele op en rond het veld om bij eventuele ongeregeldheden in te grijpen.

De beide dominees, Münter en Hee, waren in de vroege ochtenduren naar de veroordeelden gegaan. De gevangenen zouden Kastellet om halfnegen verlaten, begeleid door een rij wagens en beschermd door 200 soldaten te voet met de bajonet op het geweer plus 234 dragonders te paard.

De gevangenen zaten elk in een gehuurd rijtuig.

In de laatste uren van zijn leven speelde Brandt fluit.

Hij scheen opgewekt en onbevreesd. Hij had het vonnis en de motivatie met een glimlach gelezen; hij zei tegen zichzelf dat hij het ceremonieel rondom deze komedie maar al te goed kende, hij zou natuurlijk gratie krijgen omdat de aanklachten volstrekt absurd waren en de straf ook niet in verhouding tot de aanklachten stond. Toen hem voor het vertrek zijn fluit werd afgenomen had hij alleen maar gezegd: 'Ik ga vanmiddag met mijn sonatine verder, als deze komedie voorbij is en ik gratie heb gekregen en een vrij mens ben.'

Toen hem verteld werd dat hij voor Struensee terechtgesteld zou worden, scheen hij even verbluft, misschien ongerust te zijn; hij meende dat de natuurlijke gang van zaken bij een gratieprocedure was dat de ernstiger misdadiger, Struensee dus, het eerst terechtgesteld zou worden dat daarna aan de onschuldige, hijzelf dus, op een natuurlijke wijze gratie verleend kon worden.

Maar nu ging hij ervan uit dat beiden begenadigd zouden worden.

Het liefst, zo had hij gezegd toen hij naar de wagen liep, had hij gezien dat de gratieverlening onderweg naar het schavot zou geschieden, zodat hij niet het risico liep blootgesteld te worden aan het geweld van het gepeupel. Hij was van mening dat zijn positie als maître du plaisir, verantwoordelijk voor het culturele amusement van het hof en de hoofdstad, dus als minister van Cultuur, bij velen van de bevolking wrok had gewekt. Er heerste bij het gepeupel een grote cultuurvijandigheid en als hij op het schavot gratie zou krijgen riskeerde hij de reacties van het gepeupel, 'ik loop dan het risico dat het gepeupel mij levend vilt'.

Men had hem gerustgesteld met de mededeling dat er vijfduizend soldaten opgetrommeld waren om hem tegen het volk te beschermen. Hij was gekleed in zijn groene galakostuum met goudgalon en droeg daar zijn witte bontjas overheen.

De wagens hadden heel langzaam gereden.

Aan de voet van het schavot had de vriendin en minnares van Brandt van de laatste tijd gestaan; Brandt had haar met een opgewekt en monter gezicht begroet, had de bewakers gevraagd of het voor de gratieverlening werkelijk nodig was dat hij het schavot beklom, maar men had hem bevolen dat te doen.

Dominee Hee was hem gevolgd het trapje op.

Eenmaal boven aangekomen had hij Brandt de vergeving van de zondaren gegeven. Het vonnis was toen voorgelezen en de scherprechter, Gottschalk Mühlhausen, was naar voren gekomen, had het grafelijk schild van Brandt in de hoogte gehouden, het gebroken en de gebruikelijke, voorgeschreven woorden gezegd: 'Dit geschiedt niet zonder reden, maar naar verdienste.'

Dominee Hee had toen aan Brandt gevraagd of hij zijn majesteitsschennis betreurde en Brandt had bevestigend geantwoord; dat was immers de voorwaarde voor de gratieverlening die nu zou volgen. Voordat het zover was werd hem bevolen zijn bontjas, hoed en zijn groene galakostuum en vest af te leggen; dat had hij ook gedaan, zij het geërgerd, omdat hij dit overbodig vond. Men dwong hem daarna te knielen en legde zijn hoofd op het blok en zijn rechterhand uitgestrekt op het tweede blok dat ernaast stond. Hij was toen bleek geweest, maar nog goedgeluimd, omdat nu het ogenblik aangebroken was waarop het woord 'Pardon' geroepen zou worden.

Op dat moment had de beul hem met zijn bijl de rechterhand afgehakt.

Toen pas had hij begrepen dat het ernst was, hij had als in een kramp zijn hoofd omgedraaid om naar de verminkte arm te kijken waar het bloed nu uitspoot en was toen bang gaan schreeuwen; maar men had hem vastgehouden, zijn hoofd op het blok gedrukt en met de volgende slag was zijn hoofd van zijn lichaam gescheiden. Het hoofd werd daarna opgetild en getoond.

De toeschouwers waren doodstil geweest, wat menigeen verbaasd had.

Het lichaam was daarop ontkleed en de geslachtsdelen werden afgesneden en op de kar gegooid die onder het vijf meter hoge schavot stond. Daarna was de buik opengesneden, de darmen werden eruit getrokken en op de grond gegooid en het lichaam in vier delen gehakt die vervolgens in de kar werden geworpen.

Brandt had zich vergist. Er was niet in een gratieverlening voorzien, in ieder geval niet in die van hem en niet door iemand die nu de macht had.

Misschien was er een mogelijkheid geweest. Maar die mogelijkheid had men verhinderd.

Koning Christian vii had de avond ervoor bevolen dat hij vroeg gewekt wilde worden; om acht uur 's ochtends was hij alleen en zonder met een woord te zeggen wat hij van plan was, naar het binnenhof van het paleis gegaan, naar de stalling van de koetsen.

Daar had hij het bevel voor een koets met koetsier gegeven.

Hij had een zenuwachtige indruk gemaakt, had over zijn hele lichaam gebeefd alsof hij bang was voor wat hij nu van plan was, maar hij werd op geen enkele manier tegengesproken of tegengehouden; er stond al een koets klaar, de paarden waren gezadeld en een groepje van zes soldaten onder bevel van een officier van de lijfwacht had zich om de koets opgesteld. De Koning had hierdoor geen moment wantrouwen gekregen, maar had bevolen hem naar de plaats van de terechtstelling op Østre Fælled te rijden.

Niemand had hem tegengesproken en de koets met escorte had zich in beweging gezet.

Tijdens de rit had hij ineengezonken in een hoekje gezeten, zoals gewoonlijk met zijn blik op zijn voeten gericht; hij was bleek en leek in de war en had niet opgekeken voordat de koets ruim een half uur later stilhield. Toen had hij naar buiten gekeken en begrepen waar hij was. Hij was op Amager. Hij had zich tegen de beide portiers geworpen, maar gemerkt dat die op slot zaten, hij had een raampje geopend en naar het escorte geroepen dat ze hem naar de verkeerde plaats gebracht hadden.

Ze hadden niet geantwoord, maar hij had het begrepen. Ze hadden hem naar Amager gebracht. Ze hadden hem bedrogen. De wagen stond nu op honderd meter van de kust en de paarden werden uitgespannen. Hij vroeg wat de bedoeling was en de officier die het bevel voerde, was naar de koets gereden en had meegedeeld ze van paarden moesten wisselen omdat deze uitgeput waren en dat de rit, zodra er nieuwe paarden gearriveerd waren, zou worden voortgezet.

Daarna was hij snel weggereden.

De portieren van de koets zaten op slot. De paarden waren uitgespannen. De dragonders op hun paarden hadden honderd meter verderop naast elkaar positie gekozen en wachtten.

De Koning zat alleen in zijn koets zonder paarden. Hij riep niet meer en was besluiteloos op de bank ineengezonken. Hij keek uit over de kust, die hier niet met bomen begroeid was en over het water dat heel stil was. Hij besefte dat de tijd nu aangebroken was om de veroordeelden gratie te verlenen. Hij kon de koets niet uit. Zijn roepen bereikte niemand. De dragonders zagen hem door het open raampje met zijn arm en hand eigenaardig wijzende bewegingen maken, naar boven, naar iemand daarboven; alsof hij zijn hand naar de hemel uitstrekte, naar een God die hem misschien tot zijn zoon had bestemd, die misschien bestond, die misschien macht bezat, die misschien de macht bezat gratie te verlenen; maar na een poosje scheen zijn arm moe te worden of werd hij door moedeloosheid overvallen en zijn arm zonk neer.

Hij zat opnieuw in een hoek van de koets. Vanuit het oosten kwamen regenwolken over Amager het land binnenrollen. De dragonders wachtten zwijgend. Er kwamen geen paarden. Er openbaarde zich geen God.

Misschien had hij het toen reeds begrepen. Misschien had hij zijn teken gekregen. Hij was maar een mens, niets anders dan dat. Het begon te regenen, al harder. Misschien dat de paarden nu gauw zouden komen en misschien zouden ze dan terugkeren, misschien naar het paleis en misschien bestond er een barmhartige God *maar waarom hebt U mij nooit Uw gezicht getoond en mij de weg gewezen en raad gegeven en mij van uw tijd gegeven, van uw tijd, geef mij tijd,* en nu een al heviger ijskoude regen.

Niemand hoorde zijn roepen. Geen paarden. Geen God. Alleen mensen.

5

De Zweedse koning Gustav III werd in 1771 gekroond, midden in de tijd van Struensee die hij met zulke gemengde gevoelens en met zoveel interesse had geobserveerd. Er bestaat een beroemd schilderij van deze kroning, geschilderd door Carl Gustaf Pilo.

Het heet ook *De kroning van Gustav III.* Pilo was de tekenleraar van de jonge Christian geweest, hij leefde in de tijd van Struensee aan het Deense hof, maar werd in 1772 uitgewezen en was naar Stockholm teruggekeerd. Hij was daar aan zijn grote schilderij van de kroning van Gustav III begonnen, dat hij evenwel nooit had kunnen voltooien en dat zijn laatste werk was geworden.

Misschien had hij geprobeerd iets te vertellen wat al te pijnlijk was.

In het centrum van het schilderij de Zweedse Koning, nog jong, hij straalt de juiste waardigheid uit, ontwikkeling ook, maar we weten eveneens dat hij zich het gedachtegoed van de tijd der Verlichting eigen had gemaakt. Het zal nog vele jaren duren voordat er een verandering zal optreden en voordat hij op een gemaskerd bal vermoord zal worden. Om hem heen staat zijn al even schitterende hofhouding.

Wat verbijsterend is, is de achtergrond.

De Koning en het hof schijnen niet in een troonzaal geportretteerd te zijn; ze zijn in een heel donker bos neergezet met krachtige donkere stammen, alsof deze kroningsscène zich midden in een vele honderden jaren oud oerbos in de Noord-Europese wildernis afspeelde.

Nee, geen pilaren, geen zuilen in een kerk. Donkere, mysterieuze boomstammen, een oerbos in dreigend donker met in het midden de schitterende groep mensen.

Is het het donker dat licht is, of het schitterende dat het donker is? Men mag kiezen. Zo gaat het met de geschiedenis, men mag kiezen wat men ziet en wat licht is, en donker.

6

Struensee had die nacht rustig geslapen en toen hij wakker werd was hij heel kalm.

Hij wist wat er ging gebeuren. Hij had met open ogen lang naar het grijze stenen plafond van zijn cel liggen kijken en zich geheel en al op een enkele gedachte geconcentreerd. Die had met Caroline Mathilde te maken. Hij had zich vastgeklampt aan wat mooi was geweest en dat hij van haar hield en dat hem het bericht bereikt had dat ze hem vergeven had omdat hij het verteld had en daarna dacht hij eraan hoe hij zich die keer gevoeld had toen ze hem verteld had dat ze zwanger was en dat het kind van hem was. Eigenlijk had hij toen al beseft dat alles verloren was, maar dat dat er niet toe deed. Hij had een kind gekregen en het kind zou leven en het kind zou hem het eeuwige leven geven, het kind zou leven en kinderen krijgen en aldus was er de eeuwigheid en al het andere had dan niets meer te betekenen.

Daar had hij aan gedacht.

Toen dominee Münter zijn cel binnenkwam had de stem van de dominee getrild; hij had een tekst uit de bijbel gelezen en was helemaal niet zo logisch geweest als hij placht te zijn, maar was ingestort onder een gevoelsstorm die als een verrassing kwam en die erop leek te wijzen dat hij Struensee helemaal niet met afkeer bezag, nee, in tegendeel hem graag mocht; maar Struensee had heel vriendelijk tegen hem gezegd dat hij zich op deze ochtend, zijn laatste, wilde omringen met stilte en zich helemaal wilde concentreren op de reikwijdte van het eeuwige leven en dat hij blij zou zijn als de dominee dit kon begrijpen.

En de dominee had heftig geknikt en had het begrepen. En zo hadden ze dit ochtenduur in stilte en in zwijgen doorgebracht.

Daarna het vertrek.

Münter was niet in de wagen van Struensee meegereden, maar er pas bij het schavot ingestapt; de wagen was vlak bij het schavot gestopt en ze hadden vanuit de wagen Brandt de ladder kunnen zien beklimmen en door de open ramen de woorden van dominee Hee en die van de scherprechter gehoord en daarna de schreeuw van Brandt, toen zijn hand als een complete verrassing afgehakt werd en vervolgens de zware doffe dreunen toen het lichaam gevierendeeld werd en de delen in de kar aan de voet van het schavot werden geworpen.

Münter was geen grote steun geweest. Hij was uit zijn bijbel gaan lezen en totaal onbeheerst gaan beven en snikken, Struensee had kalmerend tegen hem gesproken, maar het had allemaal niet geholpen. De dominee had over zijn hele lichaam getrild, had gesnikt en huilend geprobeerd de woorden van troost uit zijn bijbel te stamelen, maar Struensee had hem met zijn zakdoek geholpen en al na een half uur was het vierendelen van het lichaam van Brandt voltrokken geweest, het ploffen van het gevierendeelde lichaam was opgehouden en het was tijd.

Hij had op het schavot gestaan en over de mensenzee uitgekeken. Wat waren er veel gekomen! De mensenzee was eindeloos: het waren deze mensen die hij was komen bezoeken en het waren deze mensen die hij geholpen zou hebben. Waarom hadden ze hem niet bedankt!, maar dit was de eerste keer dat hij hen zag.

Nu zag hij hen, *zag ik o God, die misschien bestaat, een kier waar het*

mijn roeping was om door naar binnen te gaan ter wille van hen en is nu
alles vergeefs had ik hun moeten vragen o God ik zie hen en zij zien mij
maar het is te laat en misschien had ik tegen hen moeten spreken en me
niet op moeten sluiten en misschien hadden zij tegen mij moeten spreken
maar ja ik zat daar in mijn kamer en waarom moeten we elkaar op deze
manier zien nu het te laat is en ze braken zijn wapenschild en zeiden de
woorden. En ze ontkleedden hem. Het blok was dik besmeurd door
Brandt en hij dacht: *dit is Brandt deze stukken vlees en dit bloed en dit*
slijm wat is dan een mens als het heilige verdwijnt resten er alleen repen
vlees en bloed en dit is Brandt wat is dan een mens, ze pakten hem bij
zijn armen en willig als een offerlam legde hij zijn nek op het blok en
zijn hand op het tweede blok en hij keek recht voor zich uit naar een
eindeloos aantal gezichten die bleek en grauw en met open monden
naar hem omhoog staarden en toen hakte de scherprechter met de bijl
zijn hand af.

Zijn lichaam werd zo hevig door schokken geteisterd dat de scherprechter, toen hij het hoofd eraf wilde hakken, zijn doel volledig miste;
Struensee had zich op zijn knieën opgericht, zijn mond geopend alsof
hij iets wilde zeggen tegen al die duizenden die hij nu voor de eerste
keer zag, *slechts één beeld heb ik Here Jezus het beeld van het kleine meis-*
je maar kon ik ook maar spreken tegen al degenen die het niet begrepen
hebben en tegen wie ik gezondigd heb door niet en toen hadden ze hem
weer op het blok gedrukt en de tweede keer toen de scherprechter zijn
bijl hief waren de laatste woorden die hij tegen haar gezegd had *in de*
eeuwigheid der eeuwigheden voorbij geflitst en de bijl had ten slotte
doel getroffen en het hoofd van de Duitse lijfarts afgehakt. Zijn Deense bezoek was voorbij.

Vanuit het oosten waren zware regenwolken komen aanrollen en toen
het in vieren opdelen van Struensees lichaam begon, was het gaan
regenen; maar dat was niet de reden dat de menigte de plek verliet.

Men verliet de plaats van handeling alsof men genoeg had gehad,
alsof men had willen zeggen: nee, dit willen we niet zien, hier is iets
mis, dit is niet zoals we het gewild hebben.

Waarom heeft men ons misleid?

Nee, men vluchtte niet, men ging alleen maar, eerst enkele honderden, daarna enkele duizenden, vervolgens iedereen.

Het was alsof het genoeg geweest was, men ontleende geen vreugde aan wat men gezien had, geen leedvermaak en geen wraakgevoelens, het was alleen maar ondraaglijk geworden. Eerst waren ze een oneindige menigte geweest die stil had staan kijken naar wat zich afspeelde, waarom zo stil?, en daarna waren ze weer weggegaan, eerst langzaam, daarna al hectischer als in verdriet. Ze liepen en holden naar de stad terug, het regende al harder, maar regen waren ze gewend; het was alsof de zekerheid wat dit schouwspel voor hen betekende hen ten slotte had ingehaald en ze dit afwezen.

Was het de wreedheid die ze niet konden verdragen? Of voelden ze zich bedrogen?

Guldberg had zijn rijtuig honderd el van het schavot laten stilhouden, hij was niet uitgestapt, maar had opdracht gegeven dat twintig soldaten als wacht bij hem moesten blijven. Waartegen zouden ze de wacht moesten houden? Alles was volgens plan verlopen. Maar ineens was daar iets bedreigends, iets wat uit de hand kon lopen; wat was er met deze menigte aan de hand, waarom draaiden ze het schouwspel de rug toe, wat was er in deze vermoeide, verdrietige, uitgeputte gezichten dat maakte dat hij zich ongerust voelde; ze bewogen zich langs hem heen als een grauwe, verbitterde massa, een rivier, een zwijgende rouwstoet die geen woorden en geen gevoelens had, maar die alleen – ja, verdriet scheen uit te drukken. Een verdriet dat doodstil was en tevens onbeheersbaar. Ze hadden het definitieve einde van de tijd van Struensee beleefd en tegelijkertijd kreeg Guldberg het gevoel dat het gevaar niet voorbij was. Dat het besmet zijn met de zonde zich ook naar hen had verspreid. Dat het zwarte schijnsel van de fakkel van de Verlichting niet gedoofd was. Dat die ideeën hen op een merkwaardige manier besmet hadden hoewel ze nauwelijks konden lezen en in ieder geval niets begrepen en ook nooit zouden begrijpen en dat ze daarom onder controle gehouden moesten worden en geleid; maar misschien waren ze toch al besmet. Misschien was de tijd van Struensee niet voorbij; hij wist dat het er nu om ging zeer waakzaam te zijn.

Het hoofd afgehakt, maar de ideeën nog aanwezig en het volk had niet willen blijven om te kijken, waarom waren ze weggegaan?

Het was een waarschuwing. Had hij iets fout gedaan? Wat kon hij van deze uitgeputte, verdrietige gezichten aflezen, was het gelatenheid?

Ja misschien. Als het dat was. Hij zat daar in zijn rijtuig en de geweldige volksstoet omspoelde hem als een rivier, en hij zat niet aan de oever van de rivier! nee, ermiddenin! ermiddenin! en hij wist niet hoe hij dit moest duiden.

De hoogste waakzaamheid was nu geboden. De tijd van Struensee was voorbij. Maar deze besmetting!

Die dertigduizend hadden het afgehakte hoofd niet met gejuich begroet. Ze waren gevlucht, rennend, hinkend, kleine kinderen meeslepend die ze er eerst mee naartoe getrokken hadden, weg van het schavot dat nu door de al dichter vallende regen ingesloten werd. Ze wilden het niet langer aanzien. Er was iets mis geweest. Guldberg had heel stil in zijn rijtuig gezeten, goed bewaakt. Maar hij zou zich altijd blijven herinneren hoe deze oneindige volksmassa zich voortbewoog, stilzwijgend; hoe deze volksmassa als een rivier was geweest die zich om zijn rijtuig had gesplitst en hoe hij daar gezeten had, nee, niet aan de oever als duider, maar in het midden van de rivier. En voor het eerst had hij geweten dat hij de wervelingen van de rivier niet had kunnen duiden.

Wat hield hen bezig? Was de tijd van Struensee dan toch niet voorbij?

De eensgezindheid was immers kort geleden, nog maar drie maanden geleden, heel groot geweest. Hij herinnerde zich de vreugderellen van januari. De grote woede van het volk. En nu zwegen ze, gingen weg, toonden geen blijdschap, weg in een gigantische rouwstoet van zwijgen, die Guldberg voor het eerst angst inboezemde.

Was er iets achtergebleven, dat niet afgehakt had kunnen worden?

De kar stond onder het schavot.

Toen de wagen de lijkdelen naar Vestre Fælled zou rijden waar hoofd en handen op staken geplaatst zouden worden en de andere lichaamsdelen en darmen op een rad gelegd, toen de wagen ten slotte vol was en zich in beweging kon zetten, was het veld leeg: afgezien van de vijfduizend soldaten die zwijgend en roerloos in de hevige regen het vacuüm bewaakten, achtergelaten door de dertigduizend, die de plek allang verlaten hadden, de plek waar men gemeend had de tijd van Struensee in stukken te kunnen hakken en af te sluiten.

Epiloog

De dag na de terechtstelling werd het haar verteld.

Op 30 mei werd Caroline Mathilde door de drie Engelse vaartuigen opgehaald en naar Celle in Hannover gebracht. Het kasteel dat in het midden van de stad lag, was in de zeventiende eeuw gebouwd en niet in gebruik, maar werd nu haar woonplaats. Er wordt gezegd dat ze haar levendige natuur had behouden, grote belangstelling aan de dag legde voor het welzijn van de armen van Celle en respect eiste voor de nagedachtenis van Struensee. Ze sprak vaak over hem en noemde hem 'de graaf zaliger'. Ze was algauw heel geliefd in Celle, waar men de mening ging huldigen dat ze onrechtvaardig behandeld was.

Velen waren geïnteresseerd in haar politieke rol in de toekomst. Christian, die nu totaal in zijn ziekte was weggezonken, was nog Koning terwijl de zoon van hem en Caroline Mathilde troonopvolger was. De ziekte van de Koning schiep nu, net als voorheen, een vacuüm in het centrum dat door anderen dan Struensee werd opgevuld.

De feitelijke machthebber was Guldberg. Hij was in werkelijkheid de alleenheerser met de titel van eerste minister; in bepaalde kringen in Denemarken was echter onvrede ontstaan en er werden plannen gesmeed om Caroline Mathilde en haar kinderen door middel van een staatsgreep in hun rechten te herstellen en Guldberg en zijn partij ten val te brengen.

Op 10 mei 1775 werden deze al zeer ver gevorderde samenzweringen afgebroken omdat Caroline Mathilde geheel onverwacht en onverklaarbaar aan een 'besmettelijke koortsziekte' overleed. De geruchten dat ze in opdracht van de Deense regering was vergiftigd konden nooit bevestigd worden.

Ze was toen nog maar drieëntwintig jaar oud. Ze heeft haar kinderen nooit teruggezien.

Aan de revolutie die Struensee op gang had gebracht, werd snel een einde gemaakt; al na enige weken was alles weer bij het oude, of nog oudere. Het was alsof zijn 632 revolutionaire decreten, uitgevaardigd in de twee jaar die 'de tijd van Struensee' genoemd werd, alsof het papieren zwaluwen waren geweest waarvan er enkele geland waren, terwijl de overige nog dicht boven het land scheerden en zich nog niet in het Deense landschap hadden kunnen nestelen.

Nu volgde de tijd van Guldberg die tot 1784 duurde, toen hij ten val gebracht werd. Het was duidelijk dat alles in zijn tijd was teruggeschroefd. Even duidelijk als dat er van Guldbergs tijd later niets overbleef.

De fantastische politieke productiviteit van Struensee was opzienbarend. Maar hoe groot was het deel dat gerealiseerd werd?

Het beeld van hem als een schrijftafelintellectueel, meer niet, uitgerust met een verbazingwekkende macht, klopt echter niet. Na de tijd van Struensee is Denemarken nooit meer helemaal hetzelfde geworden. De bange vermoedens van Guldberg waren terecht geweest; de besmetting met de ideeën van de Verlichting had zich vastgebeten, de woorden en het ideeëngoed van de Verlichting konden geen kopje kleiner gemaakt worden. En een van de hervormingen waar Struensee niet aan toe was gekomen, het afschaffen van de horigheid, kwam al in 1788 tot stand, het jaar voor de Franse Revolutie.

Struensee zou ook op een andere manier voortleven.

Het dochtertje van Struensee en Caroline Mathilde, Louise Augusta, werd in Denemarken opgevoed; haar broer, het enige kind van Christian, was een van de drijvende krachten achter de staatsgreep van 1784 die Guldberg ten val bracht en hij zou zijn geesteszieke vader in 1808 opvolgen.

De lotgevallen van het meisje waren geheel anders. Ze wordt beschreven als zeer knap en van een 'onrustbarende' vitaliteit. Ze scheen de politieke opvattingen van haar vader te delen, had de gebeurtenissen rond de Franse Revolutie op de voet gevolgd, had gesympatiseerd met Robespierre en over haar vader had ze gezegd dat zijn enige fout was geweest dat hij 'meer geest dan sluwheid' had gehad. Waarschijnlijk een juiste analyse. Haar schoonheid en vitaliteit hadden haar aantrekkelijk gemaakt, zij het niet altijd de rustigste en betrouwbaarste partner in een relatie. Ze trouwde met hertog Frederik Christian av Augustenborg, die nauwelijks en op geen enkele manier tegen haar opgewassen was. Ze kreeg drie kinderen met hem, van wie een dochter, Caroline Amalie, in 1815 met prins Christian Frederik trouwde, de Deense troonopvolger en latere Koning; en zo was alles aan het hof in Kopenhagen weer terug bij het oude. Op deze manier slopen veel nakomelingen van Struensee de zonderlinge en raadselachtige, weldra ineenstortende Europese koningshuizen binnen, waar hij een zo ongewenste en korte gast was geweest. Zijn achterachterkleinkind, Augusta Victoria, werd de gemalin van de Duitse keizer Wilhelm II en kreeg acht kinderen; er is vandaag de dag nauwelijks een Europees vorstenhuis dat zijn voorvaderen niet tot Johann Friedrich Struensee, zijn Engelse prinses en hun dochtertje kan herleiden.

Misschien is dit onbelangrijk. Mocht hij in de gevangenis soms een droom over de eeuwigheid gehad hebben, louter biologisch gezien, dus dat het eeuwige leven uit het voortleven in je kinderen bestaat, dan is zijn gebed verhoord. Zijn droom over de eeuwigheid en zijn visie op de mens – datgene wat hij met zijn karakteristieke theoretische onduidelijkheid als 'de machinemens' omschreef – heeft hij nooit kunnen realiseren. Maar wat was een mens eigenlijk, iemand op wie sectie verricht kon worden of die kon worden gevierendeeld en op rad en staken geplaatst en toch op de een of andere manier kon voortleven? Wat was dat heilige? Het heilige is wat het heilige doet, had hij gedacht: de mens als som van zijn existentiële keuzes en daden. Maar uiteindelijk was er toch iets anders en iets belangrijkers wat van de tijd van Struensee overbleef. Niet de biologie, niet alleen het doen, maar een droom over de mogelijkheden van de mens, het allerheiligste en het moeilijkst om te vangen, dat wat er als een koppig achtergebleven fluittoon van de tijd van Struensee overbleef en wat zich niet liet onthoofden.

De Engelse gezant Keith had in september 1782 na een avond in het Hoftheater aan de Engelse regering verslag van een incident uitgebracht.

Over de ontmoeting tussen hem, koning Christian VII en eerste minister Guldberg. Christian had erop gezinspeeld dat Struensee leefde en Keith had de woede gezien, zij het beheerst, die dit bij Guldberg teweeg had gebracht.

Iedereen sprak over de tijd van Struensee. Dat was niet rechtvaardig. Dat was niet rechtvaardig!!!

Daarna was Christian die avond verdwenen.

Waar hij juist op deze avond naartoe is gegaan weten we niet. Maar men weet waarheen hij placht te verdwijnen en ook dat hij vaak verdween. En naar wie. En men kan zich daarom indenken hoe het ook deze avond is gegaan: dat hij de korte weg van het Hoftheater naar een huis in de Studiestræde in het centrum van Kopenhagen te voet aflegde. En dat hij ook dit keer, na het door Keith beschreven voorval, het huis in de Studiestræde was binnengegaan en om haar te ontmoeten die hij koppig de Heerseres van het Universum noemde en die nu terug was en die altijd de enige was geweest die hij had kunnen vertrouwen, de enige van wie hij met zijn vreemde vorm van liefde had gehouden, de enige weldoener die er ten slotte voor dit koninklijke kind was dat nu drieëndertig was en dat het leven zo had mishandeld.

Dat was Laarjes-Caterine die, al vele jaren geleden, na een verblijf in Hamburg en Kiel, naar Kopenhagen was teruggekeerd. Ze was nu, volgens beschrijvingen uit die tijd, grijs, dikker en misschien ook wijzer.

En men mag aannemen dat zich ook op die avond dezelfde rituelen als altijd afspeelden, de liefdesceremonieën die ervoor gezorgd hadden dat Christian zoveel jaren in dat gekkenhuis had kunnen overleven. Dat hij zich op een krukje, dat hij altijd gebruikte, aan haar voeten zette en dat ze hem van zijn pruik ontdeed, een zachte lap in een kom water doopte en alle poeder en schmink van zijn gezicht waste; en dat ze daarna zijn haar kamde, terwijl hij daar heel rustig met gesloten ogen op zijn krukje aan haar voeten zat, met zijn hoofd rustend in haar schoot.

En hij wist dat ze de Heerseres van het Universum was, dat ze zijn weldoenster was, dat ze tijd voor hem had, dat ze alle tijd had en dat ze tijd was.